遠龙

清君赐娇

QING JUN
CI JIAO

远在◎著

长江出版传媒 长江文艺出版社

图书在版编目（CIP）数据

请君赐轿 / 远在著. --武汉：长江文艺出版社，
2022.9
  ISBN 978-7-5702-2531-6

  Ⅰ．①请… Ⅱ．①远… Ⅲ．①长篇小说－中国－当代
Ⅳ．①I247.5

中国版本图书馆 CIP 数据核字(2022)第 034143 号

请君赐轿
QING JUN CI JIAO

责任编辑：程华清　梁碧莹　　　　　责任校对：毛季慧
装帧设计：天行云翼·宋晓亮　　　　责任印制：邱　莉　杨　帆

出版：长江出版传媒 | 长江文艺出版社
地址：武汉市雄楚大街 268 号　　　　邮编：430070
发行：长江文艺出版社
http://www.cjlap.com
印刷：武汉珞珈山学苑印刷有限公司

开本：880 毫米×1280 毫米　　1/32　　印张：10.125　　插页：1 页
版次：2022 年 9 月第 1 版　　　2022 年 9 月第 1 次印刷
字数：281 千字

定价：42.00 元

再版序

　　写《请君赐轿》的时候，离我刚开始写小说也才一年多。看着自己的文章被印成铅字，刊发在自己少年时代也曾看过的青春杂志上，有差不多"将头发梳成大人模样"的小骄傲。那时候初出茅庐，真实世界里的成人悲欢尚未领悟，却食髓知味于在文字世界里造物的快乐。杂志一般要求用一万字左右的篇幅讲各色爱情故事，或挣扎、或缠绵、或欢脱，我便将求不得、爱别离、怨憎会一篇一篇翻来覆去地讲，难说自己有多少体察，但求跌宕，但求精彩，在一万字的篇幅里给故事圆上结局，就是大成功。

　　偶然的一天，当我趴在床上随便敲敲的时候，一个意象出现在我的脑海，一袭长衫，执卷而行，似笑非笑，那就是广记轿行老板杜望最初的样子。他原本应当成为一个故事的主人公，谁知道在一千字以后就稀里糊涂地成为了一个故事的旁观者。再然后，关于广记轿行的故事一个接着一个写下去，似乎有不错的反响，最后也竟集结成一本书了。

　　这几年里，我其实很少翻开这第一本书。我对完成的作品本能地有种羞于面对的感觉，总觉得稚嫩和不完整（事实也的确如此），恨不得一写完就扔在后脑，才能有如释重负的感觉。这些不满意的感觉仿佛成为张牙舞爪的灵性之物，附着在旧作上，仿佛成为了《哈利·波特》当中会疯狂嘶吼咬人的魔法书，仿佛我一翻开，它就会对我嘶吼："看！看！你！都！写！了！些！什！么！"抱着这样的心情，重新翻开真的是一件需要勇气的事情。

　　但即便如此，身为写作者，仍然很难拒绝一个将过去文字重版面世的提议。就像是不会有人拒绝将童年的老照片翻拍成数码照片保存到电脑里，哪怕童年的那个自己还穿着开裆裤，额头上点着红点点呢。当然，这也许只是我给自己找的粉饰之言，也许只是我真实的虚荣打败了虚伪的自谦，谁知道呢！

但当我重新打开了尘封在电脑里的稿件，打算修改掉一些冗余的修辞和幼稚的情节时，仍然从这些过去的文字里捕捉到一些久违的、流畅的热情。因此本来那种对过去的我趾高气扬、指手画脚的冲动，也就像是被针扎了的气球一样委顿下来。我忽然怀疑自己是否有资格对过去的自己指手画脚。纵然它古怪、矫情、不完美，结构上也虎头蛇尾，但仍然已经包裹成了一个小小世界，一个已经被人了解过、存在过的小小世界，连这些错误也成了这个世界的一部分。那么我的修改，除了让今日的我躲避一些对往日的我的批评以外，似乎对这个小小的世界并无增益。

我怀着这种矛盾的心情，谨慎地修改了一些错别字和表述，增补了一些人物侧写和心理活动，譬如他们为什么会爱上自己的爱人，怎样看待自己的过去，为什么要做出当下的选择。当然我也修改了一点情节，对一本言情小说的修改首先是建构在我个人对于爱情看法的变化上。几年前，我理想化地认为爱情应当是爱情本身，却从没认真思考过它因何而产生，因何而消逝。故事里的主人公爱上一个人也许因为这个人英俊、体贴，也许因为命运本身将他们同生共死地撮合到一起，产生某种悲剧感带来的吸引力，总之他们会相爱，然后上演一个结果。但现实中的我也已经明白，在我们的生活之外，不会再有一个作者用上帝之手把爱情像小饼干一样一个个地发到人的手里。这并不是说爱情是需要争取才会有，坐等就徒劳无功。也许爱情其实是源于人生的某种自洽感，无论是爱的来临还是爱的消失，爱的牺牲抑或是爱的背叛，都是源于这种自洽的驱使。因此我修改的这些微情节，多半是基于这种"自洽"实在无法成立的地方。但总体所动不多，希望给老朋友保留第一次翻开此书时相同的触动（又或者单纯是懒惰);也做好了跨越几年的时光,跟新朋友见面的准备。此次修订后,我也将我的一部分,跟这本书一起凝固和沉淀下来,等待着大家的批评和指正。

虽然这些年我不敢回顾,但每每想起广记轿行、广记轿行的老板、广记轿行的轿子,都仍然觉得心里温柔又缠绵。当年在《请君赐轿》出版后,其实我有策划广记第二部的打算,主角是杜望好友夏初玖的女儿夏绯绯。我在这些单元故事里最喜欢的男性形象其实就是夏初玖,他从人物性格上是最靠近全系列主人公杜望的,有一种微妙的脱世感,却仍然仁慈善良,在某种程度上甚至糅合了一些女性气质。而与他搭配的珠玑,也是一个浑身充满吉卜赛流浪感,有些男性化特质的女子。因此当年在夏初玖单元里,其实也留了这么一个扣子,让他们的女儿夏绯绯来寻找父亲。这个过程中再跟第一部的主人公和单元人物发生一些交会,刚好时间线也是大差不差的。我当时也确实已经写完了关于夏绯绯的第一个故事——《绘猫》,后来计划流产,我便把《绘猫》当成单独的短篇发表在杂志上。而今既然有机会,也将此篇和另外一则番外《龙骨》一并奉上。

对于那些给予过我诸多鼓励的人,以及好奇我为什么这么多年没有写东西的人,我想说,其实写作几乎已经成为我生命中十分重要的一部分。而我接下来需要努力的是,满怀谦卑地、尽量勤恳地成为与我的读者们一起成长的人。

非常非常感谢大家。

最后,非常俗套却也非常真诚地——
祝大家都能拥有爱,拥有自由。

远在
2021 年 10 月于北京

目　录

第一章
紫绸祥云轿

一

又一次的辞旧迎新，爆竹声炸得清平这个惯常安静的江南小镇热闹得像是换了个人间。东街 32 号悄然挑出一张青色的幡招，上面绣着前后两个胖滚滚的扛着轿子的圆娃娃，虎头虎脑甚是可爱。旁边门楣上另钉着一张枫木小匾，上面四四方方地写着"广记轿行"四个字。

轿行老板叫作杜望，出人意料的是个颇为新派的年轻人，头发剪得干净利落，穿着一身烟灰锦的茧绸长袍，温文尔雅，只一笑露出一侧一枚虎牙，另一侧一枚干净的酒窝。戴着单枚的银链玳瑁眼镜，桃花眼微微一抬便惹得走过路过的女学生们小脸发红，莲步不稳，你推我我推你嬉笑着跑开了。

年三十天气特别好，暖阳晴雪。杜望拎着一把椅子坐在门口，抱着本香谱看得津津有味。街坊里的孩子们结成团儿，挨个儿进临街店铺讨些瓜子糖果，说些吉祥话儿。到了广记轿行门口，大概是没有见过这样年轻俊俏的老板，都有些害羞。杜望很好说话，去柜台里给每人抓了满满一兜新炒的花生，又一人给了个小铜板，孩子们兴高采烈地走了。杜望坐在椅子上看书，觉得自己的衣襟被人扯了扯，便一

— 1 —

脸宠溺地低头看向自己身侧的虚空处:"你们也想跟那些孩子一起玩?可人家看不见你们,怎么跟你们一起玩?"

"伙计,我要用个轿子。明天上午叫到河西胡同张家。"说话的是个四十岁出头的中年人,像是识文断字的人士。

杜望抬起头,迎着阳光微微眯了眼睛:"我这儿的轿子,只请不租。请出去的轿子就是您自个儿家的,因此费用也比别家的轿行贵些。您如果想要租轿子,往西边走,那头也有个轿行,是十来年的老店了。"杜望一笑,"还有,我是这儿的老板,不是伙计。"

中年人有些不忿:"这是请轿子还是请神仙,城西的轿行我知道,年头太久,轿子都破烂流丢的。明儿是我们家老爷子七十大寿,他要体体面面地去庙里上炷香。你只管开价。"

杜望回柜台里拿了一个梨花木的托盘出来,上面整整齐齐扣了二三十个三寸来长的小木牌,上面用古色古香的篆体雕着轿子名目,配绘着各式各样的花色图案。杜望似笑非笑:"既然这样,您就挑一个。"

中年人瞅得新鲜,翻出来一个紫绸轿子的牌子。杜望微笑:"紫气东来,明天早上河西胡同张家,我记下了。"

中年人离开,杜望捏着银元笑着对身边虚空处说:"看见了吧,有生意上门,你们两个别整天惦记着偷懒。"

二

次日,河西胡同张家。

张家老爷子张秉梅今天七十整寿,人活七十古来稀,老爷子却精神矍铄,头发虽然全白,一双眼睛却粲然有神。坊间听闻张秉梅是当年的举子,虽因性子耿直在官场上没有作为,但一笔梅花画得极好,在当年的官市上都是卖得上价儿的。

杜望靠着已经停在门口的紫绸轿子看着张秉梅被儿子张怀仁送

出门，一边嚼着花生一边低头自言自语："这老爷子年轻的时候可比他儿子要俊俏多了吧。"

说话间只见两人走下台阶，杜望正要扯出个笑脸上去迎一迎，张怀仁的脸上却突然动了怒色，"你怎么还有脸来？"

杜望一粒花生米险些噎在喉咙里，连忙咽下去，用手无辜地指了指自己，随后发现张怀仁看的不是自己，转身一望，只看见一个女人站在自己的身后。

那是个柔美如诗的女人，仿佛从江南最好的烟雨水墨中走出来。她的年纪其实不算小，三十上下，穿一身月白旗袍，越发衬得两弯月眉绰约生姿。旗袍上绣着的是折枝梅花，杜望看着那梅花，把花生递进嘴巴里嘎嘣一声咬开，又脆又响。

女人的脸微微白了一下，"今天是大年初一，我应该来看看先生。"她的眼光从张怀仁身上跳过去，望向张秉梅，"先生，我给你带了新做的玉珑糕。"

张怀仁上前两步，劈手抢过糕点就要扔掉，却被张秉梅摆了摆手拦住。张秉梅看着那女人，目光是慈爱的："年前你信上说你到县里女中谋了一份教职，干得怎么样？可还辛苦？"

女人眼眶含泪："还是当年先生教我的底子，我再原封不动地教给那些姑娘。现在的小丫头们手指可灵泛多了，不像我当年笨得厉害。先生有空真应该来女中看看，看看那些孩子那些画儿……"

张秉梅点点头："那就好，教书辛苦。你从小一到天冷就有咳疾，记得用一例川贝枇杷泡着放在讲台上，时不时喝上一口。"

张怀仁急了，扯住张秉梅的胳膊把他从回忆里晃出来，叫了声"爹——"

空气中有片刻的沉寂，张秉梅终于再开口："东西我收下了，谢谢你。月生啊，我很好，你不用再来探望我这个老头子了。"

那个叫作月生的女人随着最后这句话，眼泪一下子落下来打在脸颊上，她强自忍住，躬身轻轻称了一声"是"，转身离开。

父子俩望着她离去的背影,张怀仁还是忍不住呸了一口,低骂了一句:"不要脸。"

　　张秉梅嘴唇有些哆嗦:"是我不好,她也算是你半个妹妹。"

　　张怀仁果断说道:"我哪里有这么不要脸的妹妹,爹你也真是……"说到一半,抬头看见杜望,郁郁地把话尾咽了下去,对张秉梅说,"爹,轿子都来了。你一个人行么?"

　　张秉梅挥挥手:"就是去庙里上个香,你赶快忙你的去吧。"

　　张怀仁答应了一声,冲杜望点了点头,匆匆忙忙离去了。张秉梅撑着一根修竹拐杖稳步走向杜望:"小兄弟,怎么就你一个人,轿夫呢?"

　　杜望笑眯眯地说:"轿夫去旁边粉店里填肚子了,一会儿就过来,外头风大,老爷子要不先去轿子里等着。"说着杜望从袖子里掏出一把花生递给张秉梅,"老爷子吃点么?"

<h1 style="text-align:center">三</h1>

　　那把轿子着实漂亮,通体暗光流转的紫色绸帘,绣满了姿态俊逸的祥云,绸帘旁边还滚着深灰色的凤毛,相当富贵大气。张秉梅卷起轿窗的缎帘跟杜望有一搭没一搭地说着闲话,杜望一边聊一边听张秉梅在轿子里面嗑着花生,不由得笑起来:"老爷子牙口真好。"

　　张秉梅也笑:"我原来不爱吃的,当年被月生缠着要剥给她这些吃食,慢慢也就爱上了。"

　　杜望故意问:"月生是谁?"

　　张秉梅沉默了片刻:"是我的学生,她五岁学画,是我给她启的蒙,已经有二十几年啦。"

　　杜望却偏过话题:"老爷子坐稳了,咱们要起轿了。"

　　张秉梅坐在轿子里,只觉得轿子被轻飘飘地抬起,走得又快又稳。他好奇地想往外面看,却发现刚才打开的轿帘已经落下,怎么也打不开了。杜望带着笑的声音在旁边响起:"轿帘我帮您捂着呢,当心走了风您着凉。"

张秉梅有些奇怪:"你怎么还跟着?"

杜望漫不经心地说:"这是我们轿行的规矩,出轿掌柜的要跟着,提防轿夫偷懒。"

随着杜望的话音落下,张秉梅听见了几声孩子的笑声,以为是路上的孩子,也没有留意。轿子走了约莫一炷香的时间就落下,杜望的声音很松快:"老爷子,已经到了,下轿吧。"

张秉梅迈腿走出来,却一奇:"轿夫呢?"

杜望随手一指:"喏,不是在这儿么?"

张秉梅这个时候才发现在杜望身边,不知道什么时候多了两个胖乎乎的小娃娃,约莫五六岁模样,可爱得像是从年画里走出来的一样。张秉梅愣了愣,突然笑出声来:"年轻人就是喜欢开玩笑,轿夫该不会刚才没吃饱,刚停了轿子就跑哪儿去喝羊汤就大饼了吧!"

杜望笑而不答,反问道:"你去庙里求什么?"

张秉梅有些奇怪杜望为什么突然不用敬称,但他虽然文人出身却没有酸腐之气,豁达地说:"求家宅安宁,小儿怀仁事业顺利,一生平安……"他望着杜望真诚的眼睛,突然心底隐秘的愿望也脱口而出,"月生能够觅得良伴,此生幸福安乐。"这话一出,张秉梅突然觉得眼眶发酸,几乎要流出眼泪了。他有些不好意思,连忙用衣袖遮住眼睛,嘱咐杜望,"你们在这里等我烧完香出来。"说完就匆匆转身离去了。

四

难怪人们都说新年新气象,张秉梅觉得今天自己格外神清气爽。虽然说自己往常身体也不错,却从来没有这样松快过。那十几级台阶也轻飘飘地说上就上来了，连手里的修竹拐杖都显得累赘起来。

张秉梅从大师手里取了几炷香，到手有些奇怪。平时他来寺里上香，和尚们看他年纪大心也诚，给他的香也是格外加持过的，但这回拿到手里的香却似是寻常的佛香。他还呆愣着，面前的大师已经冲他微微一笑，示意他可以到佛前参拜了。

张秉梅将手杖靠在一边的柱子上，静心三拜后将香端端正正地插在香池里，又回身在蒲团上跪下，诚心念诵祈福。待到所有能想到祈福的都祈福到，连家里养着的一猫一狗一只正在下蛋的芦花鸡都祈福过后，月生的名字终于不可抑制地涌到嘴边。

张秉梅今年已经七十岁了，前二十年一直醉心诗书，二十八中举，仕途不顺，妻子早逝，感情也是薄淡，只留下一个儿子怀仁，没有什么太大的作为，却也算让人省心。有时恍惚觉来，这一辈子没爱过什么人，除了月生。

月生是他朋友的女儿，受朋友委托，他来为月生开蒙并传授画艺。那个时候月生不过五岁，小小的人儿坐在案边听不进去书，头便耷拉在几案上睡过去。他自己讲书讲得入迷，猛地抬头发现月生已经跟周公杀得正酣，一条晶亮的哈涎从嘴角直直垂在书本上，湿成圆圆一个点。张秉梅又好气又好笑，觉得这样贪纵太对不起友人的重托，书卷便不轻不重地敲在月生的丫髻上。月生猛地惊醒，痛倒不怎么痛，只是十足地委屈，哇的一声就大哭起来。张秉梅从来没有带过孩子，更没有带过女孩，只能忙不迭地哄："是先生错了，是先生错了。"那一年，张秉梅四十岁。

月生虽然不喜欢读书，但在画画上很有天分。张秉梅自己也是十分喜欢画画的人，于是倾囊传授。月生十七八岁的时候，一笔傲骨梅花便画得很有老师的韵味。张秉梅为了奖赏自己的爱徒，便在一边剥花生瓜子给她吃。月生一边飞快地拈在嘴里，一边催促："先生快点，先生剥快点。"张秉梅那个时候已经辞官不做，整日在家画画斗鸟，闲来教月生几笔丹青。他那年五十岁出头，但因健体节欲，人又清瘦,望过去不过是四十岁的年纪。近书墨而远功禄,半生所思所想所阅所看都尽数敛在身上,行多言少,跟旁人很不一样。

月生也长到花一样的年纪,不久便被父亲安排婚事。月生很不高兴,大闹着不要成亲要去读女大。月生劝服不了父亲,只能去求张秉梅。她心志坚定,甚至还将自己长长的麻花辫剪成了新式女性的短发,被人指指点点。张秉梅其实也心疼那一头长发,但在月生面前只说好看,劝友人放月生去读书。这世间女子多劳碌辛苦,命不由己,只是这孩子是自己看着长大的,能晚一时便晚一时,如意郎君慢慢挑选就是。

友人对张秉梅却是冷冰冰的:"女孩子大了就要收心,不赶快嫁人,难免做出败坏门风的事情,张兄说是不是?"

张秉梅被友人的目光刺得周身一凛,大家都是聪明人,话里话外的意思点出三分就足够。不需要友人多说,他就自己提出不再见月生。

月生再去见张秉梅的时候便被张秉梅谎称生病闭门不见,她提着张秉梅爱吃的玉珑糕站在窗前,声音委屈里裹着坚韧:"先生,你见我一面啊!"

张秉梅的心突然揪成一团,只能将整个人都裹进被子里。他忽然发现,友人的警醒不是没有道理的。

他张秉梅是道貌岸然的伪君子,居然不知不觉喜欢上了自己的学生。

五

月生见不到张秉梅,也不愿意被父亲抓回去成亲,于是连夜逃出清平报考女大。她的父亲驱马追赶,却在荒郊野外失足跌下马背,被人发现的时候已经断了气。月生母亲早逝,世上只有这么一个亲人。她听闻消息回家奔丧,在父亲灵前痛哭着将女大的录取书撕得粉碎,

— 7 —

一个头深深地叩下去,发誓此生绝对不离开清平。

月生父亲死后,族人站出来指责月生害死父亲,表面上道貌岸然,背地里却将月生的家产瓜分殆尽。张秉梅怜惜月生孤苦,把她接到了家中居住。张秉梅一直想要为月生找一门好亲事,但江南小镇自封守旧,月生有了那样的名声,几乎很难说亲。即便有眷恋月生美貌和才华愿意不计前嫌的,月生也反对得很激烈。

月生很快到了二十岁,女人一过桃李年华,再不谈婚论嫁几乎就是要做一辈子老姑娘了。张秉梅终于忍不住对月生发了脾气,月生倚窗作画,本是淡淡的,见张秉梅真动了怒,这才迫不过说出了口,自己不想嫁人,只想相伴先生这样诗书乐画,明月清风。

张秉梅不敢明其深意,只说:"近年我身子渐渐病弱,陪不了你几日。"

月生腕下不停,为梅花一一添蕊:"能有一日是一日,如果先生病了,我便照顾先生,仍是能有一日便是一日。"她添蕊完毕,抬头,目光盈然看着张秉梅,"这样不好吗?"

像是一枚小石子,冷不丁地敲破冬日水面薄薄的一层冰壳。

那一年张秉梅五十五岁,其实这样岁数的乡绅纳一个二十岁的小妾,在邻里并不算是奇闻。但是张秉梅不愿,他已经老了,很快就是一抔黄土掩过去。但月生还年轻,他不能耽误她。

张秉梅终于故作糊涂地开口:"你想要照顾我也好,怀仁已经到了娶妻的时候,虽然没有大的作为,但是人品很好,更何况有我在,他不会亏待你的,不如你做我儿媳妇吧。"

怀仁那个时候走到门口,本来想要敲门给父亲请安,突然僵住了手,心怦怦跳了起来。他虽然称不上有多喜欢月生,但是冷不丁父亲要把一个漂亮姑娘说给自己做媳妇,还是有几分开心的。

月生的眼泪却突然打湿了纸上的梅花,刚点的花蕊绵延晕开,一如她藏着无尽凄哀的声音:"先生,你不会不知道,我是爱着你的啊!"

张秉梅手里捧着的茶杯落在地上,发出清脆刺耳的破碎声。怀仁僵着的手慢慢捏成拳,挥袖而去。

次日清晨,张怀仁命人把月生的所有东西打包好送出了屋子。月生穿着一袭简单的竹布旗袍,剪短的头发已经留长了,松松地绾在脑后,只一双雾蒙蒙的眼睛眨也不眨地看着张秉梅。

张秉梅站在张怀仁身旁面无表情,只淡淡开口:"我在朋友家里已经为你谋了一份西席,你去教他们家女儿读书吧。"

赶月生走不是他的主意,但他了解儿子的脾气,也明白这对月生而言其实是最好的出路。

他只有不动声色地为月生解决衣食住行的大问题,才能挥剑斩情丝。

但任谁看来,都会觉得他生气并且不屑。

六

张秉梅六十五岁那年生了一场大病,几乎真的要把他送去西天,怀仁甚至已经含着悲痛为他备好了寿材。月生闻讯赶来,扑在张秉梅床头痛哭,任怀仁如何辱骂都不离开。而当时昏迷了三天三夜的张秉梅居然在月生的哭喊中睁开了眼,只哑着嗓子哆嗦着说了一句:"月生来了?"

月生闻言攥着张秉梅枯瘦的手,只一迭声地哭着说道:"是我来了,先生,是月生来了。"

那一幕让张怀仁哑口无言,他床头侍奉多日,都抵不过一个小小女子的柔肠和眼泪。他也第一次真正意识到,父亲对月生绝非简单的师徒之情。

月生尽心尽力照顾了张秉梅三个月,直到他身体见好后才悄无声息地离开。只在逢年过节,托人送上一篮子玉珑糕,自己并不出面。自从那夜戳破了不该戳破的窗户纸,她觉得自己已经无法出现在张秉梅面前。张秉梅知道,自己已近古稀,人生苦短,此生将了,月生这才亲自送上了手制糕点,却也没期望真能撞见自己出门,还说上了话。

"请菩萨保佑月生,早日得觅良配,生儿育女,不要一生这样孤苦。"张秉梅从回忆中拔出来,祈完福,深深叩了三个头。刚要起身,觉得脚面上一软,下意识就弯腰捡起了鞋子上一方秋香色帕子。

自己的帕子,似乎不是这个颜色?

有面色绯红的娇俏女孩凑上来,声音软软的:"多谢公子。"说着伸出自己柔软白嫩的手掌。

"啊?"张秉梅有些摸不着头脑。女孩更加害羞,指着那方帕子:"公子,那是我的帕子。"

张秉梅下意识将帕子递给女孩,女孩红着脸看了他一眼,还想要说话,就被身旁的闺中好友拉走了。张秉梅隐隐听见那闺中好友对女孩低声说:"你胆儿真大。枉你看上了,可惜是个呆头鹅,白长得那么俊俏。"

公子,呆头鹅?

张秉梅愣了一会,想起去拿靠在一边柱子上的手杖,但猛地抬头正好看见光滑的鎏金柱子上映出自己的倒影。

眉宇轩昂,身姿挺拔,分明是自己年轻时候的样子!

七

张秉梅仓皇跑下石级,连手杖都顾不得拾。他的两条腿松快有力,眼前的景致水洗过一般清亮。鸟鸣花香,都较之以往更清晰地被感知。张秉梅站在山脚下平定喘息,伸手拭汗,手腕上的皮肤也是光洁的,露出充满生命力的青色血管。气宇轩昂,让来往姑娘都投来爱慕的眼光。

杜望站在他面前,笑吟吟地,两个胖娃娃一边一个抱着他的裤管,也是笑吟吟的。

张秉梅哆嗦着嘴唇,想要说些什么,问些什么。

杜望伸出一根手指,放在唇边轻轻地嘘了一声,桃花眼眯成一条缝,轻轻说道:"广记轿行,欢迎惠顾。"

杜望、轿子、胖娃娃在人山人海的庙宇前瞬间都消失了,却没有引起任何人的惊奇,似乎从头到尾能看见他们的只有自己。张秉梅呆站在原地,忽然觉得心脏怦怦怦地跳动起来。

他要去找一个人!

女中的放课铃刚响,欢快的女学生们就熙熙攘攘地挤出了教室。月生默默地将教具收拾好,离开的时候却不小心带翻桌子上的颜料盘,好好的月白袍子上顿时染上了五花八门的色彩。月生有些狼狈,正低头擦拭的时候,教室的门被"嘭"的一声推开,撞在了墙上。

月生被吓到了,抬头看见面前的青年男子。他粗重地喘息着,额头上大汗淋漓,手还扶在门把上。看上去倒不像坏人,反而像是识文断字的。

月生便小心翼翼地问:"请问您是?"

没有回应。月生恍然大悟:"你是来找这里的学生么?她们刚刚放学,你去追还追得上。"

男人依旧不说话,只是望着她,似有万语千言要说,偏又怎么都说不出。月生有些尴尬,顾不上清理沾着的颜料,马虎抱起教具就要离开,却在擦肩而过的瞬间被捏住手腕。那人道:"我找你,就找你。"

教具撒了一地。月生挣扎着想要喊人,却正对上男人的眼睛,眼中盈然有泪,声音是温柔的慈爱的:"梅花莫要点得太重,当心伤了灵气。说过你那么多遍,为什么不听话?"

寂静的教室里,只听见两个人粗重的呼吸声。月生觉得心脏剧烈地跳动起来。不可能的,不可能的,一定是哪里不对。

但是这个人的眼睛,这个人的举止,这个人身上穿着的长袍,还有昔年学画的时候只有这个人会对她叮嘱的话。她用空出来的手紧紧抓住自己的领口,听张秉梅终于说出口的话:"我也是爱你的,月生。"

月生哆嗦着嘴唇哭出声来:"先生……"

八

世间总有种种奇妙难以解喻,比如广记轿行,广记轿行的轿子,和广记轿行的杜望。

过了年,很快就到了元宵节。杜望窝在躺椅上一边嗑着瓜子一边看着荣和二宝翘着朝天辫争着玩一个灯笼。那个灯笼是张秉梅亲自画的,跟月生登门送来,算是谢媒礼。张秉梅喜欢孩子,跟荣和二宝玩得很是融洽。荣和二宝却更喜欢漂漂亮亮的月生,可惜月生看不见他们,只能根据张秉梅指点的方向冲两个奶娃娃温婉而笑。

杜望裹了裹毯子,"可惜啦,只有坐过咱们轿子的人才能看得见你们,不然也多个人陪你们玩。"

阿荣、阿和齐刷刷地抬起头睁着大眼睛盯着杜望:"那请月生姐姐来坐。"

杜望"噗嗤"一声笑出来,顺手将荣和二宝拎到一边:"不是所有人坐咱们轿子都是好事儿,看你们今天抬轿辛苦,许你们再玩半个时辰。"

三人围炉赏月,喝得高兴。少时酒尽,张秉梅兴致勃勃地要去打酒,他乍还青春,正开心使用自己利索的手脚,不许任何人代劳。

待他出门,月生从小炉上提起暖酒壶,满满斟了两杯,敬给杜望:"杜老板,我实该好好敬你一杯。"

杜望笑吟吟地接了,浅浅啜了一口,却见月生仰脖喝尽。杜望也只能苦笑着把酒干了,以示礼貌。

月生凝望着跳动的火光，似在对杜望说，又似在自言自语："十二年前，我离乡求学，在省城读书，跟那些年轻的学生一起读书看戏，也不乏待我很好很好的人。我虽然没有答应他们，但其实心里也得意得很。人人都说青春好，青春快乐，我虽然不懂很多，但现在想来那时候大概就是了。"

"后来我父亲死了，我忽然觉得心里一下子空了。也就是那时候，我才发现，当时的那些快乐那些得意其实也是空洞洞的，我的心里什么都填不满，但跟先生在一起的日子却不同。世人青春之前总觉得将来能遇见很多人，但那些日子过了才发现这辈子能遇到如珠玉如锦绣的人也不过就那一两个，然后就靠着那一两个撑过一生，而我只遇到先生一个。"

她自斟一杯，又抬头饮了，杜望连忙陪了一杯。

"我少时蒙他教导，总觉得这世间的人应该都同他一样，后来却发现很难。他为人清正，又是一贯自苦自省的性格，这一生心里都是很苦的。我总是很心疼他，后来知道他也是心疼我的。每一天过去，我心里都害怕得紧。我怕这人间留他不住，怕他就这么孤零零地一辈子结束，而后我也要这么孤零零地结束，不，我还要更久。只有跟他在一起，我才少些害怕，可我万万想不到……万万想不到如今竟然这样好。杜老板，我实在该谢谢你。"

月生说话间就要敬第三杯，杜望正要想办法劝住，门"嘭"的一声被踹开了。

寒风裹挟着酒气钻进来，荣和二宝吓得瑟缩在角落里。杜望倒是连屁股都没挪一挪，抬眼看着醉醺醺的张怀仁："这不是张大爷么？小店打烊，若是请轿子，还请明天早些。"

张怀仁拎着酒罐子坐下，脸色潮红："我只问你一句，怎样让我爹变回来？"

杜望眼睛眯成一线，"张大爷，你自命孝顺，张秉梅一生中可曾一时半刻有这三天来得快活？而你斥责月生枉顾理法，又可曾问自己心里是不是生了妒忌的心魔?"

张怀仁红着眼睛,大声吼道:"你若不说,我今天烧了你这邪性的铺子!"

杜望冷笑一声:"我杜某人的铺子,也是你这种人说烧就烧的?"

死一般的寂静。张怀仁知道杜望必然有奇异之处,反而不敢轻举妄动,但酒气上涌,居然痛哭起来。杜望站起身,声音淡淡地说:"凡事自有因果,当初是你自己走进我的铺子,亲自为你爹请的轿子,如今又能怪谁呢。还请回吧。"

张怀仁走了,阿和吮着指头,糯声糯气开口:"阿和瞧着,那个大叔也挺可怜的。"

杜望微笑,眼神却没什么笑模样:"天下可怜人多了,咱们开轿行的可怜得过来么?"

话音刚落,一股子焦煳味道入鼻。杜望大惊失色,连忙拿过放在柜台上的轿盘,只见梨花木的托盘上原本放紫绸祥云轿的地方焦煳了一片。杜望忍不住咬牙:"好一个张怀仁,居然敢烧我广记轿行请出来的轿牌!"

九

不到凌晨的时候,门被轻轻敲响了。

杜望是和衣睡在店里的,像是早有预料一样,他推开门,门外是白发苍苍的张秉梅。

他变回了年老的模样,甚至显得更老,映着身后大街上的积雪,满眼都是苍颓。

"月生还在睡着。"他轻轻说,"我没敢吵醒她,自己悄悄来的。过往的那几天我很快活,也不敢奢求今后天天都是那样的日子。杜老板,我只想求个说法。"他抬起眼睛,浑浊的眼泪从沟壑纵横的脸上滑过,"是苍天看不过眼了么?这是对我的惩罚吗?是觉得我张某人

— 14 —

终究配不上月生吗?"

杜望手扣在门沿上,表情平静:"张怀仁烧了紫绸祥云轿,这轿子原先是他为你请的,轿牌也一直留在他那里。是我疏忽了,忘记嘱咐你把轿牌要过来。"他顿了顿,"坐进紫绸祥云轿的人,会返老还童。因为轿子被烧,所以加在你身上的法力也消失了。"

张秉梅瞪大了眼睛,手也忍不住拽住了杜望的袖子:"这么说,杜老板只要再做一顶紫绸祥云轿,我就可以再次回到年轻的时候了?"

杜望有些不忍心,沉吟了一下却还是开口:"广记轿行,所有的轿子都不重样,请走就是请走,烧毁就是烧毁。张秉梅,我这里再没有让你返老还童的办法。"

张秉梅的手滑落下去,跌跌撞撞后退了两步。杜望想要上前搀扶,却被他躲开。杜望叹口气:"其实月生不会在意的,最开始你就是如今的模样。"

张秉梅苍老的手掩住眼睛,浑身都在发着抖:"但是我在意。"

张秉梅转身走了,在苍茫雪地里留下一串脚印和孤单单的拐杖印。荣和二宝挤在杜望身边看着张秉梅的背影,阿荣更是瘪了瘪嘴巴就要哭。杜望有些头疼地捏了捏太阳穴:"你们说,月生什么时候会来?"

该来的总会来,月生来找过一趟张秉梅,发现不在,便急匆匆地走了。三天后又再次来到广记轿行,容颜清减不少,一双雾蒙蒙的眼睛看见杜望就要往下掉眼泪。

杜望吓得一激灵,跳起来说:"别哭,千万别哭。我看不得女人掉眼泪。"

月生咬了咬嘴唇:"他不见了,三天来我翻遍了清平,最后才知道他平安回了家,只是对我闭门不见。我在他门口站了很久,他才让张怀仁递了张纸。"

折得整整齐齐的徽宣,简简单单的两句诗:"一夜冬风梅花落,明月何必自多情。"

杜望有些唏嘘，月生却"扑通"跪下来磕了一个头："他不肯见我，也不愿意同我说话。我知道杜先生不是凡人，还请开释小女。"

杜望有些为难地抓了抓头发，最终还是横下心蹲下来一五一十地将原委给月生说了。

十

广记轿行后院，一模一样的紫绸祥云轿。只是轿帘上绣着的流云纹是反着的。

杜望看着月生："你可想好了？"

月生的手抚摸着轿帘上的花纹："我想好了。"

荣和二宝站在轿子的前后两侧，齐刷刷地放声大哭。阿荣抽着鼻子说："阿荣不哭，阿荣不哭，漂亮姐姐坐上轿子，就能看见阿荣，陪阿荣玩了。"

阿和却一边抽噎一边说："可是，漂亮姐姐坐上轿子，就不是漂亮姐姐了。"

两个人哭得心酸，累得杜望也抽了抽鼻子，连忙不好意思地说："是荣和二宝舍不得你。"

月生一笑："两个小家伙快别哭了，待会儿还要帮我抬轿子呢。等我出来就能看见你们了。"说着掀开轿帘毅然决然地坐了进去。杜望将手上转来转去的轿牌递给月生："这是这个轿子的轿牌，你收好了。只有一点，这个轿子原本不是柜上用来请的轿子，即便烧了轿牌，法力也不会消失。你真的想好了？"

声音从轿子里斩钉截铁地响起来："想好了，还请杜老板起轿。"

依旧是一炷香的时间，轿子稳稳停在张府院内。

杜望声音有点滞涩："到了，姑娘下轿吧。"

月生掀开轿帘,慢慢走下来,先是冲杜望一笑,又弯腰看着荣和二宝:"终于看见你们了,真可爱,跟先生说的一样。"

荣和二宝瘪了瘪嘴巴要哭,被杜望一边一个搂在怀里,只对月生说:"快些去吧,他等你很久了。"

月生点点头,慢慢拾级而上,在张秉梅的房门上轻轻敲了敲,无人应答,又敲了敲。

杜望远远地看着执着敲门的月生,似乎永远不打算开口一样。

张怀仁端着饭盘从穿廊走过来,好奇地停留在月生身旁,上下打量一番后谨慎开口:"请问,您是家父的旧识么?是哪家的老夫人?"

敲门的手突然停滞了,她没有转头,也没有搭理张怀仁,而是慢慢地又敲了敲门,终于开口。那声音是微微哑着的,颤颤巍巍的,属于一个花甲老妇的声音:"先生,是月生来了——"

绣着相反流云纹的紫绸祥云轿,不是返老还童,而是加速衰老。

张怀仁手里的饭盘"当啷"一声砸在地上,他不可置信地后退两步:"你是月生?你是月生!"

门"吱呀"一声开了。

垂垂老矣的张秉梅,望着门外同样垂垂老矣的任月生,顿时泪如雨下。

月生轻轻微笑,带动脸上的皱纹像一朵盛开的花,她轻轻说道:"梅有枯荣,月有圆缺,我总是会陪着先生的。"

第二章
凤鸾双喜轿

一

惊蛰多雨，万物复苏。

广记轿行连月不曾有生意上门，快揭不开锅的杜望杜老板只能在前院垦了巴掌大的一块地，打算自己种两棵小白菜。刚把闹着玩的荣和二宝从犁头上扒下来，院门就被人轻轻推开。穿着清水蓝旗装的清秀少女站在门头，脑后松松挽成一个发髻，如同一枝沾雨白兰："老板，我来请个喜轿。"

杜望直起腰板来，刚想说话，一个穿红戴绿的点痣媒婆已经黏上来："哎哟，姑娘，你怎么来了这一家？这一家的轿子可是出了名地贵，只卖不租。"

少女便有些犹疑，一双剪水秋瞳在杜望身上流连，穿着雪白袜子黑色学生鞋的脚也在门槛上收回了一半。鞋上沾了泥，似乎跑了很多地方。

杜望伸了个懒腰，刚想说自己家不出喜轿，门口已经"嘀嘀"两声，开过来一辆漆黑发亮的小汽车。一身西洋骑装打扮的姑娘翻身从汽车上轻捷地跳下来，顺手将手套脱下甩给旁边的司机，大步流星地走进门来："你们家的喜轿，我全都包了。"

清秀少女微微蹙了柳眉,神经质一样自言自语:"我总归是要嫁给他的。即便我请不到轿子,赤脚荆钗我也要进他们家的门。"

"方清清,我在这里你想也别想!你爹是早些年的进步人士,要是知道自己上了十年新式学堂的女儿嫁到那种宅门里给纨绔子弟做妾,泉下何安!"

杜望颇有兴致地望着怒气冲冲的洋装姑娘,明明长着一张讨喜的圆脸,却偏偏一副怒气冲冲的样子。头发是蓬松的自来卷,被亮晶晶的西洋发钿压住,俏皮可爱,和一身英姿勃发的骑装对比鲜明。

杜望还没有来得及收回目光,司机已经先呛了声:"看什么看,这是警察局谢局长的千金!"

原来是刚刚留洋归来的谢局长掌珠,传闻中七八岁就把男孩子撵到树上痛哭流涕的清平镇小太岁。而身边那位,就应该是自小在西式学堂读书,谢大小姐的同窗好友方清清了。

谢小卷将一卷银元丢给杜望:"你们家的喜轿,一顶也不准出给她!"

杜望恋恋不舍地把银元推出去:"两位姑娘上别处争吧,我这里确实不出喜轿了。"

二

当晚是明月中天,许是月亮太亮,反而衬得天空黑压压一片,一颗星星也无。杜望蹲在地里盯了毫无动静的菜芽芽半晌,再三确定没有什么明显的长势后叹了口气。他刚背过身子要回屋睡觉,却冷不丁看到有一道黑影闪过。

杜望状似无意,回身却如同鬼魅一样扑近,出手快捷。身前的人用手去挡,却被牢牢压在身下。杜望眯着眼睛,如同发狠的豹,全然不同于白日的安谧慵懒。手指一晃闪出术光,但下一秒身下的人却痛呼了一声。

杜望愣了一下,下意识松了手:"谢小姐?"

来人正是谢小卷,烛火下蝴蝶发钿悠悠挂着几根发丝,颇为好笑。她略显狼狈地整理了一下头发,抬头撞上了杜望的眼睛。杜望还没有来得及发问,她先凶过去:"干吗下那么狠的手?!"

杜望早已经懒洋洋地蜷回摇椅:"警察局局长千金深夜来访,总不会是体察民情吧?"

谢小卷郁闷了一下,"白天我已经盘下清平镇所有的喜轿,除了你们家。我才不相信你们家没有喜轿这种鬼话,哪里有轿行不出喜轿的?是不是方清清那丫头给了你好处让你来骗我?"

杜望突然来了兴致,探起身子拨亮了灯芯:"不如你先告诉我,你为什么死活拦着她?"

谢大小姐的手帕交方清清,是清平镇南绣锣巷二十三号方家独女。父亲是清末上过燕京大学的新派进步人士,游行演说时被弹片伤了身体,回乡养了两年还是伤重而逝。留下一个聪明伶俐的女儿,在父亲旧交谢局长的照拂下也送去读了新式中学,和谢小卷近乎于形影不离。十五岁那年谢小卷被父亲送去留洋,而方清清因为三年守孝未满不宜远行,便留在了清平镇。

方清清是孤女,性子也继承了书香门第的清高。年纪略大一点便不愿意接受亲友救济,因着在新式学堂学得出类拔萃的洋文,接下了老师介绍的一个活计,为大户人家的小少爷做洋文西席。

登门授学那天刚好是夏季入伏,知了在树上叫得焦躁,方清清却站在青墙乌瓦的门前踌躇不前。若不是亲眼所见,她决计不会相信清平镇郊会有这样的古色古香的豪门大院,连谢家的白色小洋楼都难以堪比。

侍女将方清清引入书堂,书堂前悬下一方水晶珠帘,只能影影绰绰看见帘外的形物轮廓。侍女得体微笑:"府里鲜接待女客,夫人知道来的是位女先生,碍于男女大防,挂上珠帘,是体贴姑娘的一番美意。"

如此迂腐。

方清清觉得好笑,背身拨了拨桌上香炉。却听见帘外脚步响动,知道是自己的学生,便笑眯眯地转头:"Is that a sunny day, right?"

方清清以为自己的学生是个七八岁的毛头小子,不想帘外的身影却颀长挺拔。蜀锦长袍映着水晶珠帘,泼出一片迤逦光彩。青年男子的声音清雅矜贵:"姑娘说什么?"

方清清觉得自己的嗓子微微一滞,缓缓开口:"夏意正浓君知否?"

三

那人叫作祈佑,家里也是没落的贵族,昔日八国联军攻下京师,老太爷避祸南下,在清平镇这样的世外桃源偏居一隅之安。侍女们管祈佑叫小王爷,受过新式教育的方清清却不卑不亢,只尽职尽责地从西法音标教起,再到洋文字母,简单的单词。祈佑是极有悟性的人,学得也快。

直到又一年初春,祈佑突然生了病,府上便放了方清清两个月的假,薪水照付。她是小女孩心性,本来乐得轻松自在。只是没想到没去府上授课不过一日,每每在家中书案前抬起头来,仿佛都能看见竹帘外祈佑瘦削的身形。她隐约觉得诧异,明明连脸都未曾瞧真切过,怎么会产生这样的幻觉?是夜,方清清做了梦。梦中书堂的珠帘卷了起来,祈佑转过身来,五官清俊,眼神哀切。方清清猛然惊醒,心跳如鼓,却又记不清那张梦中的脸。

两个月后祈佑病愈,方清清重新入府授课。祈佑在帘外练习书写英文长句,却突然剧烈地咳嗽起来。衣袖带翻洋墨水瓶,沾染了一袖水墨烟雨。侍女不在书斋,方清清几乎是下意识地冲出珠帘,手拍抚着他的背。

— 21 —

祈佑用拳头勉强堵住咳嗽，这才抬起头来。

有些人，只消一眼，便刻进了心里。

那是非常清俊的一张脸，因为咳嗽还染着病态的潮红。头上的圆锦帽上缀着拇指大的一颗通透碧玺，映着方清清自己的盈盈眼波。这深匿于乡野的满贵还留着发，那明明是她们这些新式学生抨击过的样子，而祈佑仿若是从书卷里走出的清隽公子，让人觉得他本就应该如此。

他看着方清清有些愣怔，似乎没想到她会从帘子后面跑出来，勉力一笑："没事儿，老毛病了。"身子微微一偏，不错痕迹地避开方清清的手，说句："今日课罢，请先回吧。"便自去堂下休息。

客气疏离却又温文尔雅，纵是无情也动人。

方清清很快意识到，自己最初因为祈佑的一根辫子产生的偏见有多么可笑。他虽是旧式少爷的装扮，但跟那些整日因循守旧、不学无术的遗老遗少并不同。他本身高门私塾堆出来的诗书功底很深，对史书记载的名人轶事、乡野趣闻也可以信手拈来。他学习洋文也不是为了和洋人打交道，而是为了远方舶来的那些天文地理、商经律法的知识。更重要的是，他通达朗阔，对于各家所学毫无偏见，也从不擅表非议。似乎这世界上没有什么观点是他不能理解、不愿倾听的。

他是故纸堆中跳出的锦绣人，窗子里透进来阳光，他便舒展开来舒舒服服地晒着。古与今，中与西在他身上碰撞出微妙的流光，衬得其他人都黯然失色。但方清清又隐隐觉得，当你想要彻底把他从这屋子里拽出来，又似乎有什么东西牢牢拴着他的手脚，让人觉得有些可惜。

一旦生了欣赏和怜悯，爱情便也不远了。方清清悄无声息地坠了下去，她赞叹祈佑的学识，钦佩他的见地，先前他那些可笑的陈旧儒雅的做派，如今也成了让人着迷的若即若离。他甚至还画的一手好工笔，那扇面上的美人娉娉婷婷，堆着鸦色云髻，也自拿了一柄小扇凭窗而立。再细看去，才发现那小扇上也画着一个美人。见她喜欢，他便也大方赠给她，说是不值什么钱的小玩意。只是不肯落款，怕有些私相授受的嫌疑。

一旦心里产生了变化，她便不觉得这些规矩是鄙陋，而像是放陈了的书页，透着那人身上的温柔。她一下坠入了这余韵袅袅的古典之美里，过往她多少自得于自己上的西式学堂，而今一衬，惊觉自己活得粗陋，竟将这东方土地里孕育的优雅丢弃得丝毫不剩。头发长了，她不再剪短，而是慢慢蓄长，那样的自己似乎也很好看，更接近那扇上美人，他应该也会喜欢。

但她到底跟古典美人不同，她清楚明白，若放在过去按门第论，她跟祈佑根本不会有丝毫交集。即便是现在，若她不主动剖白心迹，为自己争取，两人也只有错过。因此待头发留长到可以扎成垂肩两股，她才素手芊芊从珠帘里递出一张纸笺，那上面舍弃了热情洋溢的西洋诗歌，带着她的温柔愁绪忧伤地落下一句《越人歌》——

山有木兮木有枝，心悦君兮君不知。

男女之间最玄妙的莫过于那一层窗户纸，她大着胆子捅破了，却没有想到是如此冷漠的结果。

次日方清清领到了账房结的月钱，告诉她不必再来。方清清百思不得其解，再三追问，下人才不耐烦地说小王爷有了新的洋文老师。她不死心，换了绣花长裙，挽了头发去看他。揣测这样他会喜欢，要为自己再争取一次。她强打了十二分的勇气向水榭书走去，刚走到门口就听见欢声笑语，帘内是一名穿着女式衬衫长裤的年轻女孩，正拿着剪刀为祈佑修理头发。方清清这才发现，祈佑额前的发早已经蓄长。一剪刀下去，长长发辫倏然落地。而他却毫无惋惜之情，只扬眉看着洋装女孩，笑意盈盈。

"听说那是跟小王爷自幼定亲的蕴敏格格，刚刚留洋归来。"

"那衣服真好看,女孩竟也能穿得那样精神。听说小王爷学洋文也是为了她,是吗?"

方清清只觉得脑中嗡然一片,廊上装饰的琉璃花镜映出她腐朽在裙裾里的残影,仿若是那扇面上的工笔美人,在这个时代只能被框在画上。

原来祈佑不是不喜欢新派女子,只是喜欢的不是她。他将她画进了画里,随手赏一赏,就丢到一边。她却从那纸面上挣不出来了。

她想要狼狈离开,却正对上祈佑剔透的一对琥珀色眼珠,沉如静水地望着她。

四

谢小卷留洋归来,几乎认不出来方清清。昔年的方清清,穿天青色马蹄袖上衣就一折黑色百褶裙,齐耳短发清新爽朗,说话做事大大方方,一笑露出两排健康的白色牙齿。而今的方清清则打着桐油纸伞哼唱着昆曲,伸出手指露出莹莹蔻丹,"这水红还欠上几分通透,我要再去讨些明矾来。"

谢小卷情不自禁打了个冷战,觉得眼前的手帕交从骨子里换了一个人,不再是新潮开放的女学生,仿佛是闺阁绣楼里飘出来的旧式女鬼。谢小卷理所应当地去找老爹谢局长算账,谢局长也无奈摊手,说早送去看过医生,只说是心魔生的癔症,心结不开,药石无医。

她为了爱那个人,为了靠近那个人,将自己扒皮拆骨换作了另外一个人,却发现自己想错了,从头到尾都想错了。

蜡烛猛地爆了个花,谢小卷打了个寒战。杜望听得津津有味:"那后来呢,怎么那人又答应娶她了?"

谢小卷深吸了口气:"我也不晓得,那家人突然就来下了聘。还说不办婚礼,让清清自己找个喜轿从偏门送进去。这不是糟蹋人么?

偏偏那丫头死心眼地要嫁进去。"她打了个喷嚏,看了一眼怀表,慌不迭地站起来,"都这个点儿了,我要赶快走了。"末了又做出凶狠表情,"记住,不许给她出喜轿。"说完便风风火火地离去了。

杜望把丢在地上的毯子捡起来,打着哈欠正打算去落锁,却听见门被轻轻地敲起来,轻缓有礼却非常笃定,仿佛不开就要一直这么敲下去似的。

杜望无奈走过去打开门:"谢小姐可是忘了东……"

来人穿着一身上好的乌锦披风,径直走到院子正中,沐着满庭月光放下了风帽,露出一张瘦削清俊的脸。领子上绣着的图案是金线织绞而成,雍容富贵,非贵族不能有。

他开口,嗓子略微沙哑:"掌柜的,我来请轿子,抬到南绣巷二十三号方家。"

杜望噙着微笑:"你就是祈佑?可惜我们轿行不出喜轿的。"

祈佑抬起头来:"杜老板,我请的是凤鸾双喜轿。"他看见杜望脸上的笑容有些微僵,不由得又笃定了几分,"家中姆妈,跟着我们家几十年了。但她是南方人,三十年前在江夏见过您。前些天在街上偶遇,姆妈说您的容颜半点也没有改变。"

杜望带着轿牌四处流浪,三十年前确实到过江夏。那阵子杜望荷包颇紧,便频频出过一个轿子——凤鸾双喜轿。顾名思义,就是成亲抬新娘子的大红喜轿。可说也邪性,那年有几个新娘子临门悔婚,全都是坐着广记轿行的轿子抬过去的。

"姆妈说,您的凤鸾双喜轿三十年前在江夏闺阁间口耳相传,但凡是个出阁的姑娘,都一定要坐您的轿子嫁过去。姆妈幼时有个闺中好友,坐您的轿子到了家门口却大哭悔婚,口口声声说自己将来会被丈夫打死。她娘家人贪图亲家彩礼,说是姑娘发了癔症,死活嫁了过去。果不到半年,那姑娘就被丈夫活活打死了。"

杜望保持微笑:"想必是巧合,坐过去的时候发了梦。"

— 25 —

祈佑找了把椅子坐下，若有所思："后来我姆妈也坐了您的轿子，同样是在家门口悔婚，说新郎官有花柳病，自己将来也不会善终。家里人本来也不相信，谁知道那新郎官恼羞成怒晕倒在地，旁边有懂医术的宾客揭开他的领口，颈子上生满了疱疹毒疮，才知道那浪荡子已经梅毒攻心、药石难医了。"

杜望叹了口气，不说话了。

祈佑笑了笑："当然，坐这轿子也有婚姻美满的。总归我姆妈这么些年是一直感激您的。想来这凤鸾双喜轿的妙处就是让新嫁娘看到自己嫁过去的姻缘吧。"

杜望抚上自己的玳瑁眼镜："那又如何？那么多夫家来找我轿行的麻烦，害得我早早离开江夏。我早就决定不再出这凤鸾双喜轿了。再说了，人家都是姑娘家来求轿子，你新郎官来求，不怕黄了亲事？"

祈佑白着嘴唇："无论亲事成不成，我都只会感到庆幸。"他本来好好说着话，却突然浑身抽搐起来，五官扭曲，气喘连连。杜望看状不对，连忙上前扶住他，一凑近，却从他身上闻到一股极其特殊的浓郁味道。

杜望眉头一拧，强忍着厌恶："你竟染了阿芙蓉？"

五

八夷侵入京师的时候，祈佑还是个小不点儿，躲在额娘的怀里一路颠沛流离来到清平镇昔年置下的产业。阿玛洞观局势，决心不再回京，却朝就野，在清平镇这世外小桃源偷居一时之安。可惜好景不长，阿玛染了病，不日就撒手离开。祈佑的额娘以一己之力，兢兢业业经营田产，抚养祈佑。

革命党在清平镇剪辫时，因祈佑还小，宅子又偏僻，便躲了过去。但随着年岁渐长，祈佑渐渐倾心于西洋先进的天文、算术和建筑，不喜欢读那些腐朽文章。额娘便让祈佑跪在父亲灵堂前顶着厚厚的诗书请家法,皮鞭抽到身上就是一道血痕。祈佑生性孝顺,便只默默忍耐。然而在母亲发现祈佑有留洋的想法,将所有的西洋书籍付之一炬后,祈佑有了生平第一次激烈的反抗,他抢过母亲妆匣上的剪刀要冲着自己的发辫剪下去,却发现母亲手里亦拿着一把剪刀对着自己的脖颈,血痕鲜明,泪水涟涟。

他终究是输了,自那以后规行矩步,再不提留洋的事情。

直到他第一次遇见方清清。那不是方清清印象当中的书堂初遇,而是那年他被管家陪着到镇上的医馆瞧病,从窗户外看见邻家坐在秋千上读书的明媚姑娘。

那一年方清清才十六岁,头发剪到耳朵边,露出大段白皙的脖颈,笑容闪亮,黑色小皮鞋衬着雪白袜子一下一下踢着一丛粉色夹竹桃,落英缤纷。她坐在那里念一段英文诗,祈佑听不懂,只觉得咿咿呀呀地好听。他爱极了这样的姑娘,新鲜纯净自由,仿佛指尖透过去的阳光。

用了两年时光,祈佑总算说服了额娘不再因为自己学习洋文而寻死觅活。他本来托的是学堂老师授课,却没想到老师事忙,将这个差事让给了自己的爱徒。

"夏日正浓君知否?"纵然隔着一重珠帘,祈佑依然一下子认出了方清清。那瞬间迸发的极度喜悦仿佛在沉寂夜空中猛然炸响的烟火,极致灿烂。

在方清清尚未对他十分动心的岁月里,他曾经无数次隔着一方珠帘探头看她的静谧侧脸。他想要叫下人收了帘子,又恐太过突兀惊着了她。待她抬头看向帘外,他又慌慌张张低下了头,一副认真读书的样子。

纵然未曾点破,但方清清依然给他腐朽陈旧的生命以新鲜自由的血液。甚至他最终有了勇气,敲开额娘的门,说要到方清清家提亲。

"你要是喜欢这样的姑娘，蕴敏年后就从国外回来了。就算我不喜欢她，但毕竟两家知根知底，血统也摆在那里，我便帮你办了这桩婚事。"老太太避重就轻。

祈佑摇头："不是这样的姑娘，而是方清清，只她一个。"

老太太将烟杆放在灯上烤了烤："你想都别想。小贱人头发剪得跟姑子一样，颈子都被野男人看光了。咱们满族人，是最金贵头发的。"

祈佑胸中燃起从未有过的怒火，他将杯子砸在地上："我一定要娶她！我要带她一同留洋！"

一贯孝顺的祈佑第一次表现出如此的放肆，他夺门而出，身后老太太的烟杆掉在炕上，眼神涣散，嘴巴里也喃喃着："我就知道你没断了这心思……"

六

祈佑虽然念着洋文的书，却终究不算是新派的人。拿儿女情事来讲，始终觉得未曾得到父母之命便向姑娘家倾诉情意是浪荡子的做派。一个月以后，他再次来到额娘面前，想要提及此事的时候，却忽然浑身抽搐跌倒在地板上，四肢百骸都仿佛钻入了虫蚁，奇痒难耐。

祈佑生于冬季，加上先天不足，素有咳疾，好在当年家里有从京师带过来的西洋鼻烟，颇有奇效。也不知道怎么回事，近月来每次使用鼻烟后他都觉得身轻体健，耳聪目明。

祈佑颤抖着手要从衣袋里拿出鼻烟，手却一抖，琉璃瓶子骨碌碌滚到额娘脚下。老太太的软缎子鞋将鼻烟轻轻踢到榻下，烟泡烤热了颤巍巍将儿子抱到怀里，烟枪一抖一抖的。

"佑儿啊，你别怪额娘，额娘要留住你啊，额娘没有别的办法。"

祈佑早已经听不清看不清了，只在那钻心的痛苦中追寻着奇特的香味,张嘴咬上了烟杆。

这东西一旦沾上了,便是逃不开躲不掉,直如附骨之疽夺魂之魅。何况他亲额娘之前在他鼻烟里下的是上好的花汁膏子。一把年纪依然盘旗头踩花盆底着旗装的旧式女人,儿子是她的一切。她宁愿亲手毁了他,把他的翅膀连根剪断,也不愿放他海角天涯。她的儿子应该守着她,守着祖宗规矩,守着清冷牌位,守着贵族的最后尊严,在这清平镇一隅慢慢地腐朽死去。

那两个月的罢课,仿佛是在炼狱中煎熬的两个月。祈佑生平第一次觉得自己如困兽蝼蚁,在方寸之间苦苦求存。为了戒瘾,他把自己绑在椅子上,柱子上,没日没夜地泡在冰水中,高烧、胡话、六亲不认。

额娘来了,痛哭流涕地抱着他,让他抽一口,哪怕只抽一口,抽一口就不难受了。家资雄厚,能供他一辈子的阿芙蓉。他扛不住这样的诱惑与苦痛,只能复吸。清醒以后又无比憎恶这样的自己,只能再把自己绑在柱子上,周而复始,炼狱轮回。

他在精神涣散的时候依稀看见了方清清的脸,微笑的,认真的,落寞的。一切恍如隔世,他看着镜子里面自己俨然一副瘾君子的脸,不得不认了命。他想念方清清,要命的想念,那是他的另一种鸦片。

祈佑和额娘之间达成了微妙的默契,两个月后书堂复课。他提前抽过,换好了衣服,浣发修容,走在书堂的路上像是一步步踩在云端,只求在方清清面前一切如常。

转过雕栏画栋,盈盈一抹珠帘后,方清清娉婷站在书案前逗那只黄翎翠羽的金刚鹦鹉,清凌凌地说:"说话呀,跟我说'I love you'!你怎么不说话?你这只小笨鸟。"那笑声像是温润的水,拂过心房,让祈佑轻而易举红了眼眶。

没想到还是失算,他对阿芙蓉的需求与日俱增,一个烟泡已经不足以让他顶过午课。他在书堂上抄着洋文突然颤抖和咳嗽起来,方清清冲出帘子扶住了他。他回身正撞进那盈盈眼波里,并在她的瞳孔里看见自己狼狈的倒影。他躲开了她,赶在自己更失态前匆忙离开,落在她眼中只余下冷漠和不近人情。

祈佑在烟榻上得到舒缓后,方才的事情历历在目,那原本是他最害怕发生的事情,在方清清面前他如此地可怜可悲。祈佑怒吼着将烟灯烟具尽数扫落在地,终于忍不住痛哭出声。他憎恨这挣不开脱不掉的出身和命运,憎恨可怜可叹的额娘和软弱无力的自己。

七

但有什么却在那个午后悄然改变了,书堂上祈佑想要再抬起头望望方清清的时候,往往也正撞上她注视的目光。过去悄然静默看着她守着她的时光不复存在,取而代之的是低下头喝茶蘸墨的仓皇无奈。

他并非软弱,而是羞惭,羞惭今日的自己担不起那样清冽的目光。

儿女情事最是微妙,他发觉她若有若无的情意,便刻意画了扇面,假装自己钟情的人是旧式女子,跟她并不相同。却不料方清清如此果决坚持,他看见她的头发一寸寸长起来,直到那日隔着帘子递过来的《越人歌》。

他拿着诗笺昏昏然回到房间,映着窗棂外洒进来的阳光,挥手叫来管家:"教洋文的姑娘,让她明日不用来了。"

只是巧了,不过几日表妹蕴敏便留洋归来,倚着门框笑吟吟地说:"表哥还留着辫子?你这样会讨不到老婆的。"

方清清离去,祈佑心中的抑郁苦闷难以排解,总想做些不管不顾的事情。他慨然一笑,将辫子撩起来甩在身后,大咧咧坐在椅子上:"既然这样,你就帮我剪了它。"

— 30 —

蕴敏一剪刀下去,他松快不少,古人说三千烦恼丝果真是不无道理。只是没想到一抬眼就撞见了帘外的方清清,她长裙挽发清丽温婉,一双眼睛却也伤极了怨极了。

蕴敏笑嘻嘻地轻声问:"那是谁呀,表哥的丫头吗?"

祈佑偏过头去:"谁也不是,过客罢了。"

祈佑早已经深知阿芙蓉之祸,更知道一人染上,累及家眷。彼时方清清的老师提供给方清清一个去英国为一位知名女记者做助手的工作机会,祈佑没道理让她舍弃一片广阔天空,陪他烂在这金玉其外败絮其中的府邸里。

只是没想到,方清清前脚刚走,下人就急匆匆地赶来说老太太不好了。

祈佑额娘常年风湿,起初沾染鸦片只是为了镇痛,不知不觉便成了瘾掏空了身体。她在病榻上死攥着祈佑的胳膊,已经神志不清,却还念叨着:"佑儿,我不后悔,我不后悔。若不是因为这个,你早就抛下额娘了,对不对?对不对?"

她留下了祈佑,自己却最终念叨着撒手离去。

"我没有办法解你的毒瘾,这百花甘露只是可以让你略微缓解,但日子久了也没用。"杜望将露瓶递给祈佑,"我向来憎恶沾染阿芙蓉之人,若不是因你并非自愿……"

祈佑收下露瓶:"她既然是我额娘,她的错便是我的错,也没什么分别。"

八

"我原以为清清出府后会留洋,没想到她并没有走。再后来偷偷去看了她,才知道她生了癔症。"祈佑坐在灯前,烛光一明一暗地迎着

— 31 —

脸颊,"她是孤女,无依无靠,又是因为我生的病,我想要照顾她一辈子,却不知道是不是能够达成所愿。"

祈佑猛地抬头看着杜望,眼神明幽变幻。

杜望微笑:"她嫁给你会过得惨,不嫁给你好像也很惨。你是想用凤鸾双喜轿试一试,看你们之间最后会不会有好结局。不大操大办,只一顶小轿神不知鬼不觉把方姑娘抬进府,是怕亲事万一不成,耽误方姑娘名节。说到底,是你心存侥幸。"

祈佑发着抖:"是我的痴心,万一能够戒除毒瘾,我……"

杜望站起身来:"你回去吧。夜深露重,我就不送了。"

祈佑默然站起身来,将风帽重新披上,行了一礼后转身离开:"叨扰先生了。"

他脚步刚刚迈过门槛,就听见杜望微微叹了一口气:"良辰那天,凤鸾双喜轿会在方家候着的。"

方清清凤冠霞帔从家中走出来的时候还是凌晨,镇上冷冷清清的几乎没有人。刚下过一场雨,精致的红绣鞋被水渍所污,正堪堪晕在那并头鸳鸯上。方清清浑不在意,手指轻轻拂在大红轿子上的鸾凤和鸣纹样上,眼睛里都是由衷赞叹:"这轿子真美。"

"姑娘成一次亲只坐一次的轿子,不美不体面。"杜望一笑,将大红色鸾凤和鸣的轿牌递在方清清手上,打起帘子,"新娘子上轿吧。"

轿子风行云驰一样落在祈佑宅邸前,祈佑穿着一身喜服迎在轿前,面容难辨忧喜。杜望压低了声音:"你可想好了?"

祈佑点点头,笑容中蕴含着苦涩:"但凡她有一点点悲伤难过,还请杜老板帮忙将她送回家中。"

祈佑颤抖的手正要抚上轿帘,远处谢小卷已经怒气冲冲地赶过来,伸手去摸腰间皮鞭,恨不得下一秒就甩在杜望身上:"杜望,你个骗子!你答应过我什么!"

杜望轻描淡写地架住那一鞭,反手一拽把谢小卷制在臂间,笑了笑:"我改主意了,不成么?"

谢小卷觉得杜望那笑容只在嘴角,却进不了眼底,反而有一抹难以言说的感慨悲凉,心下一慌,正要拽回鞭子,却听杜望在耳边轻轻说道:"如果她铁定要嫁,你是拦不住的。而既然要嫁,坐这个轿子则是最好的出路。你且相信我。"

最后一句话,气息缓缓拂在耳廓。谢小卷心软下来,放下鞭子,心中却犹是不忿,狠狠地剜了杜望一眼。

轿帘终究揭开了,一只染着蔻丹的手伸出来轻轻搭在祈佑的手腕上,玲珑珠玉后是一张毫无掩饰、溢满幸福喜悦的笑脸。

祈佑哆嗦着嘴唇刚想说什么,方清清已经踮起脚尖在他唇侧轻轻一亲,温润吐息裹挟着连绵情意:"祈佑,我们会百年好合。"

九

亲事过后,杜望因事要离开清平镇,将轿行暂时锁了,钥匙托付给谢小卷管理。

谢小卷将钥匙一抛一抛地说:"你倒是信得过我。"

杜望耸耸肩膀:"不信又能如何?我在清平镇横竖也没什么朋友,认识的只有谢大小姐一个人,何况您贵人事不忙……"

谢小卷刚想发脾气,新婚的祈佑和方清清已经上门拜谢。祈佑精神渐好,方清清也恢复了神志,两人携手而来,好一对恩爱璧人。祈佑上前道谢:"感谢先生的百花甘露,让我近些时候舒爽不少。"

杜望微蹙了眉:"不是长久之计,我走之前再给你一些。你还是……早做打算。"

待得祈佑走开,方清清也走上前深深行了一礼,剪水秋瞳盈盈看着杜望,声音压低:"杜老板,无论今后如何,方清清在此谢过,祝您一路平安。"语中似有深意。

杜望一去便是大半年,回到清平的时候正值隆冬。清平镇河面尽数结了冰,叶子也枯黄了。绕过几排枯树,便看见沁着一层霜的广记轿行的招牌,在冬季阳光下闪闪发亮。

　　杜望轻轻一推,门开了。

　　庭院里站着的少女闻声转过身来,披风上的一圈毛裹着一张苍白小脸,像是消减了。

　　谢小卷伸出手:"我来,是为了还你钥匙。"

　　杜望忍不住笑了:"你又怎么知道我是今时今日回来呢?"

　　谢小卷不回答,只一双大眼睛盯着杜望,直盯到他心里发毛,才开口:"祈佑死了,清清也殉情了。你这里清静,我便常来这里。我在想,如果清清当初看到的是这一幕,为什么还要愿意呢?"

　　嫁过去不足一月,祈佑的毒瘾便复发。因为之前饮鸩止渴一般地服用百花甘露,在失效后毒瘾变本加厉。他颤抖,哭泣,哀号,生不如死,他要赶方清清走,说方清清不是他光明正大娶来的老婆,方清清却咬紧牙关,死也不愿意离开。

　　方清清想要帮他戒除毒瘾,奈何当时祈佑额娘诱他的东西纯度太高,量更是一次比一次足,他根本拔不出来。再后来便是迷失心志,绝食和自残。

　　"清清没有办法,只能抱着和他额娘当年一样的心思,既然不抽是个死,只能拼着这份家业供他一辈子的阿芙蓉。"谢小卷淡淡叙述,"直到立秋那天,清清推开房门看见祈佑躺在烟榻上,身子都凉透了,是吸食过量致死。"

　　一阵寒风裹挟着枯叶刮来,轻轻粘在谢小卷的肩头,杜望伸出手去,轻轻将它拂落了。

　　"你知道么?祈佑一直说你骗了他,说那劳什子凤鸾双喜轿是你编出来的,骂你骂得可难听了。"谢小卷颓然一笑,抬起眼睛,"我刚开始也跟着一起骂你，直到祈佑出殡那天，我去探望清清，她才告诉我，如今的事情她一早就在凤鸾双喜轿中看到了，那样逼真那样身临其境。在轿中她看见祈佑死在自己面前心如刀绞，甚至在那一刻她真的以为祈佑死了。然后轿子落地，她听见祈佑在帘子外面和你说话，他还活着。"

"她不是不知道后面的惨烈，只是无法拒绝再一次从轿子中走出来牵住他的手，无法拒绝那短暂的新婚甜蜜。而作为代价，她必须再一次承受此后的痛彻心扉和爱人的死去。"谢小卷发着抖，"听起来是不是也很像阿芙蓉？祈佑就是清清的鸦片，她戒不掉的。"

╋

"你打算继续开张么？"谢小卷将钥匙放在杜望手心里。

杜望摇头："实话说，我有北上的打算，这次回来便打算收拾收拾东西，了结此间事情，近几年不会回来了。"

谢小卷一笑，忽然张开手掌："其实清清离开之前，也送了个礼物给我，只是我不会用。"

细白手掌上一张樱红色轿牌，上面镌刻着古色古香的"鸾凤和鸣"字样。

杜望笑了："这个东西要你有婚约在身才管用，你还是个姑娘呢。"

谢小卷猛地抬起眼睛，细长睫毛沾了雾气，嘴角的笑容却弧度加深："谁说我不结婚呢，明天就是我的大喜日子。我爹让我嫁给省里警察厅长的次公子，人家可是开着小汽车来接，我只能今天试试你这劳什子轿子了。"

杜望一愣，随后接过轿牌，结了个印，庭院当中凭空出现了大红的凤鸾双喜轿。谢小卷闪了闪睫毛，就要坐进去，却被杜望轻轻一拦："有时候，太明白也未必是件好事。"

谢小卷拨开杜望的手,掀开帘子:"我和清清不一样,在西洋我修的是商学,懂得止损的道理,杜老板。"说完冲杜望露出一个灿烂笑容,坐了进去。

　　轿帘悠然飘落。

第三章
回梦肩舆

一

秋天天亮得晚，天空还染着墨色，凌晨的清平镇码头却已经破开
寂静，热闹纷呈。广记轿行的老板杜望是最怕喧嚣麻烦的人，早早签
票上了船。杜望走进包厢挂好大衣，刚舒舒服服地斜靠在座位上，就
听见乘务员走上来："查票了查票了！"

杜望眼尖，看见自己对面沙发上垂下来的罩子应声动了动，便不
动声色地坐过去，猛地将沙发罩掀开，正对上一张狼狈不堪的脸——
却是清平镇警察局局长千金谢小卷。谢小卷脸上还蹭着椅下的灰，
头上的自来卷也蹭乱了。杜望忍不住笑出声来："谢小姐，你居然
逃票？"

谢小卷从沙发底下爬出来，杜望眼皮一跳，这才发现她裹着的小
西装下面是一件雪白的西洋婚纱，手上还提着个行李箱。杜望恍然
大悟："你逃婚？来找我？"

谢小卷又气又急，扔下箱子蹿上来在他肩膀上拍了一巴掌："想
什么呢？我是要溜回英国的，误打误撞才进了你的包厢！"

杜望脸上便挂了了然的表情："想来是在凤鸾双喜轿上看到的不
满意。"

包厢门被猛地拉开，乘务员看见穿着婚纱的谢小卷不由一愣，谢小卷却自然而然地挎上了杜望的胳膊："我们是新婚旅行的，旅途婚礼。"说完谢小卷仰脸冲杜望甜甜一笑，"Daling，我票丢了，你快帮我补一张。"

杜望看着谢小卷挤眉弄眼的样子有趣，还是从身上掏出票款。乘务员一边开票一边笑了笑："是新婚吧？真是恩爱。说也巧，您二位隔壁包厢也有一对儿旅行结婚的。"

谢小卷好奇地看向包厢门外，正看见过道里准备往包厢里进的一对金童玉女。男士穿着颇为郑重的黑色西装，胸前口袋上钉着的红色绉纱花朵还没来得及取下来。他回头冲着身边的女孩微笑，正露出来英俊刚毅的半张侧脸，像是行伍出身。

谢小卷的脸"唰"一下就白了，整个身子转了过去。杜望打发走乘务员回身才看到谢小卷胸前一模一样的红色绉纱花朵，愣了一下才反应过来："那个人该不会是——"

谢小卷咬着牙："就是他，警察厅厅长老头的二儿子齐冯虚。"

汽笛拉响，船已离了岸。

二

虽然齐厅长在官场浸淫多年，老成世故，但他这个儿子却颇为出彩。小小年纪被送去省里读的陆军学堂，二十些许就挂上了参谋的职。亲事是齐厅长和谢局长两厢勾搭定下的，论门第显然是谢家高攀，谢局长因这门亲事得意不已，根本顾不上过问彼时尚在英国的宝贝女儿意见，谢小卷之前只见过对方的照片。

新郎新娘新婚之日双双逃婚委实称得上是奇事怪闻，谢小卷有些抑郁："早知道他逃，我就不逃了，慌得我日常衣服没带上几件，上船的时候脚也扭了。"两个包厢之间是薄薄一层板壁，谢小卷好奇心起，半跪在椅子上耳朵轻轻贴上去。

包厢门却被人敲响,杜望没顾谢小卷正在偷听的姿势,开口就应:"请进!"

谢小卷惊得差点从椅子上掉下来,忙回头狠狠剜了杜望一眼。门却已经被拉开了,站在门口的正是齐冯虚。他胸前的花朵已经取了下来,声音里透着军官的劲拔:"打扰了,请问你们包间有没有热水?内子需要服药,我们包厢的水壶是空的。"

谢小卷恨不得在沙发角落里缩成一个球,齐冯虚却一眼也没有瞧她,接过杜望递过去的水壶道谢离开。杜望用手里的报纸卷轻轻打了一下谢小卷的头:"瞧人家又英俊又体贴,后悔了吧?"

谢小卷瘪瘪嘴刚想说话,就听见隔壁包厢一声惊呼:"铃子,铃子,你醒醒!来人哪!"

谢小卷忙推开包厢门,跟着闻声赶来的乘务员一起到了隔壁包厢。只看见齐冯虚身边的年轻女孩已经晕厥了过去,地板上满是药片和水渍。齐冯虚的手发着抖,却猛地从腰间拔出枪支转向谢小卷。谢小卷被他目光里的戾气所逼,吓了一跳,踉踉跄跄地往后,直撞抵在包厢板壁上。

齐冯虚勉力克制住自己的戾气:"谢大小姐,逃婚的事是我负了你,还请你高抬贵手,不要攀扯旁人。"说着将手枪倒转递给谢小卷,"我可以把命赔给你,以全你的尊严和谢家的脸面,但你要给铃子一条活路。"

即便是倒转的手枪,谢小卷还是被吓蒙了。一只修长的手伸过来,云淡风轻地拨开了枪口。杜望将谢小卷揽到身后:"齐先生这是哪里话?她是我的新婚夫人,您也携美在侧,既然大家早都认出了彼此,刚才就应该打打招呼才是。在下杜望。"

谢小卷仗着在杜望身后胆子也大了起来,气急:"你以为是我投毒吗?……我……你少瞧不起人……为了你我犯得着吗?"

说完这句话,脸却红了,因才后知后觉反应过来杜望刚刚说了什么。自己说犯不着,自然是因为这私奔的"新婚丈夫"犯不着了。

两厢僵持,抱着铃子的女乘务员却尖叫着松手倒退了几步。只看见铃子解开的领口露出一截雪白的脖颈,上面有着若干黑色瘀斑。

杜望玳瑁镜片后面的眼睛眯成一条线,他将谢小卷拉到身后,声音低沉从嗓子里面传出来:"是鼠疫。船上可有链霉素,快去拿过来。"

女乘务员打着哆嗦:"这年月,船上备着的药品都不齐全,上哪儿弄这些洋药。"

齐冯虚只觉得脑中一白,俯身过去将铃子抱在怀里,衣服却被轻轻拽了拽。怀中的姑娘睁开一线水蒙蒙的眼睛:"冯虚,没用的,我身上的不是一般的疫症。原本想着逃过一劫就能永远陪着你,谁知道终究是不成的。"她重重喘息一声,"要是能回到奈良你我初遇的时候,该有多好……"

谢小卷有些讶异:"奈良?"继而眼尖地看到她随身的小布包上面绣着的"关东军防疫班"字样,眼中浮上嫌恶,"你居然是东瀛人?"

铃子看着谢小卷苦笑:"横田铃子,见过谢大小姐。"

三

回到自己包厢不久,就听见外面走道脚步杂沓,谢小卷扒着门看了半天才反应过来,劈手回身揪杜望:"快走,整个上等船舱的人都隔离光了。"

杜望眉头一挑,看了眼站在船舱门口虎视眈眈地盯着自己和谢小卷的乘务员:"这会想走也来不及,怕刚才早被认成了一起的,怎会放咱们出去传染别人?"他看了看舷窗,"前不着村后不着店,到最近的汉兴也要两个昼夜,返航回清平倒是快些。"说完他拍开谢小卷,"你松开,我去隔壁看看有什么要帮忙的。"

胳膊上扣着的手却半分也没松,扭头看见谢小卷一双大眼睛里满是倔强:"我不许你去,会传染的。"

杜望一笑:"那你乖乖在这里待着。"

谢小卷死命咬了咬牙:"好! 就一起去!"

杜望回身,眼神有一点意外,从袖口里抖出灰色暗锦帕子:"掩住口鼻。"

整个上等包厢一片死寂,杜望走到过道处用力晃了晃衔接其他船舱的舱门:"锁上了,连门缝里都塞了棉花,真是愚昧之至。"门外的乘务员声音有些讪讪:"先生,咱们船上放着的货不能耽搁,断不能回清平。只消两个昼夜就能到汉兴,到时候再把姑娘速速送到医院。"

杜望气极反笑:"人命关天,还惦记着那些货?"

他话刚出口,却听见包厢里谢小卷的惊呼:"齐冯虚! 你干什么?!"

杜望回身,看见齐冯虚手里的手枪正颤抖着抵在铃子的心口上。铃子却用极其温柔的目光看着他,手轻轻抚上他的手,仿佛要坚定他扣下扳机的信念一样。

谢小卷冲过去将齐冯虚的手枪一掌打掉,灰色暗锦帕子飘落在地。下一巴掌就掴到了齐冯虚的脸颊上:"王八蛋! 她不是你的女人吗? 你不是为她逃了我的婚吗?"

杜望冲过来将谢小卷拦住。齐冯虚跪在地上,一双眼睛熬得通红:"我也不想,但我既为军人,总要为这一船百姓的性命着想。"他闭了闭眼睛,睁开望着铃子,"何况,无论生死我总会和她在一起的。"

昔年齐冯虚在省城学堂表现出色,被保送至东瀛陆军士官学校进修。那个时候他不过十七岁的年纪,身量都没有长齐,在异国他乡水土不服,身体也是羸弱。不久肺部染了湿热,咳嗽不止。军校校医对中国学生并不上心,草草诊治后病情持续恶化。不知不觉便有了流言,说齐冯虚得的是肺结核。校方要开除齐冯虚,几个中国学生上下斡旋才改成一纸强制休学通知,让齐冯虚离校隔离调养。

离开学校的齐冯虚本无处可去,有交好的同学介绍他到奈良的姨母家调养,说那里气候温和,有利于他的身体康复。

齐冯虚便在那一年的奈良,遇上了铃子。

四

奈良春光正浓,好心的姨母借给春裳不足的齐冯虚一套自家孩子的高中制服,想去庭院赏樱花的齐冯虚一溜烟蹬着单车顺着田间小道骑过去。那天并非休息日,一路上都是静悄悄的,庭院外郁郁葱葱,静谧得很。

庭院内外一个人都没有,晃过一扇木门,才看见一个少女身影轻盈地跪在地上,黑色的皮革书包放在身侧。她伸手虔诚地拍了几下,闭上眼睛双手合十祈愿。有樱花瓣随着风轻轻地飘进殿内,软软地粘在她的头发上。

"啪!"齐冯虚踢下车撑的声音撕破静谧,在空气中又脆又响。他有些懊恼,抬头却看见一身洁白水手服的铃子站在檐下,她扶着廊柱眼神似笑非笑地看着他:"你是逃课来的吗?"

齐冯虚打量了一下自己一身黑色的学生制服,失笑地压了压帽檐,将错就错答道:"你不也是逃课来的吗?"他在士官学校受训,东京口音非常流利。

她笑起来,"今天是樱花神的生日,听说在这天祈愿都会成功。这样好的天气怎么能待在教室里呢?"

她转身去握祈福的铃绳,踩着的木制脚踏却年久朽破,无处下脚。她有些懊恼地咬了咬嘴唇,齐冯虚走过来轻轻巧巧地够下铃绳。刚到他肩膀的铃子伸出手,握上齐冯虚的手使劲晃了晃。

麻绳晃动铃铛,丁零零的非常悦耳。铃子侧过脸微笑:"铃铛摇响,这个愿望算我们两个人的!"

像是有春风吹进胸腔,一只温柔的手掌轻轻触碰心里的那根绳,

— 42 —

铃声轻轻地响了。齐冯虚微笑："那你许的什么愿望？"

铃子脸一红："这可不能告诉你。"说完踮起脚尖伸手摸了摸齐冯虚的头发，"学生郎，赶快去学校念书吧。"

离开庭院的路并不顺遂，山风入怀沾了湿凉的雨意。齐冯虚将外套解下来让铃子披在身上，脚踏车的轮子在田间泥泞的小路上哼哼唧唧地歌唱。路上颠簸，坐在齐冯虚单车后座上的铃子咽下一次颠簸后的惊呼，一只手轻轻抓上了齐冯虚腰后的衣服。

像是一朵玉兰在身后清湛湛地开放。

齐冯虚惊了一下，手下一抖，勉力才维持住平衡。单车欢快地行了一路，终于在镇口停下。小卖部穿着松垮衫子的欧吉桑坐在自家店面的檐下乘凉，远远看着两个少年男女微笑。铃子红着脸从单车后面跳下，将衣服递给齐冯虚。齐冯虚想要说些什么，没想到一开口就被凉风所浸，迸出一连串咳嗽来。

铃子慌手慌脚地将衣服披在齐冯虚肩膀上："你着凉了，都是因为我。"

齐冯虚一边勉力压制咳嗽一边摆手："不是你的原因，我本来就得着病呢。"

铃子不依不饶："什么病？"

齐冯虚微笑着说："你是医生不成？"

铃子脸微微一红，继而又有些执拗："怎么，不像么？我父亲是奈良最好的药剂师，我也会成为最好的医生的。"

五

奈良的休假时光，因为铃子变得格外愉悦，又因为铃子变得格外短暂起来。一起赏樱花，一起逛庙会，但不过见了两三面后，齐冯虚便接到同学的电报。休学将止，是时候回东京报到了。

齐冯虚突然意识到他身上的职责。他是一名军人，更是一名中国军人，注定永远不可能留在奈良呵护这小小的儿女情怀。他留给铃子一封辞别信，写明了自己的身份来历，扔进了邮筒。只是没有想到铃子会循着寄信的地址，找到自己住的地方。

　　他换上士官学校的学院制服，提着自己简单的行李拜别对自己照顾有加的姨母。他迈出院门的脚步却一滞，铃子手上拿着还没拆过的信，笑吟吟地冲他招手："为什么写信给我？有什么话当面告诉我呀。"

　　下一秒，铃子脸色微变，盯着齐冯虚的行李，声音滞涩："你要走？"

　　齐冯虚觉得嗓子微哑："我是军人，不能不走。"

　　铃子勉力笑了笑，眼睛一眨却落下眼泪："那我等你回来。"

　　"我也不会回来。"齐冯虚摇头，"我只是在此处借住，如果没有意外，此生都不会回来。"他顿了顿，还是伸出手，"铃子小姐，祝你永远幸福。"

　　铃子伸出手，指尖颤巍巍将要相遇的时候却猛然抽回，她飞扑上去拦腰抱住齐冯虚，眼泪沾湿了他军装的扣子。她踮起脚尖在齐冯虚脸侧微微一亲，声音发着抖倾诉在他耳边："那我去找你，等着我。"

　　齐冯虚愣住，尚不及反应，铃子已经飞快地松开他，深深凝望后转身跑走。

　　士官学校的毕业考核异常残酷，他为了完成任务从高坡上滚下落进涧水，险些丢了性命，拼力攀着灌木爬了上来。同学赶过来救治，惊讶他伤成这样还能喘气，他却迷迷糊糊笑着说了句"还好"。同学扶起他来："命都丢了半条了，哪里还好？"

　　齐冯虚笑笑："还好铃子不知道，不然一定会哭鼻子的。"

　　毕业归国，齐冯虚站在轮渡的甲板上，手里拿着一张黑白照片。

那是在奈良的庙会上照的,他英姿挺拔地看着镜头,而身边踩着木屐的和服少女却抬起脸笑意盈盈地看着他。她的声音仿佛还荡漾在耳边:"那我去找你,等着我。"

不会再有以后,她只要看了那封辞别信,就会懂得其中的无奈。

跨过这片海洋,就是两个国度。此去经年,再无相会之日。

齐冯虚手指微松,照片落入海中,渐渐漂远。

六

齐冯虚从来没有想过有生之年再见到横田铃子,多年后,东北三省被日寇侵占。国民党军撤离,执行特殊任务的齐冯虚和几个士兵被当作弃子遗留在哈尔滨,扣押在驻军处。齐冯虚伤重,被尚想从他嘴巴里撬开情报的驻军送去治伤。

他在昏迷中悠悠醒转,只消一眼就认出了面前穿着白色大褂戴着口罩的女人,那一双昔日灵动快乐的眼睛满满蕴着的都是怜悯和悲戚。她用酒精轻轻擦拭着齐冯虚的脸颊,即便是敌对的立场,手下的动作依旧轻柔。

齐冯虚的嘴唇微微颤抖着,不知道是清醒还是幻觉。

直到在手上轻拂的动作猛然停顿,药棉倏然掉落在地上。

齐冯虚伸出手慢慢摘掉对方已经被眼泪濡湿的口罩,露出熟悉的五官眉眼。

横田铃子。

他以为他曾经留下的信已经说明了自己的身份,却未曾想过信封上注明的诀别之意,竟让铃子多年来从未打开。她不愿意告别,只相信重逢,即便熬不住相思之苦无数次将信封放在心口伴随入眠,却从来没有打开过。仿佛一经打开,永别才真正成为了定局。

她知道他是军人,一直找一直找,直到寻到了异国他乡的土地上。她在诊所诊治伤兵，既希望看见他，又害怕看见他，却唯独没有想过他是异国他乡的军人。

是夜，铃子带着一套日军军装摸到病房，齐冯虚换上了军装，以他流利的日语乔装打扮混出去不是没有可能。他猛然回身扣住铃子的手腕，声音压得极低："你愿不愿意跟我走？"

铃子微微低下了头："你带着我是逃不出去的。"

齐冯虚感觉胸腔里疼得厉害："你等着我，战争结束后我会回奈良找你。"

不知道是不是这句许诺太空太轻，铃子的语气也轻轻的："我已经拆了那封信，是时候说再见，我再不等你，也再不找你。"

齐冯虚努力将胸腔里那股子郁痛压下去，猛地放开了手。几乎是他要迈出门的时候，一句轻飘飘的话吹散在空中："神骗了我。"

他下意识回头："什么？"

铃子扑过来抱住他的背脊，仿佛是无依靠的鸟儿努力倚靠风中将要被吹落的巢穴。她的眼泪应声而落："初逢时我对樱花神许愿，赐给我一个相偕白头的人，神骗了我，神骗了我。"

窗外的树木被夜风吹得沙沙响，齐冯虚忽然想起了那年的奈良，樱花轻轻飘进庭院，粘在少女的额发上。当年的他笑着问她："你许的什么愿望？"

铃子踮起脚尖，颤抖的嘴唇贴上他冒着胡茬的下巴，继而是热烫的唇……话轻轻地吐出来："请你活着。"

七

那夜神秘失踪的齐冯虚让负责的军官相当震怒，却没有任何理由怀疑一个小小的女医师会有理由和胆量放跑一个中国军人。

但铃子毕竟是那夜轮值时唯一出入病房的医生，尽管没有证据，终究还是被牵连。上面轻描淡写要用别的方法惩罚这种愚蠢的错误，铃子被要求去慰安所送消毒的高锰酸钾以及进行相关防疫诊治。名头冠冕堂皇，现实却冰冷残酷。她被人强行按在慰安所的床铺上，身边都是大兵欢乐宣泄的笑声。

她绝望地闭上眼睛，对方却停下了动作，盯着她的眉眼，继而忽然松了手，声音既尴尬又惶恐："可是奈良的横田小姐？"

她从对方的声音里听出转机，方才因为倔强而伪装的躯壳瞬间瘫软，捂住眼睛哭了出来。

那一年，逃出东北的齐冯虚在父亲的关系运作下调往南方出任陆军参谋。铃子则因巧遇跟父亲颇有交情的军官得以逃出生天，在照顾下调往哈尔滨东南的背阴河防疫班。

一转又是两年，齐冯虚被父亲强押到清平，要与警察局局长千金谢小卷完婚。成亲前夜彻夜未眠，下人却突然送来一个红色纸包，说是齐冯虚友人送来的礼金。

齐冯虚恹恹撕开纸包，却发现里面只有一张简单的黑白照片，照片上是奈良那年的庙会，铃子望着他的目光温柔深情。一版两张，他和铃子各自留存。

齐冯虚用枪支抵着管家的脑门命他让开了道，翻墙出去，府邸墙外却已经没有了下人口中那送礼人的身影。他沿着通往码头的道路一路追赶，深夜的码头静悄悄地恍若沉睡。齐冯虚声嘶力竭地呼唤铃子的名字，直到被巨大的绝望吞没，跪在湿冷的土地上。

铃子像破开夜色的一道温柔曦光悄然走来，洁白手指颤抖着触上齐冯虚的额发，泪中带笑："学生郎，你是在找……我吗？"

齐冯虚抬起头，指尖钩上她的手，确认后猛然抓紧。铃子的眼泪簌然落下，融在清平温柔的雨色里。

八

"即便是鼠疫,也有可治之机。还有两昼夜就到汉兴,总会……总会好起来的。"谢小卷显然不习惯安慰人,难得开口还说得结结巴巴的。

齐冯虚抬头看向谢小卷:"你们不知道其中深浅,铃子此前就役的日军防疫班实则是做细菌研究的。"

铃子虚弱地轻叹一声:"调任后一年我才知道……有人用活体做实验,还有那么小的孩子……还……我放走了那几个中国百姓,自己也逃了出来。不能回日本,心心念念只来见他一面。没想到,我临行之前抱过那个孩子,我自己也就算了……还连累了你们。"

"谢小姐。"齐冯虚语气平静,"我们两人的父亲交好,婚事你我各自逃婚算是扯平。但在这件事情上终究不能欠了你。你们两人退出包厢,把门用链子锁了,中间也不需给我们供水供食。两昼夜便到汉兴,兴许能保住你们一条性命。"

谢小卷还想说话,却听船舱外传来开锁声和女人的哭声。杜望走过去扣住门,只留一条缝隙:"怎么了?"

乘务员迫不及待递过一个孩子:"有发病的病患。"

杜望在孩子脸上淡淡一扫:"是外感风寒的发热,不是鼠疫,快点抱回去。"

乘务员却倏然变色:"你怎么知道这不是鼠疫?万一是,这外面多少人的命还要不要了?"

杜望平静以对:"我说过不是,进了舱,这孩子的命还要不要了?"

乘务员还不依不饶,杜望索性探出一只手扣住了对方的手腕,笑容噙在嘴角:"你可想清楚了,我有可能已经染上了。"

乘务员只觉得欺上来的那只手凉得要命,尖叫一声瑟缩回去,杜望趁机将门扣死。他回身,却撞上谢小卷担忧的目光,她声音压得极低：“我知道你身怀异术，救救铃子。”

杜望淡然：“你当我有多大的本事，逆天改命？”

谢小卷伸手露出大红色凤鸾双喜轿的轿牌：“这个轿牌也不算你的本事？”

杜望劈手夺过谢小卷手上的轿牌，轿牌刚到杜望的手上便瞬间消失。杜望凤眼微抬露出一副怠懒模样：“什么轿牌？我怎么没见过？”

谢小卷被气得掉眼泪：“广记轿行的轿子，每一顶都各有异能。你！你就没个起死回生包治百病的？”

杜望掉头就走：“谢小姐有说梦话的时间，不如祈祷能早一点到汉兴。”

身后却没有听到回嘴的声音，只听到“咚”的一声，杜望转身看时谢小卷已经倒在了地板上。杜望连忙上前将谢小卷抱进怀里，伸手一探，只觉得烧得滚烫。谢小卷却勉力一笑：“你要是真的没有这种异术，现在可千万别挨着我了，会传染……”她深深吸了一口气，眼前杜望的脸变成一个淡淡的影子，指尖却有自己意志一样搭上杜望的手，声音飘散：“为什么……在凤鸾双喜轿中我看见了你的脸……你……”

车厢门被剧烈敲响，外面声音嘈杂，乘务员的声音响起：“电台刚传出消息，汉兴军变，封了港口，船只原地待命。先生！你——”

杜望忽然觉得耳中隆然一片，像是有万千杂音响起。

九

包厢门被猛地打开，杜望抱着谢小卷走进来，铃子静静地躺在齐冯虚怀中。齐冯虚抬起眼看了一眼他怀中的谢小卷，声音嘶哑：“若是染上了，你就把她放下来赶快出去，不要因为一时意气枉误了自己性命。”

杜望将小卷放在一旁的沙发上，蹲下身子，直直望着齐冯虚的眼

— 49 —

睛："人同此心，你何必来强求我。"

他摘掉玳瑁眼镜，凤眼中蕴着的眼珠如潭水般深邃。齐冯虚只觉得神思恍惚，倚着车厢壁沉沉睡去。铃子恍有所感，艰难睁开眼睛。杜望神色平静："汉兴军变，港口禁行。这鼠疫如此厉害，过一日一夜，这船上就是人间地狱，自然也包括齐冯虚。我救不了你，但我需要你去救别人。如果你愿意，我亦可以让你得其所愿。"

他摊开手掌，一张竹青色轿牌滴溜溜在掌心幻化成一顶翠竹肩舆，不过十寸大小，在掌心虚空浮起："回梦肩舆，能去你过往记忆里取回一样至关重要的东西，譬如解毒的血清。之前不说，一来你我相交不深，我杜望从来不做亏本的买卖。二来此行于你身体耗损极大，你病入膏肓自然承担不起，说也是白说。"

他紧紧盯着铃子的眼睛："作为报酬，我可以让你永远留在过去。"

铃子望着身旁齐冯虚的脸，艰难开口："我答应你，不过请你让他活下去。"

中国国土之广，能人异士藏龙卧虎。铃子只觉得身量变得极小，轻轻靠在碧绿肩舆上，只觉得肩舆外白光飞快掠过，停下时已经是别有洞天。灰暗的房间，刺骨的寒风，远处水泥厂房里传来惨绝人寰的呼号。

铃子情不自禁地打了个哆嗦，这是她曾经的记忆。关东军背阴河防疫班，抓来那些无辜百姓做实验的所在地，是她人生中深深埋藏不愿揭开的阴翳。她身上又穿着厚重的白褂，消毒口罩掩住口鼻，看上去纤尘不染，却又沾满罪恶。

她轻捷地推开门，手逡巡过放满瓶瓶罐罐的架子。门猛地被人推开，脚步杂沓，她飞速回身躲进肩舆中。肩舆悠然消失于无形，她抖着手露出玻璃瓶子，是注射用的血清。

她把脸藏进手里，眼泪顺着指缝淌出来："我后悔了，请你让我回去，我刚刚见到他。我等了他那么多年，我……"她口不择言。

杜望的声音响在虚空中，隐隐透出无情的森寒："你回来等不及见他最后一面，就会死去，你想要见他只有这么一个办法。"

铃子痛哭失声："好！只要让我在他身边！我求求你！求求你！"

杜望幽幽一叹："若有一天你厌了，我就会知道，这一切自然结束。"

十

空气中有熟悉的芳香。

铃子轻轻睁开眼睛，翠木葱茏，樱花瓣随风飘进神殿，轻轻粘惹在自己的头发上。

"啪！"清脆的声音响起，是殿外的人猛地踢下了单车的车撑。

铃子的眼睛一下子红了，她缓缓站起身来，探出殿去。

英姿勃发的少年站在殿外，一身黑色的学生制服，望着她的眼睛又黑又亮。他看见惊扰了她，有些懊恼，双手局促地扶在单车的座椅上。

铃子的眼泪悄然滑落，笑容却扬在嘴角。她像是无力站稳一样，伸手扶住了廊柱，声音出口有些喑哑："你是逃课来的吗？"

年少的齐冯虚压了压帽檐，脸上带着若有若无的痞气："你不也是逃课来的吗？"

林边有万千飞鸟掠起，虚空一片静寂。她一时间不知道说什么好，只能回身去抓祈福的铃绳。脚踏却朽破了，一踩便是一个趔趄。齐冯虚却恰到好处地站在她身后，一手扶住她，一手帮她摇响了铃绳。

在丁零零的脆响中，她恍惚听见杜望的声音："似乎你说过，想要回到和他初遇的奈良，这是我唯一能为你做的事情。"

她微微低下头，这就很好。

"回梦肩舆所谓回梦,只是回忆,不能让你穿越到过去将一切重来一遍。铃子,你所能重历的只有这一天,周而复始的这一天。"

她的身后是齐冯虚年轻富有朝气的胸膛,他伸出握着铃绳的手轻轻地挨着她。

即便这样也好。

"他可能永远无法爱上你。"

她摇铃的手顿住,眼泪无声流下来。身后齐冯虚的声音带动胸腔微颤:"你许的什么愿望?"

她回身扬出一个笑容:"那可不能告诉你。"

只要见到他,无妨。

五日后。

军阀纷争平复,船入港口,杜望一行人入住汉兴客栈。

杜望端着药碗走进来,走到齐冯虚床边坐下:"看你身手了得,谁知道也会中招。若不是我想起我们家祖传的祛疫方子,你们统统都要完蛋。"

齐冯虚一笑将汤喝下:"我都记不得了。"说完怅然将碗转在手里,"铃子,真的走了?"

"她先你一日醒来,便离开了。"杜望站起身来,"她托我转告你,你们之间毕竟有家国之别,她不能够害你背井离乡,舍弃亲族道义,等到四海清平,自然有重聚之日。"他望着齐冯虚又补了一句,"还有一句,男儿当以家国为念,终有一战,她知道你心中抱负,不愿你两难。"

齐冯虚转头望向窗外:"将来我会去奈良找她。"

杜望一笑,收拾了碗走出房间。齐冯虚的声音在身后响起:"相爱多年,相处前后不过几日,我还从来没有来得及告诉过她。奈良初遇,当那片樱花瓣轻轻粘在她头发上的时候,我就爱上了她。"

杜望脚步一滞。

如此，也好。

轿盘上回梦肩舆的牌子已经暗下去，那个人将无穷无尽地经历着初逢的那一天，面对着单车少年对她周而复始的陌生与赧然。好在，是被爱着。

"杜老板！快管管你们家夫人，我们后厨都要被她烧了。"小二匆匆跑过来吆喝道。

为了方便照料，他们仍以夫妻的名义投宿。只是谢大小姐本性难移，身子才刚好一点，就非要嚷嚷着下厨显一显身手不可，一想到那丫头灰头土脸的样子就觉得好笑。笑容不觉爬上杜望的脸，他一掀袍子，大步向后厨走去。

第四章
沉木冥棺轿

一

汉兴光华医院门口，谢小卷殷勤地跑在各个被家属搀扶出院的病人面前："老爷太太，要轿子吗？"

总算有人开口询问了价钱，谢小卷回头看看跷着腿坐在身后花石阶后的青年，咬了咬嘴唇，伸出哆嗦的手指："五……五个大洋！"

"你说多少？"那被扶着的大爷脸色一白险些晕厥过去。旁边早已经有黄包车夫一溜烟跑过来："上我这辆，我这辆便宜！"

眼看着大爷被颤巍巍地扶上黄包车，却还是气喘吁吁抽出拐杖敲了一下谢小卷的头："老朽是得了病，但不是神经病！"

谢小卷吃痛捂着头蹲在地上，回头看杜望笑得险些翻进后边的花池里，气得想要上去拧他耳朵。杜望却早已经一激灵爬起来，冲着走出来的素装姑娘轻轻一笑："姑娘用轿么？"

美男计！谢小卷刚腹诽着，却看见那姑娘身后慢慢走出四五个抬着门板的人来，门板上的人从头到脚被白布盖得严实。姑娘凄凉一笑："用不着了。"

谢小卷连忙上前去拉杜望，杜望却恍若不知："人都去了，这最后的体面还是要给。"

姑娘心有所动,抬起眼睛睫毛微颤:"我手头拮据,已经请不起轿子了。"

杜望扬眉一笑:"不要钱。"

街角小巷无人处,只看见一把沉沉的黑色毡毛轿子停在当中。姑娘掀开白布,门板上躺着的男人五官英气,年纪不过三十上下。她的眼泪倏地落在男人的衣扣上,轻轻唤了声:"小哥,咱们回家。"

杜望帮着她把男人挽扶进去,她却仿佛片刻也不愿意离开一样,陪着对方坐了进去。

轿帘落下,谢小卷白他一眼:"说你这轿子金贵,五块大洋都是贱价。结果看见漂亮姑娘一个铜子儿都不要,都像你这样,我们什么时候才能凑够船票钱离开汉兴?"

杜望却不应答,从自己的匣子里拿出香谱,只轻轻一吹,两个玉雪可爱的娃娃就已经从里头跳出来,一边一个抱住谢小卷的腿:"姐姐好漂亮!"

谢小卷早已经见怪不怪,刚咧出来一个笑容,杜望已经一人赏了一个爆栗:"阿荣阿和套什么近乎,快去抬轿子。"

轿子在一家青砖乌瓦的独门小院前停下,杜望上前叩响门环。应门的是两三个下人,开门看见门当头停着一顶黑色毡毛轿子,姑娘从里面探出头来,俱是一个个拥上去:"小姐总算回来了,四爷呢?"

她的手尚捏着轿中男子冰冷的手掌,一步迈出去就觉得头昏眼花,只轻轻开口:"去棺材铺请副上好的寿仪来。"说完便晕倒在了地上。

众人这才反应过来,慌忙去掀轿帘,待看清轿中人确实面色青白,毫无气息,才一个个跪倒在地、哭声震天。

二

"沈家是汉兴过去的大户人家,可惜前些年遭了匪,只剩下一个独苗姑娘沈聚欢,八成就是你们刚才见着的那位。"闲唠嗑的老汉用烟袋锅子在地上猛敲两下,又抽了一口。

"不对啊,刚去的那位,不就是沈姑娘的小哥么?"谢小卷好奇追问。

"他算哪门子哥哥,不过是老沈家原来的下人罢了。老沈家的故事,也不是一两句话说得清的。"

汉兴沈家,在光绪末年做的是布庄生意。当家的沈老爷膝下有三子一女,沈小姐名叫唤卿,打小许配给沈老爷的故交之子蒋举惟。蒋家的马帮生意在乱世中早已经破落,但沈老爷却并不在意,将蒋举惟从闭塞之地接来汉兴读书,看他科考不尽如人意,还将他送到北京报考京师大学堂,好歹拿份俸禄,也不伤读书人的雅致。

谁知道蒋举惟在半路就被土匪给劫了,一张条子送到了汉兴沈家布庄。沈家老爷四处筹备赎金,但还没到信上约定的时日,土匪便下山来洗劫了整个沈家,将沈家四十余口人杀得干干净净,一把火烧了布庄,劫走了沈家的全部家财和十六岁的沈小姐。原来是沈家姑爷蒋举惟,知道自己家出不起这份赎金,自己必然会被撕票,才让土匪把赎金条子送到了沈家。蒋举惟又小人之心,担心沈老爷不肯为自己一个外人出这么大一笔银子,便答应土匪里应外合以沈家所有财产和汉兴城内因美貌闻名的未婚妻为代价,赎回了自己的性命。

沈唤卿被土匪头子霸占,整日郁郁寡欢。不过七个月就险险生下一个女孩沈聚欢,随后一命奔了黄泉。因为月份过早,土匪头子总怀疑聚欢不是自己亲生的,因此随便在寨子里面养着,呼喝打骂如同对待牲畜。

时光悠悠而转,十年后一个年轻人拜访了山寨。

他是被寨子里的探哨带上来的,许是身上那股子矜傲,让手下的人不敢造次。他的头发剪得干净,双目朗若寒星。他站在庭院里,仿佛雪花飘得都慢了,尽可能温柔地落在他的眉梢肩头,生怕砸痛了他。

沈聚欢就是在那个时候第一次看见了小哥沈肆。彼时她正穿着一件单裳,整个身子都在寒风中发着抖。踩在积雪上的小脚隔着薄薄的草鞋垫发着乌青,手里还提着有大半个身子高的水桶。却偏偏动也不动地盯着他,连冷都忘了。

寨主从屋子里走出来,瞳孔微微缩了缩:"年轻人怎么称呼?"

他一笑,"沈肆。"眼睛轻抬,"肆无忌惮的肆。"

寨主被这个人的轻薄无礼惹怒了,偏又摸不清对方的深浅,只能一脚踹翻了在旁边发愣的沈聚欢:"小畜生!发什么呆,老子的洗脚水呢?"

沈聚欢一个趔趄倒在地上,额角撞在冰上划了一道惨烈的口子。沈肆的眼睛微微缩了缩,聚欢却像是早就被打皮实了,站起来连揉也没揉,拖着水桶向小河边走去。

河面早已经上了冻,聚欢只能拿出冰锥子破冰取水。寒冬腊月根本拿不住铁器,只捏一会儿就觉得要粘掉一层皮。沈聚欢吸气拼命一捣,锥子尖在冻得瓷实的冰面上一滑,带着整个身子摔在了冰面上滑出去好远。

远处寨子的方向猛地响起密集枪声,惊起林子里无数飞鸟。

沈聚欢勉强爬起来,想要往岸上走,却听见脚下咯吱一声,平静的冰面有了细密的裂纹。

"趴下。"声音虽轻,却带着不容抗拒的力量。

沈聚欢一抬头就看见了面前趴伏下来的沈肆,正小心翼翼地朝自己挪动过来。沈聚欢原本对生死是毫无感觉的麻木，不知怎地撞上那双眼睛后突然就觉得怕。她一动也不敢动，四下便越静，仿佛能感受到冰层每一分每一毫的破裂。身下猛地一空，她下意识发出一声尖叫，却已经被沈肆抓住手臂就地一滚扑到了岸边。

她被沈肆按在怀里，沈肆拿枪的粗糙手指在自己眼角处抹了抹："有什么好哭的?"

聚欢自己也愣住，这是她记事以来唯一一次掉眼泪。

她被沈肆背着沿途路过山寨，只见到处都是驻兵，土匪横尸遍野。而那刚才踢过她的土匪头子，正躺在之前和沈肆对质的地方，胸膛上一个红彤彤的血洞。

三

沈肆是韩大帅身边最年轻的副官，奉命率兵清剿汉兴匪众，却偏偏从土匪窝里背回一个十岁的女娃娃来。有人感慨沈肆少年英雄，为一方百姓平乱，亦有知内情者说沈肆是为十年前的沈家挟私报复。英雄不问出身，沈肆却从来不隐讳自己的过去。他是沈家大小姐沈唤卿多年前从恶狗口下救回的乞儿，被随口唤作沈四安排在下房劳作。十年前沈家浩劫，十二三岁的他仗着身量小，从狗洞中钻出逃生，随即投军。因缘际会下，他在战场上救了大帅性命，随即被提拔为副官。

大帅驻扎汉兴，他亦跟随回了故土。所办的第一件大事就是奉命剿匪，得报大仇。

沈肆将沈聚欢在育婴堂门口放下，回身要走，却被沈聚欢牢牢攥住手。她不说话，盯着人的一双瞳子黑漆漆的。沈肆略一思索："是我剿了你们的寨子，若你要报仇，就记住我，长大后尽管找我来报仇。"

沈聚欢不接口："我不报仇,我要跟你走。"

沈肆一愣,忽地觉得沈聚欢的眉眼神情非常眼熟,脱口就问出来："你叫什么名字。"

沈聚欢从衣襟里掏出一方手帕说："娘死之前为我取好了名字,只是寨子里都没有人识字。"

沈肆抖开一看,登时愣住。那帕子上的清浅绣花,正是在大小姐的绣绷上看见过的。上面工工整整用毛笔写着三个端秀小楷——沈聚欢。

沈肆颤抖着攥着帕子,手掌慢慢掩住脸——是沈家的孩子。

大帅在汉兴驻扎,也为爱将沈肆准备了青石乌瓦的小院作为私宅。只是沈肆却没有用这宅子娶妻纳姨太太,反而领进去一个稚龄女童。这消息很快就在整个汉兴传开,大帅府亦是议论得起劲。沈肆将聚欢带到宅子里,把所有仆人都叫过来认过小姐,便坐下来吃饭。

桌上有从大老远运来的螃蟹,聚欢见都没有见过。沈肆便手把手帮她剥开,蘸过姜醋让她就着自己的手吃。螃蟹不过是简单的清蒸,却鲜得让聚欢险些把自己的舌头都吞下去。沈肆有些好笑,微微蹙了清俊眉毛："聚欢松口,咬着我手指了。"

周旁有人悄声笑了,聚欢的脸一下红了。正言笑晏晏的时候,两三个士兵齐刷刷走进来："沈副官,大帅要你去见他。"

形势严峻,不是一般的传唤。沈肆便卸下了配枪放在桌子上跟着士兵们走了,下人们多是新招来的,没见过世面,脸色青白,大气也不敢出。

沈肆一路被押到大帅府,才看见大帅风轻云淡地在府里打太极拳,瞥了他一眼："上头的意思是招安,你倒好,把整个寨子都给我屠了。知道你是为了报仇,但总也要让我在上头有个交代不是? 事到如今，只能把你交出去了。"

沈肆素得仰仗，微微一笑："大帅舍不得。"

韩大帅也笑了："瞧把你给聪明的，蹲两天监狱意思意思吧。倒是你带回来的那个孩子是怎么回事儿？"

沈肆容色一肃："是沈家的孩子，我家大小姐沈唤卿的孩子。"

"听说了。你这些年一直不娶，传言也是为了当年横死的沈大小姐。只是那个孩子身上毕竟流着土匪的血，你又是她杀父仇人，当心野性难驯。"

四

"大帅，这孩子非闹着要见你。我就把她带进来了。"说话的卫兵声音有些为难。沈肆转过身来，只看见沈聚欢站在庭院里。

大帅挥手让卫兵退下。沈聚欢声音朗朗："是你抓的他？"指的是沈肆。

大帅饶有趣味："不错，是我抓的他，我还要关他杀他，你奈我何？"

稚嫩的手臂猛地抬起，只看见手掌赫然握着乌黑的一柄配枪。众人还来不及反应，聚欢已经扣动扳机。沈肆飞扑过去抱住沈聚欢就地一滚，却没有枪声响起。沈肆夺过配枪，检查后冷汗涔涔而下，还好这孩子不懂得开保险。

大帅哈哈大笑起来："好一个沈聚欢，小小年纪竟有这样一副肝胆，不如就给我做干闺女吧。"

沈肆替沈聚欢应下来，要送她离开，她却死活不愿，只能跟着沈肆一起蹲大牢。牢饭是冷硬的窝头，沈肆要了热水泡软了递给她，笑问："吃不吃得惯？"

沈聚欢埋下头："好吃。"她话少，却同沈肆亲近，捧着碗挨着他坐着,小口小口喝着热烫的水,觉得即便是石头都能咽得下去。

时间飞逝,一转眼就是七八年。沈肆二十九岁时,沈聚欢恰好是十七岁的好年华。汉兴有人来提亲,沈聚欢爱搭不理,沈肆也随她心意。慢慢就有了传言,说什么故人之恩都是狗屁,沈聚欢分明是沈肆养在汉兴的宠姬禁脔,根儿上就没打算让这孩子清清白白地嫁人。

沈肆脾气上来,走到大街上,命人将沈府的牌匾挂在门口。当着围观众人向天空连鸣三枪:"昔日我是无名无姓的孤儿,沈家于我有救命之恩。这沈府永远是沈聚欢沈小姐的沈,不是我沈肆的沈!皇天后土俱为见证!"

早已经有仆妇把沈肆的铺盖从府邸里搬了出来,沈聚欢站在门后,轻轻开口:"小哥……"

沈肆却猛地开枪打碎了门口装盆栽的大瓷盆,"从今日起,沈肆绝不私下迈进沈府一步。若违此誓,当如此盆。"

沈肆搬入大帅府值班处。不过次日就有人去沈府提亲,是替韩大帅的长公子韩青浦提亲。韩青浦倾慕沈聚欢已久,两人年纪相仿,也算得上自幼相识。

沈聚欢背身坐着,声音里说不清是喜欢还是讨厌,只静静地问:"我小哥知道了吗?"

来人一笑:"沈副官说很好,只要姑娘愿意。"

死寂般的沉默,沈聚欢埋下头又抬起:"那就好吧。"

五

新婚之夜,终究是出了事情。传言沈家小姐沈聚欢嫁入大帅府的新婚之夜,用手枪打伤了韩公子的肩膀。医生赶到的时候,鲜血流了满满一喜床,凶险万分。韩大帅冲进洞房,一巴掌把旁边站着的沈聚欢扇倒在地,恨得拔出腰带上的手枪对准了沈聚欢的脑袋。沈肆推开众人挤上前来,在大帅面前"扑通"一声跪下:"一命抵一命,大帅要杀就杀我吧。"

医生的声音谨慎响起:"大帅,公子性命无虞,只是这条胳膊以后使起来兴许会有些不灵便。"

大帅收了杀心,却仍是气愤难平。然而下一刻沈肆已经拔出配枪,在众目睽睽下抵在自己肩膀上扣动了扳机。沈聚欢脸色煞白跪伏在地抱住沈肆。沈肆却挣扎甩开,勉强开口:"沈肆两条胳膊赔公子一条胳膊,还请大帅宽容聚欢。"

大帅气得脸色青白不定:"滚,现在就给我滚!"

沈聚欢要带沈肆去医院,沈肆一把推开她,在清冷的大街上两两相望。沈肆心绪难平,终于还是开口:"你既然答允要嫁韩公子,为何要杀他?"

沈聚欢脸色雪白,终于颤抖开口:"你是英雄好汉,说过的话掷地有声永不反悔。你曾经说过这辈子都不进沈府的门,是也不是?"

沈肆望着沈聚欢漆黑的眼珠,心里莫名一疼:"是。"

尚穿着染血嫁衣的沈聚欢在月夜下凄婉一笑:"小哥,那我除了答应嫁进帅府,还有什么法子天天见到你?"

沈肆一愣,他还从未见过沈聚欢这么轻飘飘地说话。

"韩青浦说他喜欢我,想要娶我。我便明明白白地告诉他,我永远都不会喜欢他,我只喜欢你。但他说不介意,只要能娶到我,可以天天瞧着我就够了。我想这样也很好,他瞧着我,我瞧着你,我们都高兴。"

他讶异地看着她,刚刚意识到她执拗且奇怪的、信仰一般的喜欢。她自幼在那样残酷冷漠的环境中长大,在被他救出后也深居简出,既没有女性长辈教导,也没有同龄的手帕交。她对爱的所有感觉都来自于她自己的理解,并固执地认为这种喜爱才是人间情爱的正途,认为所有人都跟她一样看待爱,一样跟她在爱中无所图无所求。

她轻而易举地答应嫁给韩青浦，是因为她从来就没有被告知过婚姻背后意味着什么，她竟将婚姻看得如此轻如此不值一提，像是没有什么能禁锢她爱的自由。

她一贯是这样单纯热烈的心思，只是想一直跟着他。看不见他的时候她会怕，天黑会怕，狗吠会怕，处处是魑魅魍魉，处处是鬼影蛰伏，处处是小时候的惨烈记忆，只有他在，才是她的安乐人间。

韩青浦在酒席上喝多了，待长辈们一个个吃够了酒散去了，剩下的人将他们簇拥到洞房。那群纨绔子弟闹着要看嫂夫人的样子，韩青浦得意洋洋地揭了盖头，满室通红给一向脸色瓷白的沈聚欢映上了一层绯色。众人又起哄，一定要新人当众亲个嘴不可。

韩青浦心里又是高兴又是得意，他敏锐地意识到这个屋子里的所有男性都因为聚欢的丽色对自己心生艳羡。他得意极了，开心极了！是啊，美人如花隔云端，而这美人如今走下云端，真正成为了自己的所有。他在众人的撺掇推搡中靠近，但被沈聚欢一把推开了。

"新娘子害羞了！新娘子害羞了！"众人起哄。

韩青浦脸上浮上一种怪异的烦躁，他是大帅之子，习惯了众人的追捧。只要他想要，这世上怎么还会有他得不到的东西呢？他于是伸开手臂，紧紧地揽着她，她低下头，他便要勉强她抬起。沈聚欢因为成亲疲累了一天，早烦躁不耐，本心里对别人靠近也极不习惯。韩青浦的狐朋狗友便开荤腔："嫂夫人这就受不住了，待会儿洞房花烛夜更待如何呀。"

韩青浦便愈加烦躁，他意识到沈聚欢的不可掌控，便更要掌控。他捧着沈聚欢的脸，正要亲下去，沈聚欢却猛地将他挣开："你说过成亲之后，只要天天看着我就够了！你没说还要做别个！"

众人一下子静了，众人料不到一向眼高于顶的韩公子对待美人竟如此做小伏低。但众人都是浮华场上打滚惯了的人精，有人率先吆喝起来："这叫什么！卤水点豆腐，一物降一物啊！"随后便是跟着帮腔的，什么"英雄难过美人关""嫂夫人原是胭脂虎"地诨叫，房间里的气氛重被推上热潮,众人都嬉笑着,嚷破天一样。

直到韩青浦一个耳光甩在了沈聚欢的脸上。

男女之间的权利倾轧从来都是微妙的,成亲当日便要争日后是东风压倒西风,还是西风压倒东风,平日私底下的讨巧情话算不得数,只是情趣罢了。但沈聚欢当着众人面丁是丁卯是卯地点破,也太下他的面子了。他想起父亲的几房妻妾,哪个不是对父亲听话顺从,就算自己的母亲,正房夫人,也从未对父亲有过半分非议。怎么轮到自己,就这么丢人现眼?而娶的这个,心里甚至还有别人。

说那话的时候,感情是真的,但此刻被酒精燃起的愤怒也是真的。他自命风流,在汉兴也是不少人家替没嫁的姑娘惦记着,怎么就拿不下一个沈聚欢?

不过她此刻终于安静了。他看了看自己的巴掌,谈不上后悔,只是心里想,哦,原来这样就顺畅了。

宾客都感到尴尬,刚才的好事者此时反而做起了理中客:"嫂夫人面嫩,是我们闹得过了,不至于,不至于。"

"出去——"

众人愣怔。

"出去!"

门被摔上了,众人听见房内沈聚欢的哭声,和砸东西的声音。韩青浦的声音低哑:"怎么,你嫁给我,还真要为他守贞?你当沈肆是救命恩人,可知道你的亲生父亲就是死于沈肆之手?你只知道沈肆待你如珍似宝,又可知道沈肆心上之人只有沈唤卿?"

"住口,住口!"沈聚欢哭喊。

众人面面相觑,彼此都觉得这洞房闹得很没趣。虽是听到了一些秘辛,但以韩青浦的脾气,也少不了秋后算账。众人一个个正要灰溜溜离开,就响起了枪声。

众人冲进房里,韩公子捂着伤口倒在喜床上,满脸不可思议:"你我自幼相识。你居然为了沈肆伤我?"

新娘子握着手枪泪流满面："这些我都知道。但你做不到的，不该骗我。"

月夜下，一身嫁衣的沈聚欢慢慢跪在沈肆身前，脸颊上还沾着一星儿血，声音微不可闻："小哥，别扔下聚欢，好不好？"

"他们说得没错。"沈肆忽然开口，"救你只为了沈唤卿，她是世界上我唯一看重的女人。但你越长大，我越能在你身上看见你那土匪父亲的影子，又恨不得将影子千刀万剐。"他半条胳膊鲜血淋淋，衬得脸上的肌肉都扭曲了，"沈聚欢，别再来找我。"

六

韩大帅的前副官沈肆成为汉兴的一大笑话，他受了很重的枪伤，随便找了个土郎中把子弹剜出来却伤了神经，一条胳膊便不能动弹了。他又被开除了军籍，整日混在汉兴的市井街头，走到哪里便睡到哪里，喝酒赌钱，嫖妓打架。沈聚欢总是远远地跟在沈肆身后，纱巾把头脸蒙得严实，她还记得沈肆说过，不愿意看见那张酷似土匪的脸。

昔日沈肆做大帅副官的时候，虽然克己奉公，但执行公务时仍然得罪了三教九流的不少人。沈肆被堵在街角挨打的时候，她迫不得已冲进附近的大杂院里求人去救。两个戏班子的武行小生冲过去救了沈肆，她怕沈肆看见她动怒，遮着脸离开了大杂院。

再过半月，她突然接到了沈肆相约在茶楼的消息。她心中涌动着无限美好的期望揣测，惊喜交加赶赴茶楼，却发现不过半月没见，沈肆全身已经干净整洁。他旁边坐着一个姑娘，端正秀气，麻花独辫甩在肩头，一笑露出白若编贝的牙齿。

沈肆神色平静："这是大杂院里唱大鼓书的芳儿。"

沈聚欢不明所以，只能向对方礼貌颔首。沈肆却开口："我来找你是托你把老屋抽屉里的玉佩给我,那是我买来给心仪女子的。还有一封书信,你不要拆开,一并给我。"

沈聚欢的脸一下白了:"小哥你……"

沈肆脸上浮上倨傲之气:"还不明白吗?我要娶她。"

芳儿识趣地退出包厢,沈肆抬起眼看着沈聚欢,眼睛里第一次对她换上了那种肆无忌惮的神气:"她长得真像你娘,真像。"

沈聚欢手里的茶杯跌落在地上。

沈肆说沈聚欢长得像她的土匪父亲,沈聚欢却是第一次做出了土匪的行径。她卖掉了沈府所有的细软,用来雇人绑架了唱大鼓书的芳儿,逼沈肆到沈府救人。沈肆如约而至,整个沈府却都寻不到沈聚欢。下人们一个个神色慌乱:"四爷,快想想办法吧,小姐被南京来的蒋老爷强请去了。听说是韩公子作陪,非说咱们小姐是汉兴有名的美人,来了两排兵硬把小姐绑去了。"

那一天晚上,是沈肆生前见到沈聚欢的最后一面,两个人的目光穿过行云流水宴的灯火两两相会,却隔绝了生死。沈聚欢被士兵绑缚,眼睁睁看着沈肆以行刺大员的罪名被韩公子一枪命中要害。

沈聚欢拼命挣脱士兵的控制,颤抖着拥住沈肆。沈肆的嘴唇微微翕动,血沫不断地涌出,却嘱咐着:"聚欢,跑啊,快跑啊!"

她痛哭着将脸伏在他的唇上,将他抱得死紧,却只听出最后一句话:"放了芳儿吧。"

他声息渐无。那一瞬间她彻骨寒冷,仿佛又回到儿时,赤脚踩在冰面上,漫天大雪,寂静无声。

七

沈肆曾发誓,再也不踏入沈府。但人亡誓消,沈聚欢还是将他带回了沈府。她答允了做蒋老爷的姨太太,只求为沈肆守孝三日,不受打扰。

管家轻轻唤了唤堂前的沈聚欢："小姐，棺材铺的人来收钱了。"

杜望和谢小卷挑帘走进来，沈聚欢神色诧然："怎么又是你们？"

管家退下，杜望轻轻一指那装殓着沈肆的乌木棺材。只见那方才还横着的棺材瞬间变成阴气腾腾的黑色毡毛轿子："这轿子小姐也是坐过的，不记得么？天下只有至情至性的人才能用得了这轿子，不过我是生意人，自然有进有出。"他单枚玳瑁眼镜后面的那只眼睛牢牢看着沈聚欢，"进的是小姐三十年的寿数和这栋宅邸，出的是……"他轻轻一笑，"轿中人三日还阳。"

谢小卷诧然看向杜望，还没来得及询问就听见沈聚欢说了一个"好"字。她挑帘坐进轿中，"先生必有异术，我总要试上一试。"杜望上前放下轿帘时，沈聚欢忽然一愣怔："我似乎见过先生。"

杜望微笑："小姐定是记错了。"

轿帘垂下，黑色毡毛轿子映衬得外面一丝儿光芒也透不进来。沈聚欢握着沈肆的手，轻轻靠在他的肩头，心里却毫无害怕之意。杜望从轿牌盘上拿出一张乌沉沉的轿牌，上面刻着"沉木冥棺"的字样。谢小卷终于忍不住，伸手拦住杜望："人死不可复生，不要逆天而行。"

杜望看向谢小卷："我说我不认识她是骗她的。你可曾听说过'谁若九十七岁死，奈何桥上等三年'？昔年我路过忘川见过沈聚欢，她和沈肆前世因缘就因遗憾错过。而那些不愿意投胎一心等待爱侣的亡灵都要忍受浸在忘川五百年的苦楚才得以重新轮回。她和沈肆，一个浸在桥东，一个浸在桥西，痛了五百年，守了五百年，却不知道距离对方仅仅一桥之隔。"他叹口气，"有的时候，同年同月同日死是种福分。"

谢小卷深吸一口气，"杜望，你到底是什么人？"

杜望却偏偏在这个时候无赖起来，眼睛倏地一眯："好人。"

乌光乍现，沈聚欢醒来的时候杜望、谢小卷、那顶乌沉沉的大轿子统统不见了，只有沈肆躺在自己身旁。

原来只是一场梦，她闭上眼睛，两行眼泪从眼角汩汩流下。她却突然听见了一个刻骨铭心的声音："聚欢？"

她慢慢睁开眼睛，沈肆已经支起了身子，淡色瞳孔中掠过漫天云影。

她颤抖着抱住沈肆，耳中钻入杜望轻微的声音："三日阳寿，切切谨记。"

八

杜望当年多半用沉木冥棺来做帝王家的生意，皇帝老儿还没来得及宣布谁是继承子嗣就一命呜呼可是大事一件，多活三天就很有必要。但沈聚欢为沈肆争取来的这三天却让谢小卷看不明白，只见来回采买的都是喜事用具。

谢小卷自作聪明："她想跟沈肆成亲？"

杜望不置可否。

沈肆在房间里砸碎了所有器具："沈聚欢！你长本事了！敢囚禁我？"

饶他如何骂，沈聚欢只隔着一扇窗户默默看着他，不说话不应答。婚事筹备了一天，次日良辰沈肆便被推出堂去。他三日换来的阳寿本就薄弱，没有几分气力，自有下人帮他换了喜衣喜袍。

他扶着梨花案勉强站稳，望着面前笼着鲜红盖头的新娘，不吝说出最狠毒的话来伤她："养了你八年，竟不知你如此自甘轻贱，强绑了——"话说到中途就断了。只看见沈聚欢一身粉裙端着酒走上堂前，跪下拜了三拜，一仰脖把酒喝尽了。脸色雪白，嘴唇却因为饮酒而显得殷红："聚欢恭贺小哥小嫂新婚大喜！"

沈肆踉跄一下，伸手扯下新娘的盖头。只看见芳儿含羞带喜，偷偷看了沈肆一眼连忙低头。沈肆面无血色，想要说话，却迸发出一阵猛烈的咳嗽。沈聚欢咬了咬嘴唇，低声说道："你受伤之前最惦记的人就是她，小哥，你一定要高兴。"

沈肆勉力咽下咳嗽，杯子与沈聚欢一碰："妹子一片心意，做哥哥的自当消受！"

沈聚欢想，韩青浦当时的允诺她终于明白是假话了。但凡喜欢别人，怎么能忍得了那个人心里眼里都是别的人。一直看着，心便一直在刀子上滚。

但好在，她也不用忍那么久。

她用三十年阳寿换他三日还阳，只为了结他最大遗憾。

若心上人有三四十年好活，自当不择手段也要将他夺回身边。但三日太短，短到不足以让他爱上自己，那么沈聚欢宁愿让他和他现在最爱的人在一起。

洞房花烛夜，芳儿坐在床边羞喜不胜："四爷，我也不知道欢姑娘怎么突然改了主意放了我，还让你……你和我成亲。当初你托我同你演这场戏的时候，我也没想过真能嫁你。但我，我心里是愿意的。"

沈肆一眼看见芳儿身上挂着的玉佩，一愣："谁给你的？"

芳儿解下来："欢姑娘说是四爷托她给我的，还有一封信。"

沈肆哆嗦着手接过信和玉佩，信被封得很好，还没拆过，看得出是沈聚欢妥善转交的。沈肆轻轻撕开信封，信纸一展，上面是自己熟悉的钢笔字：

"聚欢，前日在玉行，你看上了这块玉佩，我没买给你，你发了好大的脾气，足足十来天没有理我。你光顾着生气，却哪里知道缘由。再过几天就是你的十八岁生辰，你一贯眼高于顶瞧不上东西，现在送了你，你让我过几天再送什么讨你喜欢。现在知道实情，可不要生气了吧。另，这相思扣多用于男女定情，我送了你，你千万别再胡乱送给别人招人误会……"

沈肆将信封好，只觉得心头烦恶得仿佛要吐出血来。

他为沈家复仇是出于忠义，但世人固习惯于穿凿附会，硬生生把他说成少年时便心系沈唤卿。沈聚欢虽长得极似沈唤卿，但他对沈唤卿是全然敬意，对沈聚欢却不由得一点点生了喜爱。虽然因其中错综复杂的仇恨恩义犹豫过，但想要放弃却是不能。直到累年烦恶呕血，磨不过韩大帅去医院检查，才知道当年替韩大帅挡的一枪，有弹片扫入脑中无法取出，医生断言他无法活过三十岁。

也正因为此，即便沈聚欢伤了韩公子，韩大帅依然留了他们性命。也正因为此，他自离沈府不愿相见。也正因为此，这本该送出去的相思扣，终究没有送出去。

许是阳寿无几，最坚强的人也会软弱，他突然极想要见沈聚欢。他猛地推开门，却看见管家神色踟蹰。他扶着门框问："小姐呢？"

管家"扑通"一声跪下："小姐被叫走了。"

九

蒋老爷将沈聚欢带到汉兴山坡上，沈聚欢站在他面前神色淡漠："你许我的，三日守孝不予惊扰。"

蒋老爷一笑："你长得真像你娘。"

沈聚欢一愣："你怎么认识她？"她想了想，脸色白了，"你姓蒋……"

他伸手抚摸她的脖颈，像是看到多年前那个娇美羞怯的未婚妻。那年他还在沈家借读，女眷虽然都住在内院，但逢年过节总能打个照面。他们的视线都若有若无地在人群里逡巡，一旦碰上了，那年轻的小姐便将眼神慌乱躲开，睫毛微闪，脸也红了。

"那小子配不上你，姓韩的也配不上你，你原本就应该是我的。"这话像是对沈聚欢说，又像是对沈唤卿说。他靠近她，想要亲吻她。

"你是蒋举惟？"沈聚欢手脚冰冷。

汉兴臭名昭著的蒋举惟,出卖恩人的蒋举惟,将未婚妻拱手相让的蒋举惟。他深情款款地抱着沈聚欢,试图将她压倒在草丛里:"卿卿,十八年了,我一直惦记你,没有忘记你。跟我走吧,我什么都是你的,命都是你的。"

"你出卖了她。"

"再来一次,我能为你死!"

沈聚欢拼命挣扎,却抵不过蒋举惟的力气。他流着浑浊的眼泪,亲吻她,却唤着她母亲的名字。沈聚欢不动了,她痛苦地笑出了声,这个世界真的疯狂又荒谬。

只听见平地里一声枪响,蒋举惟瘫软不动,热血淌在了沈聚欢的脖颈上。而远处蒋举惟的部下,俱是一脸惊怕地看着死而复生的沈肆,他在旷野里举着枪支,毫不犹豫。

沈聚欢骗沈家下人,沈肆是休克,被误诊为假死,但蒋举惟的部下却是亲眼看到沈肆心口中枪而亡,因而一个个屁滚尿流地逃了。

沈聚欢站起身来,轻轻呢喃了一声"小哥",就软在了沈肆怀里。

那是许久未有过的亲密,沈聚欢趴在沈肆的背上。像是很久以前沈肆把她从土匪窝一路背回育婴堂,她感受着沈肆的呼吸,感受着沈肆还微热的皮肤。眼泪一滴一滴地淌在沈肆脸上,终于到了沈府。沈肆要放她下来,她的手臂却猛地一紧,声音里透着哀求:"就一会儿,小哥就一会儿。"

沈肆的眼泪一下子就下来了,背着她擦掉,身体却是僵直的。

院子里西洋钟猛地敲响了十二下,沈肆开口:"聚欢,十八岁生日快乐!"

她却没头没脑地冒出来一句:"小时候在寨子里有人给我算过卦,说我能活四十八岁零一天,也不知道是真的假的。"她侧脸贴在沈肆的后背,"如果是真的,那就太好了,不求同年同月同日生,但求同年同月同日死。"

良久沉默后,沈聚欢从沈肆背后跳下来,轻轻一推:"进去吧,今天是小哥的洞房花烛夜。"

沈肆下意识地问:"你呢?"

沈聚欢灿烂一笑:"我不能进去,我会哭。"

十

为了让沈聚欢死心,沈肆终究还是抬脚迈进院子里,回头时沈聚欢的身影已经消失在夜色里。

沈府静寂得怕人,浑然不像刚办过喜事的样子。所有的下人都不见了,沈肆逡巡一圈,终于还是在堂前抓到了浑身抖得像筛糠的老管家。老管家脸都青了,结结巴巴地说:"四爷,饶命吧四爷,有大兵刚才冲进来找蒋老爷,说汉兴好几百人都亲眼看着您被打死了。下人都吓跑了,新娘子也吓跑了,就我……我想再留下来看看。"

沈肆疑惑不解,视线却挪到大堂上,伸手猛地一扯,大红绸布被拽下,露出后面的白色丧仪,那是仓皇布置的结果。

"你确实死了。"谢小卷站在风清月朗的院子里,"有人用三十年阳寿换得你三日还阳,只为了让你了却心中遗憾和心上人在一起。不过现在看来是她会错了意,沈肆,到现在你还不肯承认么?"

杜望站在她旁边,两个人宛若神仙眷侣:"你若不信,大可以伸手摸摸自己的胸口,可有心跳?"他顿了顿又说,"还有,沈聚欢四十八年零一天的寿数并不是虚言。"

沈肆恍惚将手移上胸口,泪水潸然而落,他声音喑哑:"她又为何如此傻,我分明,分明半分希望也没有给过她。"

老管家在旁边听得明白,连害怕都忘了,"扑通"一声跪在地上:"求求两位高人,指点我家四爷找到小姐,他们只有一日相守啊——"

"不必了。"沈肆放下手,"我知道她在哪儿。"

晨光熹微,河面一片灰蒙。

沈聚欢瑟缩在河边的苇丛里,八年前,沈肆就是在这里救了她的命,把她带走。她愿意选择这样一个地方,等待最后一天。无论自己的寿数是不是真的,她都会在天黑时分慢慢走进这条河。比起在这里不可抑制地想象沈肆与新娘共度的每一分每一秒,那才是她最后的幸福时刻。

太阳猛地跳出河面,一片蓬勃灿烂的耀眼。她下意识地眯起眼,慢慢睁开时才发现一块晶莹剔透的相思扣映着朝阳静静垂在眼前。

她猛地回头,沈肆微微一笑:"补给你的生日礼物。"

她想要把脸埋在手中哭泣,却被沈肆坚定地拉开,他用粗糙手掌像第一次相遇时一样帮她抹去泪珠,又像过去无数次一样问道:"聚欢,今天你想做什么?"顿了顿继而道,"我陪你。"

第五章
坤巽离兑轿

一

冬日的小径上，浓浓淡淡地铺了一层浅霜。提着箱子的杜望孤身一人走在小道上，听着后面窸窸窣窣的声音，嘴角浮起笑意。他微错身形，藏匿在一棵老树后。不过片刻，谢小卷就顶着一头的枯枝烂叶急匆匆地赶上来，满脸的郁闷急躁："怎么一会儿工夫，人就不见了。"

后肩被轻轻拍了拍，谢小卷一声尖叫，跳起来转身才看见杜望好整以暇地望着她："谢小姐，去英国的船票钱在汉兴就给你了。你怎么还跟着我？"

谢小卷面红耳赤："谁跟着你？汉兴冬季停船，早没有去英国的票了。姑娘我就是随便晃荡晃荡，咱们这是巧遇，巧遇你懂么？"

她心虚，自己后退着抵到了树干上。杜望便也不再上前，却足以让谢小卷隔着一层茶色镜片看清他浓密的睫毛。她的脸"噌"一下红了，正支支吾吾要说些什么。杜望却早收回压迫感，拎着箱子向前走去，声音清亮得很："前面就是隋安的城门了，看那边挤着一堆人。看热闹可要趁早，谢大小姐！"

城内不远处是一栋三层小楼,红漆飞檐,挂着"锦绣园"的戏楼牌子。此时这楼下乌泱泱地围了一群人,旁边的人瞅着杜望两人眼生,说:"今儿可是锦绣园头牌青衣水影痕退出梨园、抛绣球结亲的日子。我看您二位如此瘦弱,还是靠边站站,别待会抢起来伤着。"

谢小卷不服气地瘪了瘪嘴,还偏往里面挤了挤:"我倒要瞧瞧这位水姑娘有多美。"

楼上环佩轻响,曼步走出一位碧色衣裙的姑娘来,她微微抬头,即便是身为女流之辈的谢小卷也忍不住深吸了一口气。汉兴的沈聚欢已然算是难得的美人,可这位姑娘美得恍若行云流雾,微微蹙一下眉头都让人恨不得倾其所有只换她片刻展颜。她手里拿着一个绣球,上面还画着缤纷的脸谱,她微笑着对楼下俯身一福:"诸位捧场,影痕感激不尽。梨园漂泊,乱世沧桑,影痕只为寻找终身依靠。绣球抛出,无论贫穷富贵,老少俊丑,影痕自当终身跟随,绝无二意。"

楼下轰然一片叫好。谢小卷下意识抓了杜望的手:"你不许……"

"不许什么?"杜望笑问。

谢小卷撞见那个笑容就觉得心头一跳,狠狠地撒了手:"没什么!"

水影痕举起了绣球。远方赶来一骑枣红色骏马。人群惊慌躲闪,那人却在楼前一勒缰绳,冲楼上怒吼出声:"水影痕,谁给你这么大的胆子! 你给我下来!"

那是一个瘦削的公子哥,穿着一身西洋骑装,黑色马甲上的金属扣子在阳光下闪闪发光。人群议论纷纷:"那不是金三少金怀璧么?今儿可是附近三城十镇的商会赛马,他居然扔下那摊子跑这儿来了?"

水影痕只微微一笑,手上的绣球已经丢了出去。金怀璧下意识顺手抓住,抬头时脸上满是沉痛无奈:"下来。"

水影痕脸上的表情有些微妙:"三少,三年前你把我卖给锦绣园就已经不是我的主子了。你想让我听你的话只有一种办法——"她顿了顿,眼睛却是毫不躲闪地看向金怀璧,"你认了这绣球,我水影痕自当此生此世只听你一人的话。你若不认,我再投一次也就是了。"

金怀璧从马上跳下来,几步跨上戏楼劈手把水影痕拽下来。她一路被拽得踉踉跄跄、钗乱鬓斜,声音透出凄楚之意:"金怀璧,你究竟想要我怎么样?"

金怀璧芝兰玉树地站在那里,一双丹凤眼却透着伤心:"我要你找个好女子成家。"

谢小卷惊愕得差点叫出来,身边的杜望却笑得更深了些:"你竟然没发现那是个唱青衣的俊俏小哥么?"

果然,水影痕踉跄几步,脸色煞白:"你果然还是瞧不起我?"他猛地甩开金怀璧的手,"三少爷,你既然不要这绣球,何必管我给了谁?"

金怀璧望着水影痕远去的背影紧紧攥起了拳头,再回头却发现身前站着一名穿灰衣长衫的男人,正是隋安镇的镇长。他面无表情地盯着金怀璧:"金三少,您家的商会您缺席我管不得。但闹市纵马即便在清朝也是大罪,十鞭的鞭刑您不枉受吧?"

二

隋安镇,无人不知金家钱庄金三少爷和梨园名伶水公子的一场孽缘。

金怀璧是金家独子,因金父盼着人丁兴旺,才把怀璧的排行硬生生拗成了三。金怀璧五岁时,金父金母前往汉兴行商时被土匪劫道杀害。金怀璧的祖母金老夫人却是女中丈夫,独力操持决断,反而将金家钱庄越做越兴旺。金怀璧十二岁那年,刚好是金老夫人的五十整寿,管家为了讨主母喜欢,从汉兴挑了十来个容貌嗓音皆是上乘的孩子,纳入金府学戏,昔年还被唤作阿水的水影痕正是其中之一。

金府请的授戏师傅手黑,不过十岁的阿水被露夜罚跪在假山最高最冷的华露亭上,正巧幼年金三也因为拨不明白算盘珠被金老夫人罚跪在华露亭。怀璧虽然是被罚跪,仍然锦帽貂裘穿得暖和。阿水却穿着一身单裳,冻得嘴唇都发紫了,还本着尊卑有别,只敢跪在怀璧下首的台阶上。

在他几乎要晕过去的时候,忽然觉得身上一暖。怀璧将外面的比甲披在他身上,小小的身子抵住风头,双手扶着他的肩膀:"你若是困,就在我身上靠一会儿。"阿水诧异地抬头看向怀璧,怀璧身上虽带着富家少爷惯有的清冷矜贵,却温和善察,待人宽厚。他察觉到阿水不敢,又温声劝道:"不碍事,没人看到的。"

阿水便恍恍惚惚靠在三少爷的肩头睡着了。次日怀璧发了高烧,金老夫人懊悔自己惩戒过严,停了怀璧的功课让他在房间里养病。金府有规矩,戏子不能进内院。阿水却在深夜冒着鹅毛大雪偷偷潜到怀璧的窗下,轻轻唤道:"三少爷,三少爷?"

窗户被吱呀一声推开,金怀璧探出头来,他本就因为发烧通红的脸被烛火映得更加温暖。阿水觉得眼窝一酸,勉力哽咽出声:"三少爷,你……"

怀璧一笑:"哭什么,真是学戏学痴了,也这么伤春悲秋起来。"

他从窗户伸出手想要帮阿水擦眼泪,炙热的手指和冰凉的眼窝一触,两个人都微微一怔。怀璧最先反应过来,轻轻推了他一把:"趁着没人发现,快回去吧。记得别告诉别人亭子里我给你衣服的事儿,你要是挨打,我也白生这场病了。"

阿水只能听少爷的话,他深深看了怀璧一眼,一步三回头地走了。月色下苍白无措的小人,踏雪而来,踏雪而归。尚是稚嫩的五官映着皎洁月色回眸一笑,已经颇有倾城之色。怀璧扶着窗棂,望着雪地里的小小脚印,脸上慢慢浮上笑意。

金府的规矩严苛,迷惑主子的奴才总会被打发出府,下场凄惨。但年少时的喜欢极难被掩藏,金怀璧打小不爱看戏,那两三年内府里的戏却从不落下,阿水也总能得到独一份的打赏。日子久了,就有人将风言风语传到金老夫人耳朵里。

授戏师傅气急败坏地将阿水拎到内院,让其跪下等候发落。十四岁的阿水安静跪伏在地上,既恐惧被发落出府的命运,却又不知为何隐隐期盼着罪名的落实。他和金怀璧本自清白,他却盼望着他在三少爷心里有一席之地。

然而屋里却传来金怀璧回答金老夫人的话,声音里透着诧异:"她居然是个男娃么?我见她生得漂亮,只把她当作女孩儿疼惜。"说完嗤笑一声,"既然如此,今后儿我还理他做什么,传出去让人笑话么?"

跪在外面的阿水只觉得脑中"嗡"的一下,似乎什么都再也听不到看不到了。

金三少爷把自家府里的戏子认错的段子成为隋安人茶余饭后的笑料,但阿水却也因此逃过被打发出府的命运。他生了一场大病,病愈后整个人清减一圈,愈显丽色。来年开春桃花节,他再次登台才看见金怀璧。饶他掩盖在浓浓妆彩后的眼波全然萦绕在金三公子身上,对方却只矜贵地坐在台下,嗑着瓜子,陪金老太太说着笑话,时不时抬头逡巡一眼台上,目光却也决计不落在他身上。

三

又两年,开始立业执事的金怀璧要远赴汉兴办事。对方商户素好梨园,金老夫人便挑出自己戏班子里出色的跟三少爷同行。怀璧将男作女的笑话早已经传到了汉兴,席间就有人拿阿水打趣怀璧,怀璧只是温润而笑:"小时候的玩伴罢了,现在想来只觉得荒唐。"

阿水只觉得心口一疼,他借口酒醉离席,却在月影花树处被扯住袍袖。席上主人一身酒气靠近他:"学戏辛苦,唱戏也辛苦,我看你是个伶俐的,不如留下来,我盘间铺子给你打理。"

阿水知道这生意对金怀璧重要,纵然心中烦恶,还是忍耐不发,躬身一礼:"刘少爷,席上您最为捧场,我还当您是半个知音,心下很是感激。我只会唱戏,旁的不想做,也不会做。"

"知音,当然是知音! 你留下来,我给你组个班子,让你做水老板,把你捧成红透半边天的角儿。"他越发凑近,扶着他的腰,声音也狎昵,"别惦记着金三了,人家不好这个,你说你这痴图什么? 你点个头,我这就找三少爷讨你,他不给你的,爷都给你。"

阿水瘦弱,被锢住双手一时松脱不开。他羞愤至极,正要一口咬住那人的脖颈,身后却有清冷声音响起:"我金怀璧给什么不给什么还轮不着别人说了算。"

男人愕然转身,慌忙掩住衣襟:"三少爷,你这是……"

怀璧将阿水拉起,他虽不及弱冠,身量却已经长足,站在那里容色清淡,直如临风玉树一般:"刘少爷,风寒露重,当心别伤了腰。"

生意终究是黄了,怀璧带着阿水当即离席下榻汉兴客栈。是夜,阿水在庭院里绕了好几圈,终究还是忍不住敲开了怀璧的门。

一时无人应。门只虚掩着,轻轻一推就开了,绕过木质屏风正看见怀璧准备入浴。一灯如豆,恍惚映着怀璧属于少年的清瘦腰身。饶是脚步放得再轻,还是惊了怀璧,他抓住青衫迅疾掩住,转过身来语声透了急躁:"谁让你进来的?"

阿水的性子向来随遇而安,但多年的可望不可即却几乎折磨疯了他。他一贯是主子脚下卑微下贱的尘埃,不敢有半分轻慢污了他的衣袂。只有今天的事让他看到唯一的微茫希望,他不能错过,他不愿错过。

他走近两步:"伺候三少爷入浴。"

怀璧脸上一贯矜贵的表情终于破碎了,他居然结巴起来:"你……你……我不用你伺候,你快些出去!"

阿水依旧执着,这执着的神色添他好看的眉眼上认真得动人:"三少爷是男人,我也是男人,三少爷究竟怕什么?"

怀璧仓皇向门外走去:"我看你是疯了。"

却被拦腰抱住。阿水的声音在身后凄凉入骨:"我是疯了,我只

— 79 —

想问三少爷一句。方才三少爷驳斥那人的话,是不是真的?"

怀璧沉默不语,半晌说:"若你真想脱府建班,我回去就秉明祖母,还了你的身契。"

阿水绝望:"你明明知道我说的不是这个。"

怀璧伸手,想要将他的手掰开。阿水的声音透着绝望:"你若心里无我,把我的手指头掰折了,自然也就放开了。"

怀璧被触动,转过身来,却被两片微凉的嘴唇贴上。阿水贴上来的吻是冰凉凄婉的,还透着眼泪的苦涩。怀璧只觉得脑子一蒙,全不知道所思所想,跌跌撞撞地倒在榻上。直到阿水纤长手指探进他的衣襟,怀璧才猛然醒悟,伸手一把推开他。

温暖烛火下,阿水伏在一旁,隔着衣裳都能看见那瘦削的肩骨弧度。声音轻轻的,仿佛一出口就会碎掉:"还是不成吗?"

怀璧扭过头,只有不看他才能狠下心来说话。他慢慢攥起手指:"阿水,这世上我们总有东西是得不到的。"

阿水轻轻笑起来:"果然还是不成的。"

回到金府的第二天,金老夫人听闻生意黄了的缘由,一怒要将阿水卖到外边的戏院。还是金怀璧顶着责罚求了阿水的身契交付给他,又给了他一笔银钱,任他自由来往,唯独不得再迈入金府。

但众人皆未想到,阿水拒了那笔银钱,反而将自己以极低的身价卖给隋安风头正盛的戏院锦绣园。锦绣园的戏虽好,学戏残酷严苛却也是远近闻名。

此后几年,怀璧只去过锦绣园一次。昔日的阿水成为水影痕,嗓音清丽,容色也越盛。有人打赏,戏散后就要下来答谢。有君子便有小人,轻薄凌辱之事在所难免。怀璧带着客人远远地坐在包厢里,看着水影痕被他人为难,仰脖喝下一杯酒又一杯酒。脸上挂着笑,眼波却清凉如水,偏偏一丝儿也不向自己看过来,一如自己当年。

散戏后，水影痕拖着疲惫的身子回到后台卸妆，才发现偌大的屋子里空荡荡的，只有怀璧背着身子坐在妆台前。

怀璧拿出银票："不要唱戏了，买个小院子好好生活吧。"

影痕眼中瞬间焕出耀眼的欢喜，然而怀璧的后半句话已经吐出："找个好女人成亲吧。"

怀璧说完转过身来，影痕的眼中却只剩下希望灼烧破灭后的残烬。他自暴自弃地笑了笑："三少爷，我喜欢这样的生活，你又不是我，怎么知道其中的乐子。"他凑近怀璧，手抚上他的脸，"你不喜欢的，我却偏偏喜欢。"

金怀璧的脸瞬间变得煞白，他猛地推开影痕扬长而去，走到门口时还是顿住，声音郁痛："阿水，我总会成亲的。"

怀璧终究离开了，整个房间寂静清冷得可怕。影痕怅然坐在绣凳上，抬头看见西洋镜子里自己浓墨重彩的脸，一拳头打上去，支离破碎。

水影痕因为手伤，歇了一阵子不再唱戏。金家却放出了金三少爷金怀璧即将年前成亲的消息，这才有了水影痕抛绣球的一幕。他为他舍弃重要商会闹市奔马而来，却终究不愿带他离开。

四

金怀璧因为闹市纵马被当众执行鞭刑的消息已经传开，整个隋安都炸了。谢小卷听了那些故事后对这金三少是兴致勃勃，愣是拽着杜望来围观。镇长对居上而坐的金老太太行了一礼："职责所在，还请老夫人莫怪。"

金老夫人素来治家严苛，加上金怀璧为了水影痕放弃商会，已经让金家钱庄损失不少。老太太面若寒霜："镇长哪里话，是我们金家不肖子的狂纵，该当此罚。"

怀璧被几个粗壮的汉子押上台来，执行人抻了抻足有碗口粗的鞭子,挥出去就是石破天惊的一鞭。

背脊上的衣服顿时被抽烂了,血迹沾染在鞭子上。谢小卷看着都觉得揪心,不自觉抓紧了杜望的手:"隋安的鞭刑这么厉害,金三少爷看着娇生惯养,不知道受不受得了这一鞭。"

果不其然,三鞭下去,怀璧就神志模糊了。金老太太死命抓住座椅,心早就软了,但奈何刚才话已经放了出去,这会儿也不能求情。正为难时,突然有一个人冲上台来,不顾鞭影挡在金怀璧的身前。鞭梢掠过他的侧脸,惊呼声四起。

冲上去的人正是水影痕,他卸去戏装,短发利落,也不过是个瘦削青年。刚才那一鞭将他整个人抽倒在地,抬起头台下俱是一片唏嘘,不胜惋惜。只见方才那一鞭,尾梢在他的半边脸上留下惨烈痕迹,已然是破了相。

他却恍然未觉,勉力挡在金怀璧身前:"镇长!金三少爷闹市纵马全是我的教唆,这剩下的鞭子我替他挡了。"

金怀璧仗着模糊的意识微微睁开眼睛:"阿水不许胡闹,快些下去。"

影痕俯身握住金怀璧的手指:"三少爷,那年冬天的华露亭,你为我挡了一夜的风寒。如今我为你挡几鞭子又算得了什么呢?"

镇长也没有想到金怀璧如此羸弱,金家家大业大,又只有一根独苗,真打死了自己也不好交代。他只能对执鞭人点了点头。水影痕抱紧晕过去的金怀璧,只觉得背后的鞭子暴风骤雨地袭来。顶着入骨的疼痛,心头居然涌上了从来没有过的幸福感。若是他的少爷能永远躺在他的怀里,被他这般抱着就好了。

水影痕虽然瘦削,但好在自小练功,身板底子不错,从鞭子底下捡回一条命,昏迷三天后才在客栈中醒来。旁边的谢小卷端过一碗药:"你说你傻不傻?人家富贵公子自然有人疼惜,你冲上去挡什么挡?晕在台子上没人照看,还是我们把你带回来治伤的。"

水影痕勉强开口："你们是？"

"过路人。"杜望走进房间，在他头上轻轻探一探，"水公子好好养伤，晚上还有人来探你。"

五

尽管杜望已经跟水影痕打过招呼，但当金怀璧出现在眼前时，水影痕还是忍不住哽咽，什么话都说不出来。

两个人俱是身受重伤，面色惨白。金怀璧坐在他的榻前："阿水，如果我不是我，你还会这样待我么？"

水影痕听不明白，只目不转睛地盯着他："三少爷就是三少爷，又怎么会是别人呢？"

金怀璧睫毛微闪，别过头去自失一笑："是我痴了。"他静思一会儿还是抚上水影痕的手，这还是水影痕印象里怀璧第一次主动碰触他。怀璧握着他的手指："之前是我糊涂，有些事情本就不应该强求你。世人喜欢做的事情，你不喜欢做又有什么关系，你始终是我的阿水。"

明明是温暖体谅的话，水影痕心里却浮上一层不安，反手抓牢了那个手掌："怀璧……"应着对方温暖的目光，偏偏冒出来一句傻话，"如果我是女子，你会不会爱我？无论是做侍女、做姬妾，你可否允我在你身边一夕相守？"

他太急切，仿佛年幼时听闻三少爷因为自己感染风寒，不顾金府严令冒雪去探他。而今他也不顾一切地想要知道金怀璧对他是否有一丝一毫的感情。

如果，他不是错生男胎的话……

怀璧的泪水也从眼角滑落，纤细手指抚着他脸上的伤口边缘："阿水不要说傻话了，你我，此生是无缘了。"

金怀璧离开,水影痕静静躺在床榻上,恍若睡去。

客栈外间,谢小卷终于忍不住开口:"看他那个样子,我真怕他寻短见。杜望,你如此神通广大,就没有办法帮他?"她顿了顿,突然想到了水影痕的那句问话:"你就没有法子让他变为女儿身么?"

杜望反常地有些缄默,被逼不过了才开口:"感情这种事情哪里有那么简单?喜欢就是喜欢,不喜欢就是不喜欢,就算他是女人就能保证金怀璧给他幸福么?"

"最起码水影痕心中无憾!"谢小卷强词夺理,伸手去抢杜望的皮箱,"我想起来了,你明明之前给我说过,那个长满了藤蔓的轿牌,不就是派这个用场的!"

杜望难得有了脾气,伸手拍开谢小卷:"这件事情有悖人伦!你不要乱来!"

次日,杜望推开水影痕的房间:"水公子,我们生意人还要赶路,不能多留了。房钱和药钱都为你付过,你大可以在这里养到伤愈。"

水影痕伤后孱弱,只能躺在床榻上微微颔首:"多谢两位救命之恩。"

谢小卷在旁因为不满杜望的态度板起脸来,杜望却好整以暇:"谢小姐要是担心水公子,不妨留下。横竖咱们俩也不一路,不如就在这里散了吧。"

谢小卷一下子跳起来:"不不不,咱们还是一起走,一起走。"

杜望和谢小卷终于闹腾腾地离开了,客栈房间重归悄寂。水影痕这才拿出方才一直藏在被褥里的手,摊开,露出里面一块殷红木牌,上面纠葛着诡异的藤蔓形状,写着几个篆体的字——"坤巽离兑"。

六

离开隋安不过几百米路,谢小卷就重重崴了脚。偏偏她还惦记着跟杜望闹别扭不愿意服软,别扭地坐在路边揉脚,死活不开口求助。杜望叹了一口气,从箱子里拿出轿盘:"随便叫个轿子,喊荣宝和宝抬你一段路吧。"

谢小卷心里一千一万个乐意,嘴上却还偏偏硬着:"昨天求你帮人办点事儿小气吧啦的,现在我才不稀罕呢。"

然而杜望却突然沉默了,谢小卷觉得有些心慌,抬起头来的时候却发现杜望正直直地盯着自己。她还是第一次在杜望的眼睛里看见了怒气,然而那怒气很快淡了下去,杜望摇了摇头:"不是你。"

谢小卷郁闷了:"什么不是我?就是我,是我不稀罕!"

杜望劈手将谢小卷拽了起来:"快回隋安,水影痕偷了我的轿牌。"

推开客栈院门,只觉得一股扑鼻香气传来,说不出的馥郁芬芳。有微微的红色光芒从水影痕的房间里透出。杜望慢慢往前走了两步,叹息一声:"还是迟了。"

房门"吱呀"一声开了,房门口站着一位丽人。长发披肩,身子袅娜。

谢小卷"咦"了一声,还是开口问询:"请问,这个房间里的水公子?"

对方转过身来,分明就是水影痕的模样。却偏有不同,除却脸上的疤痕愈合以外,眉更细,唇更艳,眼波更为灵动。原来的水公子肖似女子,不过是仗着戏台上的戏装,卸了妆还是能让人一眼认出是男儿身。然而如今面前的人却是天生丽质,身上所有的男性特征都荡然无存。

杜望看着面前的人,幽幽回答了谢小卷的提问:"你还看不出来

— 85 —

么,她就是水影痕啊。"

在杜望的众多轿牌中,"坤巽离兑"是至阴的一张。本可助女子容颜娇媚,身体康健,乃至妇科顺产。但种种益处,却也只限于女性。坤巽离兑四张阴卦极克男子阳气,但凡有男子误入其中,自当乾坤颠倒,容颜变得娇媚仿若女性,但这仍只是虚妄幻境,只拥有一瞬艳光,过后便迅速衰老苍颓,虚弱不已。

水影痕微微一笑:"杜老板不必叹气,进轿子的时候轿帘上的行文已经让我知道后果,我无怨无悔。"他伸出手,殷红色轿牌缓缓飘到杜望面前,"昨夜偷听到您和谢姑娘的讲话,我虽然诧异,却仍想勉力一试。如今完璧归赵,还请杜老板原谅。"

杜望又是叹息一声,取回了轿牌。

谢小卷忍不住开口:"你就那么喜欢他,喜欢到如此地步?"

水影痕敛下眉睫:"终我一生,只求有一刻让他真正放进心里。何况他今日成亲,整个隋安镇都在为他们庆祝,我也实在不好不去庆贺。但请放心,今天以后再也不会有金怀璧和水影痕的故事了。"

七

金府的亲事办得分外隆重,府门大开,流水宴从府中一直摆到了街外。杜望祭出一顶轿子,雇人抬了水影痕前往金府。谢小卷左看看,右看看,靠近杜望耳语:"真奇怪,一路也没看见金府去接新娘子的花轿。金老夫人身边站着的那个男人又是谁,怎么一副新郎官打扮?难不成今天不是金三少爷成亲,可不是说金府只有这么一个少爷么?"

杜望心头浮上不妙的预感,仍勉力安慰:"看看再说!"

金老夫人举起杯盏站了起来,席间渐渐安静。一贯板着脸的老太太脸上居然也带了笑："今天是我金府的大喜日子,是我金家小姐出阁的日子!"

席间一下子炸了,只看见丫头从内室牵出来一个红衣喜娘,喜帕盖着五官看不清眉目。老太太拉住红衣喜娘的手:"大家心里一定纳闷,我金家向来只有一个怀璧小子,哪里来的闺女,今日我就给大家解开这个谜题。昔年小儿不幸,同儿媳一起厄遇匪祸。我偌大的金氏家门,孤儿寡母无依无靠,倘若再没个男丁,定会家门衰落,辱没祖宗,也见弃于诸位。因而我不得不将我这唯一的孙女当成男孩儿养着。如今金家欣欣向荣,孙女也到了桃李年华。更逢汉兴刘家刘少爷不弃,愿意入赘我金氏家门。"她朗声一笑,"不错,我这孙女就是折腾众位乡邻多年的金三小子——金怀璧!"

一阵狂风刮过,宾客纷纷用袍袖掩住眉目。然而流水席尽头却传来一声郁痛入骨的惊呼,一个红色人影从轿子中跳出来,跌跌撞撞踉踉跄跄地冲到席前。狂风卷起了盖头,露出了新娘的五官。

金怀璧一身红装,五官虽然不及水影痕的丽色,却也是清秀佳人。她的发在不知不觉中蓄到了齐耳,温婉地站立在那里,她戴在鬓角的花,像是一丛火焰,点亮了她的整个五官,却哪里还有半分昔日风流公子的模样?

怀璧仿佛不适应盖头瞬间被揭开,微微眯了眼睛,适应以后怔在原地。

"阿水?"

她下意识地伸手去抓,水影痕却往后退了一步,声音很轻,但每个字都像是砭骨钢刀:"你如何不说? 你如何从来都没有告诉过我? 你瞒得我……你瞒得我……"

怀璧想要去拉水影痕,手却被新郎猛然抓住。对方正是当年痴缠阿水被怀璧撞破的刘少爷,他的面上有自得之色:"夫人,昔日荒唐既往不咎,从今而后却再不要胡闹了。"他说着抬眼,看见水影痕的脸依然一怔,"你怎么……"

水影痕踉踉跄跄后退几步，嘴角微微沁出鲜血，抬起头深深望了怀璧一眼："原来……我所做的一切……所有执念都不过是……不过是笑话一场。"

水影痕已经跌跌撞撞逃离金府，红色身影仿佛被火焰燎烧了的飞蛾。只是他已经筋疲力尽，寿数无几，再没有力气扑回去了。

八

刘家入赘，是金老太太的决定。

事关金家的钱庄生意，金怀璧不得不同意。她的婚事，她的人生，从来都不由自己做主。

洞房花烛夜，新郎附身靠近，怀璧身体僵直，一如当年绝望的阿水，却冷不丁开了口："刘少爷，你到底喜欢什么？"

对方一笑："外面的不过是消遣，各有各的好，各有各的妙。"他的呼吸一如当年一般粗重惹人厌恶，如附骨之疽一样腻上身来，"夫人一说把我给勾起来了，那水影痕怎么比当年还勾人，浑身都透着媚劲儿。将来不如我也把他弄进府里，咱们一起……"

仿若有钢针插入心头，即便再温顺之人也有不可挑衅的逆鳞，何况那一而再再而三被侮辱的是自己深深在乎、爱而不得的人。金怀璧的眼中寒星闪过，她劈手拽过桌边的烛台，狠狠地砸了下去。

杜望和谢小卷的行程还是被耽搁了一日。行将入睡，客栈院门却被急切敲开。杜望和谢小卷各自走出房门，都是一愣，只看见金怀璧一身红衣站在月光下，容颜哀切："我听下人说水影痕跟你们在一起，你们可有瞧见他？"

杜望还没有吱声，谢小卷已经急切切开口："没有！他不跟我们在一起！你现在找来还有什么用？你骗他，你害死他了……"

杜望冲着谢小卷微微摇了摇头，示意收声。金怀璧失魂落魄地

— 88 —

转过身去："没错，是我骗了他，我只是不敢说，不敢说……"只看见她走过的地方，在庭院里留下深色的脚印，袍裾上还滴着黏稠的液体。

谢小卷下意识开口："这是？"

金怀璧转头茫然一笑："我杀了人，我瞧不起他，我憎恶他。"

谢小卷惊讶地大张嘴巴。杜望开口，声音在这个疯狂的夜晚显得分外清冷："他在锦绣园，你去吧。"

夜晚无人的锦绣戏楼，一个人的戏台。

水影痕在台上甩着水袖走步，顶着青衣衣衫的身躯已现佝偻，每走一步都能感到肌肤和骨头萎缩的剧烈疼痛。他仍然勉力唱着戏词，直到那声音也渐渐地哑了。身后突然有熟悉的声音："阿水？"

他像是受了惊的雀儿一样钻进帷幕里，声音惊慌："你是谁？"

金怀璧踏上台阶，手想要掀开帷幕，但刚刚触到就引发对方剧烈的颤抖。她停住手，声音带了泪意："是我，金怀璧。"

"三少爷？"他瑟缩在帷幕里摇头，"不会是三少爷，三少爷今天成亲，不会是三少爷。"他轻轻呢喃着，"她不要我，一切都错了，一切都错了。我原本以为是因缘际会，老天也没法子的事。其实并不是，只是她心里从头到尾就没有过我。"

金怀璧终究忍不住痛哭出声："是我不敢！阿水！我问过你，如果我不是我，你会如何待我。我怕你从头到尾喜欢的只是金三少爷，而不是如今的金三小姐。背负着金家的名望，我注定不能和你在一起，但我也有一份私心，想让你心里永远惦记着我。阿水，我不敢，我不敢。"

她隔着帷幕握上水影痕的手："阿水，我好恨！我早就该知道，你就是你，我就是我。阿水，让我看看你……"

她的眼泪和呼喊唤回了水影痕的神志，他在帷幕里瑟瑟发抖："不要打开！"语调既凄厉又绝望，转而又是微弱的呢喃，"你若是早来半刻钟就好了，就半刻钟。"

这半刻钟里，韶华尽逝。水影痕再也不是当初的水影痕了。

帷幕却被猛地撕扯开了，水影痕发出一声尖叫，仿若困兽一样往帘幕深处躲去，却被人迎面抱在怀里。她细腻的肌肤贴上他干皱的手臂，两张相触的脸庞上遍是泪水。怀璧的手指抚上水影痕的脸，"我都听杜先生说了。"她的声音透着温暖，"阿水就是阿水，怀璧就是怀璧。无关性别、年龄和容颜。我一直都欠你一句。"

她靠近他的耳朵，轻轻呢喃："阿水，我喜欢你，这么多年。"

第六章
倾雪流玉轿

一

盛秋,一班火车开进隆平火车站。车上走下来的男人穿着质地极好的灰色长袍,嘴角噙着似笑非笑的一抹弧度,玳瑁眼镜的银色链子在夕阳下淌着流光,正是清平广记轿行的老板杜望。有人远远地迎向他,伸手帮他接过箱子:"杜老板一路辛苦,姑爷陪着大小姐呢,您这就随我过去吧。"

隆平是北方大城,比起南方清平的文人雅致,别有一番恢弘气度。黑色汽车在一个几进的大院里停下,管家指引杜望走进一个暖香融融的厅室,自己在门外禀告:"姑爷,杜老板来了。"

穿着一袭白色衬衫的男人自内室走出来,屏风的侧影掩住了他的小半张脸,但仍能看出来人眉飞入鬓,唇线坚毅,出奇英俊,只因侍疾多日,脸上颇有疲惫之色。

他走向茶案:"杜老板,请坐吧。"

这么一动,杜望才看见他方才藏在阴影里的半张脸上覆着一张皮质面具,不免显得有些古怪。

未及寒暄,里面忽然传来女子夹杂着咳嗽的惶急呼喊:"渔言!渔言!"

那男子匆匆绕进屏风："我在这里,阿云。"

直到女子重又睡下,他才得以抽身,从屏风里走出来歉意一笑。杜望点头致礼："都说万帮帮主同夫人伉俪情深,果然不是虚言。"

万帮帮主眉宇间尽是茫然若失的神情："轻云有肺疾,医生说左不过就是这两月的事情,因此我有事情不得不办。"他抬起头,望着杜望,伸手慢慢将左边脸上的面具摘下——那是半张惨不忍睹的脸,皮肉仿佛在溶化般地溃烂。更古怪的是这半张脸不仅是皮相,似乎连骨相都与右边的脸不同。

即便阅历丰富如杜望,此时也轻轻眯起了眼睛。万帮帮主手指抚上自己右边的脸："世人只道我是隆平万帮大小姐万轻云的乘龙快婿万渔言,连我之前数年也一直是这么觉得。"手指慢慢跨过鼻梁抚上自己左边的脸,"直到这半边脸开始变了模样,我才觉得那原先的容貌是属于另外一个人的。非但如此,我还想起许多不同以往的事情,就像是另一个完全不同的人亲身经历的一样。"

他伸出手,平摊的手掌上放着一面玉质的轿牌,上面勾着"倾雪流玉"四个篆体字。但这块牌子却被人剖开,缺了半面,没有对应轿子的样子。杜望伸手一招,从皮箱里的轿盘里悠悠浮出另外半张轿牌,数月前,他正是收到这半张轿牌才千里迢迢从清平赶到隆平。

两张轿牌残片在杜望手中合拢："我要知道给你这轿牌的人是谁? 在哪里?"

那人却将面具掩回脸上,利落出挑的半张脸唇角微动："不如先生先告诉我,我究竟是万帮姑爷万渔言,还是松梧堂少主——陈秋梧。"

二

二十年前的隆平,并不像如今这样太平。

隆平是毗邻火车线路的交错点,地处北方平原,物运繁华。自古有官的地方就有匪,昔年隆平数一数二如日中天的江湖帮派当属松梧堂,表面上也做着货运马帮生意,实际上丝绸、瓷器、鸦片、走私无一不做。松梧堂大当家的陈青松膝下只有一个独子唤作秋梧,自小羸弱多病,在江南老家调养,十九岁刚接回隆平,就在路上被万帮大小姐万轻云劫走了。

万帮不大,但帮主万扬却是个刚在江湖上声名鹊起的狠辣人物。昔日他为了创立万帮叛出松梧堂被卸掉了一条胳膊,江湖明面上巧意逢迎,私底下白道黑道抢生意断人财路的事情却也没少干。

陈秋梧对江湖事全然不知,他懵懵懂懂被人关押在地窖里,听黑影里万轻云的声音清凌凌地响起:"你父亲既然卸掉我父亲一条胳膊,那我要你一只耳朵喂狗也算不得过分吧?"

身旁有猎狗粗重的喘息,甚至还能感觉到那垂涎的恶臭。陈秋梧又惊又怕,说到底他只是个少年,未几便掉了眼泪。那一瞬,地窖外摇晃的天光掠过少女圆润的下颌曲线,连眉梢眼角挂着的鄙夷之情都瞧得清楚:"没出息!枉你还是陈青松的儿子!"

一阵眩晕,陈秋梧本以为是自己激愤所致,但很快意识到是地窖在剧烈摇晃。外面守着的万帮属下拼命吆喝:"大小姐,快出来!地裂啦!"

万轻云反应很快,她一扬手割断秋梧的绳索,率先向窖口爬去。土块和石块不断砸下来,差点要把好不容易攀上来的万轻云闷回去。还好一个年轻人挡住窖口,颇为利落地撑住身体,伸手将万轻云和陈秋梧拉了上来。

两人前脚刚出地窖,后脚地窖便半塌了。轻云的猎狗两只前爪本已经扒上了窖口,又被砖块砸了下去,方才还凶狠的恶犬悲戚地"呜"了一声便没了声音,只胸腹起伏,眼神里透出绝望。

万轻云含着眼泪看了看身边的属下,终究是下不出让人冒险救狗的命令,于是掏出手铳,想要给它一个干净利落,免它骨断筋折之苦。

刚才拉他们上来的人却按下万轻云的手，矫健地重新潜入地窖，将狗抱了上来。万轻云抱着爱犬激动万分，这才想起来。抬起头询问那人的姓名。

那人一抱拳："属下渔言。"一张年轻的脸纵然蒙着尘土，仍然显得分外俊朗。

万轻云的脸微微红了，然而少女含羞的目光跳到陈秋梧身上时又换作了鄙夷。陈秋梧一条腿被地窖的坍梁砸中，鲜血淋漓。万帮的人多有身手，顶多蹭得灰头土脸，再多几条刮伤擦伤，他是唯一受重伤的一个。

万帮以陈秋梧为质，得以从松梧堂水陆两道货运生意中分得一杯羹。交易达成，万轻云奉父命送陈秋梧回松梧堂。那日万轻云穿着一袭红色裙装，仿佛寻常大户人家的气派小姐。她从黑漆小轿车里跳下来，打开门，冲陈秋梧一笑："到家啦，陈少爷，咱们这也算不打不相识。江湖路远，可别记恨我呀。"

万轻云很少对他展露笑颜，陈秋梧心里一空，撑着拐杖跳下车。他自小没有母亲，被陈青松扔在山清水秀的老家长大，生就一副敏感纤细的心思。长这么大，万轻云是第一个同他相处时间如此之长的女孩，何况……何况又长得那样好看。

在地窖坍塌的时候，他鬼使神差地冲上去帮万轻云挡下了坍塌的木梁。可惜他保护的女孩并不知道，也不可能领他这份情，只当他是自个没出息弄伤了腿。她的视线从那天开始，就一直停驻在那个叫作渔言的万帮新秀上了。

陈秋梧从车子里走下来，欲言又止，话到嘴边只剩下一句："万小姐，再见。"

万轻云笑着打量他："再见？莫非还要再被我绑一次？"

他知道她惯会开玩笑，自从万帮利用他谈成了生意，万轻云其实对他挺好的。往来见面挺客气，也常开开玩笑，但这种玩笑往往藏着一种不可言说的轻慢。陈秋梧知道，她这些玩笑话对着渔言是很少说的。那时她会显得娴静，带着一种女儿家都知道的甜蜜的忧愁。

平时他不苛求那么多，他甚至喜欢她说那些玩笑话时既俏皮又高傲的微笑。但唯独不是在告别的时候，他希望有一个郑重的、让彼此都能记住的、充满离愁别绪的告别。

因此他有些执拗地沉默着。万轻云刚开始有些讶然，但随后那讶然潮水一样地退去了。"还是再别见了，陈公子。"她轻轻地，不失冷静地这么说。

三

事有难料，万轻云回到汽车上命令司机开车回万帮，司机面露为难之色："大小姐，陈青松之前向帮主提亲，帮主已经答应了。我此行既是送陈少爷，也是送您。"

松梧堂虽然阴沟里翻船，但陈青松多年的江湖地位也不容许他如此折面。他对万扬放出话来，要插手隆平的生意可以，但需万扬将自己的独生女儿嫁给自己的儿子做妾，也算弥补了松梧堂大公子被一个黄毛丫头绑去的耻辱。

一个女儿换得隆平水陆两道的货运生意，万扬没有道理不答应。

陈青松揉着手里的核桃走下楼来，相较于万轻云的怒形于色，他显得老谋深算："万小姐数日相陪，犬子不胜感念，自当迎娶小姐才不伤你清白名声。以你的身份虽然不能做我陈家的长媳，但今后在陈府外买个院子养着还是使得，纵使梧儿今后娶了正经夫人，我们松梧堂也不会薄待你的。"

不顾陈秋梧在身后追赶请求，陈青松自顾自地出门处理事务，一眼也没有看这个儿子。松梧堂的打手帮众守在门外，纵使一只鸟儿也飞不出去，何况是没有翅膀的万轻云。

陈秋梧想要回身劝万轻云莫急，徐徐图之，迎面却是一记响亮的巴掌。

万轻云的双眼被怒火点燃,脸色气得青白:"陈秋梧!我真瞧不起你!"

倘若是养在深闺偷偷读《西厢记》《牡丹亭》的姑娘,不会不对陈秋梧这样的清俊书生动心。可惜对方是万轻云,自小随着帮众出生入死遍识风浪,她憧憬和喜欢的永远是比她强悍的英雄,而并非用下作手段把她囚禁在金丝笼子里的阴诡之徒。

松梧堂大少爷纳万帮小姐做妾的消息在隆平浩浩荡荡地传开。虽然是纳妾,陈青松却为了一雪前耻并不操办婚事,而是直接把两人锁进了洞房。

陈秋梧砸不开门,转身看见万轻云面若冰霜地坐在床边。尽管她面无表情,但陈秋梧伸手去够床上的枕被时却仍然能感觉到她紧绷的身体和急促的呼吸。

陈秋梧叹息一声,抱着被子转身离开,只说三个字:"你放心。"

万轻云的眼圈猛地红了,她将磨快的餐刀藏在袖中,已将手掌都划破了。她抬眼望着陈秋梧慢慢走到不远处,俯身将被子铺在地上,他的腿已经拆了夹板,但骨伤严重不可能恢复如初。原本也是刚刚及冠的翩翩公子,却注定要一辈子微跛。万轻云瞧不起陈秋梧的羸弱,但确实是因为她绑架了陈秋梧才让他遭此劫难。

四

纳妾不过半月,陈青松便为陈秋梧张罗迎娶商行家的女儿做正房夫人,在隆平铺陈十里红妆大张旗鼓,还特请了万扬前来赴宴。那还是轻云被送入松梧堂后,第一次见到自己的父亲。趁着堂上的宾客都只顾着恭贺新郎新娘,她走到父亲身边欲言又止。

但万扬看着她的表情却毫不怜惜，伸手将她递过来的茶水打翻："真不懂规矩，也不看看这是什么日子，你又是什么身份，居然穿红！"

一壶烫茶泼在了万轻云手上，登时便灼出泡来。往来的丫头看见不由得惊呼："姨奶奶！你的手！"

陈秋梧在堂上如同行尸走肉一般陪着新娘敬茶，闻言推开众人将万秋云挡在身后，对和父亲平分秋色的黑帮头子万扬怒目而视："你做什么？"

陈青松听见动静也慢悠悠走过来，声调拿捏得高高在上："万兄这又是做什么？"

万帮虽然从松梧堂的手里掏得了生意，但儿女亲事这一出实在让万扬在隆平大大地折了面子。独生女儿没有婚仪进门做妾不说，不过半月陈家就大张旗鼓娶了新妇，摆明是将万帮的面子里子都扔在地上踩了两脚。但江湖上混出来的万扬深深懂得做低伏小的本事，他恭敬一礼："陈兄太娇惯阿云这孩子了，左不过是一个妾，怎么能在太太面前穿正红色呢？"

万扬身后的万轻云，眼睛里有什么东西倏地灭掉了，灰烬一样的惨淡。

陈秋梧心中忽然生出一股凄楚的温柔来，他喜欢的姑娘这样不幸，同他一样不过是父辈争权夺势的工具。这股子柔情让他倏地在父亲面前生出勇气，伸手抓住万轻云的手："阿云穿红色好看，我就要她永远穿下去。"

一场闹剧结束，但万轻云的手依然冰凉。陈秋梧想要多攥一会儿，直到帮她暖热为止，却听见万轻云冷冰冰的声音："放手！"

他下意识地松了手，却对上轻云一个凄凉的笑容："你喜欢看我穿红色？"

她那样热烈的女子，本就是最艳的颜色才能配得上她。陈秋梧怔怔点头，却看轻云的嘴角浮上嘲讽的弧度："我永远也不会再穿了。"

再好的颜色,他喜欢,就糟蹋了。

那一晚,陈秋梧没有同新娘圆房。对方枯坐一晚,眼泪打湿了喜帕,让他愧疚得仓皇躲到庭院,却无意在假山后撞见了万轻云同一名男子私会——正是趁乱潜伏进松梧堂的渔言。陈秋梧站在山石后,静静地让露水沾湿了喜袍。

"帮主牺牲小姐不过是因为万帮如今还不够强大,若万帮能取代松梧堂在隆平称霸,小姐自然能够回家。"

万轻云喜欢渔言,从她的眼神里就能看出来。她不说话,但看着他的眼睛里是全然信任的光芒。渔言微微一笑:"若我能让万帮在半年之内称霸隆平,小姐可愿意嫁给我?"

万轻云有瞬间的惊慌,但她很快地镇定下来,"好!"

吐出的这个字伴随着如花笑颜在万轻云脸上绽放,是恰如其愿,是全心信任。

五

"如先生所见,如今的隆平只知万帮而不知松梧堂了。"万渔言从漆皮小盒里拿出雪茄磕了磕,礼貌地让了让杜望后点燃,"方才跟先生所讲的,有些是隆平众所周知的,有些是我脑子里陈秋梧的记忆。昔年陈秋梧大婚不过半年,随陈青松在去洛阳办事时火车出轨,整车人都死了。树倒猢狲散,松梧堂在隆平很快败落,我便如愿娶了阿云。原本以为陈秋梧和他父亲一起死在了火车上,但几年后他又潜回隆平要重振松梧堂的名号。"他深深吸了口雪茄,在烟雾迷蒙中神情落寞,"我奉老帮主的命令去刺杀陈秋梧,货仓被他藏了炸药要与我同归于尽。但最终我活下来,他死去了。"万渔言顿了顿,又自失一笑,"其实这一段我都不记得了,全是别人讲给我听的。"他猛地抬头直勾勾地望向杜望，"我想知道，从那场爆炸中活下来的这个我，究竟是万渔言还是陈秋梧！"

杜望静静倾听，视线跨越万渔言望向屏风内："最熟悉你的莫过于枕边人，难道尊夫人从来没有给过你答案？"

"阿云……"万渔言的声音不自觉放轻，他伸手将脸埋进两只手里，任夹着的雪茄烧到了修长手指，"我不敢，我怎么敢在她面前成为陈秋梧？"

他记得，万轻云是讨厌陈秋梧的。她很少对陈秋梧笑，总是冷冰冰的神情，嘴角挂着嘲讽的弧度。更多的时候不等他走近，她就抽身离去，只留给他一个冷漠的背影。而如今的阿云不仅会笑，还会照料他，会为他下厨，会依偎在他怀里说些傻傻的情话。阿云爱他，爱这个被唤作万渔言的他。

半年前，他脸上出现奇怪的溃烂，古怪可怖。与之汹涌而来的是那莫名其妙的属于陈秋梧的记忆。他每想起一分万轻云对陈秋梧的冷漠，就更惧怕一分可能存在的真相。阿云对他很好，甚至对他的脸伤也毫不介怀。但他却在镜中自己的溃烂脸部看出了陈秋梧的五官特征，他只能拿皮质面具将那半张脸严严实实地遮盖起来，再不对阿云揭开。

"我并不明白。"杜望笑了，"先生愿意做万渔言，尽管去做就是，何必还要苦寻一个答案？"

万渔言将手放在心口："阿云就要死了，这里有个声音告诉我一定要知道自己是谁。有的时候看着阿云，我的心情会变得很奇怪。我明明那样爱她，然而那些陈秋梧的记忆，会让我……"

杜望叹了口气："既然你已经下定决心，我便不妨告诉你，你那完好的半张脸长得极似我的一个故人。应是他篡改了你的记忆，变换了你的容貌。"杜望顿了顿，"幻术溃散和倾雪流玉轿的轿牌破裂有关，待我帮你修复，你自然就能清楚一切。"

堂内一片寂静。管家轻轻叩响了门扇："杜老板,有位姑娘找你,姓谢。"

六

暖阁里,谢小卷正满嘴塞着马蹄糕,抬头看见撩袍子迈进来的杜望就是一噎。杜望仿若没看见谢小卷一样,自顾自在桌旁坐下倒了盏茶水。谢小卷欢欣地去接,却眼睁睁看着杜望一仰脖自己喝了个干净。

谢小卷愣住了,满嘴点心渣子眼泪汪汪地看着杜望,拼命顺下去嗓子眼里的点心,瘪嘴已经带了哭腔:"杜望你个大坏蛋! 你一声交代也没有,就把我扔在了隋安! 你知不知道我钱袋都被偷了,我连饭都吃不起,客栈都住不起,车票都买不起。我堂堂谢家大小姐,沦落到去扒火车。我这里,还有这里都刮伤了,你都不知道! 不关心! 不在乎!"

杜望哀叹一声:"你爹派人从清平一路找到隋安,你未婚夫齐冯虚也回部队了,婚事也黄了,你不回家还跟着我干吗?"

谢小卷又是一噎:"我要去英国! 我才不要回家!"

杜望终于毛了,"这里是隆平! 是内陆! 你去英国跑这儿来坐船吗?"

谢小卷也委屈:"跟你说过船停运了呀。我除了跟着你还能跟着谁? 我谁也不认识啊。"她见好就收,搬着凳子坐近了点,"我都听管家伯伯说了,原来你从清平大老远来隆平就是为了他们家主人。听说还有个白色牌子的信物,是不是轿牌,拿出来看看。"

杜望顺了口气,这才把倾雪流玉轿的轿牌拿出来:"这张轿牌原本不在我的箱子里,在我的……故交手里。我来隆平,本以为能见到故人,没想到他却用这张轿牌把此间主人幻成了自己的模样。"

谢小卷听完来龙去脉,颇为稀罕地望着两个各为一半的轿牌:

"原来倾雪流玉是易容的啊,可是轿牌为什么会裂开呢?"

杜望摸索着轿牌上的纹路:"它被那人拿去已经有几百年了,几百年没有轿盘所寄,灵力早已经所剩无几,难以维持。想要让陈秋梧恢复容貌,还要先修复轿牌唤出轿子才行。"

杜望取出轿牌,将倾雪流玉的两块残片严丝合缝地对好摆放在轿盘上,手上辉光一现,已有法印在轿牌上熠熠生辉。杜望有些恍惚:"几百年后才回到该回的位置上,它们也生疏得紧,只怕需要耗费些工夫才能修复。"

他回头正撞上谢小卷怔怔瞅他的目光,觉得有些好笑:"怎么了?"

谢小卷低头怅然一笑:"没事儿,即便我问你究竟是什么人,你也不会老实回答我吧。"

谢小卷从没有害怕过杜望的神秘莫测,若说害怕,也只是害怕这样一个让她捉摸不定的人有一天会突然消失,让她无从寻找。之前是她走运,那下一次呢?下下次呢?谢小卷别过头去,她忽然想哭了。

七日后,白玉轿牌修复如初,在轿盘上闪着温润的光。池塘旁的花厅上,杜望将它托在手掌,微结法印,一乘通身洁净的雪白轿子出现在杜望面前,绣着雪花的轿帘上甚至还散发着微微的寒气。

万渔言独自走来,走路的样子却有些微奇怪。谢小卷伸手拽住杜望的衣袖,小声地问:"咦,他怎么变得有些跛?"

"陈秋梧本来就有腿伤,倾雪流玉当年的幻术坍塌,便连掩饰的腿疾也显露出来。"杜望轻描淡写,对走过来的万渔言点头一礼,"当年那人不仅改了你的容貌,也清去了你的记忆。我这里没有帮你恢复记忆的法子,但幻术本来相通,说不定你看到属于自己的脸,也能多少想到一些。"

万渔言点头:"待我知晓一切,也自然会告诉你这轿牌的来历。"

他挑起轿帘，凝滞一会儿，终究还是弯腰走了进去。

七

幻术散去，倾雪流玉轿消失在空中，重归成杜望手中一张莹润如玉的轿牌。

万渔言跪伏在地上，双手掩着脸，慢慢打开来。溃烂消失，池塘的水里映出一张完全不同的清俊脸孔，纵然随着岁月流逝微显沧桑，却分明是陈秋梧的形貌。

他，确然是陈秋梧，而不是万渔言。

陈秋梧虚空描摹着自己的五官，兀地苍凉一笑："原来……原来我煞费苦心恢复这张脸，是自己一直不甘心。我要用这张脸站在万轻云面前，亲口告诉她，她一直倾心相爱的枕边人是她最瞧不起的最厌弃的窝囊废。"

提及万轻云，他的眼睛再无先前的柔情，转而换上了难以言喻的痛苦。

新婚半年，陈青松要去洛阳办事，陈秋梧随行。火车出轨是万帮设下的局，不惜搭上整车人的性命也要杀了陈青松。彼时秋梧与父亲争吵得厉害，中途下车。谁知道火车刚开出去没多久就在旷野里轰然翻倒。

秋梧在废墟中刨出老父，而陈青松的身子早已经被变形的车皮拦腰截断。他满脸是血，仍然抬起手摸着自己独子脸上的泪："若想自由，勿要报仇。"

陈青松在最后的一刻给了他自由，然而这句话却忽然点醒了秋梧，如同冬日里的一桶雪水兜头泼下，让他情不自禁颤抖起来。他想起在后花园撞见的渔言和万轻云，那个人的脸上带着什么都不在乎的笑意："若我能让万帮在半年之内称霸隆平，小姐可愿意嫁给我？"

称霸隆平！称霸隆平！呵，只有这样下作的手段才是最快捷的吧。

而万轻云答应得如此轻易："好。"

陈秋梧不顾松梧堂其他人的劝说，拼了命潜回隆平，一定要知道个清楚明白，却正赶上陈府被当作无主之宅被万帮买下，而万家入住的第一件喜事就是操办万轻云的婚事。姑爷正是在万帮声名鹊起，立下汗马功劳的新秀。彼时他欣然同意入赘，唤作万渔言。

万家举办的婚礼是西式的，陈秋梧躲在人群中看着万轻云穿着一袭洁白的西式婚纱款款走在红毯上，美好纯洁得仿佛是清晨的一颗露珠。

他忽然想起万轻云说过的话："你喜欢我穿红色？我永远也不会再穿了。"

她对他的厌恶与憎恶从来不加掩饰，乃至转头就毫无悲伤地另嫁，连嫁衣都不愿再选红色。

他如此恨，如此不甘。终究是背弃了父亲的嘱托，同松梧堂的旧部一同潜到汉兴、隋安一带，以图重建松梧堂。秋梧本身聪慧，几经波折早已经洗去身上的稚气与柔情。仇恨能够轻易改变一个人，他渐渐变得杀伐果断，高深莫测，十年后重回隆平的时候身上已然带有了当年陈青松的影子。

万扬已经去世，整个万帮全由姑爷万渔言把持。陈秋梧不惜以自身为饵设计让万渔言来货仓刺杀他，刻意在货仓上埋下炸药，意图同归于尽。然而在轰然的爆炸声后，他却丧失了所有的记忆，摇身一变成了万渔言。

这一切都太荒谬了，他顶着仇人的面貌以仇人的身份活了整整十年。而那个厌恶、鄙夷他的狠心女人却转而变成了柔情似水的枕边人。

"姑爷。"管家突然闯了进来,陈秋梧下意识地抬起头,管家看见那张完全不同的脸愣了愣,却依然平静:"夫人怕是不行了,大夫让你快些过去。"

陈秋梧捏着手上的半张面具笑得凄凉:"这是天意,赶在此刻让我恢复面貌,也是我复仇的最后一个机会了。"

八

平日的小径显得十分漫长,谢小卷走到管家身边,语带好奇:"管家伯伯,你就一点也不奇怪么?"

管家一笑:"五年前整个隆平闹灾荒,姑爷下令开仓放粮,救了我全家的性命。无论他变成什么样子,对老仆而言都是一样的。相较于十年前,如今的姑爷这样温柔慈和才是我们真正的主子。"他看着杜望和谢小卷探究的眼神,"杜老板是高人,想必早已经得知。老奴一直觉得以前的姑爷有些不寻常之处,他十年来容颜都没有变化。虽说人从二十岁到三十岁的容貌变化并不大,但也不应该连一丝儿皱纹也不生,一点儿沧桑也不染。"

谢小卷忽然愣了一下,她下意识地看了一眼杜望。他……

管家叹了口气:"这样的人是异数,不能在一个地方长久待下去。他却又不是平头百姓可以随心所欲,是跺跺脚整个隆平都会颤三颤的万帮首领。若要走,想来也要找个替身才行,只是没有想到这个人会是陈公子。"

谢小卷心里猛地生了惊慌,她下意识拽住杜望的袖子:"这些不过是你猜的吧?世上怎么会真有人长生不老?"

管家笑了笑:"姑娘不信我也没有法子,但在十年前我曾经无意听到大小姐和姑爷的谈话。大小姐说:'海棠不及君颜色,渔言,这十年我都老了,你居然还一如往昔。'当时姑爷笑着扯开了话题,然而不出三日，就有了这出李代桃僵。"

谢小卷看向杜望，然而他的神情却在黄昏弥漫的雾色中掩去，也藏去了他的所思所想。

万轻云靠在靠枕上，依然美貌的脸上透着回光返照的病态嫣红。珠帘"哗啦"一声响了，她迫不及待地勉力探起身子："渔……言？"

他半张脸戴着面具，另外半张脸匿在光影暗处，看不清晰。轻云已经不大说得出来话，但望着他的目光依然是温柔的牵绊的。那暗影里的人沉默片刻，终于抬脚迈出了一步。万轻云像濒死的人抓到了稻草，伸手握住对方的手指，对方被她拉近了一步，阴影在脸上瞬间退去，他修长的手指慢慢拿下脸上的面具。

万轻云的瞳孔猛地睁大，喉咙里传出微弱的声音："你是？"

陈秋梧惨笑了："你惊讶吗？愤怒吗？你十年柔情以待的并不是你心心念念的丈夫，他早就在十年前扔下你消失了。"他紧紧握着万轻云的手指，声音嘶哑得仿佛是铁石磨砺出来的声音，"我原本想要看你痛苦的表情，想要你也尝尝被背弃的苦痛。万轻云！你可曾有一时一刻疼惜过我！同情过我！想念过我！"

陈秋梧反手攥住万轻云的肩膀，然而她却没有力气再回应和质疑半分了。她闭上眼睛，眼泪大滴大滴地落，急促的呼吸引发一阵剧烈的咳嗽。旁边守候的大夫推开陈秋梧。陈秋梧神魂俱失地走出屏风。管家走过来，声音低沉："姑爷，小姐方才过世了。"

陈秋梧觉得膝盖一软，像是被抽去了浑身的力气。窗外的夕阳倏地一下没于楼宇之间，万籁俱寂。

这就是他想要的最后的报复，让那个人带着满满的遗憾、质疑，甚至是愤怒离开人世，再没有挽回的机会。

这世上，再也没有那个让他爱之入骨恨之入骨的姑娘了。

周身突然一片寒冷，抬头却不是轻云的房间而是花园的小径。

杜望站在他面前,手指尖上的微弱术光散去:"方才只是幻境,人死不会复生。但我再给你一次机会,你还会如此选择么?"

九

太阳已经落下了,万轻云的房间里没有点灯,浓浓暮色带着来自另外一个世界的温柔。陈秋梧轻轻走过去握住了病榻上万轻云的手。她轻轻睁开眼睛,因为房间的昏暗茫然捕捉着他的方向,嘴角染上疲倦的笑意:"渔言,为什么不点灯?"

陈秋梧在她床榻旁俯下身子,将她的手掌贴在自己的脸上,眼泪慢慢濡湿她的指缝:"我们就这样说会儿话,好不好,阿云?"

不是每个人都有这样重来一次的机会,他抱着她,想要让她安心走完这一生。顶着别人的身份陪伴着她,到死都不告诉她。

万轻云轻轻闭上眼睛笑了:"渔言,我困了,你先去忙,待会再来陪我说话。"

"好。"他的嗓子里哽咽着泪意,放下她的手,在她的额头上轻轻一亲,"我待会再来看你,阿云。"

那个吻同平日并不一样,他第一次以陈秋梧的身份吻她,嘴唇战栗且冰凉。他起身向屏风外走去,万轻云在他身后慢慢睁开眼睛,在黑暗中捕捉到他的微跛的背影。她以为是幻觉,又闭上眼睛,嘴唇间轻轻溢出一声呼唤:"秋梧……"

陈秋梧脚下一顿,却终究没有回头。他在万轻云的目光中慢慢走出屏风,泪流满面。

万轻云有个秘密,同谁也不曾讲过。

她的父亲万扬生平最大的痛事就是在陈青松手里折了一条胳膊。当年一条胳膊的万扬犹如丧家之犬,用独臂抱着她在隆平摸爬滚打创立万帮。她睡在冰冷的桥洞下抚摸着父亲残缺的伤口,将这一切不幸都算在了松梧堂的头上。她绑架了陈秋梧,见到他的那一瞬间她是诧异的。陈青松的儿子,怎么会如此不沾染丝毫江湖血腥气息,矜贵、文弱、善良,甚至单纯。

她不能容许自己对仇人的儿子有丝毫动心,但在窑口坍塌的瞬间,那个文弱公子居然为她挡了那根梁,落下了终身不愈的腿疾。她不能多想,只能装作不知,故意将所有的目光都投注在那个十分出众的渔言身上。

她以为两人今后必当再无交集,谁知道自己却被敬爱的父亲抵作牺牲品。她惶惶无依来到松梧堂,无名无分,被仇人折辱。她如此高傲,断不容自己低头,即便是陈秋梧的柔情也不行。她只能一遍遍告诉自己她是恨陈秋梧的,恨整个松梧堂的,这样想着想着,仿佛一切都成了真。她迫不及待答应渔言的求婚,也是如此。

再后来,松梧堂覆灭。她听闻陈秋梧死于火车出轨,在房间里枯坐一整天。那是万帮的仇人,自然也应该是她的仇人,她告诉自己不应该觉得痛苦,但当渔言为她披上头纱的时候,她还是忍不住开口:"你……喜欢我什么?"

万渔言笑了:"你长得很像我前世的妻子。"

她以为对方是说笑,日子久了却发现渔言有些时候看着她望着她的时候,当真极像是透过她看着另外一个人。但她却不觉得气恼,她这一生的爱恋都已在不知不觉中湮于尘烟,与渔言更像是尘世间相携的旅伴。只是没想到再十年,当她笑言渔言未曾显老后,渔言却又突然像是换了一个人。

说不出来哪里不一样,但彼时的渔言却总是让她想起那个温柔慈和的少年,总是温文尔雅,却能在她遭受亲生父亲非难的时候把她拉到身后:"阿云穿红色好看,我就要她永远穿下去。"因着这一句话,她连另披嫁衣都不敢选红色,生怕触及一眼就会忍不住逃离。

她知道那一定是错觉,却感念这错觉给了她真正的十年缱绻。

只是没想到在这最后时刻,她看见万渔言离开的背影,还是会想

— 107 —

到那年的陈秋梧。

他抱着锦被一步一步远离枯坐在婚床上的她，背影如此萧索，因她而受过伤的脚一跛一跛，每一步都像是踏在了她的心上。

此生，总归是她欠他的。

> 萋萋芳草忆王孙，柳外楼高空断魂，杜宇声声不忍闻。
> 欲黄昏，雨打梨花深闭门。

十

万帮大小姐过世，里里外外都挂上了丧仪。陈秋梧仿佛一夜之间老去十岁，他留书将帮派事务交托给万家旁支子侄，准备只身返回江南老家。

"在我这张脸刚刚开始溃烂的时候，我在隆平附近的秋溪遇见一位老者。他受人之托将这裂成两半的轿牌给我，指点我找寻清平杜望。"他忽地一笑，"说来你们可能不信，我总觉得托付老者的人就是真正的万渔言，除了他，还有谁知道这件事情呢？更何况连杜老板也说了，万渔言正是他的故人。"

杜望不置可否："多谢。你自己一路平安。"

谢小卷倒是热情大方："秋溪反正也顺路，你不如跟我们一起？"

陈秋梧望着谢小卷怔了一下，面带苦涩欲言又止地摆摆手，走出去两步，终究还是转过身来："谢姑娘可知道，你笑起来很像阿云？"

第七章
丹心澄明轿

一

　　隆平初冬的夜,沉得像一汪静静的水。谢大小姐睡觉素来不老实,自己把被子踢掉,冷得拽不上来,一个喷嚏就把自己给惊醒了。入眼是客舍的木头横梁,这才反应过来自己这不是在清平的家里。更糟糕的是,她和杜望下榻客舍的时候只剩下了最后一间房。杜望将帘里的床让给自己睡,自己还骄矜地不肯同意,说他小瞧自己,硬抱着被子睡到外间的竹榻上。也不知道自己这样豪放的睡姿,有没有被帘子里的杜望看到。

　　压抑着乱撞的心跳,谢小卷支起身子往珠帘里面看去。奈何夜色浓重,只看见蒙蒙的一层珠白。

　　那个人平日总是一副胸有成竹的样子,也不知道睡着是什么样子。无法无天惯了的谢小姐搓了搓红扑扑的脸,怕发出声音连鞋都不敢穿,蹑手蹑脚地向床榻走去。手指轻轻挑开珠帘,谢小卷的心却一下子慌了。床上空荡荡的,连杜望贴身带着的装轿牌的小皮箱都不见了!

　　房间里空荡荡的,只有谢小卷自己张皇的呼吸声和脚步声,眼角一热,泪水已经猝不及防地滑落。

— 109 —

还是被甩掉了啊！自己坚持睡在外间，本来就是害怕这样一觉醒来就找不到人的结局。然而她却忘了，那人若真想要她不发觉甩掉她，有的是办法。谢小卷怕吵醒隔壁客人，把自己硬生生埋在被子里哭得都快抽过去了，却突然听见门外廊下有轻微的响动。

谢小卷"哗啦"一下将门拉开，却看见杜望施施然坐在廊下，锦灰长袍映着月光暗光浮动，衬得他周身一层虚无的白边，仿佛月中仙人一样。

杜望看她出来，愣了愣，还没有来得及说话，谢小卷已经飞奔过来重重砸进了他的怀里，一双手臂紧紧扣着他的脊背，放声大哭。即便是一贯冷静持重的杜望，遇见此情此景也有些消受不了，他一手要把像八爪鱼一样裹上来的谢小卷往外摘，一手还要去捂她的嘴巴，让她小些动静。可惜还是来不及，小二哥听见声响以为是贼，连忙冲出来，却撞见这么一幅颇有趣致的画面，连忙点头哈腰地告辞："两位好兴致，继续继续。"说完就溜回房了。

杜望大感头痛，终于把谢小卷从身上摘了下来，却撞见她已经通红的眼睛，下意识就开口解释了："我只是出来透透气，没扔下你。你身上没钱，我知道。"

谢小卷才后知后觉感到丢脸，连忙蹭坐到旁边的栏杆上："你，大晚上出来透什么气，吓死我了。"

杜望指尖有什么东西盈盈闪动，仿若莹丝织就，若隐若现，仔细看上去才发现居然也是一枚轿牌。杜望托着那枚轿牌端详良久，落寞一笑："思念一个故人。"

谢小卷心头一塞，支支吾吾问："女的？"

杜望低头瞅她，唇角的弧度越发明显。

二

那是三十年前的江夏，彼时谢小卷还没有出生，杜望却仍然是如今这般怠懒闲散的轿行老板，养养鸡逗逗狗，调教调教荣和二宝，偶尔手头缺钱就招几个寻常的轿夫用几张寻常一点的轿子做做营生，日子过得很是惬意。直到一天下午，杜望在门口晒太阳的时候才后知后觉地发现，似乎把一张不寻常的轿子出给了江夏夏初玖。

夏初玖算是江夏有名的纨绔，叔叔曾是晚清顶戴花翎的重臣，在江南一带监督船政。夏初玖本身却是一个闲闲散散的性子，见人三分笑，是富贵公子中难得的随和，然而那笑容中却又带着将谁都不放在心上的冷清。这样的性子，倒和杜望有几分合拍。两人一来二去，颇有几分交情，夏初玖有空就来找杜望聚聚，而有事情要出行也必点广记家的轿子。

此番这顶不寻常的轿子，正是出给了夏初玖。不需施加咒术，只要人在轿子里面待够一炷香，就会有兽化的风险。杜望在阳光下又懒洋洋地想象了一下唇红齿白的夏初玖长个爪儿长个尾巴的情景，但终究觉得闹出事情来更麻烦，这才慢悠悠赶到夏府门口。正撞上轿子还停在夏府不远处，轿帘掀开，夏初玖正倚在轿杆上，笑着看路边乞丐玩着"掩钱"的把戏。

那是江湖上常见的骗术，简单的机关手法，让来往过客猜碗中有多少枚铜钱。那满面脏污的乞丐笑嘻嘻地将周围赌客输掉的钱都揽起来交给旁边的小乞儿，小乞儿虽然穿得脏兮兮的，一双眼睛却生得又长又细，眼角处一滴胭脂泪痣更是艳得动人。周围人输得唉声叹气，却冷不丁冒出个清亮声音："我来。"

夏初玖排众而出，一撩袍子蹲在小摊前，从怀中掏出一个金裸子，搁在乞丐面前："输了，这金裸子就给你。"乞丐眼中冒出精光，拿起金裸子咬了一下，开口道："小哥可别后悔。"

此话一出，杜望就知道这乞丐必定是外来的。江夏谁人不知夏初玖的赌技出神入化，六博双陆叶子戏，斗鸡赛狗争蟋蟀，花花公子的活计俱是精通。与其说夏初玖的这份家业是仰仗着叔父挣下来的，倒不如说是夏初玖自个儿在赌桌上赢来的。曾经有人说，只要夏初玖愿意,能够赢下这半个江夏城!更为难得的是夏初玖从不出千儿,纯粹是靠神赐般的眼疾手快、察言观色和心算,在夏公子面前,这区区掩钱不过是小把戏罢了。

夏初玖拦住乞丐的手:"若是你输了,又给我什么?"

乞丐下意识看了看那微不足道的几块大洋,又扫了扫身旁的小乞儿。小乞儿神色不动,夏初玖先笑出来:"我们家可不养闲人,孩子就算了。"

夏初玖本来是看不过那乞丐出千儿骗人,想要激他输了就离开江夏城。没想到那乞丐重金在前,居然红了眼:"我用我的命来抵!"

赌桌上的话虽然是一诺千金,但赌命却又不同,但凡输了必然抵赖。夏初玖和杜望也全然没有当真,只想着既然筹码压到如此之重,输了之后也没有颜面再赖在这里了。周围人屏息静气,然而揭碗儿时乞丐却目瞪口呆,机关被夏初玖识破,他居然真的输了!

谁都没有想到这贪财的乞丐居然如此硬气重诺,当下一句话没有,就拔出腰刀捅进了自己的腹中。围观的路人惊呼连连,四散逃开,血色一点点浸染旁边呆若木鸡的小乞儿破烂的草鞋。夏初玖从震惊中反应过来,下意识一把将孩子拉入怀中,掩住了她的眼睛,她眼角的那滴泪痣却未被遮上,鲜艳欲滴地像是在静静看着这一切。

夏初玖平白惹上了一场人命案子,好在旁观者纷纷证明是那乞丐激愤自杀,夏公子并未相逼,加上夏家叔父的关系,案子也就不了了之了。而那从头到尾没说过一句话,没掉过一滴泪的小乞儿,也在一天晚上,逃离了夏家。夏家上下除了夏初玖都松了一口气。然而令所有人意外的是,夏初玖从牢里出来后剁掉自己的一根食指,至此立誓戒赌。

三

光阴如水,转眼十年过去,彼时夏家叔父早已经病故,天下也早已不是大清朝的天下，所幸夏初玖善于操持，几桩生意做得都不错，大灾之年还开仓放粮，在江夏颇有人心。

铰了辫子的夏初玖穿着一身西装比甲愈发显出贵公子的潇洒气度来，他溜达到杜望那里喝过一盏午茶："十年过去，连我都再也没有往年的精神了，杜老板却好像没有什么变化。"

杜望一哂："你那是自己把自己给拘了，听说你现在牌九双陆一概不摸，连花酒令都不行了，十年前的夏公子可不是如此。"

夏初玖沉默，良久一叹："过去的错事还是不要提了吧。"

夏家侍从却匆匆赶过来，进门就开口："少爷，有贵客送来帖子。"说着声音压低了几分，"是荣成荣大爷。"

荣成是赫赫有名的塞北王，军阀土匪黑白两道均有门路。之前夏初玖的车队往返塞北，也是特地给荣成上了拜帖以保平安。而此时塞北王出现在江夏，旁的行程没听说，却特特邀夏初玖于下月初一光临江夏迎宾馆。送帖子的人很客气地说自家主人好赌，更好豪赌，听闻夏初玖的牌技出神入化，一定要与他一较高下不可。

塞北王的面子不能不给，即便夏初玖早已经立誓不赌，却不得不应约而至。然而在他去赴约的路上，却看见一匹疯马拉着马车在闹市上狂奔，行人小贩纷纷躲避，车厢里面传出女眷惊慌失措的尖叫声。

只听见晴空一声巨响，马匹嘶吼着轰然倒地，火药的味道这才弥散开来。车厢侧翻，夏初玖赶上去抱住跌出来的女眷就地一滚，短铳枪管硌在两个人手臂之间出奇地烫。怀中女孩遮阳的面纱滑落，露出入时的鬈发和皎白的肌肤，一双眼睛满满蕴着慌乱，却掩不住万种风情。她被夏初玖护在身下，下意识地侧脸躲过陌生男人的眼神。然而就是这一躲，让夏初玖一眼看到了她眼角那一滴殷红的泪痣。

夏初玖仿佛被惊雷劈中，女孩却已经推开他站起来，在赶来的侍从护送下匆匆离去。夏初玖反应过来，追上去一把抓住对方的手臂，声音低回嘶哑："是不是你？"

女孩脸上退去惊吓,浮上来的却是冷淡。像她这样的美貌,想必见多了像夏初玖这样示好的狂蜂浪蝶。然而女孩还没有来得及说话,旁边的侍从却冲上来呵斥:"放手！这是荣大爷的十四太太！"

四

夏初玖很快就印证了这一点,他将那只得来不易的微型手铳当作珍贵礼物赠给荣成的时候,对于军火颇有了解的荣成笑着看了看枪膛,轻描淡写地说:"多谢夏九爷的厚礼,枪是难得的好枪。"

夏初玖深知荣成已经看出了这支枪刚刚出过膛,亦不卑不亢笑着解释:"方才闹市疯马伤人,迫不得已用这支枪击毙了疯马,果然没瞒得过荣大爷,还要先赔个不是。"

荣成便也哈哈一笑:"夏九爷可知道,你救的正是我的小十四！"他拍拍手掌,"去把十四太太叫出来谢过夏九爷救命之恩。"

香风微近,珠帘掩映下夏初玖一眼就看见了一横秋波下的殷红泪痣。十四太太端着赌盘赌具缓步走出,放置在两人面前,朝着夏初玖衽衽一礼:"谢过夏九爷救命之恩。"最后一个字音吐出,睫毛快速扬起,轻轻瞧了一眼夏初玖,又迅速地垂下。她已然换了一袭烟紫色旗袍,西洋的高跟小皮鞋将腿绷得又细又直,玉白肌肤恰到好处地隐在旗袍开衩处,在午后阳光中染了一层金色,端的是风情无限。

夏初玖并非没有见过美人,然而眼前的泪痣姑娘带给他的冲击太大了,让他反复想起当年的那个小乞儿。正当他发呆出神的时候,却已经听到荣成的声音:"听说夏九爷已经金盆洗手十年不涉赌局了,但若赌注就是我这千娇百媚的小十四,不知道够不够格与夏九爷一赌？"

夏初玖不记得自己是如何婉拒了荣成,他回家后便大醉了一场,脑子里反反复复都还是当年的场景。当初年少意气,觉得万事对就是对,错就是错,却不想逼死了一条人命,让他多年深以为恨。而更

— 114 —

让他无法忘记的是当年将那小小的乞孩儿抱在怀里,她像是冻僵了的幼兽一样在自己怀里瑟瑟发抖。究竟是因为害怕还是仇恨,夏初玖也无从得知。

夏初玖称病不再赴荣成之约,然而三日后荣成的十四太太竟然携回礼亲自登门。彼时夏初玖已经醉得分不清是幻是真,看见她坐在床头的绣凳上,勉力撑起身来问候。下人们都识趣退下,夏初玖终于耐不住尴尬气氛开口:"太太不必介怀,荣大爷只是开个玩笑,怎么舍得拿你做赌注。"

她天生一副倾国倾城的样貌,但在不笑的时候总显得有几分冷,跟当年小小年纪遭逢大变却没有哭的乞儿如出一辙。她轻轻抬眼看着浑身酒气的夏初玖:"这不是个玩笑,不是你也会是其他人。我本来就是个赌注,是荣大爷赢回来的女人。"

她看着夏初玖迷惑不解的眼神,微微一笑:"夏九爷,你猜,作为一个赌注,我经过几个人的手?"

她伸手去解领口的纽襻。夏初玖一愣,下意识抓住她的手试图阻止。十四太太的手凉得像冰,她看了一眼夏初玖,将他的手按下,起身退后两步转过身去,解开了身上的旗袍。

阳光细细碎碎地从乌木窗扇外透进来,映衬着她雪白背脊上各样的惨烈鞭痕,或新或旧,触目惊心。

她抓着胸前的衣服,转过半张美得惊心动魄的侧脸来,眼泪从那颗泪痣上滑过:"夏九爷,昔日你和我义父一赌枉了他一条性命,这份孽债你不要偿还吗?"

五

杜望得知这件事情后,叹息一声:"你已经决定应下荣成的赌局了?"

不过几日,夏初玖已经全然换了一副颓唐模样,他闭着眼睛倒在躺椅上："杜老板,这世上的对错本来就不是绝对的。昔日我少年意气,觉得凡事都要分个是非曲直,眼睛里半粒沙子都容不下。却也从未想过,那乞丐流落江湖,身边又带着一个养女,若不是生计无依,又怎会用这样的手段来谋生。而我一时意气出头,害得珠玑自幼失怙,惊愤逃离夏家后被诱入勾栏,多年来像物件一样辗转于人。这一切都是因为我。"

并非没有过犹豫挣扎,但当时十四太太珠玑表情凄绝:"夏九爷,我知道你是好人,义父之死你一直心怀愧疚,所以立誓再不涉赌。这些年你为偿还孽业才戒赌,难道帮我不也是你赎罪的一部分,就不能为了我再赌上最后一局吗?"

夏初玖的手剧烈地颤抖起来:"十年未赌,若我输了,岂不是更误了你的终身? 或许我能以江夏的绸缎生意为筹码,让荣成还你自由。事无绝对,总还有一线生机。"

珠玑含泪微笑:"荣大爷的女人,从来只会在赌桌上拱手于人。"她劈手从带来的礼物当中拣出一个骰盅,面色苍白,"夏九爷,若我能摇出全红骰点,我就信你这一线生机! 若是花色,珠玑绝不再苟活!"她另一只袍袖中滑下的,正是夏初玖赠与荣成的那支短铳。

她将细白的手臂高举过顶,寂静的房间里响起夏初玖已然生疏很久的骰子相撞声,而从珠玑的手法上他一眼就看出,她完全不会任何技巧,想要掷出一个骰盅里全部四点的绯色,无异于天方夜谭!

骰盅"啪"地盖在桌上,珠玑一手握着骰盅,一手将短铳慢慢移向太阳穴,最后抬头看了一眼夏初玖,苍白的嘴唇微微颤抖,居然还勾出了一抹笑意,只闭上眼睛轻轻淡淡吐出一个字:"开。"

骰盅欲开未开之际,夏初玖的手覆在珠玑手上,将骰盅压下,声音已然嘶哑了:"这局,我赌了!"

轿行的院落里静悄悄的,杜望将手上的书放下:"你耳力过人,怕是早听出了她骰盅中的骰子绝非全绯。"

夏初玖扭头望着杜望："不错,可你又知道吗? 即便当时我听出了那骰盅中的花色是全绯,也断然不会让她开盅。"他凄凉地勾唇一笑,"在她身上,我没有一点把握,也不愿有一点意外。我万万没想到,十年戒赌后的第一赌,居然就输给了她。"

"可你也赢不了荣成。"杜望轻描淡写,"十年前我曾经在塞北见过荣成豪赌。初玖,纵然我们是十年好友,我却不得不实话实说。若说你能赢下这半个江夏,而只要荣成愿意,他能够赢下整个塞北,论赌技,你远不如他。"

六

纵然杜望把话说到了那个份上,赌约时至,夏初玖依然出现在了迎宾馆,应下了赌局。珠玑将赌具送上来,快速地望了夏初玖一眼,那眼神极大地温暖了夏初玖,他忽然发觉自己在这本来单纯的赎罪之行中体味到一丝别样的情愫。

荣成轻描淡写地看了珠玑一眼："你先退下去吧。"随即将牌九铺开,扬眉看向夏初玖,"不知夏九爷要下什么样的赌注来匹配我的小十四?"

荣成是大名鼎鼎的塞北王,富可敌国,出了名的好豪赌。他找上自己固然是打着久仰自己牌技的名头,更在意的是夏家在江南九道的绸缎生意。夏初玖对此心知肚明,他将筹子牢牢捏在手里,抬头看向荣成："凡我所有,凡荣爷所需。"

奇迹终究没有发生。

荣成捏着厚厚一沓银票、屋契,随意扔在了珠玑的妆台上。他望着镜中珠玑的美貌,发出低低的笑声："真是蛇蝎美人。"他揽住珠玑的腰肢,凑过去捕捉她艳红的唇,却扑了个空。珠玑水葱一样的手指轻轻推开他的脸,顺手拨了拨妆台上的银票。

荣成的声音越发被撩拨得嘶哑:"江南九道的瓷器、绸缎、夏家各个门道三家总号、二十七家分号,连同这江夏城最大最漂亮的宅子,尽数在此了。他已经空无一物,不会再来了。"

珠玑忽然觉得心底涌上一股陌生的疼痛,像火焰一样越烧越炽,仿佛要把自己整个心房都烧空。她紧紧捏住自己的手掌,直到指甲刺入掌心,才能忽略那种疼。她勉强自己笑起来:"不,他还会来,他还有最后一样东西。"

杜望是大晚上被砸门声音惊醒的,开门时看见饭馆伙计扛着的正是夏初玖。夏初玖醉到如此程度,居然还知道推开陌生人一把抱住杜望。杜望头疼不已,正待发问,对方却先发了火:"这是不是夏九爷?方才我把他扛回夏宅,谁知道夏宅门口两个从未见过的人横竖不让夏九爷进门,说是如今这地界已经是荣宅了!"

杜望愣了愣,一边单手扶着夏初玖,一边去掏口袋:"他是不是还没结你们酒钱?"

伙计后退几步摆了摆手,又叹了口气:"算了算了,夏九爷人不错,虽说这落难的凤凰不如鸡,但咱们还要讲点人情味不是?这钱我就替掌柜做主不要了,他若非要讨,我替九爷垫上。"

杜望还没来得及说话,夏初玖居然模模糊糊听到了,笑眯眯地:"多谢!多谢!"随后死死拢住杜望的脖颈拼命摇晃,"看到没,看到没,我说好人多吧!"

杜望送走小二,没好气地将夏初玖扔到摇椅上:"好本事!把宅子都给输了!"

夏初玖摆摆手,谦虚道:"哪里哪里,还有三十来家铺子。"他轻轻掩着自己的嘴巴"嘘"了一声,像是怕声音说大了吓着自己,"全没啦!阿望,我全输光了!可是珠玑!珠玑!"他从摇椅上滚下来,双手掩住脸,泪水汹涌而出,绝望的哭声几乎是从嗓子眼里进出来,"我什么都没有了!阿望!我救不了她!救不了她!"

杜望不得不拾起毯子裹在他身上，直到他沉沉睡去。

即便他有着再高的赌技，但凭着这样良善的性子，原本就是不能做赌徒的。

七

杜望原本以为此事已了结，但次日整个江夏都传遍了消息，荣成的十四太太不知何故于昨日投缳自杀，虽然险险救了下来，却伤了咽喉暂时失语。荣大爷心焦不已，当即决定启程返回塞北，正是今晚的火车。

杜望慢条斯理地搬了把藤椅拦在门口，望着脚步虚浮却双目赤红的夏初玖："初玖，我可以不拦你，甚至我还可以抬轿子送你去。只是你现在还有什么可以跟他赌？"

他抬眼望着杜望，然而那眼中已经空无一物："还有我的命。"

杜望没有食言，他派人用一顶轿子把夏初玖抬到迎宾馆。那顶轿子是夏初玖从来没有见过的，仿佛是透明的织锦一层层重叠织就，似乎朦朦胧胧能看清轿中事物，却又偏偏看不清楚。广记轿行的轿夫素来脚程很快，不费多长时间就到了迎宾馆。

荣成望着一夜之间如此消颓的夏初玖并不意外，只微微笑道："夏九爷说要用命来赌我的小十四，这可称不上是一桩划算的赌局，人一死什么都没有了，我要夏九爷的命做什么呢？"

夏初玖虽然宿醉，但神识已然清明："你虽然拿了江南夏家三十来号铺子，然而这江南九道所有的桑农、布户依旧认的是我夏家的招牌，认的是我夏初玖的名号。"他抬眼看向荣成，"荣大爷，您虽然人称塞北王，然而此处毕竟是我江夏的地头！百足之虫死而不僵，只有我夏初玖从此消失，您才能真正拿到这江南的生意。"

荣成良久未语，末了盯着夏初玖的眼睛："夏九爷，我倒是很佩服你。"

赌局开始，夏初玖俊朗的脸上一片雪白，汗水一滴一滴流下来。

其实输了也没什么不好，一命抵一命，本来就是应该的。

到了最后一张牌，荣成忽然笑了："还是把赌注拿上来吧。"

黑得发亮的手枪被拍上桌案，珠帘微动，珠玑也走了上来。不过一夜，她消瘦了许多，脖颈上尚敷着伤药，眼神中满是哀戚。两人两两相望，在这片刻，什么也说不出来。

荣成亮出了底牌，眉梢眼角已然有了得色，他抬眼看看夏初玖："九爷，请吧。"

夏初玖戴着黑色皮质手套的手指覆在牌九上，微微翻动。几乎是瞬间，珠玑扑到案前盖住了他的手掌，硬生生将牌九压了下去，一如当初夏初玖盖住了她的骰盅。她不看夏初玖，只看着那黑漆漆的牌，眼泪珠串一样地流下来。

夏初玖一手将那柔荑紧握在掌中，一手翻开了牌九，而在那一瞬间，笑容像是刺破云端的阳光绽放在脸上。

房间里死一样的悄寂，出乎所有人的意料，夏初玖险险胜了！

八

荣成孤身一人带着生平唯一的败绩返回了塞北。又不过一月，夏初玖告诉杜望自己要迎娶珠玑。彼时夏初玖已经利用自己昔时的人脉打算东山再起，而身边的珠玑也已经将头发烫直，柔顺地披在脑后。雪白的脸上不施脂粉，单凭着一点泪痣已然是难得的颜色。

婚礼当天，新郎喝醉，拖着主婚人杜望到庭院里看星星谈人生，眼睛眯得也像星星一样："你可知道，那天我如何赢得牌九？"

杜望噙着微笑，看着夏初玖耍酒疯："为什么？"

夏初玖一笑："我告诉你，你可千万别告诉别人。那估摸是我人生中唯一一次出千。其实也不是出千，我不知道为什么，在下了轿子去迎宾馆的那几个时辰里,竟能看破荣成的所有所思所想。"

夏初玖自然不会知道,杜望为了救他一命,用一张轿牌送他去了迎宾馆。丹心澄明轿能让轿客在几个时辰内通晓人心,可惜近年来轿盘灵力减弱,丹心澄明轿使了这么一回,怕是几十年都不能使了。

杜望一笑附和:"所以说你在最后一瞬也是看懂了珠玑倾慕你的心思,才这么快就决定成亲的?"

夏初玖的笑容有一瞬间的凝滞,随即扬眉:"那是自然。"

新婚之夜,芙蓉帐暖。

珠玑扬起脖颈应和着夏初玖的亲吻,赤裸的肩膀和脖颈在烛光下漾出漂亮利落的线条。明明是第一夜,却仿佛最后一夜一般极致癫狂,她像是拼尽自己全部的生命力,要在这个男人的掌控下做一瞬开尽一生的昙花。他抚摸着她的肩膀,她的手臂,她的脸,她的唇,轻轻啜吻着她的眼睛。珠玑心头炸开从未有过的疼痛,她哆嗦着手指轻轻地,不让他察觉地摸到枕下,那是一支上了膛的手枪。

一切从一开始就是一个局。

江夏夏初玖,逼死自己的义父,害自己流落江湖,辗转人手。机缘巧合之下,她遇到了塞北王荣成,以夏家基业为诱,要荣成帮自己这个有百利而无一害的忙。她痛恨夏初玖,恨到想让他同自己的义父一样一无所有后再输掉性命。然而她更痛恨的是自己,痛恨那个无时无刻不在想着夏初玖的自己。

不仅仅是闹市惊马他拼命将她护在怀中时的四目相对,不仅仅是那幽暗阳光下他阻止自己解开纽襻的手,不仅仅是他望着自己遍身伤痕时悲戚痛苦的眼神。还要更早,早在义父自杀时他第一时间将自己揽入怀中的温暖。在她尚未来得及体会仇恨时,就体会到他的手掩住自己的眼睛,带来一片铺天盖地令人心安的黑暗。

她诱他一步步走入自己亲手设下的局,然而在最后一刻,却几乎不受控制地扑上去拦住了他要翻开牌九的手。她恨他恨得想让他死去,又爱他爱得想要同他一起死去。他赢了赌局,所以这就是上天的安排,万事归寂之前赐予他们的小小成全。

她已经抓住了绸缎中的手枪柄,在极致快乐中完结这一切,是她想到的最好的结局。

然而却有热泪流下,熨在两人的肌肤间。分不清是谁流的眼泪,却烫得她心都疼起来,她听见初玖在自己耳边的低哑声线:"我爱你,珠玑。你爱我吗?"

仿佛所有的防线瞬间崩溃,她放开握着手枪的手,揽上了他的背脊。

九

新婚三月,是夏初玖和珠玑极致甜蜜幸福的三月,那一阵子杜望极其厌烦两人一起出现在自己面前,仿佛整个轿行的空气都腻歪得不会流动了。夏初玖却毫无所觉:"杜望啊杜望,你真不打算给自己找个老板娘吗?"

杜望信手将香谱砸到夏初玖身上:"老板娘不是你吗?"

夏初玖脸上浮上一层遗憾:"若我跟珠玑生个女儿,倒可以考虑将来嫁给你。当然了,你得还像现在这么英俊,到时候,怕是你就要叫我一声父亲大人了。"

在旁边沏茶的珠玑望着打闹的两个人,笑得温文尔雅,一如世俗女子。

可惜好景不长,不久的一个傍晚,珠玑来到轿行找到杜望,脸色苍白:"杜老板,我要一顶轿子,送我离开江夏。"

杜望静静地望着她,半晌方开口:"初玖知道吗?"

珠玑的脸上瞬间没有半分血色,空洞的眼睛牢牢盯着杜望:"杜老板是明白人,初玖他……毕竟是我的……杀父仇人,过往的岁月都是偷来的。若是说以往我还可以欺骗自己，现如今我怀了他的孩子，该如何这样佯装下去？我下不去手杀他，现今更因为怜惜这个孩子，连自己都杀不了。杜老板，我必须离开……"

门被猛地推开了，夏初玖站在门外面白如纸。珠玑落下泪来："现如今你全部都知道了，愿意放我走了吧？"

夏初玖竟然毫不意外，他直直地望着珠玑："留下来，既然过去三个月可以，今后为什么不可以！"

珠玑痛不欲生："夏初玖！你当夜问我的问题，我现在就回答你。我不爱你，从来没有爱过你，一切只是一时糊涂。"

"既然如此，就赌最后一局！"夏初玖将骰盅推到珠玑面前，"你若摇出的是全绯，我就放你离开！"

这是一场毫无公平可言的赌局，然而珠玑却深深看了他一眼，伸手握住了骰盅。一对爱侣的离散竟然以如此荒谬的方式结束。然而待珠玑揭盅时，夏初玖瞳孔微缩，覆上了珠玑的手，声音痛苦暗哑："不要开。"

珠玑的眼泪落下："初玖，在赌徒的手里，骰子从来不能代表命运。"她揭开手掌，只看见盅内是清一色的四点全红。她凄然一笑："我自小随着义父流落江湖，五岁便能摇得一盅全绯。那天我只是做戏诱你入局，现如今你还要我留下吗？"

骰子和骰盅被夏初玖挥手拂落，他双眼闭上："你走吧。"

珠玑至此消失无踪，再后来连杜望也要离开江夏。那时候夏初玖已经重新挣下一份家业。两人最后一次对饮时，夏初玖才告诉杜望，早在荣成牌局的最后珠玑扑过来时，他就已经知道了珠玑的全部心思，甚至比她本人都更加明晰。他亦深知珠玑能够摇出全绯，而她在父仇和爱人之间挣扎浮沉了三个月，已经痛苦不堪濒临崩溃。

"我不忍她如此痛苦，只能放她离开。"他将酒杯攥紧，"尽管我深知，这世上不可能有第二个珠玑了。"

十

杜望的故事终于讲完了,谢小卷眼睛眨巴眨巴:"杜望,你真是个扫把星。"

杜望微微蹙眉,还没来得及开口,谢小卷已经数落上了:"看看我跟你这一路,简直就是见一对儿拆一对儿,一对儿落好的都没有。你说说你是不是前世孽障太重,看看你这辈子的煞气……啧啧啧!"

"是。"杜望轻描淡写地应了一声,把谢小卷的一连串抱怨都噎了回去,"我前世作孽太多,今生才要慢慢偿还。轿牌所渡之人,俱是了结前世今世所有宿怨情爱,换得来世清净。你说我身带煞气确实不错,你还是快点回清平,以后再也不要出现在我面前。"

杜望说完话就要抽身回房,谢小卷没料到杜望说生气就生气,连忙站起去扯他的衣服。光脚一下子踩在夜半的大青石上,浸得她倒抽了一口气。杜望这才发现她裤管下光着一双脚,把她按回栏杆上坐下,叹了口气:"我去帮你拿鞋。"

鞋子很快拿回来,杜望俯身把鞋放到她面前,捎带手帮她穿上。谢小卷觉得自己的心软得像水一样,小声说:"你不要生气了,你是大扫把星,我是小扫把星,好了吧?"

杜望一顿,继而说:"女孩子不要光脚在地上跑,寒气入体,要生病的。"

"还不是怕你走了,着急的呀。"

"走了就走了,天下无不散的筵席,今日不走,明日也要走的。"

这话说得谢小卷心里莫名一慌,她伸手按在杜望的肩膀上。杜望抬头看她,见她眼睛里亮晶晶的,心里有些触动,抬手按在她手上:"好,我答应你,如果有一天我要走,会告诉你,不会不告而别。"

他的本意是要将谢小卷的手拿开,谁知道她那柔软的手掌一翻,钳住了他的手指。

杜望头痛："这还不够吗？"

"不够。"

谢小卷俯身亲了他。

为什么她总觉得杜望这么孤单呢，孤单得让人想要不顾一切地去温暖他。但平时他又像是什么都看透、什么也不需要的样子，让人不敢接近。也许是这夜色太美，也许是今夜难得让她感觉杜望不是那样难以接近。

她的心剧烈地跳动着，好在他没有推开她，甚至在某一刻他也有某种热情。他抓住了她的腰，也热切地亲吻着她。他的镜片有些冰凉，硌在她的颧骨上，她伸手去摘，恰看见他那双总是看不透的眼睛，敛下了一些奇怪的说不清道不明的东西……

谢小卷醒来时，已经日上三竿，映入眼帘的是隆平客舍自己房间上那根顶梁。她自己衣衫完好，低头看，自己那双鞋子也好端端齐整整地放在床前。

可昨晚，竟然是一场梦吗？

她连忙探头去外间看，隔着珠帘，竹榻上又是空的，似乎跟昨晚一样。她又顾不得穿鞋，往外面跑，正撞上杜望提着一些粥和包子回来，他倒是面色平静，仿佛什么事儿都没发生："怎么不穿鞋，光脚往哪里跑？"

害羞的感觉姗姗来迟，谢小卷犹豫不定："昨晚……"

"怎么了？"

"没什么。"

她还是不清楚是梦还是真实发生了，于是狡黠地换了个问题："你不生我的气了吧？"

"有什么好生气的，穿鞋，吃饭。"

谢小卷垂头丧气回去穿鞋，也许真的是梦，杜望恼了自己拂袖回房，没有给自己拿过鞋，没有回来过，也更没有自己鬼使神差石破天惊的大胆行径。她不晓得自己是该松口气还是该遗憾。

但当她的脚塞进鞋子里的时候,她忽然顿住了。

如果昨天这双鞋没有被人动过,应该是鞋头朝里,她大小姐可从来都是踹掉鞋子直接扑到床上的。但此刻这双鞋被整整齐齐地放着,鞋头朝外,方便她一起床一探脚就能穿上。

她的脸"噌"一下红了,胸膛里又一下炸开了无限欢喜。

但那欢喜后面又涌现了怅惘,她隔着帘子看着杜望,他为什么要让自己以为这只是一场梦呢?

谢小卷穿好鞋子,在饭桌前坐下,雪白的包子和粥腾腾地冒着热气。杜望还要往外走,谢小卷一下站起来,又有些不好意思地坐下了:"你,你不一起吃吗?"

杜望回望着她,沉默了一下说:"我去找小二结账。"他突然伸手摸了摸谢小卷的头,"你先吃吧,吃完收拾东西,启程去秋溪。"

后记

杜望离开江夏五年后,一日夏初玖在店里盘铺子,店伙计带过来一个眉清目秀的女孩,不过六七岁的模样。夏初玖心情很好:"你找我?"

女孩理直气壮:"我来认爹!"说着摸出一个骰盅随手摇摇,一开,正是四点全红!

女孩一笑:"娘亲说只要我亮出这一手,爹就会认我了。"说话间鬓边散发浮动,露出眼角一点胭脂泪痣。

夏初玖眼圈隐隐发红,脑子里冒出来的第一个念头就是,这么漂亮的丫头,可不能给杜望这个老头子做老板娘。

第八章
百川归寂轿
（上）

一

秋溪藏在山谷中的一方天地，四面环山，气候幽静。时逢入冬的第一场雪，满山满谷都擦了一层雾蒙蒙的白。杜望连夜独自去山那边的茶场打探万渔言的消息，因为夜色已深，不顾谢大小姐的不满，将她留在秋溪温家借宿。

安排谢小卷的温家下人温软玉，头发在脑后坠成一个乌黑光亮的发髻，眉眼温柔得仿佛是被一层薄云笼着的月。"委屈姑娘了，东家近些日子往隆平出茶，客房都被行脚住满了，只能委屈姑娘在下人房里住着。"

房间是通铺，住的都是十五六岁的小姑娘。谢小卷一向巴不得热闹，看见对方温柔可亲更忍不住就握住了手："不委屈不委屈，本来就是我冒昧打扰。"

软玉亲切地拢了拢谢小卷的手："姑娘声音好听，长得一定也好看。"

谢小卷闻言有些诧异，却看见软玉伸手去扶旁边的墙壁，这才猛然觉察原来面前这个美貌女子居然是看不见的。谢小卷下意识想要去搀扶，却看见旁边别的小丫鬟拼命使眼色，才讪讪地收回了手。

软玉像是知道众人心里所想，只微微一笑就告辞离开。看见她一回身，衣领皱褶处露出脖子上一道青紫的痕迹，谢小卷心里怜悯好奇，却也不好去问，只能看着软玉慢慢离开。

　　小丫鬟们呼出一口气："玉姐姐性子好强，你千万别在她面前表现出来可怜。"

　　谢小卷有些奇怪："她不在这里住吗？"

　　打头的小丫鬟阿圆一副透灵的样子："玉姐姐早就嫁人了，没看见梳着发髻吗？"

　　谢小卷眉头微皱："她丈夫也真是的，明知道她看不见还不照看着。要我是个男人，娶了这么一个娇滴滴的大美人，一定寸步不离地跟着，根本舍不得她磕磕碰碰的。"她抬头看见房间里众人的古怪神色，"怎么了？"

　　小丫鬟们没人搭话，只阿圆低声说："姑娘到了晚上就知道了。"

　　山谷中寒冷多风，声音呼啸着在窗外刮过，犹如狼啸。谢小卷心里还惦记着杜望，更是翻来覆去睡不着。那风声中却还掺杂着女人的哭泣声，刚开始像是强忍着，后来几乎就是凄惨的哀号，间歇掺杂着男人的怒骂。

　　谢小卷认出了是软玉的声音，一骨碌爬起来就要披衣服。阿圆扣住了她的胳膊："夜夜如此，人家夫妻间的事儿，姑娘别管了，快睡吧。"

　　"夜夜如此？"谢小卷一下子蹦了起来，"你们家主人也不管管。"

　　她正要往外冲去，但那骂声却终于停歇了。阿圆拉住谢小卷："姑娘睡吧，今晚这算是停了，天大的事儿明天再说。"

　　但婢女们一个个都睡不着了，披衣围着炉火坐起来："夫妻间的事儿，就算主人家也不好插手。何况主家现在就少爷一个人，少爷更不会管了，毕竟是玉姐姐先对不起少爷的。"

　　见谢小卷满脸义愤的表情，阿圆微微叹口气："说来话长，玉姐姐本来还是少爷名分上的妻子。"

二

秋溪地处山谷,民风闭塞。多年前毗邻的隆平通了铁路,秋溪的茶业才慢慢兴隆起来。温家是秋溪种茶的大户,只有一个独子温睦生得玉雪可爱,极为标致。小时候村里来的相师曾经看过温睦的面相,庆幸其不是女儿身,不然又是红颜乱世。

十岁那年,温睦随温老爷远行去杭州学习江南制茶之道,在街头遇到了软玉。那个时候她才十五岁,是从扬州来的瘦马商人豢养的姑娘。那时节扬州的瘦马生意已经不好做,时值初春,天气还清寒得很,软玉身上却只穿一身薄薄透衫。杭州街头的馄饨摊生意很好,瘦马商就与他们拼作一桌。软玉侍立在侧,因为多日没有吃东西,一头栽到了地上。温睦下意识地扶住了软玉,想要喂她吃点东西,却被瘦马商拦住:"没磕破相就好了,若是喂胖了她,谁还来买?"

温睦小小年纪,脾气倒也烈:"这么冷的天气,你一口东西都不让她吃怎么得了?"

瘦马商乜斜着眼睛:"小小年纪管得倒是宽泛,你若是能买下来,自然想让她吃多少东西就吃多少东西。"

温睦还想要再说,却觉得一张温润手掌覆到他的手上。手指纤细冰凉,只掌心残留一星的暖。抬头是少女孤凉如水的目光,却漾出一丝笑意:"小少爷好心肠,我不妨事。"

瘦马商挥手将他从少女身边一掌拍开,不屑的声音从嗓子眼里钻出来:"乡巴佬。"说完扯着孱弱的软玉走远了。

十岁的温睦终究还是办了件大事,他偷了父亲此行所带的所有大洋,来到了瘦马行的所在。软玉依旧是一身轻薄衣衫,持着一柄薄扇站在台上,扫视台下的眼神却是空茫的。一个瘦高的鼠须老头刚喊过价码就要把她往身边拽,劈空里却响起一个孩童的声音:"三百大洋!"

软玉诧然回首,眼睛猛然睁大。瘦马商蹲在台子边缘,嘴角咬着笑容:"哟,小爷还真来了!带钱了吗?"

温睦将钱袋拍在瘦马商脚下,跳上台子扯住软玉的袖子就要走。软玉只觉得手上一烫,一如那天在馄饨摊上被给予的温暖。

瘦马商却慢条斯理地走过来:"小爷先慢行,人家刚才也给了三百大洋,凡事总有个先来后到。"

软玉身子微颤,轻轻抚上温睦握着她的手:"多谢小少爷,软玉此生都当记得小少爷的这番好意。"

眼看着手掌就要滑落,温睦拽掉脖颈上的长命锁压在大洋上一块儿推了出去。温睦母亲早逝,这块长命锁还是温母早年命人用金子打了亲自挂在温睦脖子上。温睦素来爱惜,然而此刻的眼神却分外坚决:"十足金,这下可够了吧?"

因用此行的贩茶之资买了一个瘦马,温家一年辛苦尽付东流。温睦回到客栈被温老爷打得惨痛,偏偏咬紧了嘴唇一声哭腔都不肯溢出来。软玉看不下去,流着眼泪跪在客栈门口,自请卖身抵温家茶资。

温睦一瘸一拐地挪到软玉身边,因为先前被温老爷打得狠了,根本跪不下去。他才弯了膝盖,整个人就扑在了地上。软玉痛惜地要去扶他,他却伸长胳膊拔去软玉发间的草标,折了一半插在自己的发间,一笑:"若要卖你,不若连我一起卖了,兴许还能给我爹多赚个小厮钱呢。"

温睦自小倔强,打定的主意谁也改变不了。温老爷最终心软,软玉便被带回秋溪作为温睦的起居丫头。自那以后,软玉温香,红袖读书,一经七载,温睦即将十七岁生日的时候,闯入宗祠自行把温软玉添到了族谱上,算作自己的正房妻室。温老爷生了好大一场气,温睦却笑眯眯地端茶送水:"爹你也不想想,三百大洋买来的瘦马,十里八

— 130 —

乡去哪里找这样金贵的媳妇。"

炉子里猛然爆起一个火星，谢小卷听得稀里糊涂："难不成是老爷不愿意，才强行将软玉嫁给了别人？"

阿圆叹一口气："老爷子气归气，后来也就想开了。然而成亲前夕，软玉在车站贩茶的时候跟人私奔。少爷不要命地去抢她，虽然抢回了软玉，但自己的一张脸却被人毁了，软玉的眼睛也不知怎么瞎了，老爷惊怒交加，一气亡故。自那以后，少爷性情大变，将软玉嫁给了整个庄子里最丑陋无赖的赖子皮。因他是个天阉，脾气古怪，软玉姐姐一不顺他的心他就……但怎么说也是夫妻之间的事，旁人又怎么好管呢，也不知道少爷有没有后悔过。"

三

听完了故事，谢小卷却觉得心头像堵了一团湿棉花，再也睡不着。杜望不在身边，这种堵心的不安感越发强烈。她索性披了衣服站起来走到庭院里，大雪已经厚厚积了一层，照得整个院子分外明亮。

谢小卷哈气暖了暖自己的手指，隔着一重篱笆看见一个女子坐在屋前的台阶上。她的裙裾早已经被落雪濡湿，衣领没掩实的地方露出淤青，她却仿佛不觉得冷也不觉得痛，只一动不动地坐着。眉眼依旧是轻云出岫的美，正是软玉。

谢小卷正要走近，却从东首主人院落里走过来一个年轻男人，谢小卷下意识就藏在了篱笆后面。只见来人不过穿着一身单薄绸质寝衣，一张脸却疤痕遍布，阴森恐怖犹如罗刹，只一双眉弓优美俊朗，能让人琢磨出他过往的英俊模样。

谢小卷第一闪念便是觉得有些可惜，若是杜望在这里，许能恳求他用倾雪流玉使这人恢复旧时容颜，不知该是怎样一个好看的美男子。彼时寒风已住，来人踩动落雪发出轻微的吱呀声，这声音在漫天轻柔飘雪的静谧中分外清晰，惊得软玉微微一颤。她抬起头，投过来失神的目光，试探着问："少爷？"

没有应答，男人仿佛失了魂魄，径直向软玉走过去。谢小卷这才发现他竟然没有穿鞋，一双赤裸的脚在雪地里冻得青紫。他却握住软玉的肩膀，嘴里念念有词，继而将她轻轻纳入怀里，声音仿佛梦呓一样轻柔呼唤："软玉……软玉……"

软玉的眼泪从盲掉的眼睛中汩汩而落，回手轻轻抱住他的肩膀，努力压住哭音温柔应和："我在这里呢阿睦。"她渐渐被他抱紧，更是忍不住将整个侧脸都埋进他的胸腔，"阿睦，我好好地在这里，我哪里也不去。"

谢小卷眼圈有些红了，想来这温睦和软玉之间的故事并非下人描述的那样简单。她无意惊扰有情人，正想转身离开。那边温睦却收紧了胳膊，紧得仿佛要将软玉箍碎在怀里，软玉已经喘不过来气，整个身体孱弱得仿佛在寒风中颤抖的雏鸟。温睦却还是目光呆滞、念念有词："你为什么离开我……为什么……"谢小卷凛然一惊，连忙跑上去一把推开温睦，确认软玉无恙后回身就想教训温睦。软玉却死死拽住她的胳膊，声音焦急："别惊醒了少爷！"

然而终究还是迟了，温睦眼睛慢慢涌现神采，下意识地问："怎么回事？"下一秒钟他便反应过来，眼神中愤怒、羞惭、痛苦诸般神色涌上瞳孔。软玉哀哀地说："少爷快些回去吧，不要冻伤了脚。"

温睦惨笑一声，"你一定很得意吧，事过多年，我的离魂症居然又犯了，还惦记着梦中来找你。"

软玉的脸色青白一片，强忍着泪意："我知道，少爷只是心里不痛快。"

四

温睦少时便有离魂惊悸的毛病,总是在夜晚时分于梦中起床游荡,是也,几乎每晚都需要下人守夜。每每发病,下人不敢惊扰,只能将他牵引到床边安抚他重新睡下。而自从带了软玉回府,守夜的职责便责无旁贷地落在了软玉的头上。

因为软玉照料得当,温睦的离魂症已经有许久不发。但他十六岁生日那晚,却突然坐起,不声不响地将软玉拉起来。软玉尚在纳闷,就觉得眼前一黑,头上劈头盖脸地被温睦蒙上了一块枕巾。

软玉又好气又好笑,想要同以往一样引导温睦回床上睡下,谁知道温睦却将她慢慢拉到堂前。庭院里月色如水,温睦扯着她跪下,嘴巴里念念有词。软玉这才反应过来是温睦梦中同人成亲,正在做拜堂的样子。彼时温睦虽然年少,身量却足,剑眉星目芙蓉唇,很是标致好看。偏偏他性子严肃倔强,最忌讳别人夸他貌美,平日也很少拿嫁娶之事同下人们开玩笑。软玉便憋足了一肚子笑意,心想一定要记下细节,等明日他醒过来好好羞一羞他。

正赶上夫妻对拜,软玉陪着温睦游戏一般地拜了一拜,正想着扶他起来去床上睡下,却冷不丁被他掀掉了头上枕巾,已然高出她一头的少年将她拉入怀中。软玉心中还在想着"原来是梦到掀新娘子盖头啊",温睦却已经喃喃开口:"终于嫁给我了,玉姐姐……"

最后那三个字仿佛惊雷劈下,软玉一个重心不稳牵着温睦就摔在了地上。她唯恐惊醒了温睦,转头想要扶他起来,却正碰上温睦俯首,唇齿相接,尽是炙热气息。

手忙脚乱,好不容易安置温睦睡下。软玉躺在不远处的榻上翻来覆去,终究还是轻轻开口:"少爷,你到底是醒着还是睡着?"

鸦雀无声。软玉在心里狠狠嘲笑了自己一把,正要蒙头睡去,却听深夜里突然响起温睦的声音:"你希望我是醒着还是睡着?"

软玉一个激灵坐起来："你诳我！你什么时候醒的？"

"从亲你的时候。"少年的声音带了笑，"如果你愿意嫁我，我明日就同父亲说。"

温睦是混世魔王的性子，父亲不答应，他索性自行跑祠堂将软玉写上族谱，然后大咧咧拿着册子晾在父亲面前，说若不答应就尽管将祖宗的族谱乌涂了去。温老爷说到底是个良善的人，心疼独子，又觉得软玉敦厚温柔，不失为好儿媳的人选。被磨得久了，终于答应当温睦年满十七，就为二人成亲。

软玉关系较好的侍女都大呼软玉福气好，能嫁给那么俊的少爷。夜间磨墨，软玉却突然停下。温睦拿过她手中的墨块："怎么了？"

软玉低垂的睫间隐有泪光，"我大少爷五岁，又是瘦马出身，这桩婚事终究不是那么合体。"

温睦慨然一笑："等你人老珠黄，我自也应该老眼昏花，又有什么所谓？"软玉被他逗得破涕为笑，却忽然觉得颊边温热，抬头是少年温暖目光："一切有我呢，玉姐姐。"

五

正是因为昔日柔情缱绻，一旦恨上了，便是变本加厉。谢小卷终究是看不下去温软玉的凄惨模样，跳出来将她护在身后："就算她对不起你，毕竟也曾经是你名义上的妻子，听说你多年未娶，想必心里也是放不下她，不能对她好一些吗？"

软玉猛然抬起头，失去焦点的眼瞳却微光一闪。温睦却冷笑出声："我不娶是为了她！真是笑话！"

软玉连忙将谢小卷往身后拉："谢姑娘只是来此借宿，热心帮我说话，少爷不要怪他。"

谢小卷还想说，却被软玉在手掌上掐了一下。

温睦的声音冷飕飕的："为你说话，你需要别人为你说话吗？"

软玉微微颤抖："姑娘不知内情，是我对不起主家，而并非主家对不起我。"

温睦却不再理会，而是踱步到谢小卷面前："你生得倒很漂亮。"

谢小卷一怔，只觉得软玉拉着她的手微微发抖。

"你可知道我秋溪有抢亲的传统？若是有看中的女子，只要抢了去，在男方家里待上三日，这婚事就成了。"

谢小卷也跟着微微发抖起来："你什么意思？"

温睦："你提醒了我，我多年未娶，也到了拖不得的时候。既然被你点破，不如留下来做我茶庄的夫人。"

他猛地厉喝出声："来人啊！"

大晚上闹这么一出，早有下人披着衣服躲在窗户前看热闹，闻言都跳着脚跑出来。只听见温睦恶狠狠的声音："收拾一间朝南的房间给夫人住着！择日不如撞日，明天就把婚事办了！"

谢小卷一时分不清这究竟是真的还是吓唬她，惊怒道："胡说八道，我不愿意。凭什么扣三日就是你老婆，哪有这样没有王法的事情？"

但身边的仆人使女都低着头，无一人表情诧异。几人上来请谢小卷，谢小卷方知这事情十有八九是真的，她一边挣扎一边大声喊："你们这是犯法的，别以为天高皇帝远的就管不着你们了。"但喊的都无用，只能另辟蹊径："我是有丈夫的！他去山那头看茶场，明天就回来了！我有丈夫，不能嫁你！"

温睦伸手捏上谢小卷的下巴，全然不顾身旁软玉白纸一般的脸，指尖加力，一张脸在月光下刀疤遍布，分外狰狞："秋溪素来有抢亲的风俗，就算你有丈夫，我秋溪温睦也娶定了你！若他有本事，自可以从我这里把你抢回去。"

当夜，谢小卷在屋里团团转。门"吱呀"一声开了，软玉端着衣盘摸索着走进屋子里,声音温和:"庄子里没有现成的嫁衣了,只有这一套,姑娘明日换上吧。"

谢小卷压抑不住心里的烦躁,想要挥手把衣盘推开,却没留心将衣盘打翻在地。带着精美刺绣的嫁衣流水一样地淌在地上,软玉慌忙俯下身子去收拾,手指颤抖:"衣服是新的,从没上过身,姑娘……姑娘别嫌弃。"她的眼泪缓缓落下,倏地打在刺绣的花蕊上。

谢小卷猛然一惊,蹲下来扶上她的肩头:"玉姐姐,这嫁衣该不会是你当年绣给自己的吧?"

软玉抓着衣料的手一下子松了,半晌才回过神,侧颜凄绝:"谢小姐,少爷心肠很软,是个很好的人。请你好好待他。"

谢小卷不及思考,话已经脱口而出:"那是因为你心里装着的都是他,自然千好万好。但我的心里也有一个千好万好的人,别人再好也抵不过他。"脑海里猛然出现杜望的身影,又说出这样的话,谢小卷自己也大感意外。纵然此人不在眼前,她还是不自觉烧红了面颊。她摇了摇头,像是这样就可以把这个人暂时赶出脑海一样。她蹲下来抱住软玉的肩头:"你跟温睦,到底有什么心结?"

两人初定鸳盟的那一年,秋溪的茶叶生意其实并不好做。春夏正是秋溪出茶的时候,然而连绵数月,火车线路都被军阀占据,只走军需不走民间货运。就连四通八达的隆平都囤积了大量绸、盐,何况小小秋溪。加上谷中潮湿多雨,收上来的鲜茶未及烘成茶饼就沤烂在仓。这样的时节下,秋溪女眷都挎着竹篮带着茶叶去铁路上兜售,软玉也是其中之一。

她从车窗上塞进油纸包的茶叶,却被人调戏般地握住了白皙手腕。她惊慌地抽回手去,这才透过褪去雾色的车窗玻璃看见那人的脸,正是当年的瘦马商。她少女时期遭受苦痛折辱的记忆涌上心头,想要掉头跑开,但念及温家窘境终不甘心茶款,硬着头皮上了火车。

一直到火车发车,同行的女眷都没有等到软玉下来。全秋溪的人都在议论软玉跟车上的富贵之人私奔,连温老爷也气得一病不起。不信的只有温睦,为之发疯的也只有温睦。

六

当初瘦马商带了卖掉软玉等最后一批瘦马的钱款,连同全部家资前往南洋做军火和鸦片的生意。他素来圆滑、人脉广达,加之有贵人相助,很快竟也成了此道中不大不小一个人物。照看他的地头蛇是南洋有名的军火贩子黄元足,为人暴虐荒淫,无恶不作。昔日,瘦马商同黄元足提及过杭州瘦马自幼经人调教得妩媚俏丽,细语柔情,对方大感兴趣。瘦马商此行本来打算途经杭州买几个漂亮丫头,却无巧不巧在秋溪遇见了自己亲手卖出的软玉。

上了火车的软玉被侍从迷晕,一路山高水长,火车之后又是轮渡。孤零绝望之际,以为此生都不会再有机会回到秋溪。然而三个月后,她被黄家仆人唤到正厅。厅上的少年一身褴褛,头发凌乱,却掩不住一双眼睛粲然有神地望着他。他嘴唇微动:“玉姐姐……”

正是温睦。

她只觉得膝盖一下子就软了,整个身体仿佛都缺了支撑一样地往下滑落。侍女拼命扶住她,黄元足高坐堂上:“她可是你口中的妻子?”

温睦抬起头:“正是内人温软玉,小可一路颠沛,身上细软散尽,待回了秋溪,自当托人送来赎身银票。”

黄元足笑容微扬:“小兄弟这样面嫩,俊俏得像姐儿一样,竟已娶了妻子。你们夫妻团聚不易,先下去歇一歇,今后的事情今后再说。”

那是极尽温柔的一个夜晚,疲惫到极点的温睦在软玉膝上沉沉睡去。暮风拂过,南洋不知名花树的粉色花瓣飘入窗中,跌在温睦尚带着尘色的鬓间,映着他少年殊色,越发显得鲜嫩可爱。

毕竟是年纪尚轻的少年，加上温家正不景气，所携钱资有限，这一路来吃尽了苦头。还未到沪上，身上的路费已经花得干干净净，只能在码头做工。一张船票何等昂贵，温睦等不及，只能混上了开往南洋的船，被发现后在甲板上打得半死。还好船上大副发了慈悲，允他到底舱做苦工以抵船资。

一路的风波诡谲，苦痛绝望尽数敛在他安谧的睡颜里。软玉环抱着他想要为他掖一掖毯子，出手却碰到他嶙峋肋骨，眼泪终究兜不住跌落在温睦脸上。温睦一惊而醒，倏地坐起："软玉！"

软玉在他身后紧紧抱着他，把脸埋在少年宽阔的后背上："阿睦，我在这里。"温睦握住她的手，觉得她的指尖一如那年杭州初逢一样冰冷。她发着抖："阿睦，我只是想有生之年再见你一面，不然……我早已经不在这世上。阿睦，我，我还是……"

温睦反身将她抱进怀里："我只要找到你，带你回秋溪。你是我妻子，从来都是。"

七

软玉是幸运的，她被瘦马商带到南洋后，虽被黄元足收入后院，却正逢他痴迷从沪上迁来南洋的一个唱戏小倌。那人才不到二十的年纪，长长的水袖甩起来，腰身又软又韧仿佛三月抽条的柳枝，勾着妆彩的丹凤映着迷离灯火丢过来的眼波，恰如春风化雨，酥得人连身子都能软了半边。

因而软玉来黄宅的三个月风平浪静，每日听着隔壁院落咿咿呀呀的贵妃醉酒，只闭门思念自己的阿睦。

好在苍天不负苦心人，软玉再次坐在院落里抬头望着纷繁花树，只等温睦去别院向黄元足告辞归来，就可以携她返回秋溪，再不分开。但她等了许久，从朝日初升等到暮色渐染，始终不见温睦回来。软玉终于坐不住，起身要去寻他，却撞见那小倌染着满袖醺然跟跟跄跄跄地走过来。

黄宅三月，对方待她也算是客气有礼。软玉见他一个跟跄险些跌倒，慌忙上前扶住了他。小倌勾起眼角看着她，"还等呐？别等了，快走吧。"

她不得其解，却觉得心底一阵说不出来的凄凉害怕，那害怕宛如毒素一样蔓延而上，让她不自觉就攥紧了对方的手。那人被她攥得疼痛，刚要皱起眉头呵斥她，却忽地像突然想到了平时从未想到的。他眉梢黯然一挑，声音里带了凄凉讥讽的笑意："你竟然不知，咱们黄爷素来爱的就是倌儿？"

天空乌云堆积，乍然劈下一个惊雷，正劈在院子里那棵花色锦盛的树上，引下天火熊熊烧起。下人们张罗着扑火，软玉觉得脚下一软就跌在了地上，匆匆爬起来冒着倾盆而下的大雨往别院跑去。外面都是乱糟糟的，那漆黑的别院却仿佛黑洞洞的恶口，在漫天雨色中吞噬一切，寂然无声。

她见不到阿睦，也见不到黄元足，想要强闯却被家仆恶狠狠地拖拽在雨地里，无人在乎她的死活。

变数是在三日后。她被人唤进别院。黄元足隔着一层竹帘，小倌在旁帮他换上一层寝衣，他慢条斯理地握着鼻烟壶摩挲："这些日子委屈温夫人了，稍后我会让人送上赔礼，这就带你相公回秋溪吧。"

她恍若行尸走肉一般地回头，这才看见暖阁里晕过去的温睦。他的脸上尽是错落刀伤，昔年殊丽无匹的少年此刻脸上连一处完好的肌肤都没有，有几处更是割得恨不得深可见骨。软玉心头涌上滔天恨意，满脑的心思都是冲出去将黄元足的肉一块一块撕咬下来，但回身却被小倌牢牢拦住，担忧同情的声音在耳边响起："是他自己割的，若不是这样，黄爷怎么会才三日就放过他。"他从软玉的肩头看见榻上温睦的惨状，自己也忍不住一抖，声音发着颤，"走吧，快走，不要把命耽搁在这里。"

她软倒在地，一点一点爬到温睦榻前，想要抱他却觉得无从下手,只能轻轻拢住他的一根手指,声音颤抖:"阿睦,我们回家吧。"

她珍爱的小少爷阿睦,素来是倔强严肃的孩子。因他长着一张极好看的脸,把好些姑娘都比了下去,小时候总被族里长辈打趣。他在这件事儿上气性极大,人家随口玩笑的两句话,都能将他气得一天水米不进。她只好在晚间细细将米粥熬得软糯,在他读书的时候端上来,左右要磨他吃上一口。见他不吃只能开口激他:"量小非君子,少爷如此还是男子汉吗?"

他猛地抬头,愤怒的潮红色涌上脸颊:"连你也……"

她便就坡下驴闹着赔礼,只闹到他没了脾气一仰脖喝干了粥。那个时候她全心全意地当温睦是主子,是弟弟,然而在她心满意足收拾完碗筷转身想要离开,却听见温睦在身后的一声叹息:"我若连这件小事儿都硬气不起来,以后又如何护得了你。"

她一怔,为了掩饰心慌匆匆逃离。从那一刻起,她真真正正把温睦当作一个男人来爱慕。

他为了救她,千里奔波来到南洋,却遭受如此大的折辱。黄元足的笑容冰冷无情:"那丫头片子就在外面,我大可以将她赏给庄子里的下人,再卖到别的地方。你们相聚之日,就更遥遥无期了。"

他忍了三日,终究窥到时机将瓷碗打破一点点破了自己的相。瓷器碎片不比匕首锋利,割在脸上寸寸都是钻心疼痛。黄元足酒足饭饱回到禁锢温睦的暖阁看他满脸血色也不由得震惊,温睦扬起一个扭曲的笑容:"大丈夫立于世间,容色终是累赘,不要也罢。这样的温睦,黄爷还提得起来兴致吗?"

他的气力,只支撑他说完这句话就散尽了。他晕厥在榻上,手里还攥着沾血的瓷片。

话虽如此,他所有的骄傲,终究荡然无存了。

八

温睦在南洋养伤半月,有数次都因为高烧不退险些晕死过去,且变得孤僻寡言,更是夜夜噩梦。饶是软玉拼命阻拦,他还是坚持要离开南洋返回秋溪。而当两人千辛万苦返回秋溪,进门却是一片雪色的灵堂——温老爷本就沉疴在身,加上心忧爱子,竟然在温睦回家三日前就撒手人寰了。

前来照料丧事的亲族一边唏嘘温家如此惨剧,一边腹诽身着丧服跪在灵前传言与人私奔的温软玉,和她身边跪着的容颜尽毁恍如罗刹的温睦。

窗户被寒风吹开,被谢小卷扶坐着的温软玉冷不丁打了个寒战,她恍恍惚惚顺着风向朝窗口望过去,开口问道:"天亮了么?"

"微亮了。"谢小卷抬头看了一眼,帮温软玉紧了紧衣服,犹豫了下还是开口问道,"那后来,他为什么把你嫁给别人……你的眼睛又……"

温软玉并不回答,像是自觉方才失言一样仓皇站起身来再也不肯多说,只临走前又死死攥了一下谢小卷的手:"谢小姐,少爷是个很好的人,请你一定要好好待他。"

谢小卷心生好奇:"你竟然半点也不在意吗?"

温软玉凄凉一笑:"姑娘不必顾虑,我会让他一辈子都这么恨我。"

谢小卷还想开口多问,温软玉却像被惊着的鸟儿一样匆匆掠走了。谢小卷恹恹倒回榻上窝了一会儿,脑子里一会儿转悠的是软玉和温睦的故事,一会儿转悠的又是同杜望相处的点点滴滴。她起来推了推门窗,俱是锁得严实,索性气呼呼地一屁股坐回榻上。

杜望同她约定,今日回秋溪接她,谢小卷突然变得安心。不知道何时开始,她如此一门心思地相信杜望。那个神神秘秘的轿行老板,纵然是龙潭虎穴也一定有本事把她捞出来。毕竟,毕竟那是她谢大小姐的心上人呐。

她忽然觉得面红过耳,顺手掀过被子将自己兜头包起来,肚子却咕噜叫起来。她一骨碌坐起来,还是打算先委曲求全地保住小命再说,怎么也要活到杜望来救她。那个温少爷对自己的脸和自己爱过的女人都能下那么狠的手,一定不是什么善茬。

想通了这一折,谢小卷快手快脚地换上了喜服,砰砰砰地砸起门来:"我饿了!给点吃的!喂!新娘子也是要吃饭的!"

九

喜宴安排在了晚上,谢小卷被喜娘牵出来的时候衣袖里还藏着一个苹果。彼时她已经吃了八九分饱,却熬到天黑都不见杜望的身影,除了将杜望咒骂了无数遍以外,更是满屋子地寻找利器,以防万一。

可惜温家怕她寻短,连头发都给她梳了个光髻,连个发簪都没给。谢小卷只觉得喜娘一个劲往自己头上抹刨花水,只能哭笑不得地开口:"大婶别抹了,我这是自来卷,天生的。要不怎么叫小卷呢?"

喜娘松了口气,像是终于找到自己怠工的理由一样去净手了。谢小卷趁机挑了桌子上最够分量的一个苹果揣在衣袖里,就算砸不晕温睦,也聊胜于无。

随着拜堂的时间越来越近,谢小卷的心也慢慢发慌。暗自诅咒要是杜望赶不回来,自己定要有朝一日逼他把那些宝贝轿牌一张张吃到肚子里。

她正遐想得痛快,门却"吱呀"一声被推开,"时辰到了,新娘子出来吧。"

谢小卷腿肚子打着哆嗦,被喜娘强架着往外走。她半挑起盖头去往人群里瞅,不但没有看见杜望,连软玉也不见身影。温睦站在堂前,却是平日的衣裳,没有换喜服,仿佛只是平常地纳个妾。谢小卷纵然是被强迫,心里也忍不住蹿起一股无名火。既然这么不乐意,就不要玩了,姑娘还不想玩呢。

　　她心里七头八绪,却听那边已经有人高喝一声:"一拜高堂——"

　　谢小卷觉得脑子仿佛被人打了一闷棍一样"嗡"的一声,杜望还是没来,自己不会就这样稀里糊涂地被逼着嫁掉了吧?

　　他是不是最终还是决定甩掉自己了?他一向嫌弃自己累赘,觉得自己给他添麻烦,一路上黏着他蹭吃蹭喝。

　　还是,他出了什么事?

　　这个念头一经冒出,就仿佛野草一样在心里疯长。她直挺挺立在原地,迎着满堂宾客的议论和温睦的冷淡目光一动不动。然而忽然一个尖锐声音闯入院落:"少爷!不好了——少爷!"

　　来人像是匆忙闯进来,尚没有看清楚堂内在办喜事,话音已经脱口而出:"茶场那边死人了!一身长袍还戴着片银链子眼镜,看上去像是城里人!"

　　谢小卷"哗"的一下掀掉盖头,堂上烛火晃着她的脸,惨白得没有一丝血色。

第九章
百川归寂轿
（下）

一

那一夜，雪满秋溪，温家少爷新纳的夫人谢小卷脸色却比雪色还白。茶场的山坳里并没有杜望的尸首，然而雪坳子里的衣服残片和破碎的玳瑁眼镜却让人绝望。他从不离身的皮匣跌落在雪地上，满地轿牌已经被浮雪盖住了颜色。

谢小卷木讷地站在原地，半晌回身望向通报的小厮："人呢？"

小厮打着哆嗦："一个时辰前我亲眼看见人从上面的石头上摔了下来，许是我回庄子的这会儿工夫，被狼叼了去？"

"胡说！"谢小卷乌发红衣映着她玉石一般的凄清面孔，"这雪地里半分血迹都没有，你分明是在骗我！"她猛地回身，手指头戳向温睦，"你们都在骗我，你们觉得他若是死了，我就会安心嫁给你，想都不要想！"

小厮一战栗跪在了地上："少夫人，这么冷的天气，人又死了许久，被狼拖回窝里哪里还有热血气儿呢？"

谢小卷只觉得天旋地转，杜望或笑或怒或凝神思索的模样一重重浮现在脑海，最后都凝成一个清瘦背影，在漫天风雪中慢慢走远，继而消失。

她几欲晕倒,温睦展臂揽住了她:"他就是你丈夫?"谢小卷闭上了眼睛,眼泪从眼角滑落。

在我心里,他早就是我丈夫了。

谢小卷做了一个极长的梦,梦中是一片连绵水泽,周边生长着无数芦苇。有人踏水而来,衣袍染了天色水色,恍惚不似凡尘中人。他伸手将自己亲密地揽在怀中,微凉的手指慢慢拂开自己垂下来的发,声音低回缠绵,仿佛缓缓啜入喉间的泉。

"阿漾,等着我。"

抱着她的手臂渐渐松开。她仓皇拽住他的衣袖,另一只手攀上他的脸颊,声音战栗着:"你究竟……是谁?"

熹光猛然从天际现出,破开水色照亮了他的脸。他有着狭长的眉眼,嘴角噙着薄薄笑意,眼角蕴含的却是诉不尽的忧伤。

杜望。

她一惊而醒,却仍是秋溪温家的卧房。

温睦的房间被布置得一片红艳,帐子外面有人走进来。谢小卷坐起来,温软玉的声音已经响起:"是我,我都听他们说了,姑娘你……"

她像是要安慰谢小卷,却不知道如何开口,只能摸索着塞进帐中一个皮匣:"这是那人留在雪地里的,下人们怕你看见伤心,想要烧掉,我却觉得好歹要有个念想,于是抢下来给你。"

皮匣子的带扣一扭就松了,里面各色轿牌色彩缤纷,相互辉映,煞是好看。

杜望不是一般人,然而除了这些轿牌外与旁人再无殊异。这都是他赖以傍身的东西,如此弃于荒野,想来……

她的眼泪倏然而落,正好坠在一张红色木牌上,那是凤鸾双喜轿。她还未曾来得及告诉杜望,当时她在轿中看见自己嫁的人,分明是他。

只那并非未来，而是过去。她盘高髻染丹蔻，满心是新嫁娘的欣喜。而他长发束冠，温润如玉，俯首靠近挑落她的喜帕。然而就在两人四目相交的瞬间，她一下子就脱离了凤鸾双喜轿的幻境。她甚至来不及问一句他是谁，自己又是谁。

谢小卷是留过洋的新派小姐，大方爽利，素来风风火火，却偏偏因为那一场幻梦，惦记上了清平小小轿行的老板。她不好意思说破，只能为他逃婚，随他千里颠簸，只为求一个答案。

却万万没有想过是这样的结果。

二

整个秋溪都传遍了，温家的新嫁娘刚嫁过去就为自己的旧情人戴了孝。偏偏温家的混世魔王对此不管不顾，由得新娘子折腾。除了不放其自由以外，衣食用度一应供给。但每日送去的吃食仍然原封不动地摆在门前，下人告诉温睦，温睦并不发怒，只命人照旧送饭。

第三天，温软玉拎着饭匣子摸索进喜房，她摸着谢小卷的手，惊讶发觉不过才三天，谢小卷腕上的骨头却已突兀地硌手。任她招呼问候，也没什么反应，像是整个人神魂都散了。

"世间情苦。"软玉放下食盒，"谢小姐，你是否还愿意听我那没说完的故事？"

当年软玉随着温睦九死一生回到了秋溪家中，族中长辈要为两人在热孝中操持婚事。这是秋溪的规矩，若非在热孝中成婚，就要为亡父守上三年的孝。温家房头只余温睦一脉，早有子息也算是灵前尽孝了。

百日热孝，婚期定在一月后。软玉已经是准少奶奶的身份，自然不能再像旧时做丫鬟那样睡在温睦房中。下人便在温睦院子里收拾出来一间耳房。那时节秋溪已经夏季转秋，深夜里突然凭空炸响一

— 146 —

个惊雷,隆隆下起暴雨来。

软玉是被惊醒的,一种说不清道不明的惧怕不安涌上心头,让她迫切地想要去看一眼温睦。她披上衣服刚推开门,就看见温睦只穿着一层单衣在瓢泼大雨中呆呆站立。一个惊雷打下来,闪电映亮了他的侧脸。昔年少年温润如玉的脸颊如今刀痕遍布,有如罗汉恶鬼般恐怖。

他沉浸在自己的梦魇里,看不见软玉,只呆呆地呢喃着:"月亮呢,月亮呢?"

她靠近:"月亮在天上呢。"

他说:"不,月亮被天狗咬下来了,我要找月亮,月亮着了火,月亮……"

他又周身一抽,佝偻着身子,指尖挠着脸:"疼,我好疼,我的脸好疼,月亮把我的脸烧着了……"

软玉心如刀绞,肩头的衣服滑落在地上,她扑过去紧紧抓着温睦的手,抱着他大哭出声:"少爷……少爷……"

温睦的离魂症在软玉多年的照料下已经鲜有发作,此番复发竟然是从未有过的凶险。过往软玉从来不敢在温睦发病时惊扰,然而此刻她放声哭泣,拼命摇晃呆呆怔怔的温睦。正因为她知道温睦在梦境中重温了什么,才要更加不顾一切地将他从噩梦中唤醒。

对于世间有情人,婚前的那段时光莫不是羞涩甜蜜让人期盼的,然而对于温睦和软玉只有无穷无尽的苦痛。

那夜的温睦惊扰起了管家和其他下人,三个壮汉费尽周折才将拼命挣扎的温睦架起来送回房间。软玉跪在雨地里听见毫无尊严的温睦嘴里吐出的梦呓:"玉姐姐快走,快走……"她觉得心底像是被挖了一个洞,被冰冷的绝望填到将要窒息。

次日族长听闻,将软玉叫到祠堂跪下,族长脸色青紫:"你和阿睦,在南洋到底发生了什么?"

族长动用了家法,生生抽断了三根藤条。软玉跪伏在祠堂前,血濡透了背脊上的衣衫,指甲深深地嵌入青砖缝里,仍是咬紧牙关不说。那样龌龊肮脏的事情,若是说了出来,温睦将永远没有抬头之日。

族长怕闹出人命,只能让下人收了手,脸色却没有容缓半分:"不说也罢,只是此事因你而起,我温家便容不下你这样的媳妇了。你和阿睦的婚事就此作罢吧。"

寒风过庭,软玉微微打了个寒战,半晌抬起头声音轻轻吐出:"好,我只求能陪在少爷身边照顾他到病愈。"

"不用了。"

祠堂外突然传来少年低沉却坚定的声音,软玉慢慢回头,眼泪在眼眶里打着转。温睦依旧虚弱,只穿了一层单薄寝衣。纵然满是伤口的脸上已经看不出来表情,但望着众人的眼神依然分外坚定:"婚事固然要解除,你也不用留下来照顾我。你放心,你为奴为婢辛苦那么多年,我自会赏你一笔银子,让你回扬州老家。"

他的眼神轻飘飘落在软玉身上,仿佛已经没有了一丝感情。

三

软玉跪在温睦的房前一天一夜,都没有改变他的决定。南洋一行,有一些事情永远改变了。她的阿睦再也不可能成为过去那个表面严肃内心温柔热情的小少爷了。软玉什么道理都明白,唯一不明白的是离开阿睦的自己在这茫茫尘世该何去何从。

月上柳梢,她觉得膝盖泛上针扎一样的疼痛。然而温睦的房间却突然传来响动,她慌忙站起身来,膝盖一软差点跌在台阶上,却仍是不管不顾地冲进了房间。卧房中一灯如豆,温睦站在灯前神色怅惘,半条胳膊却鲜血淋漓,另外一只手上握着的剪刀在灯下闪着触目惊心的光。

伤痛与耻辱均是不可泯灭的,在离魂症发作的时候自残成为了唯一的缓解方法。

软玉扑上去夺下那把剪刀,剪刀在争夺的时候戳伤了软玉的手掌。鲜血汩汩滴落在温睦的手臂上,血液的热度烫醒了离魂症中的温睦。他一片茫然的眸子里渐渐有了回归的神志。他看见软玉淌血的手掌,明明已经下意识要扯下衣襟帮软玉包扎,却硬生生停下了手中的动作,眼中浮上冷峻神色:"谁让你进来的?"

软玉不再说话,她站起身来,全然不顾手上的伤痕,慢慢解开了衣襟的纽襻。

绸衫水一样在灯下滑落,肩头脖颈上雪一样洁白的肌肤映着肚兜系带的一抹猩红,她幽然的双瞳里含着朦胧水意,压下所有羞怯忧伤显得无所畏惧。她如此信赖温睦,愿意将自己的一切拱手送上,只要他还愿意让她留在自己身边。

温睦的手无力地垂下,像是看见了世间最不愿意看见的一幕。他扭过头:"你走吧,我永远不想再见到你了。"

软玉想要抱住温睦,他先是任她抱着,然后伸手去扳她的手。她如此固执,不肯松开,却发觉温睦在自己的碰触下剧烈地发着抖,仿佛自己的怀抱是蚀骨的毒,灼人的火,烧得他疼痛难忍。

她讶然松手。温睦这才缓缓站定,他的声音透着困兽一般的粗哑和绝望:"你还不明白吗?我们永远不可能在一起了。这辈子我可以娶任何女人,却唯独不能是你了。"

唯独不能是她,不能是那个他深爱却见过自己最不堪一幕的她。

但温睦咽下了这句话。

软玉低头:"对于我来说,嫁不嫁给你,都是一样的。"

温睦想说,他不能再见她了。他感觉自己的心里最幽深处起了微妙的变化,他的心里住进了恶兽,他变得一天比一天暴戾、愤怒、怨毒。终有一天,那个过往平和仁慈的少年会被心里的这头恶兽彻底吞噬干净,到时候剩下的又是怎样一个温睦呢?

他会恨她的,终有一天他会怨毒和偏狭地恨她,不遗余力地伤害她。若那时她还秉承着对那个过往少年的忠诚和爱恋坚守在他身边，该是何等惨烈的局面。待此生终了，心归平和，他还有什么面目在奈何桥头与她重聚呢？

但她不会因为这样的理由离开。

温睦的声音绝望凄清但又冰冷："若不是因为你，我怎会变成如今这副模样。现如今一看见你我都会觉得恶心，我只求你放过我，让我再瞧不见你，心里还快活些。"

原来如此啊，她捡起衣服勉强披上，系着纽襻的手指也在不住发着颤，一步步走出了房间。

然而在温软玉尚未来得及离开温府的时候，温睦却因为二次离魂自残险些送了性命。温家请了郎中，九死一生将温睦险险救回来，郎中只意味深长地说了一句："少爷这是心病，除非将那极伤心事彻底忘记。不然心火熬干，必是难以长久之相。"

四

温软玉被送到隆平火车站，却在火车站遇见了当时新婚不久的万帮姑爷——万渔言。彼时秋溪隆平的生意人都知道温家少爷犯了癔症，却只有万渔言一语堪破："想必温少爷内心有不愿触及的往事，只有忘却才可以一了百了。"他在她狂喜的表情里微微眯了眼睛，"不过这是有代价的，少夫人可愿意？"

她当时所思所想不过是能够让温睦舒缓心结，重新成为那个自矜骄傲的小少爷，自然任何条件都肯答应下来。第一，温家需同万帮合作贩茶让其从中抽成，这个同族长商榷就可达成。然而万渔言提出的第二个条件却让温软玉心头沉坠，"若是少夫人与温少爷的心结有关……"万渔言抬起眼睛望着温软玉，"诸般奇门异术均经不起人心变化，若想要温少爷真正遗忘，少夫人不能再陪伴在少爷左右。"

他所有的痛苦根源都是因为她，却也最终成为了他的梦魇。若是继续日夜相处相望相思,消弭的痛苦回忆也总会卷土重来。

万渔言应温家之请去秋溪为温睦诊病,那天依旧是秋雨连绵。族长撑着油纸伞将结束后的万渔言送出温府,却看见瑟缩在府外的软玉。她仓皇站起,在族长和万渔言面前仿若无处匿形的幼兽,声音和眼神都透着求恳:"只要让我看一眼他,知道他确然好了,我就马上离开。"

族长叹息一声,算作默许。唯有万渔言的眼神透过蒙蒙雨幕看向她,仿佛看透了她未来的命运。

房间里还沉淀着瑞脑的香气,所有的镜子都被尽数收去了。温睦斜倚在床头,闭上的眉眼间透着许久未曾见过的闲适舒缓。软玉呆呆看了很久,俯身在他的额头上轻轻亲了一下,却不料惊醒了温睦,睫毛在她的脸颊上轻轻刷过,她的手腕也被他握住。温睦的声音还带着梦中的醋甜:"我做了个很长很不好的梦,还好醒来你还在。"

他想伸手揽她的腰身,却被她轻轻躲过,她按着他的手掌,语调被窗外雨声遮去了喑哑:"外面下着雨,少爷别起来,再多睡会儿吧。"燃着的香料有安眠的成分,温睦依言沉沉睡去。软玉走出房间,合上房门,回首跪在送客归来的族长面前:"少爷性子倔强,脸上受伤的事儿还请以后编个谎儿慢慢透给他。"

她做好了万全的打算,却唯独算漏了温睦。她已经走了很远,却在七日后被温睦派来的人带回了秋溪。秋溪没有人知道她和温睦究竟真正在南洋遭受了什么,所以告诉温睦的翻来覆去都只有一个版本。温软玉在隆平火车站同人私奔,温睦不甘心千里追妻,却被对方毒打乃至破了相。温睦回家后大病一场,醒来后全然失掉了这份记忆,然而温软玉生性淫荡,再次逃跑投奔外地姘头。

温睦不愿意相信,梦魇之前软玉已即将成为他的新娘,没道理一觉醒来一切都发生了变化。他沿着火车线路派人挨个城镇寻找,终于找到了软玉。温睦亲自去隆平火车站迎接软玉,没有质问没有怀疑,他径直走过去拉住软玉的手:"我们回家。"

他的手心有着久违的温暖,几乎让软玉掉下泪来。她的少爷如此相信她,声音和步伐都是固执的确信。他拉着她向车站外走去。然而下一秒软玉的手就从他手掌中滑落,"我不想回去。"

他回过身来,脸色白了几分:"那你想去哪里?你想去哪儿我们就去哪儿,好不好?"她的声音一字一句说得坚决:"他们说的都是真的,阿睦,我已经不爱你。"

无论是万渔言还是温软玉,终究还是低估了过往对温睦的伤害。尽管那些记忆已经不复存在,但温睦确然已经不是当初那个表面严肃内心温柔的少年。他昔日的预感成真,心魔已将他不知不觉替换成了另一个人,一个偏执冰冷易怒的人。

他将温软玉强行带回了温家锁进茶室,隔着一扇门的声音柔缓却透着底蕴的冷峻:"玉姐姐,明日我们就成亲。我会待你好的,好到让你心里再容不下任何一个人。"

五

房间里蜡烛燃尽了,一闪而灭。软玉并无所觉,谢小卷却情不自禁打了个颤。温软玉那双看不见的眼睛在沉寂的夜色里流淌着温柔的光,好像有诉不尽的柔肠。

"他既然要娶你,为何又把你嫁给了别人?"谢小卷问。

温软玉怅然一笑:"那一晚,我在茶室里用蒸茶的茶笼熏瞎了眼睛。"

温睦锁了她一夜,次日打开茶室的门,只看见温软玉迎着门口的光亮坐着,一双眼睛睁得极大,却失了神采,流下两行清泪。

温睦心头一软,他捧着温软玉的嫁衣跪坐在她面前,将她的手指放在光滑如水的料子上:"玉姐姐,去把嫁衣换上吧。"

她不说话,抱着衣服怔怔往前走,却一脚绊在门槛上,结结实实地摔下去。温睦终于发现了异样,他抢过去将她抱在怀里,声音发着颤:"你的眼睛?这是怎么了?"

温软玉任他抱着,声音平凉:"我熏瞎的。"温睦拢着她浑身发抖,却还是问:"为什么?"温软玉凭着直觉转向温睦的方向:"纵然逃不掉,我也不想再看见你这张脸。"

她太了解温睦,凡事不做到绝处绝不会令他放手。她宁愿温睦恨她一辈子,也不愿意让他再记起过去。

温睦放开了手,摇摇晃晃走出茶室。阳光异常刺眼地照在回廊上的西洋彩色玻璃上,朦朦胧胧映出他扭曲的丑陋的脸。温睦一拳砸上去,不顾鲜血淋漓,发出近乎凄厉的哭号声。

前一刻她还是他一心想要挽回的爱人,这一刻已经成了伤他最深的人。

如她所愿,温睦取消了婚礼,却也不肯放她离开。她知道温睦不死心,于是找了每日在庭前洒扫的癞子皮。她知道他天阉,讨不到老婆,就许诺自己嫁给他,照料他下半辈子,只要他能帮助自己离开茶庄。

对于癞子皮而言,之前温软玉在上房伺候,是连少爷都着迷的女人,是他巴结都巴结不到的仙女。如今这等福气落到头上,怎么说都值当为之搏一把。他趁深夜砸开了锁,带软玉离开,但怎料温睦早有预料,离庄的路上都布有暗哨,很快他们都被带了回来。

癞子皮趴伏在地上,口口声声说是温软玉勾引,自己一时迷了心窍,才大胆背叛了主家,但其实走在半路上就已经后悔,想带温软玉回来磕头赔罪,却已经太迟了。

温睦望着温软玉:"原来你想嫁的就是这样的人。"

温软玉说得坚定:"是。"

温睦:"好,我成全你。都是我温家的家奴,也别往外边跑了,收拾间小院子出来,独门独户,让你们做夫妻。"

癞子皮大喜,捣蒜一样地叩头,赌咒发誓今后一定对主家肝脑涂地。

温软玉静静地跪着,脸色霜一样地白,半晌慢慢地叩下去。但温睦已经起身走了。

此后即便还在温家家宅,嫁做人妇的温软玉便鲜有到上房服侍的机会,更鲜有能见到温睦的时候。这样其实也好,少爷终究会将她永久地遗忘在这小小的院落里,连同那过去的不堪回忆也永远埋葬。

"他不会。"谢小卷的声音悠悠响起,"他从未放下过你,爱一个人爱到痛恨还不愿放手,又怎会遗忘!何况他连离魂症发作都心心念念要来找你。不过是你们身在局中,看不透罢了。"她语调一沉,"昔时我也看不透,此刻却全明白了。"

软玉从自己的故事里拔出来,心生同情:"姑娘?"

"我只知道跟着他,一路打打闹闹觉得好玩得不得了。其实不过是想一直一直看见他,如果还能见面,我一定要将这些话都告诉他。"

软玉攥紧了谢小卷的手:"姑娘,还请节哀。"

谢小卷挣脱软玉的手,站起身来续上了蜡烛,声音平静:"不,你们都不了解他。他那样的人,一定不会死。他一定在什么地方等着我,我一定要找到他。"

温软玉以为谢小卷沉浸于伤痛有些疯魔了,连忙站起来:"谢姑娘,你……"

"我一点也不同情你的故事。"谢小卷背着光亮走近她,"你以为事到如今是因为谁?南洋黄元足,还是隆平的万渔言?"她轻轻一笑,那一瞬间的神情居然像极了杜望,"我不同情你,也不同情温睦。你们可曾全身心地相信过自己的爱人,不仅相信爱人能给自己幸福,也相信自己能给对方幸福?而我相信,相信无论发生任何事情,他终能披荆斩棘回到我身边。纵然他晚了迟了,我也能坚定不移地迎向他。"

温软玉身子猛地一晃,声音哀戚:"谢姑娘,现在说什么都迟了……"软玉一把推开谢小卷,踉踉跄跄逃离了房间。然而甫一出门,就在院子里撞进了一个人的怀里。她看不见,却能闻到他身上的气味,感受到他的吐息。往常的她一定会避之唯恐不及,然而谢小卷方才的话却在她身上产生奇妙的魔力,她的眼泪沾湿了他的衣襟,手臂不由自主地抱住他的背脊,声音喃喃:"阿睦……"

对方颤抖起来,手指抚上她的脸。她却瞬间清醒过来,猛地推开了他,强自压下哽咽的声音:"少爷,快去看看少夫人吧。"

院子里寒风拂过,刻骨严寒。

六

谢小卷是从温软玉的故事当中振作起来的,她在故事中再次听到了隆平万渔言的名字,这个人究竟有多大的神通,不仅能够帮助陈秋梧易容改貌,还能抹去温睦的记忆?

从刚开始的伤痛中恢复后,毕竟是留过洋的大家小姐,思路变得前所未有地清晰。她一边想着事情一边信手拨弄着轿盘上形形色色的轿牌,直到在一枚赭色轿牌前停下。轿牌一面上画着沉沉的河流,另外一面上刻着几个小字:百川归寂轿。

同杜望奔袭千里,他轿牌里的那些花样都被她缠着看了个七七八八。然而这一枚轿牌,她从未在杜望的皮箱里见到过!

万渔言,万渔言……莫非这枚轿牌同倾雪流玉轿一样,是属于万渔言的。

有一丝不安涌上心头。门却被推开了,已然微醺的温睦拎着一坛子酒在桌前坐下,将酒盏满上,自己先一饮而尽,然后侧过杯口冲谢小卷一招手:"何以解忧,唯有杜康。既然都是伤心人,不妨过来共饮一杯。"

谢小卷走过去接过酒杯,眼神坚定:"我的丈夫没有死,我要去寻他。"

温睦自顾自喝得畅快,仿佛没有听见谢小卷的话。谢小卷终于耐不住,迈上前一步劈手抓住他的衣领:"放我离开温家,我要去寻找我的丈夫。"

醉酒的温睦忽然大笑起来,目光涣散:"这么不死心真是可怜。那么冷的天气,又是旷野,只是因为没有见到尸首,你竟然能怀揣着这样的希望。"

谢小卷瞳孔猛然缩了一下:"总比你这样轻易就死了心要好。"

温睦任谢小卷抓着衣领,声音渐渐苦涩入骨:"我最可怜最卑微的地方就在于同你一样不死心。"他眯起眼睛看着谢小卷,"当时看你那么难过,为你丈夫那样伤心,我真的很可怜你,也想要放了你,但那是以后的事情了。"

"要多以后?"

"只要你在,她才会动容,才会对我有那么一点点不一样。"他挥掉谢小卷的手,"你就留到她在的时候吧。"

酒坛子被撞倒在地,满是残渣酒液。温睦像是清醒了几分,站起身来离去,走到门口停下来:"待你出了孝期,婚事照旧。你若是还想要喝酒,我再找人搬一坛子来。"

没有听到回答,入鼻却有一股木头诡异的芳香。

温睦下意识扭头,却看见谢小卷站在桌旁,手里拿着一块小巧木牌在蜡烛的火焰上烧灼。他皱起眉头:"你这是……"

谢小卷一扬眉头,将那枚百川归寂轿牌丢进了熊熊燃烧的炭盆当中。

她在杜望留下的香谱中发现了一行朱批:"人生在世,所思所历异如百川,喜乐惊怖,不一而足。不如尽数忘却,百川同源同终,万事归寂。"

若她所料不错,这之前并不在轿盘中的百川归寂轿牌,就是万渔言用来抹去温睦记忆的。她亦曾经听杜望讲过张秉梅和月生的故事,只要轿牌被毁掉,轿牌所附着的所有奇迹都会顷刻消失。

— 156 —

她本不愿意这样轻易毁灭跟杜望有关的东西，也担忧温睦是否能够真正恢复记忆，但她必须马上离开温家去寻找杜望，她坚信他一定还在这世上，在一个地方等待着她。

炭盆冒出最后一股白烟，只剩下一盆残烬。

七

深夜，温软玉必须分外小心才能不惊醒床上的赖子皮。她草草打了一个包袱，摸索着推开了门，寒风凛冽的气息扑面而来。一路摸索到温家后门，早已经有雇好的马车等在那里，带她连夜离开秋溪。

那夜谢小卷的质问连同温睦那个猝不及防的拥抱一同打垮了温软玉，她不知道过往所做的抉择究竟是对是错，她害怕到头来伤害温睦最深的人却是她自己。她在马车中一个劲儿地发着抖，尽管什么也看不见，却还是打开车帘，转头朝向身后秋溪的方向。猛然一声马鸣，马车兀地停下，车夫像是与什么人交涉。有一股热潮在胸中涌动，让她来不及开口询问，就从马车上跳下来，毫无方向地向前奔跑。

她的腰肢却被猛地抱住了，熟悉的气息徘徊在身后耳侧，她的爱人抱她抱得那样紧，声音低哑沉痛："玉姐姐，你又要扔下阿睦去哪里？"

她被揽过肩头，感到他炽热的嘴唇贴熨在自己冰凉的泪痕上。她看不见他的脸，却只能听见他剧烈的心跳，让整个荒野都微缩成他怀中小小的方寸之地。他的声音压得极低，"我都想起来了。"他浑身发着抖，手想要触碰她的脸，但目光对上她空茫的瞳孔又终是不敢，他的嘴唇翕动，发出幼兽啜泣一样的声音，"我都做了什么，我都对你做了什么？"

这句话仿佛惊雷劈下，软玉惊慌失措，她摸索上他的脸颊，声音尖利："不，你不能想起来！阿睦，那不过是噩梦，是假的，都是假的！"

"是真的。"他抓住她的手，"我痛恨厌弃的是我自己，但我从来

— 157 —

没有后悔过去南洋救你。"

温软玉用手指逡巡着温睦的面孔:"我却一直在后悔,阿睦!但凡能有最后一次机会,我也想要再看一眼你的脸。"她摸到了温睦的眼泪,心中一恸,"我随你回去。"

温睦慢慢放开了手:"我们都错了,玉姐姐,最后我还是变成了我害怕变成的那种人。但是你不一样,你永远自由了。"

他从怀里掏出逼癞子皮写下的和离书,连同房契和银票一起折起,为她收在袖口里:"我派人送你去隆平治眼睛,那里有名医坐堂,你定能重新看见的。温家在那里有宅院,你在那里将养,若是不想住了,自将宅院卖了,海阔天空,哪里不得自由呢?"

"那你呢……"

"我心里也会重得自由的。"

温睦转过她的肩膀,在她的背脊上轻轻一推:"走吧,玉姐姐,别再回头。"

温软玉重新登上车,她像是在这情感冲击中还混沌着,待得车夫一鞭下去,马匹轻嘶,她才在夜色里轻叹了一声:"阿睦——"

马车渐渐走远,谢小卷走到温睦身边:"我原本以为你会留住她。"

"万恶皆由执念起,我爱她,便应放过她。"

"我也以为她还会坚持留在你身边。"

"或者她同我一样,也想要放我自由了。"温睦忽然有点怅然地笑起来,"也许就如你所说,我们直到这个时候才坚信能给彼此幸福。只是他人是相守,而我们是分离。"

他回身:"我像是做了一场噩梦,醒来时却已做了不少恶业,需要——弥补。谢小姐,让你凭空受累我十分抱歉。等回庄,我命人去帮你一起找寻杜先生。"

"谢谢你的好意,只是我一刻也等不得了,我这就要去寻他。"

温睦犹疑:"你当真如此确定,他……还活着?"

谢小卷脸色微变。温睦便不再说,他唤过车马:"既然如此,我送你到西山茶场。"

谢小卷扶着温睦的手踩上车辕,一抬头正看见夜空上繁星万里,像一张极致美丽的锦罩倾盖而来。她忽然觉得一阵眩晕,那些星子像是杜望凝望她时,幽深不明的眼神。

谢小卷突然觉得颅内一声炸响,几乎烧尽了所有所思所想。她下意识地抓住马车,却听见脑海中一个反复念叨的声音:"诛神物,当谴之!诛神物,当谴之!"

脑中迅速滑过缤纷灿烂的影像,杜望向她伸出手的样子,杜望抱住得了疫病的自己焦灼恐慌的样子,杜望轻轻勾起的笑容,杜望静思时的严肃神情,都从她脑子里飞速掠过,最终湮于虚无。

"杜望,别……"

眼泪无意识地从谢小卷眼角滑过,她只来得及低低唤了一声,就从马车上跌了下来。

第十章
三更入魇轿

一

暮春细雨微风，给今年的清平多添了几分萧索。东街 32 号广记轿行的青色幡招陈旧得仿佛蒙了一层霜色，下面的白墙上还贴着一张微微干卷的告示："谢家寻女，重金以酬。"这样的告示，早已经贴满了清平的大街小巷。

一只素手轻轻揭下告示，谢小卷手上提着一个皮质小箱，穿着一身呢子大衣站在门口。她抬起头看着广记轿行的招牌，脸上的表情微微有些怅惘，刚犹豫着抚上门环，门却"吱呀"一声开了。一对准备出门买菜的老夫妻愣了下，继而微笑招呼："姑娘可是来找这里的杜老板？"

杜老板？

谢小卷觉得头有些痛，伸手捏了捏太阳穴，露出一个疲倦的笑容："不，不认识，是我走错了。"

人说近乡情怯，果然没错。可为何自己会稀里糊涂来到这个从没来过的轿行门口呢？她只记得自己之前在筹备婚礼，然而一觉醒来却已经是小半年后，身在离清平十万八千里的秋溪温家茶庄。茶庄主人温睦说自己彼时正在秋溪寻找丈夫，可是即便自己已经成婚，按照日子算起来齐冯虚也早应该回机关报到，自己又为何没有一起随行呢？

醒来后她身体极为虚弱，非但如此，她觉得自己像是经历了极大的伤心事，心头总是沉甸甸的。调养三个月后谢小卷还是收拾行囊，决定先返回清平再做计较。

谢家的白色小洋楼前意外冷清，老保姆看见谢小卷老泪纵横，握住谢小卷的手轻轻颤抖："大小姐，你总算回来了！"

谢小卷放下皮箱，笑容一反往常的轻松跳脱，变得内敛含蓄："张妈，我爸呢？"

老保姆眼泪掉得更凶："老爷被抓了，就扣在局子里。上午警察厅还派人来传话，说这宅子是公产，不日也要收走。"

谢小卷一怔，继而转头冲到宅子外将汽车发动起来。窗户玻璃却被人轻轻敲了敲。

那是个二十来岁的年轻人，黑色的司机制服一尘不染，铜扣更是老老实实从领口系到衣襟，在阳光下闪得耀人眼睛。黑色帽檐压得很低，依稀露出一双微挑的凤目，唇也生得极薄。

"小姐，我是新来的司机。"他顿一顿，"你可以叫我阿宇。"

他的眸光在帽子的阴影下一闪而没，竟然让谢小卷产生极为熟稔的感觉。

清平警察局，齐局长坐在办公桌后，神态恹恹。

"你父亲是得罪了人。我也被连累从厅长的位置上下来，到清平顶你父亲的差事。姑娘，你父亲是通匪的罪名。咱们若这么干等着，到夏天判下来，怕是保不住性命。"他仰起头，"你可知道在你离家的这半年里，凌汉曾有位贵人上门提亲，不过你父亲怕你不愿，婉拒了。当今之计，你速去凌汉寻他为你父亲周旋，怕还有一线生机。"

谢小卷一反过去的小女儿情态，不再多言，点头道谢后就要离开，却被叫住了。齐局长神色是诚恳的："冯虚逃婚是我们齐家不对，我必会尽力保你父亲这几日的安全。"

齐冯虚之前竟然逃婚了,温睦所说的"丈夫"莫非另有其人?该不会是自己与人私奔离开的清平?谢小卷大感头痛,却听齐局长语气沉重:"此间事了,速速归来,你父亲一直很想你。"

谢小卷只觉得鼻头一酸,连忙应了下来。

火车票买来放在面前却是两张,谢小卷诧异地望着那年轻的司机,他却兀自弯下腰去帮谢小卷提起皮箱:"是老爷的意思,舟车劳顿,小姐此去凌汉,身边不能没有照料的人。况且孤身一人不带个听使唤的,也容易被人看轻。"

二

凌汉多是高官权贵,是繁华昌盛之地,却也是藏污纳垢之所。军火商、鸦片商、赌庄、妓院盘踞于此,或明或暗,林林总总。而此时势力最盛的却是回凌汉述职的何大帅,齐局长指点的贵人此刻正在何府做客。谢小卷刚一进凌汉就接到了无名邀帖,花式英文字体纤细美丽,还散发着隐隐的香水味道,邀请谢小卷次日参加何府的舞会。

谢小卷大感头痛,她此行本为救父,西式洋裙一件未带,一时半会儿去哪里寻找合适的舞裙。然而却有人先行替谢小卷考虑到了这一点,穿着绉纱衬衫的漂亮男店员带着成衣来到宾馆,一字排开给谢小卷过目。一个年轻帅气的男人则慵慵懒懒地靠在门边上,看着谢小卷纠结的表情"噗嗤"一声笑起来:"在下何昀,受人之托为谢小姐送来礼服。"

受人之托!谢小卷顿时松了一口气,还好他不是齐伯伯所说的贵人。

何昀何少帅在兄弟姐妹中排行老七,却是正房独苗,生得风流俊俏,也难得不是个绣花枕头。他自小跟随大帅在军中历练,文韬武略俱是个顶个儿的拔尖。唯一的缺点便是贪花好色，不仅与这凌汉城中的名媛淑女尽数打得火热，风流孽债更远布大江南北。

送来的裙子却是很美。

那是西洋最新的款式，月白色的舞裙纯洁无瑕，露出整个雪白的肩头和细致的锁骨，胸前点缀的珠饰温润细腻，到腰线处便染了一丝楚楚可怜的天青，堪堪晕到裙摆处时又惹了一层细碎的蓝。天鹅绒的缀垫一层层堆积在裙裾后方，舍弃笨重不便的钢箍，天然勾勒出女性曼妙的曲线。谢小卷将头发卷成一个利落的发髻，露出细长的脖颈。她站在舞场门口深呼吸了一下，身旁的阿宇上前一步接过她肩头的披肩，戴着白色手套的手无意掠过她的肩头。隔着那层白手套，依然感觉到他的手指烫得惊人，谢小卷心头一颤，回头再看时，他却一无所动，安静侍立。

谢小卷勉力让自己的注意力从阿宇身上挪开，上前一步，推开了舞池的大门。一瞬间，觥筹交错、调笑打趣、高歌款曲，席卷而来。

不错，这才是凌汉。

谢小卷的丽色让整个舞池有了瞬间的凝滞，何昀赶在其他狂蜂浪蝶涌来之前抢先一步上前握住了谢小卷的手，放在唇边轻轻一吻："不知在下可否有幸能得到小姐的第一支舞？"

何少帅是舞场主人，邀谢小卷跳第一支舞也算是情理之中。谢小卷正要点头应允，却从大厅的螺旋楼梯上走下来一个绝色的美人。一袭火红的舞裙热烈得仿佛滴入鸡尾酒中的一点猩红，迅速地点燃了所经之处所有人的目光。她单手执着一扇假面，款款行来一礼，语调轻柔："第一支舞可是许了我的。"

假面微微移开半扇，露出一张殊丽的脸，红色嘴唇娇艳欲滴。何昀脸上一贯的倜傥微笑居然消失了，瞳孔里涌上暗潮，声音也微微哑起来："配缨，不要闹。"

三

谢小卷正头疼自己卷入了寻常拈酸呷醋的风月桥段里,周围宾客却已经纷纷议论起来。何昀不得不向谢小卷微微颔首:"抱歉谢小姐,这是舍妹配缨。"

谢小卷乐得成人之美,虽然说顶着这么隆重的裙子做壁花是尴尬了点,但也犯不着为了头一支舞打起来。然而从何昀手中滑落的手却被人顺风顺水地牵了过去,那是个身材高大的男人,黑色的西装上绣着精美的暗纹,半扇雕花面具遮住眉眼,只露出线条优美的唇线。手上加力,谢小卷被他从何昀身边拽了过来,只听见他压得极低的声音:"May I?"

谢小卷的舞跳得并不好,舞曲又是热辣的快步,男人非常体贴地将她带到舞池边缘,让开众人的视线,谢小卷顿时觉得连喘气都自在许多。只是他抓着自己的手实在是太紧了,那双面具后透出来的眼光更像鹰隼一样锋利,总让谢小卷有一种被猎捕的错觉,不得不把自己的视线从他掌控性的注视下移开。但她正好看见那个沉默寡言的司机阿宇挽着自己的外套,静静地侍立在舞场边缘,迷离的灯光泼在他的侧脸上,线条出奇好看。

谢小卷忽然有些后悔,应该之前告诉他一声,让他喝两杯,好好找点乐子的,在这里站桩,他尴尬自己这个雇主也尴尬。然而这一转念,阿宇正好抬起头来,视线与谢小卷撞个正着。谢小卷的心猛地漏跳一拍,差点踩到了舞伴漆亮的皮鞋。

好在对方握着她的腰身微妙施力,避免了小小的灾难。而与之相反的是何氏兄妹,何昀的银灰色西服与配缨的火红舞裙相互交织,在舞场中间的聚光灯下飞速地旋转,几乎吸走了所有人的目光。谢小卷余光瞥见难掩惊艳,却听见自己舞伴低沉戏谑的声音:"何小姐起初也是不大会跳舞的,为了与少帅堪配,真是没少下功夫。"

— 164 —

谢小卷脸上有些挂不住了，难道对方是觉得自己好歹要以勤补拙。那人却像是看穿了她的心思，低笑道："你很好。"

"这样也算好？"

"你怎样都很好，不，是最好的。"

谢小卷一哂，只当这风月场上的红男绿女个个嘴角抹蜜，自己左耳朵进右耳朵出就是了，要是当真自己才是个傻瓜。

与此同时，热烈的舞曲转过一个滑音，戛然而止了。热烈的掌声瞬间响起，一身红衣的配缨被何昀揽住腰身微微后仰，雪样臂膀映着满头青丝，美得惊心动魄。在众人的赞美声中，配缨勾唇一笑，一手揭开脸上的面具，一手勾住何昀的脖颈，身子灵活地一纵，鼻尖微触，唇息相闻，仿佛再近一些就吻了上去。

全场寂静无声。配缨望着何昀震惊的双眼，最后偏过头在他脸上亲了一下，才松手走开，声音笑谑飘散在他的耳边："逗你的。"

谢小卷瞠目结舌："不是说是兄妹？"

身边的假面男人笑了笑："配缨小姐是少帅带回来的义妹，被何大帅定亲嫁了人，看来是不太愿意。"

四

配缨与何昀并非相识在纸醉金迷的凌汉，而是在东北的大雪山中。那时配缨还不是何昀的妹妹，而是十里雪山云头寨大当家的掌珠，甩着一根大辫子在大山中过足了追鹰逐鸟自由自在的日子。直到十六岁那年的除夕，配缨想要在山中打一头猫冬的熊崽子给爹爹贺岁，却在雪窝子里捡到昏迷不醒的何昀，他肩胛中了弹，藏身的雪窝子被鲜血染红，触目惊心。

配缨枉为云头寨的大姑娘，杀人放火的事儿却从来没有沾过手。她将何昀一路从雪山中拖回自己的坑上，照料他，一根根数他的睫毛,怔怔地瞅着。也在他高烧的时候被猛地抓住手,死死攥在手心里,仿佛是他的最后一线生机。

她的小女儿心思被不知不觉勾了出来,相关的浪漫幻想也是无师自通。她贪恋这样的时光,想象他们是一对前世离散的恋人,在今生戏剧性地重逢。然而云头寨的大当家却远没有女儿那样的单纯,他拨弄着从何昀肩头挑出来的弹壳和他衣襟里藏着的军装肩衔,只一句话:"丫头,这人留不得。"

兵就是兵,匪就是匪。既然落草为寇,就容不得什么菩萨心肠。大当家拔出盒子枪对准昏迷的何昀,配缨却不知道哪里来的勇气,扑过去挡在了枪口前,一双眼睛亮得灼人:"爹,他不是咱们寨子里的人,是我硬把他拖进来的。爹若是容不下他,派人把他抬回雪窝子里自生自灭。因果天定,女儿再无话说。"

大当家深知女儿性情,不愿意太伤女儿的心,便命令两个喽啰将何昀扔回了雪窝子里。天寒地冻,大雪封山,群狼环伺,一个重伤的人决计活不过一晚。然而大当家唯一错算的,就是自己的独女配缨。

有些人是劫数,一眼后就是抛不开,忘不掉。

配缨偷偷离开了寨子,孤身一人在雪林里跋涉了很久,才看见何昀静静地躺在一棵低矮的树下,一匹饿狼在左近徘徊,正要蓄力扑上去咬断何昀的喉管。配缨没有带枪,情急之中只能掏出火折一晃,就扑过去拼死护在那个人身前,她从未感觉自己与死亡距离如此之近,甚至可以嗅到那狼口馋涎的恶臭。

一声极闷的枪响,饿狼尚带着一扑之势软软地倒在配缨身上。狼血烫疼了配缨的手指,她慢慢抬起头来,正逢何昀喘息着抬头看她。他的眼睛微微眯成一线,带着让人无法啮摸的情绪,掌中的手枪还飘着淡淡的雾气。他审视着配缨,末地突兀一笑。喷溅的狼血还染在他苍白的脸上,衬得那一抹笑容艳丽无匹:"姑娘好胆色。"

一笑惊尘绝艳,一念万劫不复。

五

　　配缨扶着何昀到镇中住下,找郎中料理伤势。何昀是见惯风月的人,将配缨的心思看得通透。何昀不吝于给配缨一些微笑和赞许换取少女的痴情照料,然而在配缨成为累赘的时候,他也会自然而然地将其抛弃。于他而言,薄情是与美貌相随相生的天赋。

　　那晚是元宵节,伤势好得七七八八的何昀带配缨去逛夜集。灯火琳琅,空气中飘着各色馍子香甜的气息。她怕走散,第一次大着胆子牵着何昀的手,几乎可以摸到他修长手指上薄薄的枪茧。配缨被女孩们围着的姻缘筒吸引,薄薄的玻璃纸糊就,上面绘着各朝各代的美人形状,点了蜡烛就会滴溜溜地转起来,走马灯的样式。何昀笑笑,递给老板一个大子儿,配缨素手轻轻一搭,姻缘筒悠悠停下,明晃晃的签标停在一幅图上。偌大的天空挑着轮凄清月亮,月下是策马疾驰的红衣女子,眉色坚毅。摊老板笑着说:"这幅图画的是红线盗盒,姑娘倒是个奇女子,可惜姻缘太过坎坷。"

　　配缨觉得心头一拧,下意识回头去看,已经没有何昀的身影。她跌跌撞撞推开人群,只觉得慌乱、郁痛涌上心,终于确认自己是被何昀抛下,忍不住蹲下身子痛哭起来。正逢着烟花点燃,空中响起一阵震耳欲聋的烟花声,间杂着人们的欢笑与杂谈,却偏偏一朵裹着月光灯影的白色花朵出现在自己眼前,捏着花梗的手指修长有力。

　　何昀微笑,仿佛没有看见她的眼泪:"刚巧看见这花,买来送给你。"

　　配缨破涕为笑接过来,低头去闻花朵淡淡的香气。

　　"若是艳点更衬你。"

　　"我喜欢这个。"

　　"小姑娘家不应该喜欢热闹点的颜色吗?"

　　"我就喜欢这个。"

何昀便也不较真，他伸手摸了摸那花瓣，擦去了上面的一小滴露珠："我也喜欢，倒不是说这颜色，而是这花的讲头。"

配缨好奇地看着何昀，何昀却偏偏没讲下去的意思，只笑着把烟头丢了，伸手给她。她便欢欢喜喜地牵了上去，继续一路赏灯。彼时她并不知道，何昀是真的想要抛下她，不过是回头看见她在人群中哭得如此惨痛，居然难得有些不忍。

然而少帅的柔情不过是一时兴起，身份地位如此悬殊，他注定不会将一个土匪之女长久地留在身边。

次日清晨他想要好好跟配缨辞行，厢房门却被猛地踢开了，配缨被陌生的士兵用枪抵着走进房间。

何昀从帐中坐起，捏着枪的手藏在褥中，神情平静："放开她。"

居首的军官微微一笑："何公子，东北应该还不是你们何家的地盘。您虽然是不请自来，韩将军却也不好不尽待客之道。"

"将军真是太客气了。"

那军官似乎没想到何昀死到临头还如此嘴硬，冷哼一声，将枪管顶在何昀头上。

谁都没有想到，暴起发难的居然是配缨。她抢过扣着自己的兵士腰带上的枪支，身子柔软地一弯就摆脱桎梏。只一瞬枪口就已经抵在了军官的脖子上，正压着大动脉。但她却犹豫了。

她自小在寨中被教导武艺和枪法，只打过猎，却从来不曾真正杀过人。爹爹和整个云头寨，似乎从来只希望她做他们无忧无虑的大姑娘。

生死关头哪里容得迟缓？那被她抢了枪支的兵士从靴筒里拔出匕首削过来，军官握枪的手也微微抖动。她脑袋里再无别的想法，也顾不得身后，子弹射出枪膛，声音像是在脑袋中微微一炸。面前的军官饮弹身亡，身后的士兵也被何昀射出的子弹击中，她也随之膝盖一软，跪伏在地上。

何昀抢过来将她抱在怀里，手指冰凉，声音像是从喉咙里撕扯出来:"你哪来的胆子!"

她抓着他的衣襟,衣襟上别着的白玫瑰沾了血,殊丽异常。

她没有告诉何昀,她特意去问了花店老板,才知道白玫瑰除了"纯洁、高贵"以外,还有更深一层的含义。

"唯我足以与你相配。"这才是何少帅喜欢白玫瑰的原因。无论人和物,他只要最好的,顶尖儿的那一个。而他当时没讲的原因,自是觉得她不是那一个。

六

配缨的武艺、枪法和胆色,以及女子天生的优势,让何昀将她带到了凌汉。她渐渐开始在何昀和大帅的赏识下,做各种刺探情报、盗窃机密的差事,用忠心耿耿换取何昀的一句关切,一个微笑。但她在心里不愿当自己是何昀卑微的下属,她必然是同伴,是并肩者,她绝不屈服。

在一个雨夜,她回到何府,手上拿着一份紧要的情报,代价是肩胛处的一处枪伤。子弹尚卡在骨头中未及取出,却亲眼在院落里看见何昀揽着一名妖娆女子。那穿着洋装的女子是凌汉千金倾一笑的交际花,此刻却伏在何昀的肩头,轻轻将朱唇献上。何昀揽着她的手紧了紧,相拥着进了房。

若是别的下人对主子怀揣隐秘的心思,必然会静静地站在露廊里看着那灯光灭掉。但是配缨不愿,她不是何昀的侍从,而是何昀的谋客,甚至还是何昀的救命恩人。

她一脚踹开了房门,女子尖叫一声拢好衣襟从少帅的大腿上站起身来,惊吓地跑出房去。何昀懒洋洋地支着身子,仿佛早料到会有这么一天。她将文件从怀中掏出,何昀的眼睛微微眯起:"你拿到了?"

配缨面白如雪:"少帅给了那女人什么,不妨用什么来换,这份情报难道不比一夜风流划算些?"

何昀满不在乎地笑了:"不过是一条钻石手链罢了。但你和她不一样,你就如同我的亲妹妹一样,要什么我自然会给你什么。"

心剧烈地跳动起来,配缨轻轻抬起手放在心口,她早已经在那里刺下了一朵活灵活现的白色玫瑰,时时刻刻提醒着自己在这个男人面前的骄傲与自矜。可惜嫉妒的火焰终究吞没了她,她一步步走近那懒散的男人,将文件丢在他的膝盖上,手抚上他的肩头,突如其来猝不及防地吻上了何昀的嘴唇。

仿佛一颗火星掉入柴堆,何昀瞳孔微缩,下一秒已经将配缨的腰身抓紧,将那个本就蜻蜓点水的吻瞬间加深。何昀从来都不是被动的男人,他一个翻身将配缨压在身下,问她:"我原本不愿意给你这个,你可想明白了?"话刚出口,却见大片血色如娇花般在她背脊下绽开。

他呆怔住了。她却用一根手指轻轻隔开他的嘴唇,那笑仿佛是在嘴角狠狠地咬着:"就这个,只这个。"

何昀自认为像了解天下所有女人一样了解配缨,观察她们爱慕的眼神和忍耐的心思,也偶尔猜度一下究竟什么时候会突破这忍耐的极限。然而那个晚上何昀隐隐发觉配缨超出了自己的掌控,只是那时何昀尚不清楚将来又会是怎样。

七

如果说配缨曾经短暂地拥有过何昀,也不过就是那一段交换岁月。她对何昀的渴求太多,却不能卑微祈求他的垂怜,只能在一次次的任务中更加拼命。何大帅欣赏配缨的利落能干,很多任务绕过何昀直接交给配缨去做,配缨也没有一次让他失望。何昀渐渐不将女人带回府邸过夜,因为配缨不时会在深夜轻轻躺在他的身边,她的外裳还带着尘土和露水的气息,有时还沾染着血气和火药的味道。她将脸轻轻熨在何昀的背脊,呼出的气息像一颗小小的跳动着的炭火一样烫着何昀的皮肤。

他转过身,收拢胳膊将她慢慢揽进了怀里,笑声在她的头顶上低沉响起:"这次又是什么?"

黑夜里配缨的眼睛粲然如星:"蓝阳韩家的军火库和粮草库,我烧掉了。"她的语气在微微颤抖中带着骄傲的自矜,"大帅夸我是可下十城的良将。"她抬起眼看着他,"你说呢?"

她的语气还带着小女孩的任性和天真,何昀只觉得心头一烫,修长的手指缭绕上她的额发。

何昀并不是初试风月的少年郎,在熟稔的亲吻中,手指滑过她的身体,轻而易举地挑开了配缨的衣襟。那晚月色明亮,他含着笑意,炙热的吻从她的脸颊一路咬噬到鼓起的脖颈,再往下时所有的动作都骤然停顿了。何昀从未见到任何一个女人的身体上有配缨如此惨烈的伤痕,偏偏映着她胸前的一朵白色玫瑰,越发显得触目惊心。他不得不用自己的衬衣将配缨仓皇裹好,翻身下榻,站在窗前抽烟。

配缨拽着何昀的衬衣怔怔坐在床上,长发垂落挡住了侧脸。她就这么坐了一会,再出口时声音蕴含了莫名的怅惘:"是我一时忘了,今晚的月光这么好。我还以为……"她想说什么,却又没说下去,伸手将沾满风尘的衣服一件件捡起来穿上,"对不住,弄脏了你的床。"

雪茄长长的灰烬坠落到地板上,何昀被烫着了手指,猛地惊醒,房间里已经是空荡荡的了。

配缨找到了刺青师傅,要求洗掉心口上的白色玫瑰。对方只摇头,说刺得太深,已然无法洗去。

她只一笑:"那就将白色,全部盖黑吧。"

横竖这世上那个最足以与何昀相配的女人,怎样也不会是她。

配缨依旧待在帅府,深受大帅的信任,只是不会再在执行任务归来的深夜,轻轻睡到何昀的身旁。何昀重新回到过去风花雪月的岁

— 171 —

月,将不同姣好面容的女人带回府里,所有的女人都娇生惯养,身体白玉无瑕。而配缨再也没有像当初一样一脚踢开房门,耀武扬威地赶走其他女人,独占何昀枕畔的位置。

然而何大帅却像是真心喜爱配缨,他在一个闲暇的午后,一边在烟斗里装填烟丝,一边若无其事地对何昀说:"配缨那个丫头不错,让她跟着你吧。"

大帅深知,女人的忠心全凭情感维系。然而世家长大的何昀也深知父亲这个轻描淡写的"跟"字,也无非是收房做妾,或者是无名无分做他身后的女人。换成他人原本也没什么,换成配缨则意味着,终其一生,她都会是何家的一把黑洞洞的枪。

何昀猛吸两口,将烟蒂在紫檀桌面上按灭:"我还记得父亲曾经跟程叔叔笑言,但凡有个女儿一定嫁给他儿子,两家结为秦晋。"

程老六,是往来凌汉、东北和白俄的军火商,家境富裕无匹。而他的儿子程瑞却是凌汉有名的温文公子,为人踏实诚恳且无心战事。曾经有人笑言,不知将来哪个姑娘能够有福气嫁给程公子。

何大帅的眼睛微微眯起审视着何昀,继而哈哈大笑:"不愧是我何某人的儿子!"

一个消瘦身影站立在门口,沐着寒凉雨色微微颤抖,继而渐行渐远。

何大帅认配缨为义女,配缨没有拒绝。何大帅将配缨许配给程瑞,配缨没有拒绝。在婚礼当天,何昀作为娘家哥哥送配缨上车。配缨穿着雪白婚纱坐在何昀身边,声音忽然压得极低:"以前种种,我们都两清了。可现在这桩婚事依旧是为你而结,你就又欠上我了。联姻给你们何家带来如此大的好处,又怎么算?"

何昀觉得浑身冰凉,他说了句可笑的话:"程瑞是个不错的人。"

配缨伏在他的肩头,笑得浑身发抖,笑出了眼泪,兀地扬手将他微微一推:"放心,我们会两不相欠的。"

白纱袒露出配缨的胸口,探出一抹玫瑰刺青的花瓣,却不复皎洁,而是极深沉的黑色。她已不再愿意和他相配,而是彻底滑落到另外的一极,再也不相干的一极。

那一晚,何昀醉醺醺地从程宅往何府走,清亮的月光将护城河堤拉得极长。一顶浮金色小轿出现在何昀身旁,一身黑衣的男子站在他身前微笑:"何公子醉了,车还在程宅候着大帅,我特地给何公子叫了乘轿子。"

那一夜,何昀做了很长的梦。配缨一袭红妆嫁与他,自此携手共度,恩爱一生。次日清晨醒来泪流满面。

她值得更好的人。

而他不配。

八

一曲终了。舞池里的舞曲忽然变得旖旎浪漫,谢小卷可以明显感到舞伴的手把自己的腰身搅得更紧了一点,呼吸也变得更加迫近。她不自在地往后退了两步,对方的手臂却坚固有力,牢牢地把握着她的背脊,将她拉得更近。

谢小卷慌乱起来,下意识地将视线投到人群外的阿宇身上。两人视线相对,他瞬间意识到谢小卷遇到了麻烦,推开众人闯入舞池,引来跳舞的太太小姐娇嗔不断。谢小卷心安了些,对面的神秘舞伴敏锐觉察到了阿宇的存在,他凑近谢小卷耳畔,声音戏谑:"你就这样信任他?"

谢小卷愣了一下,对方却搅住她的肩膀凑到她耳边,嘴角上弯:"听说令尊因为涉案被扣在清平警察局,配给他的司机早已经被警署人事收回,那么这位……"

谢小卷双目圆睁,神秘的舞伴却倏地放开了手,轻轻一笑排众而去。

　　谢小卷只觉得耳边隆隆作响，大脑一片空白。她被丢弃在这舞池里，仿佛被丢进漩涡里的一朵残花。然而手臂被很快抓住了，贴上来的温暖意外让她觉得安全。阿宇扶住她的肩膀把她带出舞池，声音焦灼："小……小姐，你没事吧？"

　　她瞬间反应过来，猛地退后一步，闪过了他伸出的手。阿宇的手一空，帽檐下的瞳孔几不可见地微微一缩。

　　谢小卷脸色苍白，微微扯出一抹牵强笑意："我有些累了，你在下面等我。"

　　舞厅上方有专门为女宾备下的休息室，谢小卷走在楼梯上，正遇到配缨新婚的丈夫程瑞。他温文尔雅地微微躬身："小姐若是方便，请帮我在女宾室叫一下我的夫人。她喝醉了，我带她回家。"

　　谢小卷点头，推门走进去，正看见配缨半倚半躺在沙发上，脸色酡红一片，手上还握着高脚酒杯摇摇欲倾。谢小卷扶住几乎要滑落在地的她："何小姐？你的丈夫在找你。"

　　她真的喝醉了，她扶着谢小卷的肩膀："我不姓何，我的家在云头寨，我是云头寨的大姑娘，不是何昀的妹妹。"她的眼睛半闭半合，声音却执拗，"我不是，我也没有丈夫，对不对？对不对？"她推开谢小卷，却又一个趔趄差点摔倒在地，一个东西从她腰间轻飘飘地坠落在地。谢小卷伸手去捡，只见那是个小小的金色牌子，不过三寸来长。一面雕着一顶小小的浮金小轿，另外一面写着几个字——三更入魔。

　　谢小卷全然愣住。三个月前她在温家茶庄醒来，身边搁着一个皮质小箱，里面古色古香的红木盘上，码放整齐的正是这些小小的轿牌。温家人告诉她，这些就是她丈夫的遗物！

　　谢小卷不可抑制地颤抖起来，她猛地抓住了配缨的手："这牌子！这牌子！你是哪里得来的？"

　　配缨醉眼迷离地笑起来："你认识这牌子？"她突兀一笑，"那你一定也是魔鬼。"

九

配缨对何昀的心思,在一些有心人面前从来都不是秘密。在那个雨夜听到何昀的对话时,何府的一个客人告诉配缨可以让她得偿所愿。她在新婚之夜灌醉了程瑞,偷偷溜了出来,在空无一人的护城河堤上找到树荫下神秘的浮金小轿。

何昀正在轿中酣睡,她闭上眼睛亲吻他的脸,眼泪随之滑落,再睁开时已经是何府一片鲜艳的红色。她穿着大红的嫁衣,透过金色珠帘看见何昀微笑的脸。堂前上首坐着她的父亲和何大帅,她的手被轻轻牵起,在众人的欢笑声和祝福声中,深深地拜下去。她浑身发着抖,身畔的新郎像是察觉她的惶恐,轻轻捏紧了她的手:"配缨,这不是梦,我们成亲了。"

洞房花烛夜,月光和爱人的亲吻落在她白玉无瑕的身体上,皎洁得一如她胸前的玫瑰。

这就是她说的两不相欠。

她配不上现实中的何昀,只有用自己的终身作为筹码,才敢怯懦地玷污他的一个梦。她一直提醒自己在何昀面前骄傲自矜,却终究还是在自己心爱的人面前低若尘埃。

她在何昀的梦中度过了一生,与他成亲生子,陪他戎马倥偬,乃至事无巨细鸡毛蒜皮的一切一切,都深深地烙印在她的脑海里。

然而何昀醒来所能记得的不过是一些跳跃的场景。他或许会怅惘,又或许会愤怒梦见被自己鄙弃过的女人,但都无关紧要,没有人会长久记得一个梦。

但他毕竟曾经知道,毕竟曾经经历,这比她一厢情愿地徘徊哀叹幻想,已经好上很多。

然而三更入魔的魔,恰恰是在梦醒时分。你无法选择在梦境中终老此生,你必须醒来,在现实中付出更为惨痛的因果代价。她在梦中拥有了他一生,这一生的虚假甜蜜让她几乎忘却了这是她为何昀造的一个梦,以至于醒过来后苦痛百倍千倍地增加。

何昀不爱她。

何昀不要她。

在离开梦境的一个月里,她躲避着程瑞,拼命克制住去找何昀的冲动。她想问问他记不记得他们在腊月十八成亲,微雪点染洞房外的红梅,分外好看;她想问问他记不记得他们生有三个孩子,长子怀静、长女怀楚、次子怀昉;她更想问问他记不记得,在他们双鬓雪白携手离世前,他曾温柔地问过她:下辈子可还愿意做他的妻子?

那是她漫长的一生。她以为得偿所愿后就能放下心怀,谁知道换来的却是刻入骨血的深爱。

她最终还是放弃,却抗不过相思之苦,恳求客人再次借出了三更入魔的轿牌。

客人微微一笑:"三更入魔寻常人一生只能用一次,我不知你有没有这样的运气。"

她讨来了轿牌,原本打算在舞会后找到何昀。她不再贪求一生,只想在梦里让他在自己耳边说一句:我都记得,阿缨。

但在与何昀跳舞时,她却恍然明白过来面前这个客气、疏离的何昀,才是她原本倾心仰慕的爱人。三更入魔轿,原本就毫无意义。

门被轻敲两声后推开,程瑞站在门口面色淡然:"配缨,回去了。"

配缨痴笑着站起,给了谢小卷一个大大的拥抱:"再见,我说的都是假的,你半点也不要信。"

谢小卷下意识抓紧了配缨:"等等,你还没告诉我那位客人到底是谁?"

配缨笑起来:"那是个了不起的大人物,何府的贵宾,总统的谋客,前阵子还去清平谢家提过亲。"她眼光在谢小卷身上一溜,"就是方才与你跳舞的那个人呐,凌汉有名的新贵——余言。"

十

谢小卷转身跑下楼去,舞池中全是酣然起舞的红男绿女。谢小卷猛然觉得头痛,不得不伸手扶住身旁的栏杆,脑子中忽然闪过一幅画面。在月下的庭院里,被紧紧揽着的腰肢,近在咫尺的嘴唇,炙热的呼吸和含笑的眼角,以及她心中全心全意的信赖与爱慕。

会是他吗? 会是余言吗?

她睁开眼睛,在庭院里终于看见男子高大的背影。她挤开人群跑过去,不由分说踮起脚尖想要摘去他脸上的面具。

余言往后退了一步,抓住她的手腕:"谢小姐喝醉了?"

她不说话,只执着地盯着他的脸。他笑起来,在朗朗月光下,用空余的手揭开了脸上的雕花面具。

极少有男子能长得如此英俊好看,谢小卷却觉得浑身发冷,如坠冰窟。她说不上来那是为什么,只是直觉告诉自己,那并不是她记忆中滑过的那张脸。她下意识挣扎起来想要摆脱他的桎梏,余言却捏紧了她的手腕将她往身前一拽,嘴唇咬着一丝冰凉笑意:"这是谢小姐的手段吗? 欲擒故纵?"

谢小卷呆愣几秒,理智重回脑海,才想起来眼前这个人正是齐伯伯说过的,能够救自己父亲的贵人。她的平复让余言很满意,他将她的手紧紧攥在手心里:"我送你回家。"

余言送谢小卷回到宾馆,她干干道了一声谢,慌忙去开车门。余言一笑:"下周若有时间,我带谢小姐去看话剧。"

谢小卷咬着嘴唇,思来想去还是应该提一下父亲的事情。但她还未开口,余言已经凑过来:"可以为我打扮得漂亮点儿。"

她匆忙拉开车门,跑上了楼。

第十一章
神行千里轿

一

转眼间,谢小卷已经留在凌汉半月有余。余言对她非常殷勤,常来常往,还接她去看话剧歌舞。但每当她想要开口询问自己父亲的事情时,余言总会轻而易举地将话题引开,望着她的眼神似乎是痴迷也似乎是嘲弄。

谢小卷本来是天真热情的性格,却在半年的巨变中渐渐变得沉默内敛。她早已经下定决心,只要能救出自己的父亲,她可以嫁给余言。对于只存在于旁人口中的丈夫,自己横竖想不起来,便也只能当作是年轻不懂事时的荒唐。对于自己想不起来的事情,还是不深究才会过得比较顺遂。

那夜的芭蕾舞剧散场时已经是深夜,有卖花的小女孩跑到余言面前:"先生,给这位小姐买束花吧,花多漂亮啊。"那小丫头怀里揣着的无名野花被摘下来一天已经蔫掉了,无精打采地耷拉着脑袋。小丫头的鼻尖儿在晚风中冻得通红,连笑容都是怯生生扯出来的。余言冲谢小卷微微一笑:"这样的野花不配你,去前面的精品花店,我买给你。"

她的手被余言拉着快速从剧场门口向汽车走去,暮春的晚风轻柔拂过,兜着剧院旁边花池里偷偷探出尖儿来的菡萏,冷香隐隐。她忽然产生了幻觉,她赤足淌水倚在水畔,晚风吹得舒舒服服,她枕着一席青苔睡过去。有人低头俯过来,衣衫上尽是清冷香气,他的长发轻轻垂在她的脸侧,声音低沉:"怎么在这儿睡着了,为你采的花儿,你不看一看?"

她睡得迷迷糊糊,无意识地伸出胳膊揽住他的脖颈,声音还是撒娇的柔曼:"嘘,就一会儿,花不会谢的。"她将他拉近自己,呢喃道,"就一会儿,阿望。"

手掌突如其来的刻骨疼痛,让谢小卷猛地醒悟过来自己竟然把那个人名无意识间呢喃了出来。余言的眼睛死死地盯着她:"你说什么?"

余言虽然时常给人的感觉很冷漠,但像这样的眼神还是第一次。他紧紧攥着谢小卷的手,直到她痛呼出声,他才像突然醒悟过来一样,悲凉如潮水一样涌上眼眸,和愤怒糅合成一种别样的感情。他甩开她的手,大步流星上车扬长而去了。

谢小卷站在剧场门口,不由得有些呆愣。良久才紧了紧衣领,叹口气,慢慢向迎宾馆走去。深夜来剧场看戏的人本来就不多,散戏也有一阵子,沿路都没有看见黄包车。倒是有一两个喝得醉醺醺的酒鬼,拎着酒瓶子冲谢小卷吹起口哨。

冷风从大衣下方拼命地灌进来,拍拂着她赤裸的小腿。谢小卷心慌起来,只能拼命走得再快些。小高跟皮鞋敲击在洋灰路面上"咔咔"直响,身后却似乎有人一直在紧紧跟随。忽然间她的胳膊肘被人猛地抓住了,谢小卷整个身子拼命往前挣扎,下一刻几乎就要尖叫出声,而那人另一只手掌却抓住她的肩膀,将她整个人往回拽过来。

她回头一个踉跄撞进那人的怀里,抬头才看清那个人的脸。谢小卷愣住了,声音里掺杂了劫后余生的庆幸:"是你?"

二

冷冷的月光下，一袭黑色制服的阿宇站得笔直，他握着谢小卷的肩头，声音却也第一次显得不那么平静淡泊："怎么了，你不舒服？"

他的衣襟上沾着幽幽冷香，谢小卷恍惚了好一会儿才推开他，看见他怀里抱着一束野花，正是方才被余言说过"不配"的花朵。阿宇顺着她的目光低头一瞅，下意识就将手递了过去："刚才看见一个小女孩卖剩下的，我就给她包圆了，你喜欢就送给你吧。"

偌大一束野花被冷不丁塞进怀里，谢小卷呆呆抱着，好久才反应过来："你怎么在这里？"

阿宇将制服脱下来为她披上，连黑色的檐帽儿也摘下来扣在她的脑袋上努力压低，说得自然："我要了剧场的时刻表，知道你们这会儿散戏，就过来接接你。"

谢小卷心里暖了一下，却说错了话："其实也不用，余先生会送我回来的。"

阿宇的手停在她衣领上顿了顿，"是吗？我怎么没看见余先生？"

谢小卷语塞，却听阿宇的声音压得很低："还好我来了，不是吗？"

谢小卷觉得自己的心脏随着他这轻描淡写的一句话剧烈地跳动起来，她怀里抱着他送的花，身上披着他的外套，头上压着他的帽子，周身都是这神秘青年的气息。她居然不敢抬头去看他的脸，掉转头往宾馆走去。

阿宇却没有第一时间跟上来，他的声音在后面轻悠悠响起："那位叫作余言的先生很复杂，你最好不要与他有更多来往。"

谢小卷怔住了，连她也不明白为什么声音里裹挟了一丝委屈："那你呢？"

"什么？"阿宇在月光下站着，白色衬衫帖服着挺拔的脊背，微微蹙眉，居然也有着清俊得不像话的眉目。

她忽然想起来余言曾经跟她说过的话。清平警察警署已经收回了父亲的司机，这个阿宇却像是天上掉下来的一样，千里迢迢跟着自己从清平到凌汉，此刻又让自己与唯一有希望救父亲的余言保持距离。

还有自己在混沌时喊的那个名字……

她该相信谁？

三

两日后是何昀的生日，谢小卷作为余言的女伴前去贺生。余言一如往常，对谢小卷体贴备至，而阿宇亦是压低了帽檐站在场外等候。席上女宾不少，多的是娇媚可爱的官家小姐，其中最为出众的一个姑娘被人众星拱月拥在舞池中央，多情的眼波时不时扫一眼楼上。

"那边是何家的准儿媳了。何大帅也算用心良苦，竟千方百计搭上了总统的远房侄女孟华姗，这桩婚事要是结了，何家今后在凌汉可更是要风得风要雨得雨了。"

谢小卷有一搭没一搭地听着余言的感叹，视线却情不自禁地落在配缨的身上。她穿着黑色的束腰晚礼，在银灰貂裘的掩映下露出雪白胸脯上一角黑色的玫瑰。明明是新婚，神情却看不到一丝新嫁娘的欣喜。高灯华彩下，孟华姗的每一丝光彩都将配缨衬得越发苍白。

配缨魂不守舍，连旁边的香槟塔失衡倒下都没有察觉。谢小卷连忙喊她，想要上前帮扶却已经来不及，只能眼睁睁看着酒液将配缨泼得一身狼狈。临近的女宾早闪身躲开，拿眼睨着配缨，闪着通晓一切的微光。

在这些有钱有闲的人家，何少爷和他来历不明的义妹之间若有若无的暧昧，从来都不是秘密。

"什么！"

一声暴喝猛然响起,把所有人集中在配缨身上的眼光都瞬间拉了过去。何大帅拍桌怒起:"那兔崽子跑哪里去了!"

管家惊慌失措:"少爷……少爷说他自己的婚事自己做主,就不劳何大帅费心了。至于孟小姐,少爷在信函上道了歉。说是……说是在外面玩够了,想明白了,自然就回来了。"

孟华姗脸上染上一层羞愤,大家小姐何时受过这样的侮辱,脚下一软几乎要晕过去。旁边的人连忙一窝蜂拥过去七嘴八舌地照看,只有谢小卷趁着乱走到配缨身边,将她扶起来:"何小姐,我陪你去换一件衣服吧。"

配缨低垂的睫毛扬起,扫了一眼谢小卷,笑了:"又是你,我和你还真是有缘分呐。"

她自从嫁人后,很少有完全清醒的时刻,似乎总是似醉非醉,此时她将整个身体的重量都倚靠在谢小卷身上,声音轻轻的:"你说……他……会是因为我吗?"

谢小卷没有理会她的呢喃,将她搀扶起来送到楼上。配缨在何府还保留着名义上的房间,谢小卷随便帮她翻出一条衣裙换上。她却揽住谢小卷的手臂:"上次我说的,你还信吗?你也有爱的人吗?三更入魔轿,你拿去了,可有用过?"

谢小卷愣了一下,尚未答话,对方已经吃吃地笑起来:"也罢也罢,你还是用不着的好。"

配缨猛地绕过谢小卷,径直朝着房间外的露台走去。何府仿西洋设计,这栋楼房东北角的两个露台分别处在何昀和配缨的房间,毗邻在一起。昔年配缨还不是何小姐的时候,曾经轻而易举跳过露台,在无数个夜晚轻轻睡在何昀枕侧,温暖了一整个晚上的梦。

此时她想起旧事,便又踩上露台,摇摇摆摆地想要翻过去。谢小卷惊出一身冷汗,猛地冲过去才将她从栏杆上拉下来,两个人跌跌撞撞地倒下来。何大小姐看着漂亮,分量却一点也不轻,压得谢小卷生抽一口气。

这个时候隔壁露台的玻璃窗响动,似乎有谁走了出来。谢小卷正想翻身拉着配缨站起来,却冷不防听见一个声音:"昀儿已经到了吧?"正是何大帅的声音。

方才还唯唯诺诺的管家冷静开口:"是,少帅今天上午就已经到了。兵马已备,只待午夜攻山。这次总统特批的联合剿匪也算是花了心思。"

"只要攻下云头山,清缴那批流寇,且不说在山中藏下的那批军火,单就那个位置,一旦驻兵,韩家被清就是不在话下的事情。"

配缨的眼睛猛然睁大,她似乎想要尖叫,想要呼喊,却被谢小卷反应过来,扑过去牢牢捂住她的嘴巴。管家继续说:"凌汉处处是眼线,不仅要瞒着土匪的,还要瞒着韩家的,这才搬来孟小姐当掩护。凌汉城怕是都当少爷是个浪荡无端逃亲出走的人,谁又能想到少爷是这样的一个英雄人物?等少爷回来,向孟小姐道明原委,这桩亲事铁定还是成的。"

何大帅欣慰地舒了一口气:"昀儿那孩子素来很让我放心,昔时看他宠信那女娃,怕他拎不清轻重,故意问他是否要将那女娃收房。若他当日的回答不是如此,我也不会将如此重任交付给他。"

管家笑笑:"少爷是英雄人物,只是配缨小姐似乎也是出身于云头寨。少爷会不会挂念着配缨小姐的情分而手下留情?"

何大帅语气平平:"我下的军令是,诈受降,继而斩草除根。他既是我的儿子,也是我的兵。我的兵,不会不服从。"

四

配缨从喉咙里发出一线哀绝的呼喊。她身体的挣扎终于惊动了隔壁露台的人,谢小卷不用抬头就可以听见那边摸枪开保险的声音。房门很快被敲响,何大帅的声音在门外响起,听上去还是又威严又和气:"配缨?是不是你?"

进退两难。谢小卷抵在门边,急促呼吸着,半声儿也不敢应答。却听那边继续温文劝说:"你兴许……刚才听到了些……义父先前也只是听昀儿说过一二,你小时候被云头寨掳走,应当也恨透了那些山匪。你且把门打开,义父把其中的利害慢慢说给你听。"

谢小卷抵着门,心慌意乱,犹疑着要不要开门。配缨猛地拽过她,带她匆匆翻过露台,紧紧攀附在露台下不过半尺见方的所在。几乎刚翻过去,门就被猛地踹开,子弹滑过空中只发出又闷又低的声音,是装了消音器的缘故。

露台遮蔽了谢小卷和配缨,何大帅迅速地在露台逡巡后走了出去。谢小卷只觉得抓着墙壁的手几乎要沁出血来,下一刻就体力不支跌落到楼下的灌木丛中。配缨抓住她的手:"快些回舞池,他不会知道是你。"

谢小卷苦笑一声,指指自己为了爬窗户撕破的旗袍和浑身的草叶尘土:"都这样了还看不出来吗?"

院子里猛然传出一阵响亮的狗吠声,管家站在玄关门口有礼有度:"没事儿没事儿,有个小蟊贼跑了,放几条狗来兜一圈。先生太太们请继续,别扰了大家雅兴。"

配缨咬了咬牙:"看来你是回不去大厅了,只能想办法先躲一躲。我看你和余言先生交好,投鼠忌器,只要过了午夜,大帅想必也不会拿你怎么样。眼下你找个地方藏好,不能再和我在一块了。"

配缨起身就要往外跑,谢小卷伸手抓住她的衣袖:"你要去哪里?"

她回头时的表情是凄婉的:"我不信他们会如此待我,我总要去问个清楚。"

"这里是凌汉!你——"

谢小卷想要再问已经来不及,配缨甩脱她的手,迅速消失在夜色里。

— 185 —

猎犬的吠叫声和喘息声越来越近,谢小卷往草丛里又缩了缩,背脊一下子顶到了何府宅邸漂亮的浮雕花砖上,凉得沁骨。谢小卷抬头望了一眼,心里已经迅速地盘算好,想着万一被发现只能祭出余言这面大旗,咬死就说自己喝多了出来走走,因为见风头晕,靠墙休息一下。

　　然而下一秒谢小卷整个人就被一双手扯了过去,明明只往后退了一步,四周的景物却像是弥散了一层朦朦的纱看不分明,只身畔三尺见方的地方清晰可见。揽着她的那双手骨节分明,谢小卷下意识地回头,撞入眼帘的正是黑色制服上光亮的银质纽扣。

　　"你怎么……"她下意识惊呼出声,却被阿宇轻轻掩住嘴巴。他的手指碰触到谢小卷的嘴唇,让她的脸"噌"一下红了。

　　猎犬已经钻进了草丛,甚至从谢小卷的身上越过,然而却仿佛没有阻碍一样。谢小卷眼睛圆睁,看着那猎犬四处翻拱后怅怅而去。阿宇带着谢小卷堂堂正正从府邸正门而出,守卫竟然恍若未见,让两人大摇大摆地走了出去。刚走出没多远,谢小卷便挣开阿宇的手,一迈出三尺见方,周围的景物瞬间清晰可见,而等她回头去看时,却再也没有阿宇的身影。

　　谢小卷几乎要怀疑是自己的幻觉了,然而下一刻阿宇已经从虚无处缓步而出,信手一招,像是把什么东西收进了手里。他清清淡淡地望着她,像是方才什么事情都没有发生一样。

　　谢小卷咬牙望着他:"你到底是谁?你这样神妙的本事,何苦委屈自己在我身边做个司机?我全部都知道了,父亲的侍从司机已经全部被警署收回了。"

　　他居然轻轻扬起一抹笑,声音里却又藏了一层无奈:"你哪里知道全部?你不知道的事情多着呐。"

　　他这一笑,竟然让谢小卷心头无端地一暖,继而剧烈地躁动起来。她为了掩饰自己的不安,跳过去扳过阿宇的手,"你手里藏着的到底是什么,让我看看。"

— 186 —

张开的手掌看上去空无一物,但她用手去摸,竟然分明摸到了一个牌子的形状。谢小卷傻愣愣地摸索,却被阿宇猛然地攥住了手掌。只听府邸那边响起几声枪响,继而是兵士大声的嘶喊:"有人刺杀大帅!来人!"

有人影顺着何府的院墙跌跌撞撞奔跑过来,终究体力不支摔倒在阴影里。谢小卷怔了一下,甩开阿宇的手冲过去抱住了她,正是配缨。她一张脸白得毫无血色,胳膊上还挂了彩。而此时何家的宅邸里正好响起西洋钟的鸣叫,恰好是晚上 11 点。

配缨哀戚地攀住谢小卷的胳膊:"我要回云头寨,我要回云头寨,我对不起我爹。"

<h1 style="text-align:center">五</h1>

她当年在云头山的雪山里救了何昀,却一直未曾问过他去那里的原因。何家一直有在东北称王称霸顶替韩家的意向,何昀假装皮货商人去云头山打探情况,顺便探明传言中韩家与云头寨匪众勾结藏在山中的军火,谁知道身份败露,重伤垂死之际遇到了配缨。配缨知道他的身份,从来不敢说自己是山寨子里的大姑娘,只说自己是小时候被掳上寨子里的,跟着学几项拳脚本事。

她为何家卖命已久,却从来没有想过义父真的会对她举起枪。何大帅的声音透着讥诮:"好姑娘,你办事儿透灵,对昀儿却从来糊涂。他让你去刺探军情你便愿意去刺探,他让你去嫁给程家儿子,你便愿意去嫁。"他顿了顿,"也有劳你一个匪首之女,亲口将云头山的点点滴滴与昀儿讲得清楚明白。"

配缨这才记起,在那些为数不多的温柔时光里,她曾在他有意无意的询问下,将云头山的林林总总讲述得清楚明白。

她却从未想过,她最心爱的人,她曾经在梦中与之白头的人,有这样狠辣的心思。

配缨缓缓站起身来，向护城河边走去，月光下的她一脸绝望。"只有半个时辰，来不及了，来不及回去了。"她缓缓抬起抢来的枪顶住太阳穴，那两个字像是用嗓子碾碎了一样嘶哑，"何昀。"

谢小卷吓了一跳，扑过去按下她的枪管，子弹打进河水中惊起一圈涟漪。配缨拼命挣扎，谢小卷只得大喊道："我能帮你赶到云头山！"

她掀起裙裾，只看见衣袂上系着一块小小的雪青色牌子，上面古色古香地写着几个字：神行千里。后面还写着密密麻麻的咒文，这本来是谢小卷从箱子里面拣出来的一块，觉得有趣，拴在裙子上忘记了摘下。然而自从配缨跟她说过三更入魔的故事后，她忽然觉得自己那箱牌子应该都不平凡。

谢小卷咽了咽唾沫，张口就要照着咒文念出来，牌子却被劈手夺了过去。阿宇脸色铁青地站在她面前："简直是胡闹，这是你能胡乱玩的吗？"

谢小卷忘了质问阿宇怎么知道这牌子的来历，只顾得跳脚去抢，"你懂什么，这是救人一命。"

阿宇一手将轿牌举得高高的，一手捏着她的肩膀将她远远推开，谢小卷矮他足足一头，蹦来蹦去够不到，气得几乎要哭。阿宇却叹了口气，口中喃喃有词。一顶雪青绒缎滚边的轿子已经出现在护城河边。谢小卷呆呆愣愣地问："你……你怎么会？"

六

暮春的云头山，山尖儿上的雪都没有化干净。山寨一派静悄悄的死寂，周围的林子里却暗藏杀机。何昀趴伏在林子里，掏出西洋怀表看了一眼，还有一刻钟就要午夜了。他少时从军，并不缺乏真刀真枪的历练，然而此刻他的脑海中忽然划过配缨的脸。

她一身鲜红舞裙，在舞池中揽住他的腰身，笑容热烈绽放。

何昀紧紧咬住牙齿,才能抵过那漫长的心悸。他不是没有后悔过将配缨嫁给程瑞,然而此刻他的心里竟然涌过一阵不知是庆幸还是遗憾的情绪。现在就算他死了,配缨也不会难过了。

何昀身边的副官素来透灵,他推了推出神的何昀:"少帅,刚才寨子里像是有光,会不会……"然而不远处的寨子实在是悄寂,连副官自己都怀疑起来,"可能是属下看错了。"

何昀却敏感地觉察到一丝异样,他将怀表猛地扣起来,不再恪守之前约定的十二点,指挥部队冲上去。他们奔袭一路,潜伏山林,为的就是这场夜袭之战,战机稍纵即逝。

密集的枪声过后,预期当中匪众们的哭喊逃亡声却并未响起,山寨中迅速响起了反击的土炮声。第一波冲锋的人很快溃散下来。何昀咬了咬牙,将所有兵力都压了上去。

这委实是惨烈的一仗,原本是夜袭轻兵擅进,连两三门炮都毫不吝惜地扔在了山脚下,却不想土匪早有防备,落了个两败俱伤。这样的剿匪,即便是清剿干净,也是面上无光。

何昀也负了轻伤,他掩着肩头踩在山寨沾着血的土路上,忽然觉得父亲临行前的诈受降实清剿的主意实在是多余。云头山匪风彪悍,能让这些绿林好汉说出一个"降"字,也无异于是天方夜谭。

寨子里黑漆漆的一片,只有一个屋子里亮着灯火。何昀觉得这屋子莫名有些熟悉,他一脚踢开门板,持枪闯入,屋子里却只有一个人背着火光坐着,穿着乌羽大氅,灯火闪耀在他的毡帽上明明灭灭。

副官眼尖,悄声靠近何昀:"这件大氅是云头山大当家的爱物,这人怕是……"

何昀握紧了手枪,声音朗然:"阁下是?"

"凌汉何少帅,果然是好手段。千里奔袭剿匪,偌大的凌汉城,我和韩大帅的眼线硬是连一点儿风声都没有听到。"那个人的声音幽幽响起,声调却非常古怪,调子板平,雌雄难辨。

"阁下想必就是云大当家了,兄弟此行其实是为着收编云头山,却不承想着岗哨的兄弟会有这样大的误会。大当家若是有意，何不到我军中谋职奉个前程，我自然会为云大当家重新拉起一支队伍。"

对方却忽然哈哈大笑起来，那笑声中埋藏着难以言喻的苍凉："招安收编？你杀了我云头山这么多兄弟，好，我受编！"

他猛地转过身来，露出手中黑洞洞的枪口，大氅挥动扑灭了烛火，屋子里瞬间陷入黑暗。枪声凌乱响起，何昀被副官扑倒在地，然而心中却涌上一阵强烈的不安，他猛地推开副官，连滚带爬地跑到大当家身边，触手却是温润细腻的一只手掌。

何昀摸出怀中的洋火颤抖着擦亮，这才看见怀中人的眉眼。何昀的心脏像是被瞬间攥紧了："配缨——"

七

何昀只觉得天旋地转："你怎么在这里！你不是应该在凌汉吗？"

她的眼睛是他不熟悉的，她咳出压在舌底的麻核，发着抖："何昀，我一直觉得是我配不上你。从今天起，却是你配不上我了。"

何昀的声音掺杂着极度的惶恐与茫然，"配缨你……"

然而记忆却猛然撞入脑海。那还是他在重伤昏迷的时候，依稀看见配缨挡在身前，冲着穿这件黑羽大氅拿枪对准自己的人苦苦哀求："爹若是容不下他，派人把他抬回雪窝子里自生自灭，女儿再无话说。"

何昀忽然明白过来，他声音干涩道："你……你是这云大当家的女儿？"

配缨的眼睛里闪过一抹亮光："难道你……"但那亮光却很快就湮没了，"不，你对我可曾有过半句真话？为了爱你，我用了太大的力气，直到现在害死了整个寨子里的人，毫无力气了。何昀，你真狠，你到死还要骗我。"

她肺部受伤，断断续续的说话不断涌出血沫，只有在凌汉最好的医院才能得到及时的救治,此刻在荒郊野外却几乎是必死无疑。何昀觉得心脏仿佛被撕裂一般痛哭出声,他攥紧她的肩膀,恨不能将她抱得再近些:"你从来没有告诉过我你是他的女儿!你说爱我,却什么不同我说,你怎知道我不在乎你!"

"我为什么不同你说,你不知道吗?"她苦笑,伸手勉力触及他的脸颊,"我真的宁愿我从来不曾从梦中醒来,如今咱们俩这结局,可真是差多了。"她微微闭上眼睛,声音渐渐虚渺,"阿昀……阿昀……房前的红梅,今年……冬天还开吗?"

何昀倏地一愣,那是在他梦境中的一幕:他与配缨成婚,两相缱绻,并肩看洞房外一株红梅,沐着霜雪绽放得那样热烈。

他一向只认为是自己痴狂想念所做的一场幻梦,却从未想过是她真实经历过的漫长一生。他紧紧抱着配缨,"你……你说什么?配缨,你……"

她抓紧了他的衣襟,眼睫一闪滑下最后一滴泪:"梅树下埋的合卺酒,你不要忘记……"

屋外狂风大作,刺耳寒风咆哮着湮没了配缨的尾音。何昀只觉得一阵剧烈钻心的疼痛涌上脑中,他不得不放开配缨抱住了头。梦中的一幕幕一场场,迅速地铺陈连贯起来。

他真的曾经,与配缨有过一生,无亏无负、恩爱两不疑的一生。

他伸手去揽配缨却揽了个空,再擦亮洋火,空荡荡的房间里却只有他和昏迷在一旁的副官。现实岁月里所有关于这个女人的记忆都被交织成了那场迷离幻梦。何昀冲出房间,在明月照耀下的山寨发疯一样地四处逡巡,那人却再无踪影。

八

凌汉的医院里,紧急收治了一名肺部受枪伤的女人。医生想要联系警察署,谢小卷不动声色地掏出余言送给她的一枚扳指。在凌汉城,余言的身份居然如此有威慑力。

配缨的手术进行了许久,谢小卷站在手术室过道外等候,阿宇站在她不远处,帽檐压得很低。

一切都如她预料的那样,那一箱子神秘的轿牌果然同三更入魔轿牌一样具有这神秘力量,如若不然,他们也无法在半个时辰把配缨送到千里迢迢的云头山,又在千钧一发的时候将她抢回来送到凌汉救治。

配缨决定回到云头山,其实已经来不及改变一触即发的战事,她只能哀求谢小卷用千里神行轿牌将熟睡中的云大当家送到安全的地方,再与山寨里所有兄弟一起背水一战。

谢小卷和阿宇送云大当家回来的时候,一切都已经尘埃落定了,山寨里的兄弟非死即伤。配缨穿着父亲的黑色大氅,脸色苍白:"这是我的罪孽,我必须自己偿还,你们走吧。"她顿了顿,带着一丝戚色望向谢小卷,"昔时那人告诉我因果循环我还不相信,如今看来,正是梦中的因着落到现实的果,如今我们还是走到了这般田地。谢姑娘,你在现实中寻求所爱,但凡有一分一毫可能性,那三更入魔轿牌还是切勿使用了吧。"

配缨类似诀别的话让谢小卷感觉非常不安,但她的坚定又注定不能转圜。谢小卷只能和阿宇伏在左近,在她中弹后伺机将她抢走救治。

此刻的谢小卷靠在墙上,手中不自觉摸出三更入魔轿的轿牌,不由自主地呢喃着:"明明梦中那样美好,怎么会……"

阿宇望着她:"既然叫三更入魔,便注定是噩梦一场了。人与人之间的缘分,是不能靠幻梦维系的,你在梦中贪求多少,就要在现实中回报多少。"他望了一眼轿牌,"若说他们二人本来还有几分姻缘福报,却都在这贪求中消耗殆尽了。"

半月后,何昀回到凌汉,何大帅特地设宴为儿子庆功。宴会上的适龄小姐莫不含情脉脉地望着何昀,孟华姗更是走到何昀身边,敬过去一杯酒,微低蛾首:"少帅,华珊敬你一杯。"

何昀拨开她的手,却是抬头望向何大帅:"爹,怎么不见配缨?"

何大帅的笑容凝在脸上,勉力恍若无事:"你妹子身体不舒服,我送她去南方调养了。"

何昀却笑得爽朗利落:"爹你开什么玩笑,配缨是我妻子呀。"

席上一派哗然,坐在席上的程瑞程公子端起酒杯一饮而尽,在众人似有似无的审视中不露半点表情。

何昀终究是在梦境和现实中糊涂了,他抱着锹铲在院子里来回踱步:"红梅呢?咦,那株开得很好的红梅呢?"他将何府的花园宅邸四处挖得坑坑洼洼,怅然坐在露廊上,"洞房那夜开的合卺酒,配缨明明叮嘱过我埋在院子的红梅下,怎么没有?"

红梅和合卺酒,都只存在于梦境里。他宁愿记得与配缨缱绻一生,也不愿相信自己误杀深爱的女人。何大帅眼见爱子如此,心如刀绞,叮嘱家人偷偷在院子里遍植红梅,又埋了几坛好酒。可惜那些梅树被仓皇移栽,不过笑傲了一日,次日何昀醒来,院子里满地残红如血。

他伏在露廊上呆呆坐着,口中不断喃喃有词:"怎么会这样呢?怎么会这样呢?"

春来冬去,就这么浑浑噩噩梦一样地又过了一年。有仆从送上来一个红色小盒,何昀呆呆开启,才看见盒中一颗子弹,附着一张薄薄信笺。

展开入眼是熟悉的字体:

往事已矣,此生缘尽,望君勿痴勿念。

她为他做了那么久的红线，这是为他献上的最后一个瓷盒。将她在这偌大何府的所有爱恨都一并奉还了。

春风化雨，满地落红滚入泥淖，何昀将信笺轻轻贴在脸上，终于落泪了。

她，还活着。

九

配缨伤好后，谢小卷为她买了前往东北的车票，指点她去寻找云大当家落脚之地。从车站送行出来，汽车里却没有原本应该等候着的阿宇。谢小卷一下子有些慌神，左右兜了几圈还是没有找到，刚忍不住要放声呼喊，手腕却被人猛地抓住了。抬头正看见一对细长眉宇，正是余言。

他脸色青白，攥住她手腕，似乎使了很大的力气："这半个月你究竟去哪儿了？"

谢小卷吃痛，手想要收却收不回来，下意识出口的却是："阿宇呢？"

余言脸上的表情更是愤怒："谢小姐！你既然要做我的女人，何不安分一点？"

谢小卷性子本来跳脱，能压抑这些日子已属不易，此刻终于忍不住挣扎起来："放手！胡说八道什么！"

余言将她一下子拉近，手也钳上她的下巴，不由得冷笑道："莫不是我记错了，我原本以为谢小姐来凌汉是为了救父亲的。"

仿佛一盆凉水兜头泼下，谢小卷放弃了挣扎，只一双眼睛怒视着余言，声音几乎转了音调："余先生，你我素不相识，何苦在我身上费这样大的心思？"

余言的眼睛瞬间被怒火点亮，手上也加了力气："素不相识？也是,无论是过去还是现在,你都对我这样薄情。"

他的眼神忽然让谢小卷迷惘起来,似乎有什么在心底就要浮现而出,让她隐隐感到恐惧。她一挣,一样东西"当"地落地,粲然生辉,正是三更入魔轿的轿牌。谢小卷慌忙俯身要捡,脑袋却出奇地痛,无数场景晃入脑海。她觉得自己仿佛要跌倒了,不得不伸手攀附住余言的身体,却不由得低低念道:"阿望……"

余言的声音低低萦绕在她的耳畔:"没有阿望,从来都没有,他不要你,你有的从来都只有我……"

第十二章
离魂溯追轿

一

"夫人,醒醒……醒醒……"侍婢软糯细腻的声音响起,"再不起便赶不上送大人了。"

谢小卷恍惚睁开眼睛,天光方亮,空气里有轻薄的花朵芳香。她刚想嘟哝一声转个身子继续睡过去,身体却不受控制地坐起,胸中也涌上一阵莫名的怅然。直到坐在溪水边梳洗,冷水激面,谢小卷才彻彻底底清醒过来。

水中映着的是一张娟秀面貌,桃面杏眼。容貌与自己有几分相像,却又分明不是自己,何况这一身委地长袍和一头极长青丝。谢小卷想要惊叫,却发不出声音,而身后却有一双臂膀将她纳入怀抱,呼吸亲密地熨帖在她的脖颈上,低沉的声音响起:"你回来了,你终于要回到我身边了……"

谢小卷感到自己这具身体的主人似乎想要转过身去,但微一动作就被背后的人揽得更紧。他修长的手指覆上她的双手,十指纠缠恨不能索取更多。他将头脸埋入她的脖颈,声音是温柔的:"别再走了,阿潆。"

谢小卷却从水中的倒影看到自己脸上的表情,双眉微蹙,似乎有诉说不尽的委屈。她身体不受控制地从他怀里微微一挣,转头过去的瞬间已经换上甜蜜的微笑:"怎么会呢?溯洄一直都在这里等着大人。"

回头的一瞬间阳光尚有些耀眼,谢小卷微眯眼睛待那片光炫散去才看清那人的脸,那英俊且阴郁的眉目——分明是余言!而他随着自己转身,也像是从一场大梦中醒来,伸手将她揽入怀中,动作仓皇到似乎要掩饰自己脸上的表情,声音却丧失了温情:"好,你好好等着我治水回来。"

旁边有侍婢轻轻地偷笑:"宰相大人和夫人感情这样好,帝君怕都要等得不耐烦了。"

他退后两步,又揽了揽她的肩膀,才大步走向林外的封礼台。谢小卷想喊却依旧开不了口,自己仿佛只是突降到这奇怪世界里的一抹幽魂,不知道怎的附在别人身上,说话动作都随着人家,也将其所思所感都体味得清清楚楚。此刻连自己心里的惊慌、害怕都硬让这正主的缠绵不舍之意给压了下去。

那跟余言长得一模一样的人方消失在林中,这名唤溯洄的正主便挽起衣裙突然向小山丘上跑去。谢小卷能清晰地感知到她的喘息和心跳,直到眼前的景色一览无余,她才豁然明白这姑娘的意图。

只见山丘下偌大的封礼台,百官朝列,礼乐齐发。宰相跨坐在马上,长发挽起,恣意风流。

哪怕能多看上一眼,也是好的。

然而谢小卷却情不自禁地留意起封礼台上的君王,他穿着一身缁色长袍,精美华丽的青铜面具笼住了他的面目,他伸出手将象征吉祥的青翠树枝递给宰相,一举一动都是皇家的恢弘气度。他旁边尚站着一位衣着华贵的女子,只是距离太远瞧不清眉目。谢小卷忽然觉得一阵剧烈的心悸,竟分不清是自己的还是唤作溯洄的姑娘的。

追上溯洄的侍女悄声感慨:"那就是传说中的利夫人啊,真美。"

宰相的车队已经出发了,林上突然扑棱棱惊起一群鸟儿冲向天际,竟然追上了车队。

"若我能化作鸟儿就好了。"溯洄低语,"他这一去,又要让我等多久……"

二

随着时日渐长,谢小卷也越来越糊涂。这身体仿佛不由她控制,又似乎做的都是她的所思所想。而要命的是溯洄对其夫君的痴情像毒药一样浸染着她,让她也实实在在地感受到了这种刻骨的爱和惦念,真切得仿佛她就是溯洄。

直至五日后的深夜,她随着溯洄猛然惊醒。凉风入怀,溯洄打了个寒噤,想要站起去关窗子时,却觉得自己猛然被人抱起。谢小卷觉得自己的心脏狠狠一拧,溯洄的所有惊慌、害怕都真切地让她感知到了。她恨不能也失声尖叫,然而所有的声音溢出唇齿都化成虚无。她在这异世只是一抹游魂,只能徒劳地感受到溯洄激烈却无效的反抗。身后那人死死地禁锢着她,捂着她的嘴,压制她,侵犯她。谢小卷烦恶欲吐,恨不得在此时此刻就晕厥过去。

夜色太深,根本看不清眼前人的容貌,溯洄拼命的挣扎都化作徒劳,在来犯者粗重的喘息下,只能溢出散碎零星的绝望哭泣。她的手臂终于挣脱束缚,重重打在那人的脸上,只听见夜色中铮然鸣响,像是有什么东西被打落在了地上。溯洄在绝望中伸长了胳膊,触到打落在地上的东西,冰冷且坚硬,是青铜面具。

谢小卷一怔,只觉得脑中尖锐疼痛,竟然晕厥了过去。

谢小卷再度醒来的时候天已经大亮了,不知道溯洄在榻前枯坐了多久。她头发散乱,衣衫破碎,身体俱是青紫。谢小卷一阵心如刀绞,目光却不由自主随着溯洄的视线落在遗落在榻前的青铜面具上——花纹精美,质地坚硬。

谢小卷觉得有些晕眩,这面具,似乎在哪里见过似的。

门突然被轻轻叩响,是侍婢软糯的声音:"夫人?夫人?可起来了……"

溯洄毫无反应,似乎已经丧失了所听所感。谢小卷的心中满是悲凄,恨不得能站起来代替溯洄抵住那扇门。

不要进来,最起码不是现在。

门却还是被推开了,侍婢绕过帷幕便尖叫起来,手上捧着的东西齐数落在地上。她冲过来扶住溯洄的身体失声哭泣:"夫人!这是怎么了?夫人!"溯洄丝毫没有反应,侍婢却一眼看见了榻下的面具,声音尖利得仿佛戳破了最惨烈的真相,"这面具……是帝……是帝君的?"

帝君!

是那天封礼台的君主!

溯洄猛然爆发出惨烈的哭泣声,闻者无不悲戚。

三日后,溯洄投水而死。谢小卷一抹游魂,无依无凭,只能徒劳地看着宰相千里奔波而回,跪倒在溯洄墓前恸哭不已。

彼时宰相夫人因为被帝君奸污投水自尽的事情已然闹得沸沸扬扬,宰相只身闯宫,以一敌十,遍体血痕。宫室大门却突然敞开,高冠华服的帝君缓缓步下,精美的青铜面具上泛着帝王威严,没有丝毫情绪。宰相被侍卫刀斧相加押至帝君面前,目眦欲裂:"杜宇!你——好狠!"

杜——宇——

仿佛刻入骨血的名字突然撞入耳鼓,谢小卷觉得自己的周身魂魄仿佛都被迅速吸走,消失于虚无。

三

谢小卷大汗涔涔地醒来,面前的人伸手轻轻一招,四周暗光流转的轿壁渐渐消失于无形,凝成一枚轿牌悠悠飘到他的手上,上面古色古香写着"离魂溯追"几个字。

谢小卷一时分不清是梦是幻,清冷的河风扑面而来,远处西洋教堂上的洋钟叮叮当当地响着。映着万千灯火,谢小卷一个激灵,这是凌汉,她回来了。

余言转过身,明明还是那个穿着西装比甲的高门阔少,却又有什么东西分明不一样了。他伸出手,向谢小卷迈了一步:"阿……溯洄。"

谢小卷本能地往后退了一步,只觉得头疼欲裂,不由得蹲下了身子抱住脑袋。余言终于耐不住,拉住她的胳膊:"你在困惑什么?你看的不是幻觉不是梦境!那是两千年前的古蜀,是前世的你我!你是我的妻子!"

谢小卷猛然睁大眼睛:"我是……溯洄?"

"离魂溯追,能溯前世,你方才不是看得清清楚楚……"余言的声音变得急切,猛地探臂抱住她的身体,"你我前世离散,我念了你千年、寻了你千年,你不能不信!你是我的!"

世上怎会有如此离奇的事情发生?面前人到底是转世归来的恋人,还是借尸还魂的鬼灵?此时此刻抱住自己的身体这么陌生,感觉是陌生的,呼吸是陌生的,谢小卷下意识地挣扎,却只让余言抱得更紧。"我本不愿这样告诉你,但我一不留神,你就消失了。我多害怕下次见面又是一个千年。"他盯着她的眼睛,"看着我,你的眼里只应该有我一个人,你的心里也只应该有我一个人。"

再一次体察到男人和女人力量的悬殊,无论如何,那段恐怖的记忆已经在心底留下了伤痕。谢小卷情不自禁地害怕起来,她像是又回到了那个暗夜,任何的抵抗都像是湮没在海潮里的一颗沙砾,连涟漪都惊不起来一星半点。

"小姐,需要帮忙吗?"

黑夜里突然亮起一支手电,是旁边酒店的侍应生。他听见动静走来,一时无法判断是爱侣还是遇险的女子,于是出言试探。余言的手臂一僵,谢小卷终于将他一把推开。这个明显是拒绝的动作给了侍应生信号,他迅速扑上去用手电筒砸向余言的下颌。余言迅速闪开,反手将侍应生压在了身下,一掌如有雷霆之力劈下,竟然是要取人性命的杀招。

"住手!"

谢小卷下意识喊道。余言双眼通红,手掌堪堪停在侍应生脖颈上方三寸的位置,像是刚刚被谢小卷的一声暴喝唤回了现实。

这是两千年后的凌汉,而并非当年的古蜀。

谢小卷冲过去推开余言,将侍应生拉起:"对不起,我们方才有些争执,让您误会了。但是谢谢您,真的谢谢。"

她的话舒缓了余言脸上的表情,倒是侍应生没有意识到刚才的生命之危,嘟嘟囔囔地从地上爬起来拍拍土:"大晚上吵架干吗不在家里?"说着手电筒的光柱一晃,看清了余言的脸,表情登时变了,"是余先生,对不起对不起。是我看您刚才对这位小姐那么凶……吓吓吓,什么凶,打是亲骂是爱的。您身手真好……"

谢小卷在心里翻了一个大大的白眼。余言却神色微变,似乎才意识到刚才的举止欠妥。他迈前一步,想要伸手抚平谢小卷被弄乱的发丝,谢小卷却下意识地往后退了一步。他收回了手:"对不起,是我太心急了……"

他这样的表情让谢小卷忽然想到两千年前的古蜀溪边,溯洄眼中高冠华服却郁郁不乐的夫君。她情不自禁地心软了:"余言,或许你说的都是真的,但我还需要时间。"

— 201 —

余言的嘴角微微上扬,收回了手指:"好,虽然我已经等了两千年,也可以再等下去,但我还想恳求你,别让我等太久。"

两人的对话让旁边的侍应生眼珠子都快掉出来了,却不敢问。谢小卷不自然地轻咳两声:"我可以自己回迎宾馆,你不用送我了。"她顿了顿:"我还想问你一个问题。谁……谁是杜宇?"

四

谢小卷躺在房间宽大的床上,脑子里思绪纷繁。

她不知道刚才那个名字是怎么蹿到自己嘴边的,但余言当时的脸色突然变了,她只能不自然地解释说是离魂溯洄之时听人提过。余言捏着谢小卷的肩膀:"我永远不想再在你嘴里听到这个名字,以后都不要再提了。"

她这才知道,原来杜宇就是侵害溯洄,害他们夫妻相隔千年的暴徒,就是那封礼台上高冠华服戴着面具的帝君。

杜宇……

> 杜宇曾为蜀帝王,化禽飞去旧城荒。
> 年年来叫桃花月,似向春风诉国亡。

小时候背过的诗忽然涌入脑海,谢小卷一凛,杜宇……望帝?幼时读蜀志,望帝杜宇,知农时、晓水利、后……后通于相妻,惭而亡去,其魂化为鹃鸟。

这,竟然确有其事!

窗边忽然有人翻进来的声音,谢小卷一惊坐起,看见一个人影站在身前。她一边下意识想要尖叫,一边伸手想要去扭亮台灯,却被人欺上身来制住了。他的声音压得低沉:"是我,阿宇。"

她已经一天一夜没有看见他了，中间还掺杂了那么莫名其妙的经历。谢小卷恼怒起来，伸手去推他，却不想他软绵绵地顺着她的手倒下去，自己手掌所触及的胸膛，炭火一样地灼热。

他倒在床上，脖颈上一层细密的冷汗，连清冷眉目都蹙成一团。谢小卷低唤一声，连忙将他裹在被子里："我去叫医生。"

谢小卷站起来的瞬间手腕却被扣住了，连忙凑近轻声询问，声音透着连自己都未曾察觉的急切："是不是哪里痛？"

"别，别叫医生，就这样，一会儿就好。"他的声音极轻极低，清冷眉目却因为谢小卷的凑近染上了几分缱绻之意，修长手指轻轻抚上谢小卷的侧脸，"对不起，让你一路来跟我吃了那么多苦。对不起，一直待你那样不好……"

谢小卷被他语气里的心酸之意惹得眼窝一红："你瞎说什么呀，你是对不起我，动不动就消失，老是神秘兮兮的。可除却这个，你也没什么不好……你也待我一直挺好的。"

他轻轻摇头："我待你不好，在清平时没有认出你，在游轮上没有护好你，在隋安我还丢下了你。"他眼睫微颤，"可等我想起来了，你却又忘了我，这其实也好，阿漾。"

陌生的名字一经吐出，谢小卷终于确定他是认错人了，心里莫名其妙涌上了一丝酸楚，伸手帮他掖紧被子："我不是阿漾啊，我是谢小卷，我去帮你叫医生。"

他的瞳孔微微一缩，像是从幻觉中清醒了过来："楼下有人监视，还是别让人知道我回来了。"

谢小卷跳了起来，藏在窗帘边往外轻轻一探，果然见几个人坐在一辆车里，藏在门口法国梧桐的浓密树荫下，时不时抬头看上两眼。谢小卷一惊："我在凌汉没认识几个人……怎么？"

她的视线与阿宇一撞，下意识明白过来，却果断否决道："不会是余言。"

随着她这句话一出口，阿宇的眼神就黯了几分。她慌忙解释：

"不……即便是他，应该也没有什么恶意……你……你不要多想。"谢小卷忽然觉得自己越描越黑了，难道要告诉阿宇，那个余言自称是找了她两千多年的前世夫君，所以绝对不会伤害她。

阿宇一定会觉得需要看医生的是她谢小卷自己。

五

谢小卷房里所有能盖的东西都压到了阿宇身上，他冒着冷汗，连说句话都仿佛要耗尽全身的力气。神妙的是谢小卷带来的箱子，似乎在暗夜中应和着阿宇的呼吸，闪着微弱的光芒。这个奇怪的年轻人有一种让人信服的气质，让谢小卷生不出半点背着来的念头，只能通宵守在他旁边照顾他，直到最后自己都昏昏沉沉睡着了。

又是连绵的水泽。

芦苇映着夕阳糅合出一片金灿灿的色彩，长身而立的男子站在自己面前，灿烂的阳光模糊了他面具上的花纹。他俯身望着自己，声音清润："我如约来了。"

她心里漫上欢欣，却又强抿着嘴角，赤脚往水波里退了一步："你是谁？我可不识得什么蜀国的帝君。我的终身，可不是许给你的。"

男子笑了，伸手将面具摘下，"你所许终身的那位朱提少年阿望，可是生的这副模样？"

她咯咯地笑起来，又强装正经敛紧眉目："嗯，这么瞅着是有几分相像。可我总觉得我的阿望要生得更端正一点……"她语音还未落，就溢出一声尖叫，腰肢被人一揽拉近。那人的气息温柔地拂面而来："那现如今，你可愿意出这千里湖泽，做我杜宇的帝妃？"

阳光微微偏移，照在他手中的面具上，青铜的质地，纹路森严冰冷。

而他的眉目亦从光辉灿烂中跳脱出来。

清姿俊逸，一双略显狭长的凤目，严肃时如蕴冰雪，此刻却染蕴着无限柔情。

谢小卷猛地惊醒，身旁的床铺已经空了。阿宇站在窗边，虽然依然虚弱，却比昨晚精神许多，朝阳模糊了他的眉目。他向床边走过来："他们换班了，快些收拾东西，我们要离开迎宾馆……"

谢小卷没有动弹。阿宇略显诧异，又往前走了一步，五官一下子从阳光中跳出来。与梦中人明明是不同的两张脸，但那一双眼睛！那一双眼睛是与梦中人一模一样的凤目，略微狭长，染蕴着款款柔情。谢小卷觉得自己的嗓子仿佛被哽住了，也不知道怎样唤出来的声音，仿佛刚出口就散在了空气里："杜……宇？"

阿宇伸过来的手僵在了空中，一时间寂静无声，静得能让谢小卷听见自己的心跳声。长久的静默让谢小卷怀疑是自己的错觉，她努力想要扯出一个干笑来，也是，怎么可能呢？

"你……想起我了？"

暗哑响起的一句话将谢小卷牢牢钉在原地，她震惊地抬头望着阿宇。他的眼睛熬得通红："阿漾，你怎么……"

谢小卷脑子里一片茫然的空白，冲进脑中的却是自己身为溯洄时那绝望黑暗的一夜。他亦是她的疼痛和绝望，以及静静躺在地上的，精美冰冷的青铜面具。

她一把推开阿宇，门摔在身后。

阿宇的脸，瞬间惨白，没有半分血色。

六

谢小卷不记得自己是怎么冲出迎宾馆的，她随便跳上了一辆黄包车，将脸埋在手掌里哭泣起来。不知道是害怕，是迷惘，还是对身边人的恐惧。

余言给自己看的前世是真的,真的有古蜀。而梦中更真实地告诉她,原来她与杜宇也确实有私情。前世的记忆片段席卷而来,带着足以让人战栗的情感力量,让她只想要逃离。她不能再待在凌汉,她需要找余言救出她父亲,回到清平,再也不要触碰这让人觉得万分羞惭的记忆了。

黄包车在余言的别馆前停下,谢小卷跳下马车,敲响门环。

应门的是一位管家模样的阿婆,谢小卷勉力调整了自己的呼吸,这才开口:"请问余先生……"

"阿婆,有客人吗?"

声音清且柔,酥润如三月的雨飘扬而至。有丽人从楼梯上缓缓步行而下,一身水墨染就的湘竹旗袍,衬得身体越发纤侬合度。一头乌发烫成最时髦的样式,松松在脑后挽了个髻,端是说不尽的万种风情。

那是整个凌汉都熟知的一张脸,凌汉有名的电影明星——木雨耕。

谢小卷瞠目结舌,她跟余言分明还去看过那场电影,却从来没有听见余言有过一言一句的提及。

或者,她是余言的表姐妹?余言的朋友?

木雨耕将视线落在谢小卷身上,端详片刻,忽然扬起嘴角笑了,笑容带着十分的笃定:"谢小姐?"

余言不在家,木雨耕说和他约好了待会儿在电影片场见面,问谢小卷愿不愿意与她同去,她只能茫然无措地点头答应。

原来电影片场是长这个样子的,谢小卷好奇地这里碰碰那里看看。旁边却突然有工作人员小心翼翼地凑过来,手里拿着的自来水笔都在不自然地颤抖:"木……木小姐,能不能帮我签个名?"

谢小卷诧异地转过脸,指住自己的鼻尖:"我?"

工作人员这才愣了一下:"对不起,对不起。是我认错了人。"说完又小心翼翼地补了一句,"您跟木雨耕长得有几分像啊,尤其是您刚才的侧脸。"

谢小卷有些出神,这样的话似乎以前也有谁对自己说过,自己笑起来像谁来着?

谢小卷徒劳地摇摇头。那边木雨耕已经捧着一杯热茶袅袅婷婷地向谢小卷走来。她像是刚下了一场戏,穿着一身天青色学生装,却依然难掩清丽。她将热茶递给谢小卷,坦然在旁边坐下:"不必这么不自在,这个电影公司,有余言的股份。今天电影杀青,余言一定会来,你放心。"

谢小卷轻轻喝了一口,终于还是忍不住开口:"您和余先生……"

木雨耕毫不掩饰,大方地转过头:"你好奇我和他的关系?"

谢小卷一噎,还是点了点头。

"如果你是他的情人,那我就是他的朋友。"木雨耕转过头看着谢小卷"噌"一下红起来的脸,眯着眼睛微微笑了笑,"如果你是他的朋友,那我就是他的情人。这样说,不知道谢小姐能不能理解?"

谢小卷结结巴巴不知道该怎么接话。木雨耕终于将视线挪开,看着片场画着的湖景山色:"自从你来了凌汉,他借着何家的名义为你办舞会,日日夜夜陪你,为你做尽之前从未替其他女人做过的事情,却只肯告诉我你是他的故人。"她低头轻轻一笑,"既然只说是故人,那我讲讲我们之间的故事,应也是无妨的吧。"

七

木雨耕认识余言还是在十年前的凌汉,那个时候她也有十三岁了,却因为吃不饱饭瘦小得跟没上十岁一样。头发乱糟糟的,看不出是个女孩子。小踏凳用布绳拴紧了系在脖颈上,走路的时候小小的身体都被拉扯着往前倾。她在电车和黄包车之间艰难穿行,守在凌汉最大的舞厅"夜天堂"门口,每当有人走出来,就抬起疲惫的笑脸,硬生生地挤出笑容:"先生,太太,需要擦皮鞋吗?"

雨雪天气往往很冷,却是这些擦鞋的孩子们最喜欢的天气。雨雪易脏污,来跳舞的排场人总要把鞋子擦干净再入场。擦鞋的人虽多了,但鞋童亦是多。她个子太小,总也抢不过那些机灵的大孩子。她孤独地等啊等啊,在寒风中瑟瑟发抖,连招揽生意的声音都哆哆嗦嗦,很是微弱。

然而一双美丽的脚从车上迈下来,在夜天堂门口的红毯上蹭了蹭,原地踌躇了一下,向她走来。

她的眼睛亮起来,连招揽的话都忘记说。但旁边早有一个更加机灵的孩子站起来,冲到女人面前:"小姐小姐,来我的摊子吧。"他嫌弃地看了她一眼,"她没力气,擦不干净的。您看她的手,那样小。"

那是一个比她大许多的男孩子,一副精明强干的样子。她看出女人的心动,仿佛下一秒就要改变方向向旁边的摊子走过去。一天没吃饭的她不知道哪里来的力气,突然站起来拎起自己的工具盒砸在了男孩的头上。

对方头部瞬间流出血来,恼羞成怒地回头将她推到地上,一阵拳打脚踢。

娇客见不得这样的场面,正要转身走开。一个男人却迎过来,声音低沉却好听:"怎么了?"

美丽的小姐声音有些委屈:"想擦擦鞋子,倒害这两个小叫花抢生意打起来了。真是的,我们走吧。"

两人走进歌舞厅里,抢她生意的男孩子务实地收手。这场体力悬殊的争斗对他而言太过没意义,他自认晦气收拾摊子离开。等人都走了,她才慢慢地从泥泞的地上爬起来,一点点收拾散落在地上的工具。有人从夜天堂富丽堂皇的大门里走出来,是在跳舞中场出来透透气的客人。

她不用抬头,从裤管就能看出是刚才那女子的男伴。他黑亮的皮鞋光可鉴人，这不是她的客户。她一点多余的探究心都没有，收回视线修理自己的鞋匣。

打火机声，烟丝点燃声。那双黑皮鞋踢了踢地毯，抚平了一个褶，然后百无聊赖地向她走来。

其中一只干净的皮鞋踩在她扶好的小木踏上："还做生意吗？"

她点点头，拿起用具慢慢擦起那双靴子来，露出来的手非但小，还冻得青青紫紫。客人还在抽烟，雪茄的香味萦绕在头顶，那烟雾不呛人，还让她觉得暖。没有对话。待靴子擦好后，他将一个银元丢到她的盒子里，站起身来重新走进夜天堂。

她浑身颤抖着拈起那枚银元，像是拿起了一枚小小的月亮，那月亮照亮了她抬起的脸。她用目光求索，那大方的客人却已经消失在夜天堂里，只有大门还微微晃荡着。

木雨耕那时候很缺钱，家中有生病的母亲和嗷嗷待哺的幼弟，那块银元让一家人撑过了艰难的一段时光。

后来她不止一次在夜天堂门口遇见过他，她的工作是不抬头的，但她能听到他的声音，并迅速认出在面前走动的众多鞋子中哪一双属于他。只是她从来不敢抬头看看他的脸，她怀着卑微和羞愧的心思——如果那位先生认出了她，想起自己的那块大洋只是无意中给错，而并非自己的一时善行，自己该如何应对。

但他诚然没有再光顾她的擦鞋摊，更遑论找她要回那小小的一块银元。她反而失落，并意识到在这些有钱人的眼里，他们无论是可怜还是可恶，都是过眼云烟。她觉得她不怕他找自己讨回这个银元，但怕他将自己就当作这样一个可怜可恶的小东西，不吭不响地贪墨了客人给错的钱。

木雨耕一反以往，在夜天堂门口拼命抢起生意来。她明明个头很小，却是最较真最热络的那一个，跟人打架也必定是最拼命的那一个。

冬去春来，她攒够了那一次恩赐所应有的找零，用绢帕包着再次

— 209 —

看见那个男人的鞋子时抬起头冲了上去。

她第一次仰头看着他的脸，声音微弱却坚定："先生，您的零钱。"

天光从喧闹到凌晨的夜天堂的霓虹灯上洒下来，照着小小少女的执拗。

少女的美，是在一瞬间，绽放出来的。

八

余言是凌汉城的新贵，彼时刚入股了电影公司。当红的女演员大多是他一手捧红，亦和他打得火热。木雨耕在余言的安排下，进入电影公司下属的演员培训班，每个月能领到薪水贴补家用。比起过往，已是天差地别。

生活稳定下来，她的身高迅速地抽条。时光一溜就是三四年，这期间余言时不时来探望她，偶尔给她带点西洋那边流来的稀罕物件儿。不见得都是很值钱的东西，却都是小女孩喜欢的。她的头发也渐渐留长起来，一日她在练习室里对着镜子一边咬着牛皮筋一边扎头发，从镜子里看见余言正在静静地望着镜中她的眉目。但在她转头的时候，余言却已经离开了。

她抚摸着镜中的眉眼，突然意识到了什么。

这些年来，余言捧红的女明星的面容与镜中的这张脸都有着一点点的相似之处，有的是眉，有的是唇，有的是侧脸过去微微的笑窝。

没过几天，片场传出女明星耍大牌罢演的消息。

那个女明星她认识，就是当年惹得她和另外一个擦鞋童打架的女人。传言说她因为一点儿小事在片场大发雷霆，非要踢出更加年轻貌美的女二号。木雨耕那个时候在片子里不过扮演一个端茶倒水的丫鬟角色，突然听见余言的声音响起："你确定不演？"

女人的眼睛里恰到好处地溢出了泪水，拿捏着五分的娇三分的委屈两分女儿家的任性："不演……"

那是拿捏裙下之臣的语调，却用错了对象。

余言连眼睛都没眨一下："那你下来，小木头上。"

他转过身，掸掉指尖的烟灰，将旁边呆若木鸡的她手中端着的盘子拿下，"站过去，别给我丢人。"

她果然没给他丢人，自那天以后一炮而红，成为凌汉城炙手可热的女明星。而那撒娇拿乔的女人，很快消失在影坛，悄然得仿佛从来没有冒出过头。

风月场上偶有人提及余言的冷漠无情，但很快也就转到津津乐道于他对待新欢的豪横手笔上去了。他是这样年轻英俊，浪漫多金，像是片场的聚光灯一样，他走开的地方，理所当然地就暗了下去，所有人于此都适应得非常好。

木雨耕觉得自己应该做个懂事儿的女人，她的机会、她的前途、她的未来都是眼前这个男人给的。如果没有余言，她至今还是在夜天堂门口擦皮鞋的卑微女孩。因此她出现在余言的房间里，在他推门而入的时候，轻轻解开了披在身上的浴袍。

她以为一切都是顺理成章的，但在余言走近她的时候，她还是忍不住地浑身发起抖来。她安慰自己，也许只是头一回这样难，以后便容易许多了。他站得如此之近，仿佛都能感受到他的呼吸，沉默良久，他拾起浴袍轻轻为她披上，只淡淡地说了三个字："你不用。"

如果之前都只是感激和识时务，在他出口的瞬间，木雨耕听见了自己的心跳。

仿佛有热烫的血液推进自己的身体，并迅速蹿上了心头。

她爱上了他。

"我疑惑了许久，今天才明白过来。"木雨耕像是从回忆中抽回，看向谢小卷，"他将这些相像的女孩一个个推到大红大紫，无非是为了在人群中寻找到一个长得最接近他心目中的那个人。先前我扮得

— 211 —

久了,还以为自己真的是了。但自从你来了凌汉,我才知道那些女孩长得不像我,而是像你。而我之前不过是作为最像的那个,得到了最特殊的待遇。"

情爱是毒,沾身即朽。

精明如余言,懂得珍惜最好的玩偶。

九

谢小卷觉得自己心头上仿佛压了沉甸甸的石块,她是说余言这些年的女人或多或少都长得像自己?听上去仿佛是天方夜谭,但贴在剧场里密密麻麻的女星画报却充分地证明了这一点。她们彼此之间或者有着相似的眉毛,或者有着相似的嘴唇,或者是某种难以言明的神态。谢小卷游走在那些画报间,情不自禁地抚摸自己的五官确认。她想也许她们相像的也不是这张脸,而是千年前水里的那张倒影,那个痴心等待丈夫的姑娘。

而自己究竟是她,还是不是她?若自己真的是她,而谢小卷又是谁呢?

木雨耕已经被导演叫走,谢小卷一个人站在空荡荡的大舞台上发着呆。她一心从阿宇身边逃走,却又突然发现无法面对余言的寻觅与等待。过往的记忆太久远,却裹挟着这样浓烈的情感,让她整个人都像失航的船只一样摸不清方向。然而手腕却被人扣住了,她整个人都被拉到了身后的帷幕里,她低呼出声:"是你?"

阿宇的表情居然带着恳求之色:"跟我走。"他手上的小牌子闪闪发光,正是之前她所见过能藏匿行踪的轿牌。他的手凉得可怕:"我来救你的父亲。"

谢小卷的眼圈红了:"劫狱?然后带着我们父女在山野里隐匿行踪,终生不露面吗?"她咬着牙,"莫说你现在什么也做不了,就算你还是帝君,我也不愿和你再有半分牵扯!"

她猛地甩开阿宇的手，冲出了帷幕。门口传来余言汽车刹车的声音。她正要冲出剧院门，却有一个黑色的人影从座椅中间窜出来抱住了她，也掩住了她的嘴。

不是阿宇！这人年纪更轻，声音似哭似泣："雨耕，你为什么不要我？我一直在等你，一直在等你！"

谢小卷瞬间知道他在黑暗的剧场里认错人了，她勉力挣扎却无能为力。剧场的门被人推开，露出一线光芒，正是余言。年轻男子远远地望着余言，轻轻笑了："你为什么会爱上他？他明明待你是没有心的，跟我一起走吧。"

谢小卷忽然意识到自己身后硬邦邦的东西是什么了，是那个男人绑在身上的一周炸药，引线已经被点燃了，刺啦作响的火花往外冒。谢小卷从未想过自己的情爱纠葛尚未搞明白，就被搅进了其他人的情爱纠葛里，眼瞅着还要搭上性命。

从外面走进来的余言一时间还没有适应剧场里的黑暗，谢小卷却应着倾泻进来的阳光看见那个男人冒着胡碴的下巴和深深凹陷的眼睛。他看上去顶多二十一二，几乎还是个少年。

一个人影冲过来，一拳打在年轻人的脸上。谢小卷挣脱了，跌在一旁头昏脑涨地回头望，正是阿宇。年轻人死死抱住他的身体，不让他去掐灭引线。阿宇不得不顺势抱着他的身体倒地一滚。谢小卷将心提在嗓子眼——保佑那引线一定要被压灭！

然而瞬间，响起了枪声。

子弹穿胸而过。拔枪的余言似乎根本不在乎射中的人是不是无辜者。子弹穿过年轻人的腹部钻进了阿宇的胸膛，年轻人则顶着枪伤摇摇晃晃地站起来，嘴角流着血："雨耕，雨耕，我不怪你，你也别怪我……"

谢小卷惊慌失措："我不是木雨耕，你认错人了！"

年轻人的脸上现出极其可怕的表情，然而炸药的引线也燃到了尽头。倒地的阿宇用尽力气爬起来，抱着谢小卷奋力一扑。

震耳欲聋。在漫天火光中谢小卷的脑中一片空白,眼里却只有那人熟悉的清淡眉目,那曾经藏匿在玳瑁眼镜后面总是习惯于微微敛起的清淡眉眼。

他将她牢牢护在身下,在这一片天地里,他的目光像隆平那夜一样炙热温情。她曾追寻这样的目光,走遍了清平、汉兴、隋安、秋溪。

这分明是她认定已久的爱人。

她痛哭出声:"杜——望!!"

第十三章
浮光匿影轿

一

漆黑。

茫茫无际仿佛要把人吞没的漆黑。

谢小卷觉得自己似乎在一条茫茫无尽头的路上走着,前头好不容易闪现一抹微光。一个瘦削的背影侧对着她,青丝缭乱,脸色苍白,眉宇却是熟悉的,正是杜望。谢小卷欣喜地想要开口唤他,却发现一个字也迸不出来,想要努力冲他奔跑过去,却也丝毫靠近不了。那抹微光不远不近地笼着杜望,发出空灵幽静的声音。

"纵然你是半人半灵的根骨,也禁不住你千年来如此消耗。人间帝王做到你这份上,也着实是可怜得很。"

杜望轻轻开口:"她的业障,俱是由我而来,我不为她背负,谁又为她背负。"

他的话音渐渐微弱,连衣袂都渐渐透明到恍若消失。

那一线微光也渐渐暗淡,眼看着周围一切要湮于黑暗。谢小卷分不清是真是幻,尖叫出声,一味地朝着微光消失的地方摸索过去。肩膀被一只温柔的手扶住了,余言的声音温柔传来:"溯洄,你终于醒了。"

谢小卷大口喘着粗气:"他人呢?"

余言轻声道:"剧场里出了事故,你被砸伤了,我去照料一下稍后就来。"

余言站起身想要离开,胳膊却被猛地抓住了。谢小卷盯着他的眼睛一字一句:"阿宇呢,一直跟在我身边的那个人呢?"

余言微微顿了顿:"你先养好身体我再跟你说。"他看向谢小卷,眼神里带上试探和探索的意味,"你似乎对他很上心,我记得你告诉我他只是你的司机。"

谢小卷愣了一下,这才想起来杜望以阿宇的身份出现时应是用倾雪流玉轻易过容的,与前世杜宇的相貌并不一致。但余言依旧对杜望有着直觉的忌惮,谢小卷来不及思考就脱口而出:"没什么,你不是提点过我留意他?刚好借着这次的事儿给点钱打发他走。"

余言笑了,他像是很满意谢小卷将他说的话记到了心里。他走上前轻轻握住她的手:"等你好了,我想办法疏通,让你见见你的父亲。待此间事了,你和我一起回去好不好?"

谢小卷下意识不敢再让余言注意到杜望,甚至没顾得追问余言所谓的回去到底是去哪儿,只能微笑允诺。余言前脚离开房间,谢小卷就飞速地从床上弹到门边。果然,无论是门外还是窗下,守卫着的都是余言的人。

外面阴郁蒙蒙,窗口更被半拉着的窗帘微微掩着,只有床下似乎有什么东西明明灭灭闪着微光。是轿牌!

她费尽力气将小皮箱从床底下够出来,恢复记忆后这些牌子对她而言再也不是当初那样毫无意义了。每张轿牌都被杜望擦拭和抚摸过,每一张轿牌都承载着杜望漫长生命中经历过的故事,更有自己和杜望一起经历过的故事。清清和祈佑,凭虚和铃子,聚欢和沈肆……

然而在她打开盒子的瞬间,轿牌却在明灭闪动间渐渐暗淡下来。

一本香谱从轿盘上跌下，两张红色剪纸沾地即长，转瞬间就已经成为两个白胖白胖的娃娃。谢小卷眼圈红了，"阿荣！阿和！"

阿和只睁开眼望了一眼谢小卷，像是要说话却张不开口一样，又迅速地变成了一张红色的年画剪纸跌落回香谱上。谢小卷更加害怕了，伸手将阿荣抱进怀里。阿荣睡眼惺忪地揉了揉眼睛，看清谢小卷的瞬间却"哇"的一声哭了出来："漂亮姐姐！快，救救主人！他怕是快要死了！"

二

广记轿行的轿牌乃至这胖乎乎的剪纸娃娃，都是杜望身上的灵力所饲，千百年来俱是如此。可如今非但轿牌暗淡，连荣和二宝维持人形的灵力都难以为继了。谢小卷觉得心里一拧，一张若隐若现恍若透明的轿牌却映入眼帘，她一眼认出就是前阵子自己和配缨遇险，杜望用来相救自己的浮光匿影轿。

她伸手抓在手里，想要照着咒文念出来。阿荣却跳过来抱住自己，他的胳膊有气无力："姐姐不能念，这咒文不是凡人所能驱使的。即便是老板，也会大伤灵元。"

谢小卷咬了咬嘴唇，却伸手将阿荣抱在怀里，快速地念出了牌子上的咒文。凭借自己过往与杜望同游的印象，将手平平伸出。只看见轿牌迅速地一闪湮没在空气里，谢小卷的身体慢慢消失了。

浮光匿影轿其实并无轿形，只是保持你在轿牌三尺见方的空间内藏匿身影。

阿荣不可思议地瞪大了眼睛："漂亮姐姐，你怎么能……"

门"吱呀"一声打开了，谢小卷头发散乱，脸色苍白地倚在门口："对不住，能帮我打点热水来吗？"

外面守着两个人，其中一个闻言点头，转身快步下楼打热水了。

另一个回身看见谢小卷的寝衣松松挂着半边雪白肩头，似乎觉得有点不妥，礼貌点头致意了一下就回过头去，一副非礼勿视的模样。

似乎有一阵凉风吹过，保镖下意识侧脸去看，半开的门轻轻摇晃着，应当是穿堂风。

很快打水的保镖回来了，敲了敲门："谢小姐，热水打来了。"

无人应答……

谢小卷毕竟不是杜望，驱使浮光匿影轿的时间有限。一时之间汉兴街头的小贩们都震惊地望着这个突然出现在街头穿着寝衣赤足狂奔的姑娘。阿荣紧紧抱着谢小卷的脖子，声音渐渐微弱："主人应该就在前面那栋白色的建筑里……阿荣能感觉到……阿荣。"

前面就是凌汉医院，谢小卷只觉得身上一轻，俯身去看时，阿荣已经悠悠然化回一张红色剪纸，落在她的衣领上。谢小卷慌了神，正打算冲进去，却正好看见余言带着几个手下从医院出来。

手下的人略微有些犹豫："医院那边让联系家属呢，咱们要不要告诉谢小姐，毕竟是她的司机。"

"没必要。"余言顿了顿，从衣袋里掏出雪茄磕一磕点燃了，"去找赵三做个假的身份证明，把人从医院里拉出来，直接丢到江里去。"他袅袅吐出一口烟雾，"死都死透了，还讲究什么。"

世界仿佛一下子盲了，没有声音没有色彩。

像是当时在秋溪，自己穿着红色嫁衣站在雪地里的茫然、害怕、悲痛无措。

谢小卷忽然心口一紧，仿佛有一把钢刀在体内搅拌着自己的五脏六腑。她强行按着心口在医院的花坛后蹲下身来，勉力不让余言发觉，但是鲜血已然从嘴角沁出，连眼睛看东西都有了血色。

是浮光匿影轿。阿荣说得没有错，那轿牌上的咒文是不能够妄然驱使的。她能够唤醒轿牌，本身就已经是奇迹了。

余言离开了。

谢小卷顶着隆然耳鸣晃晃悠悠地走进医院，她觉得只要走进那扇门，轻轻推开，杜望就会倚在窗口，狭长的眼睛漫不经心地将目光投注到她身上，口气无奈："又被你追上了，真是甩不掉。"

但是房间里没有站着的杜望，只有冰冷的铁架子床，白色的单子罩着一个简单的人形。

她走过去，身体因为剧烈的疼痛情不自禁地佝偻起来，手轻轻抚上白色单子，剧烈地颤抖着。谢小卷咽下喉中的那口血，勉力一掀。

那还是阿宇的容貌。谢小卷忽然对眼前的这个男人感到陌生，她安慰自己，一切都是一场梦，静静躺着的这个人其实和自己什么关系都没有。

然而那双狭长眼睛却是骗不了人的，即便是轻轻地合着，也能想象它安静地隐匿在玳瑁镜片的后面，望着她的温柔目光恍若星辰大海。

她的手指情不自禁地抚摸上那双安静的眼睛，只看见他的脸仿佛有白色的微光流过，他的五官在她手指的逡巡间渐渐蜕变，变回了杜望的眉、杜望的鼻、杜望的嘴唇。他的唇角还勾着熟悉的笑纹，仿佛在笑话她这副狼狈的模样。

阿荣说过，轿牌的魔力是以杜望的灵力为饲的。

杜望一旦死去，这世上将不再有广记轿行。连同他之前用倾雪流玉轿做的易容，都悄然消失了。

他的身体是冰冷的，连同那脸庞的每一寸线条都显得冷硬。

可是他还没有告诉她，这一切究竟是怎么了？

他不在，她只会感到害怕。

门外忽然远远响起脚步声，护士的声音在门外温柔响起："你们是亡者的家属？还请节哀，随我这边来。"

谢小卷从几乎能够让人溺亡的绝望中清醒过来,她不能让余言的手下带走杜望。她哆嗦着手摸出口袋里的浮光匿影轿,原本还有残余光华流转的轿牌此刻已经彻底暗淡无光。

　　她让杜望倚靠在自己的身上,他安静好看的脸仿佛睡着了一样。谢小卷不顾身体每一寸骨缝间钻出来的疼痛,将手平伸,一字一顿念出了轿牌上的咒文。

　　只要再一次就好了,最后一次就好了。

　　如果真的有神灵的话,再眷顾一次就好了。

　　刻骨的疼痛从四肢百骸钻出来,有血从皮肤里慢慢渗出。谢小卷掩住了杜望的眉目,磕磕巴巴念着咒文,却只有死一般的沉寂。指尖沁出血,渐渐润透了轿牌的纹路,忽然有光芒像萤火虫一样悄然亮起。谢小卷心头一喜,嘴唇微动间轿牌光芒大盛,从她的掌心中慢慢升起,慢慢化作虚无……

　　门猛地被推开了,先行一步的护士目瞪口呆地望着抱着亡者的神秘女子:"你是?"

　　保镖似乎察觉到有异,猛地推开护士上前,却眼睁睁看着两人倏地消失了。

三

　　深夜,清平广记轿行。

　　门环被急促地叩响,月生晚间素来睡得清浅,听见响动忙坐起身来。那边张秉梅也醒了,将外衣披在月生身上:"你不要动,我去看看。"

　　门"吱呀"一声开了,身上血迹斑斑的长发女子原本倚靠着门勉强而立,门一开,整个人就朝里面跌过来。张秉梅连忙扶住她的身体,那边闻声赶出来的月生已经眼尖看到门外倚墙而坐的男人,惊呼

— 220 —

出声:"杜老板!"

皮肤是冰凉的,鼻尖没有了呼吸,胸膛里没有了心跳。月生惊疑不定,看向奄奄一息的谢小卷:"姑娘……这……"

谢小卷露出一个苍白的笑容:"不要怕,他只是睡着了,待会就会醒来。"

她推开张秉梅,向杜望走去,仿佛是要俯身扶起他,却不过迈了两步,就晕了过去。

杜望死了,轿牌没有灵力喂饲。她驱动轿牌时就必须以自己的鲜血为饲,神行千里轿奔袭千里,几乎生生熬干了她。几乎下意识地,她要带杜望远离余言。

谢小卷再次醒来已经是两日后,她恍恍惚惚起床走出房门,却看见堂上堂下都扎着白绸,连广记轿行门口的招牌都扎上了白色的纸花。月生正穿着素白的薄袄里外操持,花白的头发整整齐齐地挽成发髻束在脑后。

谢小卷晃悠悠地走到堂前,只看见堂上躺着的棺木正在下钉。谢小卷迷糊着:"这是谁的白事?"

月生看见她这副魂不守舍的模样,心里一酸,走近扶住她的胳膊:"姑娘醒了。杜老板生前收容我和外子,是莫大的恩德。如今你孤身一人扶灵归来,我们二人也理应在旁边操持着……"

谢小卷愣了愣,这才抬头看向堂上,白纱飘落,正露出遗像上杜望的脸。张秉梅正好与丧仪铺子的人结账归来,进门就撞见谢小卷幽幽地站起来,心里"咯噔"一下,连忙开口大喊:"月生,快拉住她!"

谢小卷果然向棺木冲过去,却是将下钉的人撞了个趔趄,然后徒手去拔棺材上的钉子,眼泪潸然而落:"谁说他死了? 他不过是睡着了一时半晌,午后就会醒来。他还欠我那么多话,我还有那么多事情都糊涂着。"

不过三两下，谢小卷的手就被钉子剐蹭得鲜血淋漓，月生和旁边下钉的人都拉不住她。张秉梅幽幽一叹："把棺木起开吧，也应该让姑娘看最后一眼。"

棺木被起开了，杜望安静地睡在白色衬底的棺衬上，起钉的人诧异地吸了一口气："你们确定这是离世三日的？看上去完全不像啊。"

张秉梅叹口气，走上前轻轻拍了拍谢小卷的肩头："姑娘，看一眼就让杜老板走吧。生死各有天命，活着的人就算有千般万般舍不得，也只能看开。"

谢小卷嘶哑的声音从嗓子里钻出来："老先生，劳您和婆婆回避片刻，我想和我丈夫单独待一会。"

张秉梅和月生俱是惊愕，他们原本以为谢小卷只是杜望在外的红粉知己，却没有想到两人已经有了婚姻之约。两人看向谢小卷的目光中更添了一重同情，点点头，拉着棺材铺的人离开了。

堂前空无一人，棺材又高又深，饶是谢小卷想要把杜望拖抱出来也是不能。她索性脱掉鞋子，躺进了棺材里，呆呆怔怔地看着杜望的脸，手里还捏着一个小小的牌子。

牌子是暗淡的，连上面"沉木冥棺"四个字都模糊得看不清了。谢小卷一手握着轿牌，一手轻轻握上了杜望的手："你还记不记得我们在汉兴，我曾经很不理解沈聚欢，就算她能让沈肆活过来三天又能怎么样呢？可现在我终于明白了。"她微微闭上眼睛，"杜望，没有什么比遗憾更让人心痛的了。我不知道我还有没有三十年寿命，但只要能换你醒来一天、一个时辰、一分、一秒，我也心甘情愿。我要看着你看着我。"

她念出咒文的最后一个字，将头轻轻靠在杜望的肩膀上，缓缓闭上了眼睛。

四

谢小卷觉得自己似乎沉睡了很久很久,终于有一线光芒从黑暗中缓缓破开。有年轻姑娘清脆明亮的声音在耳边响起:"帝妃,在这里,我们在这里呐!"

她觉得胸腔里塞满莫名的快乐,伸手就向四面八方探手抓过去,嘴里还念念有词:"你们个顶个都坏透了,下一把我可不要来了。"她的话音刚刚落地,就觉得脚下像是绊到了什么,重心前倾就要跌倒,所幸一条胳膊将她揽进胸膛里。她欢欣鼓舞地撕掉布条:"换你换你!"

眼前猛然亮起来,她眯着眼睛刚适应过来,就对上那拥有狭长眉眼的男子。旁边的宫女一个个慌忙俯身:"见过帝君。"

杜宇像是连日忙于国事,依旧是清俊的眉目,但脸上却少了几分血色,他有些无奈地伸手揽紧她的腰肢:"阿漾啊阿漾,你都是要做阿娘的人了,怎么整日这样不安分。"

她笑着扑进他怀里:"宫里太闷了嘛,你又不能时时陪我。"她望着他的疲惫神色,终究还是收起了玩笑之心,温柔地挽起他的胳膊,"在为水患为难?可惜……我此时此刻竟半点也帮不上你。若是往昔我还具有通灵之能,也可帮你祷祝……"

杜宇微笑:"宰相很有才干,已然帮我不少。"

她故作惋惜地叹息:"他当年明明只是我身边的小跟班,现在倒显得比我有本事多了。早知道我就不应该嫁给你,那样说不定还能天天跟着你。"

杜宇有些苦恼地挑了挑眉:"那我只能把宰相纳为帝妃了,平日还好,晚上共寝却有些尴尬。"

她"噗嗤"一声笑出来,他却将手臂紧了紧,修长手指抚上她脸侧的发丝,轻柔缩至耳后,声音压得轻且低:"就这样……就这样阿漾,你只要这样一直在我身边就好。"他向她俯身过来,唇瓣干燥温暖,轻轻压在她的唇上。

"臣鱼灵,请见帝妃娘娘——"

杜宇顺势放开她,伸手揉眉微笑:"鱼灵跟我一同去巫山治水数月,此番回来也是赶着探望你。你们的情谊倒也一向深厚……"

大殿的帘子掀开了,一个英挺的身姿跪在殿下。她松开杜宇的手,轻快地向鱼灵跑去:"阿灵你回来啦!帝君有没有欺负你? 他若是偷偷让你干苦力,可一定要告诉我。"

鱼灵缓缓抬起头,眉目阴郁,却也掺杂着难以抑制的柔情和想念。但目光一落到站在一旁的帝君身上,这万千情感又静静湮灭了。他低下头:"鱼灵此次返回郫邑,看中一位女子,想请帝君帝妃代为主婚。"

"真的?"她惊喜地跳起来,"我原本还当你是个不识七情六欲的家伙! 快唤过来让我见见。"

帘幔轻摇,渐行渐近的环佩相击声清脆又温柔。一个女子莲步走上殿来,盈盈跪拜在鱼灵身侧。她还有些紧张,但身边鱼灵坚挺的背脊似乎带给她无穷的勇气,支撑她抬起头得体微笑:"小女子溯洄,拜见帝君、帝妃。"

那是一张温润生动的桃花面,却让殿上殿下的所有人瞬间陷入了沉默。

溯洄望着殿上的帝妃娘娘,脸上也渐渐浮上了诧异之色。

鱼灵目光中燃烧着莫名的光芒:"还请帝君帝妃赐臣这个荣宠。"

众人沉默的原因无他,只因宰相的未婚夫人与帝妃娘娘的容貌颇为相像。

五

"昔日你恨他,不惜灭掉他的家国子民;如今又要用自己的阳寿去救他,究竟求的是什么呢?"

谢小卷的意识刚从记忆的泥淖中拔出来,却又堕入一片迷蒙混沌中。那是她曾在昏迷时听过的声音,清灵空幽,又波澜不惊。

谢小卷愣愣地问:"我恨他?"

"你曾经舍弃他的孩子,重回灵体之身向我祷祝他家国亡灭,这也忘了吗?"

谢小卷一窒,她捂着心口,觉得撕裂一样的疼。

"你重生为凡人其实很好,最起码往日的爱恨纠葛都能尽数忘却,但为什么又困于过去,不肯前行?"

"前尘往事都是旁人告诉我的,我连是真是假都无从分辨,连我究竟是谁的妻子,是阿漾还是溯洄都搞不清楚。"谢小卷苦笑,"事已至此,还不如想起来,倒也落得个清楚明白。"

那声音微微叹了一口气,从微光中伸出一只明亮皎洁的手,白玉样的手指轻轻搭在谢小卷的额头上:"毕竟是我曾经的孩子,便再帮你一次,看你还愿不愿意做出这样的决定。"

那指尖淌出的流光,就是她失去的记忆吗?

那的确是很久很久以前的事情了,她不是平凡的清平官家子女,而是两千年前生于泽养于泽的阿漾。

蜀地多水患,外有川西雪水入蜀,内有岷江、涪江横流。唯有一片盈然湖泽,蔓延千里,唤作漾泽,安然盈澈,养育蜀地子民。漾湖大泽有一岛唤作灵岛,居中有一小泽唤作灵泽,与漾泽互盈互补。

她与鱼灵便是漾泽与灵泽天然衍生的灵体,主导一方水相,护佑子民,千百年来相依相偎,从未离开。

直到那年,她在泽畔遇到了尚是少年的杜宇。

她只是寂寞了太久,窝在泽畔的草窝里偷偷看他洗澡。少年的皮肤肌理在阳光与水光的映衬下闪耀着隐隐的光芒,她看着奇怪,便也学着他的样子撩撩水,擦擦自己的胳膊背脊。这其实没有必要,神灵远比凡人省却许多麻烦。她玩了一会就觉得厌了,于是好奇地偷偷翻他的衣物,又琢磨着将宽大的袍子套在自己身上,晃晃悠悠地在岩石上走来走去。

泽中突然响起水声,她吓得裹着他的袍子就要跑掉,却听到少年无奈的声音:"这位姑娘,你穿着我的衣服要到哪里去?"

她的脸腾地烧起来,慢慢转过身来。

清晨的朦胧曦光从她头顶的枝叶间隙落下来,洒在她光洁的手臂上,落下有趣味的光斑,天然而生的乌发从她肩头披泻而下,衬着她幼细的脚腕,美得不加矫饰,美得惊心动魄。她慌手慌脚想要将身上的衣服脱去,却被衣带缠到了手臂。她好不容易解开,方露出一个圆润的肩膀,少年就像被呛到了一样剧烈地咳嗽起来。

她瞪大一双眼睛望着他,逼得少年的脸也微微红了起来,他低下眼睛:"你穿着吧。"

她听不懂,依然疑惑着尝试脱去袍子。少年慌忙走上几步,伸手阻止住她的动作。

泽畔深处的一群水鸟刺棱棱地受惊飞起,雾气散去,阳光斑驳灿烂,清泉亮得耀眼,他们的眼睛也亮得像宝石一样。他正攥着她的手,四目对视,几乎是鬼使神差地开口询问:"你是……哪个部落的姑娘?"

自那以后,少年常常来看她,亦为她带来美丽的衣裙饰物,教她说话识字。他让她叫他阿望,他想要做一双眼睛,一双能引领族人的眼睛,一双能望见最远处的眼睛。

现如今,他也会一直一直望着她。

六

即便是孤寂百年的神灵,也会在不知不觉之间爱上一个凡人。

她爱阿望,喜欢阿望,愿意学习那些艰涩的文字和别的不懂的事情。然而这一切的欢欣着落在另一个人身上就变成了难以忍受的背叛与苦痛,那是与她相生相伴多年的鱼灵。他原本是开朗的明澈的,却在阿望出现后一天天沉郁下来。

他原本才是和她最密切最不可能分开的人,原本是她全心全意应该惦念的人,而她心里却不知不觉装满了那个陌生少年的身影。他安慰自己,凡人的寿命总有尽时,不敌山川,甚至不敌树木。那人早晚会归于这山山水水,成为一把平平无奇的尘土。到时候他的阿漾,还会是他的阿漾。

直到那一年,少年阿望要离开泽畔了。他握着阿漾的手,许诺有朝一日会回来娶她。要她到时出这千里湖泽,跟他到部落里去,做他的妻子。

他的阿漾,点头答应了。

鱼灵忽略掉心里隐隐的恐惧,强行让自己高兴起来。凡人的寿命微若尘埃,誓言更是如此,他不相信那个人会为了阿漾回来。最终陪在阿漾身边的还是他。

近十年,他日日陪伴在她的身边,日日倾听的都是她对阿望的思念。作为一个自然幻化的神灵,十年的时光本应当如同弹指一瞬,如今却因为嫉恨和恐惧度日如年。

当年的少年终于还是回来了,他已成为蜀地的君主,高冠华服,微笑着对她说:"阿漾,你可愿做我杜宇的帝妃?"

阿漾终究为凡人出了这千里湖泽,抛下了他。随后被接入宫室,封号为利。

嫁于人类的神灵会付出代价,在告知天地婚契达成后,便会渐渐丧失祷祝灵力,与凡人无异。怀有子嗣后更会归还本身元灵于山川河流,是而寿命尚不及寻常凡人,且不会再有转世轮回。她把这些事情瞒下来,没有告诉阿望。

彼时蜀地水患,民不聊生。阿漾却正好怀了孩子,一点忙也帮不上。思前想后,她向杜望举荐了鱼灵。鱼灵亦是由水幻化的精灵,熟悉水相河道,由他帮衬着治水再合适不过。

鱼灵没有半点犹豫就答应了,他无法忍受在没有阿漾的漾泽一个人孤寂地生活。阿漾的恳求让他居然有一丝期待已久的畅快,她的心里有他,遇见难处想到的第一个人仍然是他,在她心里永远为他保留着那人类帝王侵占不去的一块地方。阿漾是为了杜宇出这千里湖泽,他则是为了阿漾出这千里湖泽。他穿上他们的衣着服饰,对杜宇俯首称臣,兢兢业业帮助治水。他跟随杜宇受尽子民敬重,更被杜宇拜为宰相。

只是万民敬重、封相拜爵也无法填补他内心巨大的空洞。他并不能时时见到阿漾,即便见到也总是她和杜宇的亲密情状。可看不到那些,他亦会发疯地想到俊朗的帝王慢慢拾级而上,美丽的帝妃迎上来。曾经只属于他的阿漾伏在杜宇的怀里,极尽亲昵,长长的头发拖曳在裙裾上发出流水一样的光泽。

他不堪忍受这样的相思折磨,直到一次治水归来,他在郫邑遇见了一名清秀的农家女儿。

她倚在家门口翻晒谷种,感觉到陌生的目光不禁抬起头来。面前的男人是她见过的生得最为好看的男人,望着他仿佛望着跨越山川河流才捕获到的天际一颗星子,让她轻而易举就此沦陷。

鱼灵慢慢走近她,轻声呼唤:"阿漾。"

他当然知道面前的农家少女不是阿漾,那面容也没有十成十的相似,但他仍然希望对方应一声,只要像以前一样,抬起头,眼里心里都只有他,那样简简单单应一声就好。

农家少女迷惑了,微微蹙了好看的眉头:"可我叫溯洄呀……"

七

鱼灵回禀帝妃,自己要迎娶溯洄。他原本期待能在阿漈脸上看到哪怕一点点的失落不舍,却只看见全心全意的欢欣与祝福——像是寻常女子得知自己的幼弟长大成人,纳礼结亲的那种欢欣鼓舞。他终于死了心,和溯洄成亲。但不久后,却听说了帝妃有孕的消息。

阿漈一直在心里把鱼灵当作自己的亲人,他们没有父母、没有兄弟姐妹,生于山川江河归于山川江河,只有与自己同生同源的鱼灵是她的根源羁绊。然而这像漈泽一样温柔敦厚的亲情同与阿望之间的感情是全然不同的,她也从未想过鱼灵会对她有其他的想法,直到鱼灵将溯洄带到她面前,宣布婚讯,还带着不管不顾昭告天下的决然。

望着少女的脸,她和阿望在一瞬间都明白过来,却都没有质问。

帝君赏赐给宰相前所未有的婚仪重礼,两人成亲那日,只有帝君前往,轻描淡写地告诉宰相,帝妃有孕,不便前来。

宰相扔下新婚夫人,连夜闯宫,在轻纱弥漫处捉住帝妃的手臂。他双目赤红:"打掉这个孩子,跟我回漈泽,你便还是漈泽的精灵,与山川日月同寿。"

帝妃微笑,修长手指为他拢了拢凌乱发鬓:"可这一切都是我心甘情愿。"

他手上加力,但始终看见的都是她看待孩童一样的宽容微笑。他终于死心了:"你终究不肯跟我走,是因为舍不得这人间的浮尘虚华吗?"他松开手,退后两步,深深地看了她一眼,"我不怪你,你想要的我都会给你,即便抢来我也会给你。"

三日后,鱼灵告别自己的新婚夫人溯洄,重新踏上了远去巫山疏通峡道的征途。阿漾远远地看他骑马离开封礼台,总觉得心里不安,生怕有什么不好的事情即将发生。但回头时,阿望已经将一件大氅披在了自己身上,修长胳膊从身后围绕过来,胸膛暖暖的。阿漾情不自禁微笑起来,却听见阿望开口轻轻询问:"阿漾,你会不会后悔出泽嫁我?"

她的心突地跳了一下,伸手抚上阿望的手指,回身望进他的眼中:"永志不悔。"

八

那年蜀地发生了前所未有的水患,连郫邑也未能幸免。帝君忙于治水,连日连夜不回宫室。甚至连漾灵两泽也泛滥成灾。阿漾彼时已经怀胎数月,再也没有引导水相向上天祝祷的能力,只能在后宫中操持布帛黍米发放给子民。

她已然许久没有见过阿望,更不知道他什么时候会回到宫室,更不知道流言蜚语是什么时候在郫邑如同毒素一样飞速流传,甚至在自己身边的婢女间口耳相传。

望帝杜宇通于相妻。

她是不信的。但是传言中宰相之妻溯洄相思成疾,水米不进。她觉得自己理应代替鱼灵前往探视,却亲眼撞见了那不堪丑恶的一幕。帝君宽大的袍子覆盖在两人赤裸纠缠的身体上,他一边捂住身下女子的口唇,一边回首看过来。

青铜面具跌落在地上,露出那双狭长眉目。

夜色如此之沉,他看不到她匿于帷幕之后的身影。阿漾只觉得冷,不同于沉睡在漾泽漫长岁月里的凉凉的湖水,而是万千冰刺从骨缝里一丝丝钻出来,让人生不如死的酷寒。她的耳中是一片死寂的悄然,将虫鸣风号,乃至男女之间的呻吟辗转都隔离在外。

只有杜宇当年的那句话悄然回响:

"阿漾,你可愿意为我出这千里湖泽,做我杜宇的帝妃?"

风吹动帘幕,已空无一人。

她原本是去留随心的神灵,在遇到杜宇之前,从未体会过如此入骨的爱,当然也从未体会过如此入骨的伤痛。她鬼使神差地将溯洄召入宫中,殿上两名模样相像的女子相对而坐。均面色苍白,相对无话。

良久,溯洄起身,不施辞礼,踉跄而去。

只在原地留下一个青铜面具,纹路精美,却是刻骨冰寒。

数日后,溯洄投水自尽而死,阿漾这才听闻溯洄并非甘愿,而是失节受辱投水而亡。

阿漾已经全然混沌,分不清什么是真什么是假。洪患泛滥,每日都有无数的人死去,连宫室也被冲垮数间。她不闻不问,只没日没夜沉沉昏睡。直到鱼灵听闻溯洄的死讯,赶回郫邑,然后闯宫怒斥杜宇,被刀斧侍卫拦下。

她远远站着,数月未见,本应相思刻骨。但此刻她望着杜宇那已经显得陌生甚至令她感到恐惧的背影,忽然想念起沉静孤寂的漾泽。

那个时候有臣子向杜宇进言,水患源于水妖作祟。

而这水妖就是来历成谜的帝妃。

杜宇没有再宣召她,而是赐下一碗药水。

怀有胎儿,她与寻常人再无特异之处。几个粗使仆妇掌着她的下颌,生生灌下那碗汤药。在刻骨的疼痛中,她与杜宇那成了形的孩子从体内生生被剥离。

　　在那一瞬间，她第一次感到胸腔中那种四处撞击无处宣泄，却又足以毁天灭地的情感。

　　如同杜宇第一次让她知道爱。

　　也第一次让她知道恨。

第十四章
巫山不负
巫山云

一

指尖微光渐渐湮灭,谢小卷缓缓睁开眼睛,泪水汩汩而落。她下意识地伸手捧住自己的小腹,仿佛那千年前未能降生的孩子还跟她有着血脉牵连的感知。她哑着嗓子,声音仿佛一出口就散了:"你……究竟是谁?"

面前稀薄光晕处现出一个女子来,她高梳环髻,轻衫薄裙,慢慢走到谢小卷面前。"我是瑶姬,你失去孩子之后恢复灵体。曾经远涉巫山祷祝我帮你复仇,因此事牵扯太多性命,我没有答允。你便以潆泽为祭,用禁术致蜀地水患成灾。怕是连你自己也不知道,那一年蜀地因为你死了多少人。"她轻轻蹙了下眉,"上天有因果报应,我以为你就此在世间灰飞烟灭,却没想到你还有千年后重生于世的一天。"

谢小卷微微颤抖:"瑶姬……巫山……你是神女?可我明明记得我叫作溯洄,我才是溯洄,我的丈夫……"

瑶姬叹了口气:"你确实是阿潆没错,至于你说你是溯洄,许是别人用他人的记忆混淆了你的记忆。"瑶姬的眉宇中微有怅然之意,"昔时你不听我的劝阻,遭受天谴前将自己的记忆封印在我这里,说自己铸下大错,不能再带着与那人的恩爱情仇归于烟尘。我曾经试

— 233 —

图去忘川寻找你的魂魄,却毫无所获。连漾泽也在那场水患后干涸成一片枯地,彼时我才相信你是真正烟消云散了。"瑶姬顿了顿,"可是你重生后遇到那人,竟然动摇了你的封印,这才让你断断续续想起来了一些。我索性将你的记忆干干净净原封不动地还给你,现在你全都记起来了,还决定要用你的寿数去换他还阳吗?"

谢小卷痴痴而立:"我觉得我已经很久很久没有见到他了,也已经很久很久没有跟他说过话了。千年前他背叛我亏负我,打掉我的孩子,我却尚不及问他一句为什么。"

瑶姬慢慢走近她,手轻柔地放在她的肩头:"你我同为执掌水相的神灵,漾泽为云雨所养,你也算是我的妹妹我的女儿。当年你心甘情愿脱去灵体嫁给望帝,我没有阻拦。如今我却要多问你一句,就算你得到答案,又能如何? 你这仇是报还是不报?"

沉默良久,谢小卷抬起头,眼中泪光盈然:"我虽然找回了阿漾的记忆,但那些给我的感觉太遥远了。对我而言,他不只是两千年前引我出泽的望帝,更是今生让我追随千里的杜望。两千年前我那样恨他,两千年后我却再次爱上了他。"她的眼泪大滴大滴而落,"不是他,又能是谁呢?"

瑶姬沉默良久,才缓缓开口:"好。但那人并非常人根骨,你倾尽余下的所有寿数也未必能换得他三日辰光,你可还愿意?"

二

杜望在熟悉的广记轿行醒来已经是午后了,他站起来的瞬间觉得略微头昏,连忙伸手扶住了桌边。门"吱呀"一声被推开了,谢小卷抱着风筝风风火火闯进来,一脸的天真灿烂:"杜望,我们去放风筝吧!"

他几乎不敢相信自己的眼睛,只呆呆立在榻前:"阿漾……"

谢小卷跳起来拍了他的肩头一下:"喂! 什么阿英阿秀,你看着我的时候还敢想着别的女人？"

清平的春天很美，一叶乌篷沿水荡开，水纹一波波轻柔地敲击在青石板路上。柳梢映着水光，绿莹莹地讨人喜欢。船娘一边"吱呀呀"地摇着水橹，一边唱着温柔如同梦境的渔家谣。

杜望坐在船头，看乌篷破开水波，两岸的房屋飞速后退，觉得自己如在梦中。他来清平已经有二十年，却从未像今天一样好好地望一望清平。

谢小卷就坐在他的身侧，侧过去的半张脸在阳光下泛着晶莹的光泽，正是少女最天真好看的时候。她的鬓发被风轻轻吹起，偶尔拂在自己的肩头，带着恬静美好的气息。漂亮的眼睛望向水波，似乎是在认真数着水中来回穿梭的小鱼儿。记忆里谢小卷总是蹦蹦跳跳的，即便是前世的阿漾，因是自然化就的精灵，也多是活泼好动，从未有如此安静的样子。甚至那温柔静谧的眼波中，竟在不经意间透出一丝沉沉的郁痛来。

他的手都在微微颤抖："你……想起来了？"

谢小卷的身体微不可见地僵硬了一下，回头却换上明朗笑容："想起来你是广记轿行的杜老板，想起你一路上总是欺负我，想甩掉我，还想起你莫名其妙在秋溪消失。"她叹口气，"虽然你对我不算好，但你在秋溪说失踪就失踪，出于江湖道义我也应该担心一下。"

不对，似乎有什么不对。

他还想再问，谢小卷已经从乌篷船上跳到岸边。清平城外大片的草滩长得生机勃勃，还点缀着五颜六色的美丽花朵。谢小卷扯着风筝线愉快地跑来跑去："杜望，你呆站着干什么，我风筝放得可不好，快过来帮忙！"

杜望忽然发现他已经很久没见到眼前的姑娘这么高兴了。

清平再相逢时，她正为方清清的事情大动肝火；坐船逃婚的时候，又前途未卜、忧心忡忡；在隆平的时候以为自己丢下她，更是委屈得放声大哭。一路走来，所闻所见俱是为难事、伤心事，更不会有此刻轻松自在自由奔跑的快活了。可这才是她本来的样子，一如两千年前在潆泽时的样子。

他本不该迎她出泽，不该让她做自己的帝妃，不该让她沾惹上凡尘俗世的七情六欲。

杜望情不自禁地闭上眼睛，那已经是两千多年以前的事情了。从有记忆以来，他就是这世上的孤魂野鬼，没有病痛，更不会死去。漫长的时光中孤寂地守着一箱轿牌，用自己的灵力去超度世人。他隐约知道自己背负着巨大的罪业，只能通过了却世人的遗憾来偿还。因为自己不老不死，他漂泊不定，每逢二十年就要找一个地方重新开始。

后来他来到了清平，在这江南小镇租赁了一处小小店面，开一家小小的轿行，谨言远友，儿女之情更是从来不去沾惹，没想到却碰上了谢小卷。

他两千年来古井无波的心，被悄然叩开。倘若这世上还有唯一的一个人可以给自己慰藉和温暖，应该就是面前的人了。

他喜欢她，所以前所未有地放纵自己。他允许她来轿行里胡闹，允许她检验自己的婚事，允许她耍赖一样地一路跟着自己。也不是没有尝试甩掉过她，却总是半真半假，留给她追上来的余地，甚至还隐隐期盼她追上来，期盼着这样有人陪伴的旅途可以一直走下去。

也正是在这漫长的旅途中，藏在他脑海深处的记忆碎片浮了上来，他常常想起一个女孩，虽然看不清脸，却跟谢小卷有着相似的清脆笑声。

他想不起来，但这若有若无的记忆却提醒了自己——谢小卷是凡人之身，她理应拥有相夫教子的幸福一生，而不应守在一个不会老去的怪物身边，荒废青春，憔悴遗憾。

他正要做出分道扬镳的决定，却突然发现世上还有一个人持有跟自己同根源的轿牌。他穷根溯源地追到秋溪，在秋溪的茶山深处发现一个莫名的灵阵，竟然与他身上的灵力同出一源。他想要再行探访时，却不慎触动机关，自身的精血灵元被吸食大半。他拼尽全力斩开灵阵，却跟跟跄跄地跌下了山谷。

在那瞬间，涌上他脑海的是谢小卷的笑颜，以及在隆平客舍那个短暂的吻。她轻轻扇动的睫毛、温暖的嘴唇、柔软的腰肢，已然成为他内心中最深刻的羁绊。也是在那一瞬间，他决定离开谢小卷，趁一切还来得及。于是他挣扎着独自离开秋溪，不告而别。火车站熙熙攘攘，他面色苍白，跟跟跄跄。有卖凉茶的小姑娘连忙扶住几乎要跌倒的他："大哥哥，要不要喝口水？"

他顺着月台的廊柱颓然滑坐到地上，脑中却浮现出了埋藏已久的记忆。明白了一切的根由，也想起了他深深亏负和一直等待的那个人。他用千年的孤寂与苦修还清了彼此的罪孽，才换来了她重生的一世。可他竟然没有勇气回到她的身边，告诉她所有的真相。他偷偷回到了秋溪，看到了轿牌的残烬，才知道是她烧掉了百川归寂轿，自己曾经被轿牌洗去的记忆才重新归来。然而毁坏轿牌遭到自身反噬，她竟然忘却了自清平离开跟随自己一路颠沛的所有记忆。

这其实也好，她这一生，本该是无忧无虑，再不受半点挫折，再不跟自己有半点关联。自己只要远远望着她就好了。

他留在秋溪守候她三个月，又追随她一路回到清平。直到她父亲出事，他才迫不得已用倾雪流玉轿改变容貌，冒充她的司机随她北上。他在秋溪大伤元气，之后每一次催动轿牌都感到灵力飞速吞噬，却仍为了守护她而不得不为。

他要守护好她。

三

谢小卷跑到杜望身边，将手里的风筝线轴塞到他手里："在想什么呢？快帮帮我，我怎么都放不高。"

他忽然想要放纵自己一次，也让她真真正正地开心一次。他的胳膊顺其自然地从她的身后拢过去,将她小小的身子围在胸前,修长手指把着她的手微微上提:"不要一味扯着它,微微放松,再收紧,胳膊这样往上提。"

谢小卷只觉得他温暖的鼻息熨帖在自己的耳侧,久违的温暖让自己的眼眶不由自主地红了,似乎有极其酸涩的情绪在心头不由自主地往上冒。她跑了神,下一秒指尖一痛,风筝就悠悠地飘远了。

她似乎没有觉察到指尖沁出的血珠,只呆愣愣地看着空中:"阿望,风筝飞走了……"

阿望。

曾经也有人这样一声声地呼喊。"阿望,我烤了鱼给你呀。""阿望,怎么这么晚才来找我?""阿望,快点来接我,不要让我等太久呀。"

她仿佛还是那个站在水泽里的小小的晶莹剔透的姑娘。他们彼此无欠无负,只有自由自在的喜欢。

杜望心痛如刀绞,胳膊下意识收紧,将她死死扣在怀里。谢小卷转过头,眼泪已然润湿了眼睫。她在漫天的青草芳香中缓缓闭上眼睛,感觉到唇上他炙热、滚烫而又战栗的亲吻。她紧紧抱着他的背脊,眼泪濡湿在彼此的皮肤间。

她不能说话也不能思考,像是在无边海洋中失去方向的迷舟,而他是身在咫尺却又仿佛相隔甚远的海岸。

鲜嫩的青草汁水沁透布料沾惹在皮肤上透着春绿的微凉。她迷蒙地睁开眼睛,蒙蒙眬眬看到茂密春草支起的一角湛蓝天空。而他那平常总藏在镜片后面的眼睛,那总蕴藏着嘲弄、微笑甚或是深情的眼睛,此刻蕴含着痛苦、迷乱与深情,让她觉得既陌生又熟悉。她下意识地伸手抚摸他的脸颊,那一瞬恍惚又回到了两千年前的漾泽畔,是当年的阿漾在抚摸爱人阿望的脸。她心口猛地一痛,阿漾再也不可能被阿望抱进怀里。那么此刻的她只是谢小卷,只愿做谢小卷。

她伸出的手指很快被杜望攥在手心里,他俯下身子,眼中的迷离色彩遮蔽了那一角天青,也敛尽了万物风华。他抱住她,声音暗哑溢出:"我很想你……阿……"

她赶在那个名字的尾音吐出之前,吻上了他的唇角。

四

傍晚,橙红色的温暖阳光悠悠铺满了水面,几只蜻蜓点破水面,迅速地飞远了。早已经没有回城的乌篷,杜望沿着河岸慢慢地走,谢小卷趴伏在他的背脊上,一手拿着风筝,一手抱着他的脖颈,安静得一句话也没有,只侧脸趴伏在他的脊背上。

这样的谢小卷,太奇怪了。

他原本以为是自己的错觉,可他分明记得那天谢小卷醒来脸色惨白,望着自己喊出的名字分明是杜宇。

"小卷,你是不是想起来……"

"咱们去吃城南的那家馄饨好不好?汤头给得特别好,当年是我和清清常去吃的。"她用手敲敲他的脸侧,语气里有强撑的欢快,"可是我没有钱,杜望,你有没有带钱?"

进城的时候天已经黑了,所幸馄饨摊还没有打烊。夜空中开锅飘扬出温暖的香气,谢小卷将脸埋在一碗馄饨里,吃得面色潮红脸颊带汗。杜望坐在一旁静默地看着她,伸手将她的发丝拂到一旁。

她迅速抬头,像是为了掩盖慌乱:"老板,再来一碗。"

杜望看了一眼桌子上的三四个空碗,终于忍不住发火了,他一把将谢小卷从凳子上拽起来,冲老板喊:"老板,剩下的馄饨我全要了,挑到东街32号!"

老板乐得早收摊,忙不迭地答应。谢小卷嘴巴里尚塞着最后一口馄饨,吱吱呜呜:"你凶什么?我会还你钱的!"

杜望却并不买单她的粉饰太平,一双眼睛像是能看透她的内心。

谢小卷情不自禁地心虚,有些事纵然道理想得再明白,做起来却还是很难。她想开溜,杜望却喊了一声:"站住!"

瞬间有心酸压也压不住地往上涌,他为什么就不明白,将所有事情捅破又有什么好处?他们只有不到三日的时光,就这样以杜望和谢小卷的身份静静相守不好吗?

她扭过头,眼圈红了:"你再凶我,我就哭给你看喔。"

连谢小卷自己都没有意识到,她当年经常拿这句话半开玩笑半要挟地说给他听。"阿望,你对我不好,我就哭给你看喔。"其实只是玩笑话罢了,她嫁给他,在那一夜之前,何时被他惹哭过。杜望的声音喑哑,几乎也蕴含了泪意:"阿漾,你打算瞒我到什么时候?"

谢小卷还想装痴卖傻当听不懂,又或者撒腿就跑,甚至想先发制人骂他跟自己在一起却错叫别的姑娘芳名。但她转过身的时候看见了杜望瘦削黯然的神情,想到两人所剩无几的时间,终于忍不住哭了。

他快步向她走来,似乎想把她抱在怀里。她却后退了两步,远远地望着他泪水涟涟:"杜望,你真是个混蛋。"

五

今晚的广记轿行有些热闹。先是谢小卷和杜望一前一后地冲回来,再然后馄饨铺的老板也挑着一担馄饨"吱呀呀"地找上门了。张秉梅有些不明所以地付了馄饨钱,又嘱咐杜望不要欺负人家姑娘。他和月生受杜望大恩,加上知道杜望有着非凡本领,所以见杜望死而复生也不怎么惊异,只觉得欢欣。交代了两句就捧着馄饨回房找月生了。

杜望坐在堂前等候谢小卷出来,也勉力让自己冷静下来。一片白色花瓣从房梁上悠然飘落,粘到杜望的额角。他信手拈下来,发现那不是花瓣,而是烧残了的一角白纸。

这情景，总觉得有些似曾相识。

轿行门被人猛烈敲响，杜望担心再惊扰了张秉梅起来，便快步上前应门。门一拉开，棺材铺的伙计们用唱白事儿唱惯了的嗓门又响又亮地说："我来收你们家白事儿的钱，另外，你们那棺材钉儿到底还下不下？"

谢小卷在屋里听见动静，几乎是撞开了房门："杜望！"

杜望闻声抬头的瞬间，脸正被对方瞧了个正着。伙计吓得哭都哭不出来，往外跑的时候还左脚绊右脚地摔了一下。

汉兴沈肆的事，几乎瞬间涌入脑海。杜望抬起头，不错眼神地盯着谢小卷。谢小卷嘴唇哆嗦着，一个字也说不出来。

杜望信手在空中一招，在厢房中端放的轿盘已然出现在他的手上。所有的轿牌黯然无光，仿佛在昭示着饲主所剩无几的生命。他拈出丹心澄明轿的轿牌："你就算不说，我也会知道。可我灵力所剩无几，只怕驱动这张轿牌，我们也没有多长相守之期了。"

谢小卷脸色苍白，在杜望堪堪要念出咒文的最后一刻大哭出声，冲过去抱住杜望的腰身："我能怎么办！我不能看你再也醒不过来。我恨我把过去都想起来了！要是我还是当初那个谢小卷，要是我能全心全意地陪你度过这三天该多好！"

轿牌跌落在地。杜望身体僵直，被谢小卷牢牢抱着，听她声嘶力竭地哭喊。他的脸色苍白，手指抚在她的脸侧："你用了沉木冥棺？"

杜望觉得有森森寒意从自己的四肢百骸上丝丝冒出来，仿佛他已经不该是行走在阳关道上的皮囊，而应该是沉睡在忘川水里的朽骨。沉木冥棺，沉木冥棺，要自己的爱人牺牲三十年的寿元换自己不过三日的还阳。杜望的手指在情不自禁地微微发抖，"你可知你这一世，是如何得来的？你怎么敢？你竟然敢？"

谢小卷抱着他腰身的手抓得死紧，却抬头瞪大了眼睛："你又怎么敢！"她的眼泪迅速滑下来，"你又怎么敢逼我承认我就是阿漾？只剩三天！你要我此生也是恨你的吗？"

杜望浑身僵直,谢小卷的手从他的腰上慢慢滑落。仿佛像她所说的那样,她只要开口承认,必定将过往爱恨牵扯进来。而他们三日的时间,连相互折磨都不够。

谢小卷心灰意冷,放开手,退后几步深深看了杜望一眼,转身慢慢离开。

但身子却被猛地揽住了,身后的寒凉渐渐变得温热。她感到杜望的眼泪热烫地熨在她的脖颈上。她伸手想要触摸他的脸:"杜望……"

原来他也会哭的,无论是当年戴着青铜面具的俊朗帝王,还是如今风流恣意的轿行老板,他都不曾在自己心爱的女人面前掉过泪。

"我有对阿漾要讲的话,也有对小卷要讲的话。"他的声音嘶哑低沉,"我等了太久了。"

六

他一直没有告诉当年的阿漾,一切背后的真相。

昔时鱼灵在众人面前离开郫邑治水,却在星夜时闯入他的寝宫。"帝君是个爱惜子民的好帝君,只是不知道这爱惜能有多深重。"

即便是区区灵泽凝聚的神灵,力量也不是人类所能够匹敌的。他被掳到昔日水患决口处,鱼灵单手微微抬起,汹涌河水不断上涨,像是一只不断倾泻的碗,眼看就要漫过了堤坝。而俯瞰山下,是数不尽的房屋、牲口,夜晚的鸡鸣狗吠,大人的梦呓和孩子的哭闹。

杜宇捏紧了拳头:"你想要什么?"鱼灵嘴角微微抽搐:"我不痛惜你那像蝼蚁一样的子民,我只痛惜阿漾。"杜宇面无表情:"阿漾不会跟你走的。"鱼灵脸上的表情居然有些落寞:"她是不会,她太喜欢你们了。她在漾泽一个人待得太久,现在再也不想回去了。不过不要紧,她想要的我都会给她。"他眉眼一紧,"我不知道阿漾为什么会迷恋你,只能将你拥有的全部抢过来。若我也做了帝君,她就会像喜欢你一样地喜欢我吧。"

杜宇的嘴角勾上了微微笑意,那是对敌人的轻蔑和嘲笑。鱼灵被激怒,手掌慢慢抬起,河流激荡在堤坝,而沉睡的人们却一无所知。他忽然笑了:"你似乎确信阿漾不喜欢的事情我一定不会做,但是如果连阿漾都不在了,我又何须在意这些蝼蚁?"

杜宇脸上的冷静破碎了:"你说什么?"

"看来你尚不清楚。"鱼灵的眼睛红起来,"她怀了你的子嗣,一旦诞下,就要归还灵力于日月山河,就要消弭在这世间了!"

无论是为了子民,还是为了阿漾,他都不得不为。

他答应了鱼灵的条件,禅让帝位。做过人间帝王,他自以为早已经深知世间所有难言苦楚,却没想到还有这样的磨难。鱼灵幻作他的模样让阿漾撞见那一幕,是极为恶毒的诛心之计。加上将望帝通于相妻的流言散布出去,他之后的禅位便变得顺应民心,一箭双雕。与此同时,鱼灵还在朝内民间散布阿漾是妖妃的消息,要她再也无法做他杜宇的帝妃。

那一碗汤药,亦打下了阿漾和杜宇的孩子。当晚,阿漾就消失了。

杜宇散发赤足归于漾泽,将所有的帝王荣华抛在身后。他所想要的本就不多,即便阿漾归于水泽,在他短暂的凡人寿数里不愿意出来见他,也不要紧。他可以在漾泽畔一直一直等下去,最起码,阿漾还在这世间,总有一天她会回到漾泽再次与他相逢。

他却万万没有想到,不过短短三日,偌大的漾泽居然在眼前眼睁睁地干涸了,露出地表龟裂的土地。甚至湖泽附近丰美多汁的芦苇水草,也瞬间干枯,仿佛被烧焦了一样地颓唐。然而与此同时,蜀地却爆发了前所未有的水患,岷江决堤、巫涧壅塞,在鱼灵手下侥幸逃生而不自知的黎民,最终仍然湮于洪涛。

他在干枯的漾泽没有等来阿漾,却等来一个环髻轻衫的女人。她悄然站在龟裂的泽心,幽幽叹气:"竟然舍得以养育自己的湖泽为祭,即便如此,也还要受如此的天罚业报。"

他目光空洞,声音干涩:"你是谁? 你可见过我的妻子阿漾吗?"

女人轻叹:"我是巫山瑶姬。"

七

杜宇在巫山见到了阿漾,她被冰封在酷寒的千年深涧下,脸颊像雪一样地白,长发散开如同弥散的云,眼睛微微闭着像是睡着了一样。她本就身量不高,在幽深的冰涧中渺小得像是一只折翼的蝶。他目眦欲裂:"阿漾——"

冰涧闪过一道银白光芒,仿佛有实体的尖利细刃刺穿他的身体。他被结界挡回,重重跌倒在地上,鲜血汩汩流出。

"身为自然之灵,本就承受万物恩德。她因你负她,便以自身为祭毁了这天下,岂不是恩将仇报么?"瑶姬轻轻叹了口气,"她未免太傻,天罚业报必将身受千刀万剐之苦,耗尽血肉灵力,灰飞烟灭。一旦诛灭,尚不如你们凡人,没有轮回转世,这世上此后再也没有阿漾了。执着爱恨又有什么意义呢?"

寒风过涧,杜宇的长发在空中四散飞舞,眼中泣血:"这罪业本该是我的,万万不该是阿漾的。"

瑶姬静静看着杜宇:"我将她藏在这冰涧里,却只能庇佑她数日,业报终究要着落在她头上。即便在这深涧,也有神灵难以忍受的冰寒之苦,她的灵力更在不断流失,终究有油尽灯枯的一天。望帝,我找你来,便是想问问你,我尚有最后一个换她重生的法子,你是愿还是不愿?"

杜宇是人间一方帝王,深受天地护佑。且仁慈温厚,治水惠民,攒下莫大功业。他若能舍弃自己的肉身替阿漾顶下这天诛雷刑,或许能救她一命。但纵使他黥出过往的全部功业,也难敌这一桩罪孽,他将再无生生世世,消弭于世间。

杜宇长发麻袍，为她顶了天雷诛灭之刑。纵然瑶姬施法护持，但他挪出法阵时依然周身沐血，连灰白色的麻袍都被血染成了斑斑重紫，浑身见不得一块完好的皮肤。

瑶姬撤去了结界，他跳下深涧，在冰融雪消之中将她抱在怀里。

他的眼泪混着血滴在她雪白的脸上，他下意识地伸手想为她擦去，却僵住了。天诛之刑让他的身上遍布细密伤口，却是森然见骨。他觉得自己俨然是一副勉强挂着皮囊的骨殖，只能用尽力气抱紧了阿漭。

可是她还是睡着，眼睛合着，始终没有睁开。

他俯下了头，在她嘴边轻声呢喃："阿漭，我已经想好了孩子的名字，就叫杜盈，好不好？"

那一瞬间他似乎看见阿漭的眼睫在微微扇动，而他很快便知道是自己的错觉。日出东方，霞光闪烁，他眼睁睁看着沾着他鲜血的阿漭，身子渐渐透明飘渺，在浓重雾气中化为飞灰。他茫然无措地伸手去捕捉，试图将阿漭留在他的怀抱里，却终究徒劳无功。他似乎终于明白过来眼前发生的事情，嗓子里发出绝望的呼喊，跌跌撞撞，状若疯癫，他不顾自己的残破躯体向瑶姬扑去："你……分明说过，灰飞烟灭的会是我！是我！"

瑶姬琉璃色的眼珠淡漠地望着他："我在骗你。你为她抵偿的不过是皮肉之苦，她的罪业终究会让她灰飞烟灭，无可回避。我只是想看看，阿漭这一腔爱恨，终究着落在一个什么样的人身上，究竟值不值得。现在你知道了真相，可后悔吗？"

他忽地笑了，继而笑得越发苍凉："你们神灵固会玩弄人心，而我所求的，不过是阿漭能活着。救她，我不悔。我悔的是不该将阿漭带出漭泽。她不该遇见我，不该……"

他原以为自己会很快死去，却没有想到瑶姬将他封入冰渊，待他再次拥有意识的时候，却已经脱胎换骨，不老不死不灭，再也不是当年的那个人间帝王了。

瑶姬骗了他,却只骗了他一半,为的是看他究竟会为阿漱做到哪一步。他替阿漱挡下天诛,终究保得她一线灵识。而瑶姬又用秘法帮助他重塑灵身,捡回他一条性命。但这重生的半人半灵的根骨,虽然可以往来三界,却不能再分入六道,重入轮回。虽然不死不灭,却会有病痛会有感知。

他身上的灵力,其实是瑶姬用秘法在将阿漱封入冰川之前封存的。但他毕竟是凡人根骨,不能自如驱使。瑶姬便化出百道轿牌,那是据凡人最渴望最不可得的百桩心愿所化,需他用灵力喂饲,也救赎世人,了却人间的种种舍不得、放不下。

如他能慢慢熬尽这苦修一样的岁月,攒下的功业或能换得阿漱那一线存留的灵识,得重生之机。

彼时鱼灵已经宣号从帝,他赶来巫山,听闻阿漱灰飞烟灭,便要斩杀冰涧中养伤的杜宇。但漱泽干涸累及灵泽,鱼灵已经灵力殆尽,除去无穷无尽的生命几乎与凡人无异。瑶姬为了水患过后的蜀地重新安定,洗去了他的记忆,让他尽心尽力做了若干年帝王。杜宇离开巫山时,瑶姬亦洗去了他关于阿漱的记忆,只有这样,才能抛却愧悔思念,超脱于世,熬过这漫长岁月。

是也,一个在岁月流年间荒唐以度,一个却背负着自己已然忘记的罪孽,无穷无止永生永世地偿还。

八

谢小卷从未想过事情的真相会是这样,她慢慢转过身来,抬起头望着杜望的脸。话音出口只有散落的碎音,"阿望……我竟不知……"

轿行的门却猛地被人踹开了,几个拿着警棍的警察率先冲进来。齐局长已然是人未到声先至:"闹鬼?这都什么年代了!要是谁敢灌饱了黄汤忽悠老子,老子今天晚上就要他蹲班房!"

齐局长进门的瞬间就傻眼了:"谢侄女,你怎么回来了?也不打声招呼。"

带路的棺材铺小哥揪揪齐局长的衣角,小心翼翼地指了指一旁的杜望:"局长,是那边那个人,您看不见吗?"

齐局长有些恼:"看不见!"

棺材小哥"妈呀"一声尖叫,就要往外跑。齐局长回身探手抓住他衣领:"立住了!这么大个人我眼睛啊看不见。"

棺材小哥声音都变调了:"我说的鬼就是他啊!"

谢小卷闻言往前站了站:"齐叔叔,这位是我的丈夫,这次回清平比较急,还没有来得及拜访您。"说着偏了偏脑袋,"这位小哥像是有什么误会?"

齐局长此刻一点儿也顾不上棺材小哥了,眼睛鼻子都快挤错位了:"你怎么结婚了?你知不知道那位来了,人家可说是你未婚夫呢……"

谢小卷还没有来得及问是哪位,就看见一个穿着浅灰色笔挺西装的男人走了进来,正是余言。谢小卷下意识就要挡在杜望前面,却被杜望一只手轻飘飘地拎开。

余言上下扫视了一遍杜望,半晌开口:"果真是你。"齐局长在旁边打哈哈:"两位认识?那就好办了。我说嘛,谢侄女也不至于跟人私奔……"余言对齐局长说着话,却是目不转睛地盯着杜望:"齐局长,这人是凌汉剧院爆炸案的罪魁祸首,云头山的余孽,还请即刻缉拿。"

谢小卷大惊失色,竟然出口唤道:"鱼灵!"杜望伸手将谢小卷护到身后,余言的眼光却已然扫到谢小卷脸上,嘴唇微微颤抖,轻轻呢喃:"你果然是想起来了。"他的瞳孔急剧收缩,竟然说出让人万万想不到的话来,"谢小姐有通匪之嫌,齐局长一并收押吧。"

九

世人传言望帝灵魄化为杜鹃,感于国亡身死,日日泣血,极尽哀恸。杜望自己在漫长的时光中无从打发,喜欢钻研各色关于奇技淫巧的书籍,于诗文却是懒得对付。他灵力所限,千百年来除却驱使轿牌外最大的动静就是做出了荣和二宝两张剪红,偶尔也扔几句诗为难着他们玩,都是耳熟能详的短诗。

锦瑟无端五十弦,一弦一柱思华年。庄生晓梦迷蝴蝶,望帝春心托杜鹃。

他素不喜诗文,彼时连自己都不知道自己和这诗中的干系,只随便糊弄着讲给荣和二宝听。

沧海月明珠有泪,蓝田日暖玉生烟。此情可待成追忆,只是当时已惘然。

余言曾和杜望在明朝永乐年间有过一次相逢,那时杜望已将诈死这个手段玩得炉火纯青,像挣脱旧蜕的新蝉一样轻轻抛开又一个十年,离开故地远赴应天府,不料却在驿站中再次遇到余言。余言感知到轿牌上熟悉灵力的激荡,就做了梁上君子顺手拿走了几张。他和阿漾的灵力本是同根同源,很快就发现轿牌中的秘密,也慢慢唤醒了尘封的记忆。

他记得有一个跟自己一起生于湖泽长于湖泽的姑娘,虽然想不起来具体五官,但他这千百年来亲近的所有女人,都或多或少与她有着相似之处。他和杜望一样,每隔二十年便换一个地方重新开始。在他的内心深处又是如此害怕孤寂,因此他不像杜望一样谨言慎行,而是极致繁华热闹地活着。他总觉得，他一直在寻找的爱人，也应该是喜欢如此的。

直到十年前，他感应到故人重生，便离开了当时的妻子万轻云，然而茫茫人海中，他亦无从寻找重生的、已是凡人的阿漾。急需要恢复力量的余言在山明水秀的茶山设下灵阵，为自己汲取灵力，也在同年听说了江夏有关于轿行老板的神奇传闻。但待他再去寻觅的时候，杜望已经搬往了清平。

他仍然埋下了一张底牌——陈秋梧和他手里的倾雪流玉轿牌。果然几年后，陈秋梧辗转找到了居于清平的杜望。杜望看到数百年前遗失的轿牌，也千里迢迢追寻到秋溪茶山，却触发了茶山中余言设下的灵阵。

彼时余言忽然想起来了阿漾，却并不知杜望跟自己的渊源。他只知道当年在驿站里相逢的年轻人身上充沛的灵力正是自己所需要的，灵阵与余言同识同感，他只当那年轻人灵力枯竭摔下山崖，不以为意。

直到谢小卷烧毁了百川归寂轿，所有的记忆复归脑海，他才断定被灵阵吸去灵力的人就是望帝！但他赶往茶山，却不见杜望的踪影，而彼时他也不知道，自己心心念念想要寻找的阿漾也正借住在近在咫尺的秋溪茶庄。

他悻悻返回凌汉，却在报纸上看到清平警察局长之女谢小卷逃婚出走的消息，亦一眼断定就是阿漾。他赶往清平，左邻右舍都传言谢小姐是跟随心上人私奔。谢老爷子自己也拿不准，便不敢再次违逆宝贝女儿的心思应下一门亲事，只能拒绝了他。

那个时候余言已是凌汉城数一数二的人物，他开始怀疑杜宇没有死，也许让阿漾重生后不顾一切的那个男人，仍然是他。因此他利用自己在凌汉城的通天本领，给谢老爷子扣上了一个通匪的罪名，要逼谢小卷送上门来见他。果不其然她来了，只是身边还总是跟着一个棘手的司机。余言不是没有怀疑过，但杜望既改了容貌，又因为灵力枯竭几乎没有感召，余言一度真的相信他就是个癞蛤蟆想吃天鹅肉的小司机了，因此小司机在爆炸案中死掉他也不以为意。然而在听说谢小卷和司机的尸首一起失踪时，他才隐隐觉察到不对……

余言要将谢小卷带回来，只有跟自己在一起，她才能快活。这千年人世，他跟她都应该厌了才对。

一

班房的门"吱呀"一声开了,谢小卷有些疲惫地望着面前的余言:"你既然将我们一起塞进来,还不如关在一起。"

余言沉默半晌开口:"我不能把你放在我身边,对你我总是狠不下心,你必定会找到可乘之机。"他伸手握住栏杆,像是在说给自己听,"阿潆,等一切尘埃落定,我会接你出来。我永远不会再让你伤心。"

有什么必要呢,横竖她和杜望都快要死了。她看着余言:"你我同生同源,本来应该是世上最亲密的人。然而伤我最深的始终是你,你逼迫阿望传位,打掉我的孩子,害我们夫妻离散。你还说你永远不会让我伤心?"

"那不过是以前!"他愤怒地砸在栏杆上,"我为了让你活下来!我以为你爱的是富贵皇权!我以为……"

"那么溯洄呢?"谢小卷忽然发问,"离魂溯追轿,并不能让人回忆前世,而是将故人的遗物放在轿中,入轿人便能亲身经历此人生前的记忆。你将溯洄的遗物放在离魂溯追轿中,我便能产生自己就是溯洄的幻觉,我所经历的就是当年溯洄的记忆。你让我以为你就是

— 251 —

我的夫君,而我的丈夫是辱我的昏君？余言,你还敢说你永远不会让我伤心？而溯洄,更是因为你自杀了!"

余言脸上的血色一下子褪尽了。谢小卷愣了一下,随后喃喃道:"原来你也会觉得对不起她。"

他在人世间寂寞荒唐那么多年,亏负的女子也不在少数,每一个他都在离开时给了最大的弥补,唯有一人,他永远弥补不了。在他失去记忆的岁月里,在他连阿漤都记不得的岁月里,偶尔却能梦到这样一个画面,一个女子孤单凄清地站在河畔,却看不清脸。他已经骑着高头大马走出去很远,回头看着河风猎猎卷动她的袍角,忽然心里一悸。

后来他想起了阿漤,想起了自己逼迫望帝禅位的一系列事情,也想起了溯洄,却一直记不得她的脸。他只知道她应该和阿漤生得相像,自己也是因此才娶了她。

他在郸邑遇见她,惊讶于她与阿漤的相似。

她抬起头,微笑说:"可是我叫溯洄呀。"

那是他的第一任妻子,他用宰相娶亲的重仪迎她过门。但她是农户小女出身,温柔羞怯,垂头不敢看他,待他离自己远些时才敢迅速抬起眼波看上一眼。他却从未注目过她,他望着帝妃娘娘送过来的赏赐,只字未说,和衣睡去。自那天以后,溯洄望着他的眼神在羞怯外又平添几分哀伤。

成亲不过数日,他便出发治水。也是在那时,他得知帝妃有孕,心里有了可怕的打算。

他散布流言,诱来了阿漤,然后幻作望帝的模样,侮辱了溯洄。

他的心里没有别的女人,也本不会疼惜任何女人。然而身下女人拼命地挣扎与哭喊,让他恍然想到,这个娇弱的女子拼命捍卫的,是本心甘情愿给他的。

他呆愣了瞬间，脸上的面具被她打落在地。他忽然感到溯洄一下子停下了所有的挣扎哭喊，在巨大的震惊过后，只剩下心如死灰的承受。

他早已经幻作帝君的脸，并不担心被她识破。只是她的沉默与承受忽然让他心里升起一股难掩的愤怒来，仿佛她不应该如此坐以待毙，一副行尸走肉的模样。然而身体的欢愉让他情不自禁俯下身去，发丝绞缠，他忽然觉得自己的脖颈上一片湿凉，这才知道沾上了溯洄的眼泪。

余言没有想到溯洄会自尽，当他得知消息的时候，她已经投河而去，一双鞋留在河畔，艳丽得仿佛出嫁那夜的杜鹃花。鞋窝里放着一缕发结，那是新婚那夜，在帝君帝妃的见证下，他们各自取下一束发丝挽成的发结。

她本来一直贴身放着，却在最后时刻留下了，不带走。

他不记得自己是什么时候将那发结收起，只裹在一个油纸包里带着。这一千年来更是没有打开看过，时间已经过去太久，红颜枯骨也不过数十载春秋，他怕什么都留不住。直到重逢谢小卷，他为了让她相信两人是三生缘分，将这个发结放入了离魂溯追轿中。

他是如此确信，溯洄是爱他的。

二

"好好看押，明日提交凌汉。"余言揉捏着太阳穴，对齐局长吩咐道。看到齐局长欲言又止的神色，又肃穆道，"怎么，难道还要等他们特批一道公文下来吗？"

齐局长放低了声音："谢公跟我是多年知交，最是老实不过的人。

就连小卷那丫头，也是我看着长大的。"

余言不说话了，从衣袖里拿出一道公文，短短地出示给齐局长。齐局长登时神情肃穆，立正敬礼，黑漆皮鞋一碰发出响亮的声音。

公文上的章是伪造的，齐局长自然想不到余言会有这样的胆子。不过换成任何一个活了两千年的人，大抵都有这种不管不顾把水搅浑的魄力，何况他已经打算和阿漾重新回到蜀地，再也不理人间事了。余言将公文收起："明天的专列不是去凌汉的，是去川蜀。"

他轻轻看了一眼齐局长疑惑的眼神："至于为什么，你就不要问了。"

第二天谢小卷和杜望被押上了火车，车厢倒是温暖舒适，窗外的景色也异常秀丽，如果不是被绑着手脚，简直就像是远行去度蜜月了。余言兴许是觉得见到他们委实心烦，索性在另外一个车厢待着，并不露面。

谢小卷和杜望两相凝望，她的眼圈悄悄地红了。杜望修长的手指在绳索的束缚下拼命向前探去，总算触摸到了她柔软的指腹。他忽然微笑起来，还像是当初轿行老板的那种精气神："你在想什么？"

他灵力枯竭，连昨天说要拼死驱动丹心澄明轿都是诈她的话。而谢小卷不过两日的寿元，也是再无力驱动任何一张轿牌。他们两个此刻同凡人别无二致，尤其那剩不到两日的奔头，简直就是一对即将赴死的亡命鸳鸯了。谢小卷估计两人等不到余言要带他们去的地方，就要死在火车上了。

谢小卷知道了千年前的所有误会，明明之前有一肚子话想要对杜望说，想要大哭，想要忏悔，却统统都咽回了肚子里。时间那样有限，容不得沉溺过往，只要感受当下就够了。她将头轻轻靠在了杜望肩膀上："想你来着。"

车厢外却有高跟鞋敲击地板的声音，谢小卷循声望去，一个俏丽的身影出现在眼前，极其憔悴。她在两人面前坐下，摘掉了头上的帽子,露出鸦色的美丽鬈发,正是木雨耕。然而谢小卷却鬼使神差地开口了:"溯洄?"

谢小卷很快反应过来,面前的人只是与溯洄长得一样而已,甚至连她是不是溯洄的转世都难以判定。木雨耕却并不在意谢小卷的称呼:"我来是想问问,那日剧场爆炸的主犯,可是真的死了?"

车厢里静悄悄的,她的目光微微闪烁,在谢小卷和杜望身上逡巡了一下,像才想起来打招呼一样:"好久不见了,帝君,帝妃。"

三

爆炸案的凶犯,那个二十出头的小伙子,是臻宝百货三代单传的少爷方负,名字起得傲慢,性格也是如此。他是整个凌汉出了名的败家子儿,凌汉最好的花儿他要赏,最快的马他要骑,最好的铺子他必然不惜代价抢在手里,几乎是理所应当的,最美的女人也应当是他方负的。

这样一个新派的少爷却并不喜欢看电影,反而喜欢看戏。他觉得冷冰冰的一方黑白屏幕没什么趣味,哪儿抵得上戏台子上青衣的娇花旦的媚,一个眼神丢过去就能让人酥了半边儿。偏偏在他二十岁生日那天,有小花旦吵着嚷着让方少爷招待看电影,说换换花样,他也乐得讨姑娘高兴。

他是被一众莺莺燕燕裹挟进影院的,还专门买了一兜子花生瓜子儿,以免自己中途无聊地睡过去,惹美人生气。二十岁的小伙子尚如此喜欢吃零食,可见是十成十的小孩心性。电影幕布亮起前,他还满脑子想着怎样把身边的小花旦哄高兴。但电影一开场,黑白屏幕上走出来的旗袍美人,一下子夺去了他的全部魂魄。

那部戏里木雨耕饰演的是一个苦命美人,家破人亡,和自己的亲生女儿生生分离,自己还被恶少掳去百般欺凌。方负看完电影神魂皆失,从剧场里走出来正好撞上那个扮演恶少的男演员,人家也是来看自个儿作品首映的。方负热血上冲，没多想拳头就挥了上去。周围唱戏的姑娘们吓坏了，拼着命冲上去拉："方少爷！那是戏，都是演出来的！跟咱们台子上是一样的！"

方负在生日那天闹了个大笑话，把电影里的故事当了真，把人家演员打进了医院，自己脸上也挂了彩。但次日方负就捧着大把鲜花出现在电影公司的舞会上——为追求木雨耕。木雨耕似笑非笑地瞅着他，从旁边侍者的高脚酒杯里拈了个樱桃慢慢吃下去。方负的眼神里却只见痴，不见欲。木雨耕见惯了富贵公子在自己面前的丑态，但为戏里的故事大打出手这还是头一遭，委实是有趣。何况这人还那么年轻，从眉宇间的稚嫩神色看，几乎还是个少年。

木雨耕是在自己最寥落的时候遇上了余言，却是在盛极的时候遇上了方负。她比方负要大，在风月之事上也比他游刃有余。方负花费巨资为她买了凌汉城一整晚的烟花，她搭着披肩懒洋洋地瞅了两眼，便推脱冷回房了，扔下满庭俗客，为她看不在眼里的繁华盛景唏嘘赞叹。每逢她的新戏上档，方少爷更是要连包三天，偌大的影院里只有方少爷一个人，呆呆地却是毫不厌倦地盯着屏幕。

那时候，凌汉的人都说，只要木小姐略一点头，怕是方少爷会将整个臻宝百货双手奉上呢。

话是那么说，但众人都只当那是个夸张的形容，谁也没有真觉得方负会为了一个女人放弃所有家业。毕竟木雨耕心里自始至终只有一个男人，凌汉首屈一指的人物——余言。而木雨耕跟着余言的时间，又比所有女人都要长。甚至还有人猜测，也许哪天余言收了心，会将木雨耕收房也不一定。除非这位厌了，不然怎么着也轮不到一个初出茅庐的小开。

四

余言知道了方负追求木雨耕的事情，虽然过往这样的狂蜂浪蝶并不少,然而多半还是看在余言的势力上不敢过分。唯独这个方少爷,行事招摇莽撞,初生牛犊不怕虎一般。

余言没有表现出来不舒服。只是有一次和木雨耕一起去看戏,正撞见方负在剧场外等木雨耕。他捧着花靠在汽车的引擎盖上,带着豪门公子的自信和张扬,也冒着点年轻人特有的天真和傻气。也许是被那傻气冒犯,一向将世人看不进眼里的余言忽然觉得自己有点厌烦。

他面无表情,只轻声问身边的木雨耕:"方少爷是为你来的?"

余言之前从来没有过问过木雨耕身边的男人,简单的一问让木雨耕的心脏急剧地跳动起来,她尽量平静地答道:"应该是吧。"

余言说:"你喜欢他吗?你要是喜欢他,我自有办法让他娶你,我再给你备上一份丰厚嫁妆,让你风风光光做臻宝百货的少夫人。"

木雨耕觉得自己被刺痛了,她心里忽然升起一股对余言前所未有的失望。但还不等她说什么,余言又说:"如果你不喜欢他,我也自然有办法帮你彻底打发掉他。"

木雨耕并没有留心这话关于方负的分量,却听出了一丝关于自己的微渺希望。她满怀欣喜地将手伸进他的臂弯里,轻轻点了点头。那一刻她没有想到方负,只希望余言能从她的眼神里读到她的心意。她的一腔恋慕,从来都是给他的,永远也不会给别人。

余言是个有手段的人,纵然他要取一个人的性命轻而易举,但这个人若是臻宝百货的东家,处理起来总是有几分麻烦。何况比起生命威胁,想要毁掉一个年轻人最根本的方法就是摧毁他的所有自尊自信。而引方负这样的年轻人上钩,并不是一件困难的事情。

不出两个月,臻宝百货就破产了,方负逃债远走。木雨耕在报纸上读到这则消息后,心里莫名不适,她习惯性地往公司楼下看去,却已经看不到白衣少年鲜衣怒马痴痴等候的样子了。

她以为方负已经离开凌汉,然而在她一次夜戏散场后,却在空无一人的化妆间里看到了方负。他是从窗户跳进来的，淋了大雨浑身透湿，显得更加瘦削。

木雨耕吓了一跳，她本应该冲出去叫人的，却鬼使神差地反手关上了门。这个举动给了方负莫大的勇气，那湿淋淋的额发下仍是一双痴心的眼睛，他就这么向她伸出手去，可怜无助地仿佛是要乞讨主人怜悯的幼兽一样。

他发着抖："我原本要离开凌汉的，我甚至想，等我重新创下一份家业，就回来找你。可那需要很久，我等不了那么久，我为你发了疯，只想再见你最后一面。你连话都没有对我说过几句，亦不怎么对我笑，但我还是想来见见你，痴心妄想地见见你。"

木雨耕忽然怜悯起眼前这个少年孩子一般的痴心。余言在凌汉有着几乎翻手为云覆手为雨的能力，下手又一向果断狠辣，他被吓退也是理所应当，怎么还敢寻来？但她转而又可怜起自己来，她本以为余言打压方负是因为在乎她。但就算方负离开，他待她和以往并无二致，一切又是自己自作多情、痴心妄想。

这时突然有人敲门："木小姐，木小姐，一起去吃夜宵吗？"

她吃了一惊，慌忙转身拧住门锁："不用了，稍后我自己回去，你先走吧。"

余言的手段巧妙，方负的债主在凌汉城的手段是实打实地黑，余言若是知道方负回到凌汉，绝对不会手软。

来人应了一声，脚步声渐渐远去。木雨耕提起的心刚放下，却觉得一股清冷的气息贴上来，方负试探着从背后拥抱她，像是情难自已，又怕自己湿掉的衣衫沾染她的衣裙，是也不敢抱得更紧。

木雨耕心软了，她自己都不清楚为什么不拒绝方负的拥抱。她感觉自己亦像个孩子一样，一个饥饿的流浪的漂泊的孩子。这个孩子在一个人那里贪求一份吃食，从不被理会；然而另一个人却将热烫的食物塞进她的手中，握紧了她的手。那种温度，几乎让她仓皇失措掉下泪来。

她听见方负在身后痴痴的呢喃:"你……是为我哭的么?"

五

木雨耕这意外的眼泪,竟让方负无论如何也不肯离开凌汉。他觉得木雨耕过得不好,自己断然不能离开她远走他乡。但他尚且自身难保,只能听从木雨耕安排,躲藏在她的一处私宅里。

木雨耕为方负洗手做羹汤,将那些本来预备做给余言的菜一道道做给方负吃。方负胃口极好,亦不吝于最大的赞美,言辞极致夸张。木雨耕笑弯了腰,伸手去打他。她被动地攀附着方负的腰身,倒在柔软的地毯上。方负的背脊撞上茶几的一脚,玻璃酒杯掉在柔软的长毛的地毯上,只发出一声沉闷的声响。

方负本是少年纨绔,之前恪守规矩是源自对木雨耕的痴爱,如今长久的克制终究功亏一篑。他握住她的腰身,手指顺着顺滑腰线探进去,属于年轻人的脸庞精致好看,还带着一股子不达目的不罢休的可爱神气。木雨耕眼神迷离地望着他,直到他俯身下来想要亲吻她的嘴唇。她忽然脸色苍白,神色大变,一把推开了方负。

她看到了在漆黑的夜色里,戴着青铜面具的暴徒压在自己的身上,而自己的绝望、无助、苦痛都仿佛亲身经历。

那是属于溯洄的前世记忆,因为余言将同心发结放在了离魂溯追轿里,不仅谢小卷以溯洄的身份体验了前世,被解封的记忆也找到了自己的旧主。

木雨耕躲在浴室里,任外面方负怎样焦灼地拍门也不理会。她的手指抚在镜子上,望着映射出来的那张脸,泪如雨下。

前世的她,不及等鱼灵回郓邑就投水自尽,亦埋藏着一个深深的秘密。

溯洄早已经感觉到丈夫对帝妃的一腔痴情,却总固执相信只要自己深情以待,早晚能等到他回头眷顾自己的一天。洞房花烛夜那晚,尽管他一句话都没有对她说,自顾自睡去了。她却守在榻前看着他的眉眼,在心里对自己说,来日方长,他总会有疼惜你、爱护你、让你真正做他妻子的时候。

她满心满眼都是他,是对他们将来的幸福指望。她怀着这指望拼命挣扎,但当她打掉暴徒的面具时,却看见她心爱丈夫的脸。尽管鱼灵几乎在瞬间幻化成了望帝的模样,依然没有瞒过她的眼睛。她在那一刹那心如死灰,不说破,亦不再挣扎。

溯洄温顺却聪慧,她从满城的流言中知道了鱼灵的用意,也是在那个时候真正知道了丈夫对帝妃那令人害怕的感情,他不怜惜她,不在意她,更不惜用这种方式伤害她,只要能带她走。

帝妃来了,一言不发。她知道帝妃的来意,无非是为了求证。

溯洄也呆坐着,她知道这是鱼灵拼命维护的假象,在那一瞬间,她竟然可怜起他来。他们都是一样地可怜,一样地无望。

溯洄投水自尽,彻底将他想要的结果推到了极致。

只是午夜梦回,他可曾有片刻时光,想到河畔送别他的姑娘。

六

木雨耕重新对方负冷漠起来,她冒着大雨甩开方负向余言别馆冲过去,做好的发卷被大雨冲刷,贴在肩膀上,裙裾满是泥泞。自从被余言带离过往生活,她已许久没有这样狼狈。她想要知道,余言把自己留在身边,究竟是出于对过往旧事的些许愧悔,还是与前世一样,只把她当作一个替代品。

木雨耕是余言别馆的熟客,门童和仆妇平日将她视作半个主人。然而那天他们第一次将她拦在了门外,脸上挂着尴尬,轻轻搓着手:“木小姐,您怎么这么晚来了?”

车灯突然刺破雨夜,她瑟缩在一旁,看余言的车缓缓开来,车窗里副驾驶坐着的女孩和她有相似的面容。女孩面无表情地偏头对着窗子,别馆玄关温暖的灯光照亮了她的脸。木雨耕望着那张脸瑟瑟发抖。

蜀国的帝妃,望帝的妻子。

她没有想到,余言竟然真的将她找回来了。

车窗里,谢小卷开口:"余先生,这里不是迎宾馆吧?"

余言没有应答,他握着方向盘,望着谢小卷的侧脸出了神,那目光是木雨耕从来没有见过的眷恋与柔情。他说:"上去坐坐吧,等雨停了再走。"

谢小卷偏过头,轻轻叹了口气:"你答应给我时间的。"

余言其实不算个有耐心的男人,他不缺女人,亦很少惯纵他人的小脾气。但谢小卷的一个眼神就让他轻而易举软化过来,他打过方向盘,车轮在雨地里划过一道完美的曲线,疾驰而去。

木雨耕等了很久才再次等到余言回来,门童打着伞奔到车前为他打开车门。他满怀心事走下来,甚至没注意到边上站着的木雨耕。

"你回来了?"她在夜风中站了许久,说话的时候还在发着抖,"我等了你很长时间。"

见她这样狼狈,余言有些意外,他将沾了雨水的呢子衣脱下交给门童:"怎么不进去等?"

门童怕她借题发挥,连忙抢在前头低声解释:"先生不是吩咐过,别馆今后不再招待女客,除了谢小姐。"

木雨耕觉得自己的心脏被狠狠一击,却不觉得痛,只觉得绝望。余言想起来了自己的吩咐,却没半分想要收回这话的意思,他看了一眼木雨耕:"进来吧,今天晚上先算了。"

木雨耕跟着余言进了卧室,她想像当年初逢一样开口:"我是溯洄啊。"

余言倚在床头疲惫地看着她:"过一阵子,我会离开凌汉,很有可能不会回来。我名下的产业,你都帮我打理着。电影慢慢地不要拍了,今后我不在凌汉,惹出是非也没有人帮你解决。"他顿了顿继续说,"那小子回凌汉的事情我也知道了,你若是当真喜欢上了他,我自然有办法让他重新做回臻宝百货的东家,给你一个好归宿。"

木雨耕将话咽了回去,她明白过来,她在余言的前世记忆里不过微若飘尘。两千年的辰光,他早已经将她忘得干干净净。

如今她不过是一个玩偶,一个因为长得最像他的爱人,从而被他善加保护的玩偶。

她觉得喘不过来气,慢慢走到窗口,却在窗下看见了在暴雨中站立的方负。

方负仰头看见了她,目光一下子变得痛苦哀绝。

木雨耕慢慢拉上了窗帘。

七

方负摇摇晃晃地离开了余言的别馆。深夜的街头被暴雨洗去了白日的喧嚣繁华,显得萧条疲惫。路口上矗立着的正是臻宝百货大厦,那上头的霓虹灯被风刮坏了一半,在雨夜中明明灭灭地闪烁着,异常丑陋。

方负冒雨跪在大厦下,失声痛哭。

他还过于年轻,少年父母双亡,如今他又败光了家业,甚至失去了曾经拥在怀里的女人。在二十余岁的生命里,他还没来得及靠自己得到些什么,却一直在失去。

追债的人找到了方负,将他摁在地上,肮脏的鞋底踩着他的侧脸。方负感到火辣辣的疼,嘴里混着泥水雨水的腥气,但他的心忽然沉了下来,不再害怕也不再恐慌,咳嗽着说:"我没有钱。"

追债的头子在旁边擦亮了火,像是见到昔日鲜衣怒马的公子哥儿沦落至此有些唏嘘,他命手下拿开了脚:"我知道你没钱,你是得罪了人。好好的爷们,竟栽在风月事儿上。我们这些跑活儿的人,拿人钱财,与人分忧,你可别怪我们。"

原来他在凌汉,早已经是旁人眼里的笑话,大家俱是看得通透,只有他一个人看不明白。他痛苦地嘶喊着,竟然不能将那些声音从脑中驱逐出去。

"你当那娘们又是什么好人了?风月场里惯用的拿乔手段。近一个远一个,好叫那有钱却花心的主,总是拈着酸惦记着。"讨债头子蹲下来拍着他的脸,"你小子也是个人物,能为个女人落到这步田地。你怕是还不知道呢,臻宝百货破产俱是余先生的手笔,那女人现在怕早已经回到了余先生的床榻上了吧。"

方负忽然大笑起来,脸上雨水泥水横流,掩住清秀眉目,看上去竟然有几分可怖。

方负身上分文不剩,本以为定然无幸,没想到次日天亮就被人从地窖里放出来。放债人饶有兴味地盯着他:"看来木小姐还是念旧,帮你还了债务,也算是两清。"

方负抬起头,不过一晚,整个人憔悴沧桑得像是换了一个人。他的嗓子里迸出沙哑的声音:"两清?你管这叫两清?"

那人没搭话,退到一边。木雨耕从门后走进来:"若觉得还不够,你可以帮我办一件事。事成之后,我会给你一大笔钱。甚至,臻宝百货我也可以还给你。"

木雨耕感觉到,那少年人望着自己的眼神不再甜蜜了,而是横生了冰凉入骨的绝望苦涩。他微微闭了眼睛:"什么事?"

木雨耕的要求很简单,她要求方负绑架她,她想要看看余言究竟对自己有没有哪怕一分一毫的在意。

方负应了下来,他从来没有拒绝过木雨耕的任何一个要求。但他没有告诉木雨耕的是,他采买了真正的火药,密匝匝地缠在腰间。

他并不恨木雨耕,他在这一瞬间忽然觉得面前的木雨耕也是可怜的,竟然需要用这种方法来确认爱人的心。他懂爱人的辛苦,而他爱的人也这般辛苦,也许自己能带她一起解脱。

这才是真正的两清。

四目相对,方负忽然从木雨耕的眼神里看到了一丝了然,仿佛他的所有想法,都被她洞悉。但她什么也没说。

"剧场里太黑,他将我认成了你,就拉响了身上的炸药。"谢小卷望着木雨耕,"他留下的最后一句话是'雨耕,我不怪你,你也别怪我……'"

木雨耕苍白的脸上浮上一抹浅淡笑容:"我当然不会怪他,我猜到他也许会这么做,我只是觉得这样的结局其实也很好。"她顿了顿,"比现在好,现在我又欠他了。"

她起身欲走,却被谢小卷唤住:"溯洄,余言记得你,他多年来一直将你们的发结留在身边。他只是下意识地不愿认出你,那件事后……他一直对你有愧。"

八

车厢门被轻轻敲响了,侍从站在门外一脸为难地望着豪华车座上的余言:"余先生,木小姐来了。"

余言放下手中的书,瞳孔里藏着惊讶:"你怎么上来的?"

木雨耕面无表情:"一直以来我都是跟着你的,你走了,我怎么能一个人待在凌汉。"她顿了顿,"我见过谢小姐和她的丈夫了,你为什么要带他们去川蜀?"

"谁告诉你那是她的丈夫!"余言咬牙切齿,"很快他就不会跟我们有任何关系了，阿漾不会再记得他！"

"那我呢？"木雨耕望着余言，"你还会记得我吗？"

余言忽然觉得木雨耕的眼神极为熟悉，他心头一悸，竟然不敢多看，仓皇将她拉出车厢："下一站，你就下车，我会让人送你回凌汉。"

木雨耕紧紧抓住余言的衣服，声音含着哭意，压得极低："余言，我恨你，恨你为什么和我一样卑微和可怜！"

火车开过一大片水泽，旁边是漫山遍野的新绿。却有两个人影，相扶相携地急速奔跑在原野上。还不待余言看清，侍从就已经惊慌失措地闯进来："余先生，谢小姐他们跳车了。"

余言脸上突地变色，眼睛中恨得仿佛要滴出血来："是你放的他们？"

木雨耕不发一言，阳光照在她的脸上，越发显得惨白，只有眼泪顺着脸颊不住地往下流。余言忽然觉得那只手腕倏地没了力气，他甩开木雨耕怒吼："停车！"

第十六章
尾 声

一

　　杜望和谢小卷在水泽里滚过,此刻身上又是泥泞又是狼狈。谢小卷蹲在一棵树旁大笑:"我忽然后悔啦!反正也是快死了,要是不跳车,说不定这会儿还舒舒服服地窝在车厢里晒太阳,不会像现在这样又冷又饿。"

　　杜望在她旁边坐下,望着不远处的一片湖泽:"最后给自己找点乐子也不错,何况死在这里,总比那闷闷的车罐子,要美得多吧。"

　　谢小卷窝在杜望怀里,抱着他的手臂:"刚才溯洄告诉我,我的父亲已经被余言送回清平了,我也算放下了最后一桩心事。"她抬起头,杜望却有些恍惚。她一脸灿烂笑容在他脸前晃了晃,"在想什么？杜老板？"

　　"这个地方……很像几千年前的漾泽。"杜望轻轻开口,慢慢收紧了手臂,"你有没有一时半刻后悔,在漾泽遇见我？"

　　谢小卷眨了眨眼睛,想要开口却被杜望修长的手指掩住了,他敛下眉眼,低头吻住了她的嘴唇。谢小卷情不自禁伸手抚上了他的臂膀,听见他轻轻的呢喃声:"我爱你,可惜你我再无来世,不然我杜望生生世世的妻子只有你。"

密林里忽然响起枪声，惊起无数飞鸟。

余言用尽全身的力气才能遏制住颤抖端平枪口，历经千年，眼前的两人眼里还是仅有彼此。他勉力开口："阿漤，跟我回川蜀。"

谢小卷抬头，语声平静："川蜀早已经不是当年的川蜀，连漤泽和灵泽都已经干涸千年，苦苦执着过去，对我们两人都没有好处。我嫁人了，我要永远跟我丈夫在一起，我再也没有天长地久的岁月，能够和你共度。唯一欠你的，就是当年出漤泽时，没有同你好好地道别。"

杜望与谢小卷十指相扣："鱼灵，我们夫妇二人寿元将近，别说天长地久的岁月，怕是连川蜀都不及赶到。你若是惦记着我们的故人情谊，不如给我们最后一刻平静时光，过往的事情算是我们两清。"

"原来如此，原来你为了救他用了沉木冥棺轿。"余言深深看了一眼谢小卷，继而仰天大声笑出来，"不过不要紧，阿漤，我们还是可以回去的！如今的川蜀不再是川蜀，如今的漤泽不再是漤泽，我们却可以回到过去，让这些事情不致发生。我们岁月相守，还有千年的时光可以相守。"

他像是陷入了癫狂，抛下枪支，口中念念有词，手中结印，催动阵法。密林中突然结出偌大的灵阵，灵光在地上飞速流窜勾勒，所过之处草叶枯焦，再无生气。

阵心中央的余言缓缓睁开眼睛，已然换了一副模样，不再是那个叱咤凌汉的富贵公子，一身玉色袍裾，长发猎猎飞舞，一双眼睛烧灼着浓郁血色。

他是当年的灵泽之灵，却又平添了戾气和魔气。

百张轿牌在他的驱使下，在阵法上来来回回，这两千年攒下的缘法，也尽数做了祭祀。

他在茶山的灵阵上汲取了杜望大半灵力。那灵力本是当初阿漤被天诛时瑶姬转嫁在杜望身上的，漤泽之灵与灵泽之灵同源同生，灵力亦是同根同源,因而竟然唤醒了灵体。他遍寻秘法,所求的唯一一件事情就是带阿漾回到千年前的川蜀。

他们还是当年沉睡在湖底的神灵,相依相偎,再无他人。

只是还需要灵体以供祭祀,他费尽心力将杜望带回川蜀,所求的亦是如此。

他睁开一线猩红眼睛,手掌向杜望遥遥伸去,声音里充满了蛊惑的意味:"望帝,阿漾要死了,你不愿救她么?"

只有带她回到千年前的川蜀,回到未曾干涸的漾泽,她才能寻回自己的灵体,不受凡人寿元所限。

只有回到千年前的川蜀,她才能遗忘掉让她如此痛苦的自己。

杜望像是失去了魂魄一般,缓缓向灵阵中迈去。谢小卷仓皇地想要抓住他,却扑了空。她跌跌撞撞地追过去,只觉得浑身被术法灵力所限,没有了一丝力气。

为什么要重蹈覆辙?

为什么要救我?

为什么要抛下我?

我所希望的只是踏踏实实地相守,只是与你一起看着世间风景。无论是千年前,还是千年后,无论是古蜀,还是清平,无论是永生,还是即将消失。

重要的只是你,只是你!

来不及了,来不及了!杜望走到了法阵中,回头看向她,眼神空茫,嘴角却微微扬起一抹微笑的弧度,是暖的,却有最后一滴眼泪,从眼角滑落。

余言一手催动法阵,一手遥遥地向谢小卷伸过去。

计划尚有差池,既然来不及到川蜀,他便果断地就地结阵。两千年前的此地沧海桑田无人知晓,他却仍需不顾后果的一搏。

余言将周身灵力全数倾吐出来,但就在即将催动法阵的一瞬间,一声枪响猛然炸起。他不可置信地回头去看,木雨耕端着枪望着他,泪流满面。

那是稍纵即逝的时机。他所有的灵力倾囊全出,这副沾染了人世间两千年烟火尘缘的躯体已然抵不过一颗小小的钻心子弹。灵力如同决堤的洪水,追本溯源地涌向法阵当中浑浑噩噩的杜望和谢小卷。百张轿牌瞬间光芒大盛,居中的沉木冥棺轿牌明明灭灭间倏地炸响,化作了粉末簌簌落地。

余言压不住内心的愤恨,用尽最后一丝力气,扑向木雨耕,牢牢扼住她的脖颈,将她压在身下:"我对你不薄,你为什么如此待我?"

她的帽子掉落在地上,长发凌乱,面无血色,一切仿佛又回到了那个夜晚。

她发着抖,伸手去够他的脸颊。

这原本是千年前她就想做的事情,她怜悯他的苦,因而愿意成全。

可是她终于倦了累了,不能承受他再次将她抛下。

有什么东西从余言的怀中掉落在地上,是一封已然朽脆的油纸包。

她够到那个小小的纸包,流着泪挑开了。

纸包里的头发留了那么多年,几乎在重见天日的瞬间,就化为飞灰,在照进密林的阳光中闪烁着流离的华彩。灵力反噬,余言的鲜血滴落在木雨耕的脸上,是触目惊心的猩红。

余言觉得自己的气力迅速地被抽走,他望着木雨耕,扼住她脖颈的手慢慢松开,下意识去抹掉她脸上的血。他颤抖着,像是看到了世上最渴望见到又最不愿意见到的人。他伏在她身上，在最后的钻心疼痛中贴在她耳边，眼泪滑落在她的脸颊，连同出口的轻微话语："溯洄……"

他像是要说尽一切对不起的话，但最终都没有吐出口，他的手指从她的脸上滑落，慢慢闭上了眼睛。

木雨耕抱住他，哀戚地痛哭失声。

二

一年后，清平广记轿行。

"你们老板呢？把你们老板给我叫出来！"穿金戴银、披狐拥裘的女人居中而坐，将大大的银元死命拍在桌子上，"我有钱！又不是给不起钱！"

张秉梅在旁边勉力赔笑："不是我们轿行不做生意，实在是没有您说的那种神妙本事。我们只是寻常的小本生意，出出轿子帮客官们省省脚力。要像您说的，有个轿子让您心上人坐了，就会心甘情愿地娶您，那这天下的女子岂不是都不愁嫁不到如意郎君了。"

客人变了脸色："你敢笑我！你竟然敢笑话我！我不信没有，你们广记轿行声名在外，连这点儿小小的要求都不能满足我？我要砸了你们的招牌！"

"有是有。"猛然一个清越的声音响起，一个书生模样的人漫步走出了后堂。他生得清俊，一双狭长的眉眼，唇角勾着若有若无的笑意。"只可惜我们现时现量特供，您来得不巧，上月十三刚被人抢走了，一千八百九十二块大洋，银货两讫。"

柜台算账的月生终于扛不住，"噗"的一声笑出来，不愧是老板，扯个谎也如此有零有整。

客人却不见生气，望着那张脸，迷迷糊糊地应诺着，稀里糊涂地被杜望请了出去。杜望"啪"一声甩上大门，声音又脆又响。

270

"声名在外,这生意是不能做了。下个月去江夏见见朋友,终究还是要另谋营生。轿行还是要关掉,我看到时可以请几个黄包车夫,跑跑活计。"杜望一边往里面走一边念叨。

张秉梅好笑地摇摇头:"老板娘呢,怎么许久还不回来?"

杜望面色有些赧然:"在娘家待着,过年的时候跟老丈人开个玩笑,用千里神行差点把老丈人颠吐了,还要哄他是发梦呢。轿子哪里能跑得那么快。"

月生饶有兴味:"这就信了。"

杜望哈哈一笑:"是被哄着信了,但看样子是恼上了我,往后二十年大概都不打算坐轿子了。这不,扣着小卷跟我较劲呢。不要紧,晚上我亲自去接。"

一年前,余言身死,灵力反噬,也几乎摧毁了做祭的大半轿牌。原本杜望和谢小卷应当死于顷刻,但倾泻的灵力和那不知名的灵阵竟然有相合之力,在沉木冥棺轿即将粉碎的瞬间,补偿了他和谢小卷的寿元。他原本担心自己仍然是不死不灭的孤寂之身,却在一天起床后,在发间发现了一根白发。

那是他两千年中生出来的唯一一根白发。

杜望觉得,再不会有人像自己这样,因为一根白发而欣喜若狂了。

那灵阵终究伤了他的根本,却意外让他能像正常人一样慢慢衰老,与深爱之人享有短暂却也漫长的一生。

杜望也失去了窥探三合六道的能力,因此曾经神通广大如他,如今也难以窥知两人的寿数。只是转念一想,多活一天都是赚来的,还不如想开些。

余言本为灵体,被灵力反噬后化为飞灰,还归山川日月。与其说是葬处,不如说是归处。木雨耕则返回凌汉,息影独居,只守着余言

— 271 —

的别馆,数着过往的记忆一点一点过日子。

杜望踢踢踏踏地走在清平前往谢宅的石子路上,脑子里乱七八糟涌现着过往万千,他和小卷已属幸运,只能愈加珍惜。

<h1 style="text-align:center">三</h1>

一年前谢局长得以昭雪时,杜望和谢小卷亲自去接他。兄弟们还给他买了身新衫,硬让他换了再走。

谢局长已知女儿要来接,骄傲得很:"谁稀罕穿你们的衣服,这料子浆得硬死了,颜色也丑,酱缸一样的。我等着穿我女儿买的,我女儿的眼光比你们好多了。"

众人便也凑热闹,说倒要看看老谢的女儿能买多气派的衣服。

待谢小卷来了,父女重聚,哭过笑过拥抱过一轮以后,谢局长猛然发现宝贝女儿竟是空着手来的。谢局长气不打一处来,谢小卷只能哄劝:"我哪里知道这样的规矩,咱们家也没有坐过牢的人。"

"你爹是警察局局长。"

"是呀,可你也不是监狱狱长。"

谢局长气得坐回椅子上,就差吩咐人把自己铐回班房,不出这个门了。

谢小卷说:"我虽然没给你带新衣服,但我给你带了别的好东西。"

老爷子眼睛便亮了,嘴上"哼"了一声:"什么好东西?"心里想着算这个丫头有良心,就算没有衣服,带点热吃食也行。蹲了这些日子,饿是没饿着,但嘴里着实是淡出鸟来了。"

谢小卷起身一打帘子,杜望走了进来。

谢局长见是个年轻人,有些不解:"这是谁?"

谢小卷乜斜了一眼杜望,笑道:"司机。"

"司机？你雇司机做什么？"谢局长心里想着，不如用聘他的工钱给我炖碗红烧肉呢。

但这场面毕竟是撑起来了，上上下下的人看着这司机一路殷勤给谢局长挑帘开门，旁边还跟着一个水灵灵的女儿，也都有点羡慕。谢局长便也不再多话，换上了同事们备下的酱缸色的硬衣服，坐上了车。

他开着车门本来是等女儿上车的，谁知道女儿却关上了车门，坐上了副驾驶。

谢局长一个人坐在后座，先咳嗽了一声，但无人搭理，便又咳嗽了一声。谢小卷回头："怎么了。"

谢局长："坐到后面来。"

谢小卷："我前面坐得很舒服呀。"

谢局长恼怒："你爹在后面，你跟司机坐前面，怎么回事？"

谢小卷明白过来，忍不住笑，但杜望踩了一脚油门，车发动了。

谢小卷耸了耸肩膀："车已经开了，到家再说嘛。"

谢局长还想发火，但一来好久没见到女儿，不想一见面就同她因为一点小事闹得不愉快；二来不想当着外人的面吵架，让人看笑话。

谢局长就这么矜重地坐到了家。车在小白楼前停下来，谢小卷第一时间冲过来给谢局长开车门，谢局长心气便顺了三分。等女儿的胳膊往自己臂弯里一伸，这心又化了三分。

父女二人拾级而上，张妈早已经将小白楼内外打扫干净，在门外迎候。谢局长眼眶热了，他觉得自己含冤入狱一直靠着男子汉的铁骨铮铮顶着，这时候看到家才察觉自己的内心稀软得一塌糊涂。他握着谢小卷的手，想回头跟女儿好好说说掏心窝子的话，一转头却看见那个陌生的年轻司机跟着自己爷俩一起进了门。

谢局长心里想，这车开得不错，但做人做事也太没数了。他皱着眉头看他，那年轻人却毫不动摇地迎视，倒让谢局长有些心虚。他又看向女儿，难道现在的司机工钱都是现结了？

— 273 —

谢局长不解，只能说："是钱没结，快结了让他走人。"

谢小卷笑了："爸爸，他可不能走，他就是给你的礼物啊。"

"胡闹，都这般处境了，充一次场面就行了，家里还能长期供着一个司机？就这车我都打算卖掉呢。"

"当然不是作为司机。"谢小卷松了手，挽上杜望的手臂，"是作为女婿。"

谢局长当时的表情，杜望现在想起来仍然觉得好生精彩。这也让他每一次踏进谢家的小白楼，心里都隐隐有了几分期待。

日落西山，杜望刚刚走进谢宅大院，一只毛线拖鞋猛地扔到了庭院里："混蛋，什么已经成亲！我看见你们拜堂了吗？你们俩又拜过我了吗？别以为我让这臭小子进门就是认了这桩亲事，做梦！"

谢小卷的语气里藏不住的好笑："这婚礼不是您不让办吗？不然我们随时就办，补一个仪式而已。"

"那是随便的事情吗？我就不想让你们结，你们给我玩迂回！"

杜望小心翼翼地探头进门，迎面就是另外一只拖鞋。谢小卷慌忙拉没拉住，那边谢局长就蹿出门，照着杜望就是一个鼻烟盒："臭小子，你给我站住。"

这个时候若是听话站住就太傻了，杜望一边闪躲，一边好声好气地问："岳父大人，又有什么事情惹您生气了？"

谢局长眼圈一下子红了，手颤巍巍去腰间摸枪："臭小子，我好好的姑娘让你不吭不哈给祸祸了。"

谢小卷不动声色地挡在杜望和老爹中间，神情冷静："爹，吃饭前我帮您把子弹退出来了。一把年纪，别玩枪，不好。"

谢局长伤心地一屁股坐在台阶上："女生外向！女生外向！"

杜望从谢小卷身后探出头来，谦虚道："岳父大人别那么说，小卷不懂事儿欺负您了，我来给您做主。"

谢局长的泪花儿终于一个没忍住飙了出来："欺负什么？她怀了你的崽……"

庭院里仿佛突然寂静无声了，杜望觉得自己的身体瞬间僵直了，一丝一毫都动弹不得，只能轻轻唤道："小卷？"

谢小卷在台阶上慢慢转过身来，眼睛里泪光闪烁，脸上满是笑意，手指轻轻抚在小腹："是阿盈，你说过，孩子的名字你已经想好了，叫作杜盈。"

一

凌汉程家大姑娘程瑜近来不太爽利，她怀着身孕，上头已经生了两个毛头小子，私心里这胎是想要个乖巧的女儿。谁知道这最后一个孩子竟如此沉得住气，任凭风浪起，稳坐钓鱼台，怀足了 40 周，却迟迟不见动静。

她夫家姓孟，也是凌汉有头有脸的大户，早在圣心医院定好了床位和妇产医生，只待临盆接生。但医院毕竟没有家里舒服，医生听了听胎心觉得问题不大，加之大户人家配着的都有司机车马，孟府也离医院挺近，就同意让她回家待产。

程瑜的丈夫孟华斓同她感情不错，本来是专门算准了日子陪她在凌汉待产的，但她到了预产期迟迟没有动静，沪上生意上的事情却不能再推。小两口只能依依惜别，孟华斓临走的时候再三嘱咐小妹孟华姗陪好嫂子，一旦生产，马上拍电报给他报喜。

程瑜挺喜欢这个小姑子的，人长得漂亮，说话办事也妥当，很有大家闺秀的风范。最关键的是，孟华姗能帮她制住自己那两个已经开始人嫌狗厌、爬高下低的臭小子。自己这个当妈的虽然也有几分威仪,但多半也是要靠横眉怒目、连吼带骂才能有所收效。但小姑不同,只要微笑着说:"姑姑喜欢听话的孩子。"这两个小子就乖乖坐好,让吃饭就吃饭,让读书就读书了。

程瑜不由感慨:"等你当了妈,怕是要比我轻松不少,我这眼瞅着都要第三个了,还是不得章法。"

孟华姗微笑:"小孩子虽然小,心里其实最是明白谁对他们好的。就因为你是他们妈妈,多少有点恃宠而骄,长大了就好了。"一番话说得程瑜心里熨帖不少,又笑着说,"我和你哥哥都顶盼着你早些结婚呢,你要是生个女儿,指不定有多好看呢。"

这话一出,孟华姗脸上的笑容便显得有些落寞。程瑜后悔失言,但这事儿是整个孟家的一桩心事,连丈夫也让自己找时间劝说一下小妹。既然已经挑开了头,也无妨就这么说下去。她便碰了碰程瑜的胳膊:"你哥有个同学,叫白秋染,现在在银行工作。前阵子跟你哥在外头碰上了,还问你好来。听你哥说,读书时候他就惦记你。但你那时候才十四岁,被你哥发现,他差点挨了一顿揍……"

"嫂嫂,你嘴里腻不腻,我给你剥个橘子吃。"孟华姗适时打断,起来拿了个橙子在手里。她本没指望程瑜放弃,还在心里盘算着要说点什么把话头引开,谁料程瑜竟然真的不说了。她有些奇怪地回头,却看见程瑜捂着肚子,双腿间淅淅沥沥地一片,整个人已经抖起来了。

孟华姗扔下橙子就往楼下跑:"冯妈!冯妈!快喊司机,少奶奶要生了!"

冯妈从厨房跑出来,手上还沾着一手葱姜蒜末,闻言顿足道:"我让小王出去买料酒了!我这清蒸鱼,就差这一道。想着他开车去开车回很快的,怎么偏这会儿发作了!"

孟华姗烦躁道:"再三说这两天司机要一直等着,偏你还打发人家做事。行了,不要嚷得人心烦,去洗洗手把少奶奶扶下来,预备的东西都带上,到门口等着!"

冯妈慌不迭地去了,孟华姗冲到大门口等着自家司机,想让他不要再从侧门绕,直接到玄关来接人。但她左等右等不见人,正着急地要冲到大马路上拦车,马路对面一辆车"嘀嘀"两声,有人从车窗探出来喊她:"华姗!你在这儿干吗?"

孟华姗回头,觉得心里头一块石头瞬间落了地,那人正是程瑜的弟弟——程瑞。

二

程瑜得偿所愿,这第三胎果真生了个千金。孟华姗给哥哥发完喜报回医院,正看见程瑞在楼下抽烟。看见她后低头把烟头按熄了,扇了扇风。孟华姗便走过去:"怎么不上去抱抱你的小外甥女?"

"你和我的母亲,我的姊子、大姑和你大姨、舅妈,几个人都在上面轮着抱呢。我是抢不过,你估计也抢不过。"

孟华姗觉得有点好笑:"那你在这里做什么?这也没什么风景好看。"

程瑞冲着草丛抬抬下巴,只见那里影影绰绰蹲着个正在哭的男人,哭声一波三折,每一声哭到最尖锐处都像是烧开的水壶,尖鸣着渐渐没了声气,然后再重新走调。

孟华姗也觉得那哭声有点滑稽,憋不住要笑。但一想到在医院哭泣的人多半都是生死别离的伤心事,也就笑不出来了,乜了程瑞一眼,那眼神里也带了点不满。

但程瑞像是知道她在想什么:"那是你们家的司机,知道了消息刚刚跑来。"

孟华姗有点意外:"我妈说要辞退他了?"

"他还没敢上去。"

孟华姗想了想又问:"冯妈呢?"

"陪着在上头说吉利话呢，能在你们家做这么久不是没理由的，两边都被她逗得挺开心。"程瑞淡淡地又补充道，"你们家要是想辞他，就让他来给我开车吧，正好我这里缺个司机。"

孟华姗有些意外："你倒是心软，为什么不上前劝他？放不下架子？"

程瑞倒是坦然："不熟。"

孟华姗"噗嗤"一声笑了。

程瑞又说："其实熟也不会劝的，他既然想哭，就应该让他哭。平白来个人，不痛不痒地说两句，就硬让人停了哭忍着气去迎合，劝的人舒坦了，被劝的人却还憋屈着，为了自己心头那点儿伪善，何必呢？"

孟华姗倒没想到程瑞说出这么一段话来，她此前跟程瑞没有深交，顶多是逢年过节走动时点点头罢了。再后来，就是他娶了那人的义妹……有一阵子，整个凌汉都嘲笑他，有的时候话赶话也挺难听的。什么懦弱无能、戴绿帽、甘做王八都瞎说一气。因着孟华姗跟程家有亲，也加之她本身痴心何昀也算得上是这桃色新闻中的花边点缀，别人聊起来的时候多少都避着她。即便这样她都听到不少，可见当日程瑞的艰难。她其实也应该庆幸，自己和何昀的婚约没来得及被落实到纸面上，不然此刻她的处境较之程瑞也不遑多让。但如今聊了两句，倒意外发现程瑞这个人，不太像是个会忍气吞声的。

她点点头："说得有理，你放心，我不会辞退他的。倒若是你们家需要个老妈子，我可以举荐冯妈。"程瑞有些意外。孟华姗又说："做错事不怕，怕的是错而不知羞惭。但她人没有坏心，年纪大了，儿子媳妇也不像是省心的，本该在我家养老。就算我辞她，也得给她找个去处才行。"

"我就是那个去处？"

孟华姗微笑："冯妈做菜还是很好吃的。"

正好两个亲家太太并一群女眷看完了孩子下来，正撞见这两人站在风口。他二人凑在一处,就很难不让人往那桩事情上联想。孟夫人不想让女儿被看笑话,唤孟华姗上去瞧嫂子,程瑞也告辞离开了。

三

程瑜生产后,整个孟家的重心便从程瑜挪到孟华姗的亲事上去。孟华姗托却不过,将母亲哥哥介绍的白秋染之流一一见了,却皆没有下文。

孟华姗自己不着急,但程瑜这个嫂子却是真心为她盘算的,豁出去自己现身说法:"当年我和你哥哥也是旁人介绍认识的,这你知道的呀。刚见面的时候我顶不喜欢他,觉得他眼高于顶,说话办事儿都透着点儿傲慢。但你要处呀,处久了才知道这人真的怎么样。"

孟华姗笑:"嫂子当初原是这样看哥哥的,怕哥哥知道了要伤心。"

程瑜轻轻"哼"了一声:"我才不怕他知道呢,他当时也不怎么待见我的。"说着"噗嗤"一笑,很甜蜜的样子。

孟华姗逗弄了一会儿小侄女,便起身告辞。程瑜却唤住她,从桌斗里拿出来一个本子,并排的两个巴掌大小,皮质封面,蛮精致的,中间还夹着一支钢笔。程瑜笑说:"这是你的吧?"

孟华姗一愣:"不是我的。"

程瑜也有些意外:"竟不是你的,我想这两天人来人往在我这里走动,谁也不像用这本子的。母亲不会是,姨娘、姑姑、嫂嫂们也不会是。我想这定然是你的,因此也没翻动来看。"

孟华姗便笑着撺掇:"那我们翻来看看。"

程瑜犹豫:"会不会不太好?"

"我们可是为找失主呀。"

因着有了正大光明的理由,姑嫂便你推我搡地将那本子翻开,第

— 280 —

一页素白扉页,什么也没写,第二页也没有。程瑜便有些失望:"原来是个空本子,枉我……"

她顺手这么一翻,本子却刚好翻在中页,绘着一幅漂亮的西洋钢笔速写画。

一个穿着舞裙的女子,在舞场中蹁跹而过,裙摆像是烈焰一样绽放。

寥寥几笔,形态俱在。

程瑜"啪"将本子扣上,"真是晦气,那边弄疯一个,这里弄痴一个,偏个顶个地忘不了她。等程瑞再来,我一定要好好说说他。"

于是孟华姗便意识到,这本子是程瑞的。她原本以为他们只是家族联姻,如今看来他竟然也有这样难得的真心。

气氛有些尴尬。孟华姗拿起外套欲走,程瑜悠悠一叹:"你也是个痴的。又是十五号了吧,母亲若知道你去看他,怕又要跟你生气。"

"放心吧嫂嫂。"孟华姗穿上大衣,"我只是尽尽旧友之谊,母亲也没什么话说。"

"她是怕把你逼急了,再不肯见那些青年才俊。"

两人相视一笑。程瑜将手覆在孟华姗手背上:"小妹,我们大家都是顶疼你的,舍不得你受苦。"

孟华姗握了握程瑜的手:"我晓得的。"

孟华姗比往常更多了一分愁思去探何昀,他现如今在凌汉郊区的一家疗养院住着。其实何大帅仍然很疼爱这个儿子,只是他精神上并不见稳。何大帅也只能听从医生的建议,将他送到远郊休养。孟华姗在大堂做登记,登记的是新来的一个小护士,并不认得孟华姗。

"探望谁呀?"

"何昀。"

"关系是?"

"朋友。"

那小护士便多少有些诧异,抬头看了一眼孟华姗:"今天也有人说是朋友来看这位呢,你们是约好了吗?"

孟华姗不禁好奇,昔日何昀在凌汉虽说是交友如云,刚出事时也来探望过几回,但这些世家公子生活里有太多新鲜事要忙了,一个得了病不能再同他们一起潇洒快活的旧友,早晚会从他们的世界里隐去;又或者是某个红颜知己,毕竟何昀欠下的风流债也是一箩筐,更别提那些从未得到过的,就如同自己一般……

眼前似乎有一抹红色掠过,孟华姗低头看见小护士的衣襟前别着一小枝梅花。护士见她视线,笑着拿出来:"这就是另外那朋友送来的,抱了好漂亮的几枝,我看着喜欢,就讨了这么一小枝。"

孟华姗向何昀的房间走去,越走越快,快得几乎要跑了起来。

会是那个女人吗?会是她吗?自己为什么要追她?是想替何昀质问,还是哀求?质问的话质问什么呢,为什么来抑或是为什么走?哀求的话又要哀求什么呢,哀求她不要再来,还是哀求她不要再走?又或者她唯一能做的,就是远远地看她一眼。就像是在当年舞会上一样,她远远地看着穿着红裙子跳舞的女人,眼睛里烧着火的女人。她那样美,美得让人连嫉妒的力气都生不出来。

她回来了,何昀就能好了,她自己也能放下了。

孟华姗推开房门,何昀坐在阳台上。他穿着一身灰锦色晨袍坐在那里晒太阳,人更加瘦了,仍然是一副若有所思的模样,他的膝盖上放着一束红梅。

孟华姗走过去,在他身边蹲下:"何昀?"

何昀抬起头,微微笑了:"华姗。"

"好久没来看你,你身体好些了吗?"

"我很好。"他的回复依旧简短。

世人都道何少帅在剿匪之后就疯了,昔日是凌汉何等夺目的人物,一下子灭掉了光彩。何大帅刚开始还替儿子求医问药,渐渐地也就心灰意冷、听之任之了。

但孟华姗觉得，何昀脑子是清楚的，他只像是累了，对这个世界突然提不起什么太大的兴趣。

孟华姗摸了摸他膝盖上的枝条："谁给你送的红梅？"

何昀微笑："配缨送的。"

身后传来的脚步声停住。孟华姗缓慢回头，唯恐惊碎了他人的梦。

但意外的，是程瑞站在那里，手里托着洗净的花瓶。

四

其实没几人知道程瑞来探望何昀，也更不知道这探望其实是受人之托。

那是事情过了一年后，程家需要去东北出一趟货，程瑞难得随众人出行。众人还以为他转了性，但他给的理由却十分荒唐，说自己不管家里的生意，只是去看看北方的雪。南方的雪总是没意思，不怎么下，下也是浮皮潦草，沾湿鞋面已属不易。他要看漫山的厚雪，密匝匝的，能埋人。

这话，有人信有人不信，但彼时正是凌汉风月场上嘲程瑞嘲得最厉害的时候，他这举动也被解读为实在捱不过出去躲躲，嘲笑的声音便更恶劣了。

程瑞浑不在意，照旧出行。但到了东北却出了事，众人一路小心提防，却还是在驿站客舍中着了道，全数被人绑去。随行的掌柜们心里明白，若是寻常打劫，抢了货银也就放人了。但此番一直没动静，怕是知道东家少爷随行，动了点别的念头。少爷多半是没什么问题，但就怕为了震慑东家乖乖拿钱，要用底下人开刀，做个肉票。

程瑞倒是还好，只是也不说句提气的话，下人们心里边便更觉得慌。

但众人都没想到,才关了一个多时辰,就有人又将他们蒙着眼睛送回到了镇前。那些人尤不服气:"不是我们要放了你们,是我们的朋友要放了你们,你们知足吧。"

掌柜又惊又喜,连连称是。

程瑞却说:"我想见见你们那位朋友。"

他手上的绳子刚被解开,就直接伸手把自己蒙眼的布条扯了。几个办事儿的人没防他这一出,齐齐拉枪栓,拉完了却一时间不知道是开枪还是不开枪。掌柜吓得都要跪在地上了。程瑞补充:"我觉得那也是我的朋友。"

打头的人说:"朋友没有说要见你。"

"都是出来办事的,我不为难你们。这几个人没有看见你们长什么样子,送他们走就是了。至于我,你大可以问问那个朋友要不要见我,如果不要见,再杀我不迟。"

"不用问了。"一个女声响起,她先前藏在几个男人当中,因为穿得厚实不明显,只是感觉略矮小些。此时她将风毛领扯下,只有一双眼睛还像火一样。

配缨带程瑞找了间小酒馆说话,要了烧刀子和卤牛肉,围炉而坐,极暖和。配缨把貂皮帽子摘下,这才看出她将头发剪短了,看上去像个十七八的毛头小子。她给程瑞倒酒:"父亲在云头山扎了一辈子,结了不少仇,但也施了不少恩。这伙人以前被我爹绕过性命,因此收容我们父女,但也只是暂留。"

程瑞未喝惯这么烈的酒,才一杯下去,就整个肚腹都烧起来,五官都拧在了一起。

"如果我不叫破,你便不打算出来见我?"

配缨却十分自如:"在凌汉时,你照顾我颇多,累你一直背着骂名,总是有些不好意思见你。"

两人都笑。笑声里配缨忽然咳嗽起来,越咳嗽越凶,那颗子弹给她留下了难愈的伤口。

程瑞正要让配缨不要喝,她自己倒是把酒杯倒扣:"我只能陪你这一杯,剩下的都是你的。"

"你倒跟以前很不一样了。"

"我仍需留着点性命,给我爹尽孝。"她叹了声,"你此番来东北做什么?"

程瑞又喝了一口,这次顺畅多了,辣下面尝出了回甘,他叹了声:"来看雪。"

五

他们都穿着厚厚的大氅窝在雪地里,配缨不能理解南方公子奇怪的要求,于是带了杆枪,想顺带打点野味回去给老爹开荤。昔日云头山的寨主不再是土匪,便也是个需要女儿叮嘱照顾的寻常老头。

远处视野里有个褐色的东西跑过,机敏停下,竖起耳朵。程瑞看不清是什么,但配缨在准星里看见了,轻声:"是野兔,肉少点,但也够一锅汤。"她轻轻说话的时候热气哈在手指上,刚拂上去的雪花就化了。

程瑞忽然笑起来。

配缨一个晃神,兔子便钻进了雪窝里瞧不见了。

配缨收了枪:"笑什么?"

"你我第一次见面,你原本是要杀我的。"

这其实不是何大帅的意思,只是配缨那夜第一次听到何昀对他父亲联姻的提议,她喝醉了酒,无声无息地跳进了程家公馆,没怎么费力气就找到程瑞的房间。她听从何大帅的命令杀过人,但那通常他们还会煞费心思地将这人描绘得恶贯满盈,不杀不可。但这是第一次,她因为自己的私欲来杀人。

她既激动又狂热,如果把他杀了,他们的联姻计划就破产了。他们还想把她嫁给谁,她就继续杀谁,杀到他们打消这个年头。

但程瑞在冷沁的匕首下倒是很冷静:"若是因为这个理由,你最该杀的那个人是何昀。"

配缨没意料到,这个从未留意的陌生男人会一语道破自己的荒谬。她垂下匕首,凄凉地笑了笑:"你说的是,我这就去把他杀了,然后我再死。"

"走不了吗?"

"现在已经太迟了。"她知道了太多的秘密,她不知何昀,但何大帅是不会放她活着离开凌汉的。

"那我不如再给你一个提议——顺势而为。"

配缨觉得荒谬,但是程瑞说:"你嫁给我,便不是何家的人了,他总有鞭长莫及、投鼠忌器之处。等到了时机,想办法让你走就是了。"他说这话的样子轻描淡写,像是浑然不谙家族之间的暗潮汹涌,也毫不把自己的婚事放在心上。

这原本是最好的盘算,只可惜她没有忍受住那位客人的提议。

无论如何,她也想拥有过。何况那是他与她如梦如幻的一生。

新婚之夜,程瑞酒量很浅,喝了几杯敬酒自醉了。只是他醒来后看见自己的新婚妻子,虽然此前也并不熟络,但这一夜过后却更加觉得她变化巨大,似乎在一夜之间过了沥沥一生。每每她见到何昀,变本加厉地挑衅,浑然没有半点把程瑞的面子放在心上。连程老头憋不住都在家里大发雷霆,指责儿子太没做男人的尊严。这桩婚姻就算是所谓联姻,此刻也让彼此都有些下不来台。但程瑞虽然听着,却也不反驳,对配缨一句指责都没有。甚至有的时候配缨在舞会上酩酊大醉,程瑞还能亲自去接。他窝囊的名声,也是从那个时候开始传出来的。

但配缨不觉得程瑞窝囊,她喝醉酒时拉着程瑞跳舞,程瑞懒得配合,酒后照料也一任仆人处理,没什么多余的温柔,这样的分寸反而让她觉得舒适。一日喝醉了,她稀里糊涂地跟程瑞讲起自己在梦中跟何昀的一生,程瑞便静静地听着,不因觉得她在发梦强行唤她回现实,也不随声附和追问。她要说,他便听着。

她也曾问程瑞,为何要接受这桩婚姻,这对他又有什么好处。

程瑞说,我现在只知道一桩好处,不知道以后会不会知道更多。

有故弄玄虚的嫌疑。但配缨却觉得他说得真诚,只是自己没有什么立场去追问。但后来她也隐隐知道了这所谓"好处",程瑞性格温吞,读书本来听从安排念的是商科,但是他不喜欢,念了一个学年转学了画。无人关心他画得出彩不出彩,他上完学本来要安排进公司,但他自己找了份报社的工作,有一搭没一搭地为报纸杂志画些插图封面。程老头便觉得他是个做事没有长性的,反正家里枝繁叶茂儿女众多,渐渐也不愿意花心思在他身上。但他似乎也从来没有像几个兄弟那样在意过父亲的看法,不知整日里在忙些什么。他甚至不玩不赌不好色,在交际场上也帮不上忙。

久而久之,程家人便对他彻底死心。但他对程家还算得上有一事可用,就是和何家的联姻。要是那几个兄弟,程老头断然不会舍得让他们去娶何少帅那个来历不明的义妹。他答应了,反而落一份清净,彻底让兄弟们放下心事。

"嘭"的一声,枪响了。程瑞从嘎吱嘎吱的雪地跋涉过去捡猎物,留下身后深深的两行脚印。从凌汉离开后,配缨才终于有空暇意识到,自己从来不懂程瑞这个人。

但她现身跟程瑞相见,的确另有理由。分别之时她将装着子弹头的盒子给程瑞。"烦劳你最后一件事,将这盒子转交给他。"

程瑞依言收下,又问:"是否需要我给你送离婚文书?"

"不必了,那个人已经死了,还怎么同你办离婚手续?"配缨道,"只累你做了鳏夫了。"

两人都笑,彼此都觉得应是最后一面了。配缨轻叹:"程瑞,虽然你不记挂我,我也不记挂你,但这世上跟我有关联的人,怎么说也多了一个。"

六

　　孟华姗心里对程瑞有很多疑问,未曾真的问出口。譬如说,你心里是否是爱着配缨的?如果你真的爱她,又为什么能将这许多事情做得如此坦然?整个凌汉都觉得程瑞丢人,但孟华姗却不知为何,觉得程瑞反而是最体面的人,比那些遮遮掩掩的红男绿女都要来得体面。她问了自己,若易地而处,她能为何昀做这些吗?她觉得做不到。但她理解程瑞,她觉得自己是整个凌汉最理解他的人了。

　　因为共享了关于配缨的秘密,他们就此慢慢多了交集。程瑞常去风景怡人的地方写生,孟华姗没事的时候也跟着散心。程瑞的钢笔速写画得很好,画飞鸟,画鱼虫,画长江码头忙碌的人群,画完了便在夹子里随便一塞。孟华姗此前为了整肃家风,将冯妈打发到程府,但她极爱吃冯妈做的酥点。程瑞心里有数,来探望程瑜时,便嘱咐冯妈做了带上,孟华姗便也能跟着解馋。程瑜也说过两次,一向以为自己这个弟弟是粗心冷漠的,每日浑浑噩噩的也不知道做些什么,如今看来倒也是心细的人。但只因她自己也爱吃这酥点,所以不曾疑心到孟华姗头上。

　　又一年春天,孟府迎来了程夫人,竟不是为了探望程瑜,而是要给孟华姗说亲。程夫人喝了一盅茶:"这个人华姗肯定能看得入眼,甚至说呀,整个凌汉就这么一个!"

　　孟太太也禁不住高兴:"真的?是哪家的才俊?之前怎么没听说?还是说是刚留洋回来的?"

　　"都不是。这远在天边,近在眼前。要不然也不能委我来啊。"

早有嘴快的丫头跑过去告诉了孟华姗，孟华姗只觉得心口一跳，趿着拖鞋就往外走。丫头不免好奇，跟着悄声问："小姐知道亲家太太说的是哪一个？"

　　孟华姗尚未来得及回答，就听见程太太爽朗的声音在厅堂响起："我也不卖关子了，就是何少帅何昀啊。华姗不是一直钟情他吗？生病的时候还常去探望来着。"

　　孟华姗的步子一下子就僵住了。

　　孟夫人满脸难色，斟酌着用词："何少帅……他不还病着？"

　　"这病年前就好得差不多了，华姗不是常去看他吗？他病情好不好华姗自己最清楚了。"

　　孟华姗走了出来，脸上已经褪去潮红，声音发抖："何昀知道吗？"

　　"当然……"夫人想了想又补充，"你这一年多来石头人也被焐化了。再加上你们之前也是谈过婚事的，就差定下来。你们不好意思提，何大帅还一直替你们操着这份心呢。"

　　孟夫人便有些急。但还没等她开口，孟华姗就接上了话头："看来是不知道了，大帅的爱子之心，倒是和一年多以前别无二致。"

　　程夫人的脸上便有些挂不住了："你这孩子。"

　　孟华姗："夫人，你们不了解何昀，他当年没有娶我，如今也不会娶我。你们也不了解我，我当时要嫁他，不代表今日也要嫁他。我去看他，只是尽朋友之谊。"

　　程夫人被这么一噎，也有些口不择言："我原本以为你是个重感情的孩子，你怎么也……何大帅也知道昀儿今时不同往日了，只要你嫁过去，他不会委屈你的。"

　　孟华姗觉得头皮发麻："怎么，只因我曾经爱过他，如今我不爱他了便是背信弃义？你们扣给我好大的帽子。你们尽可以放话出去，昔日是我贪慕他风华正茂，如今我孟华姗狼心狗肺不喜欢他了，谁也都别来攀扯。"

　　因见孟华姗发了怒，程夫人脸上也讪讪的，连程瑜也没有心思等,找了个托词就先走了。孟夫人忙起身相送。

程瑜那日不在家,等到回来听说此事也觉得母亲此举太欠妥当,端了咖啡、点心上楼安慰孟华姗。孟华姗整个人都有些恍惚,但仍周全地对程瑜说:"嫂嫂,我顶撞了程家阿姨,错得厉害,你替我赔个不是。"

"不妨事,母亲虽然是热心肠,但也着实办了坏事。想必是何家人想着我们两家有亲,才着她前来说项。她也是想着成人之美才来的,还请你不要怪她。你拒绝得对,凭什么我们孟家的姑娘,就要在原地任他人予取予求呢。"

孟华姗怔怔地:"嫂嫂,你们都说我痴心。可我不再爱他了,这是我的错吗?"

"当然不是,那姓何的有什么好,是你以前识人不明。"

"情不知何起,一往而深。但现在回想起来,我确实不知道因为什么喜欢他的,兴许是因为他英俊漂亮,人又潇洒。但当时整个凌汉的姑娘都喜欢他,我与那些姑娘也从来没有半分不同。一往而深也谈不上,跟那个人比起来,我爱他实在很不够的。我不能为他出生入死,不能为他离开父亲母亲,也不可能为他另嫁他人。这爱曾经我以为很了不起,但某一天我回头一看,那就像个美丽的肥皂泡一样,一扎,也就破了。但我自己也像那泡沫渣滓一样,一点也不得体面。我既然待别人是这样的,又怎能奢求别人待我珍之重之。"

程瑜一愣,她从未想过孟华姗会说出这番奇怪的言论,但又奇怪得让人心疼。她攥着孟华姗的手:"小妹,人活一世,哪来的人人都轰轰烈烈。"

孟华姗脸色苍白:"他们都是。"

程瑜没有细究孟华姗嘴里的"他们",但她想她和孟华澜不是。大家都是肉体凡胎,互敬互爱已是凡尘俗世里难得的恩爱夫妻。哪能就整日里为这个燃烧,为那个亡命的。但程瑜不否认,那样的爱太耀眼,耀眼到让她这种世俗夫妻显得苍白,苍白得连孟华姗这样的小姑娘都看不到。

程瑜劝不动,合上门退了出来。小丫头从她手里接过茶盘:"大小姐好生奇怪。"

"不许瞎说,奇怪什么了?"

程瑜平日待下人宽厚,小丫头并不怕她,亲密地低声说:"亲家太太刚来的时候,我就去告诉小姐了,明明白白说亲家太太是来说亲。小姐当时虽然慌,但看着并不像讨厌的意思,还……挺高兴的。也不知怎么了,到了厅堂突然发怒。"

程瑜觉得奇怪,便让小丫头将亲家太太何时说了什么一一道来。她初时也不明白,眼睛落到茶盘的点心上,才一惊了然,犹自不敢相信。她回到自己的房间,想起程瑞遗留在自己这里的画册,从中页重新翻开,发现那本子沿着中页左右各画了不少张钢笔速写。其中大半都是配缨,或立或站,或笑或叹,生动可怜。

程瑜将那画册丢回抽屉里,心中升起对孟华姗无限的同情来。

七

又两日,程瑞造访。一是奉母亲之命给程瑜带一点补药,老太太被孟华姗顶撞一番,多少有点下不来台阶;二来长江上一艘大船搭好了龙骨,他要去采风摹画。孟华姗好奇,也要同往。

但他人刚到孟家,就被程瑜拦住带到花厅。她将门掩住,转身问他:"你同华姗怎么回事?"

程瑞老实回答:"我接她去采风啊。"

程瑜细细打量着弟弟的神色,仍然看不出油滑和不诚实,只能叹了口气:"我问你,你还惦记着何家的那个义女吗?"

"偶尔也会想起。"

他答得轻易,但这答案却在程瑜心里被放大了若干倍。她不无悲伤地说:"你要是放不下,就不要去折腾别人。你也许是觉得同病相怜,但别平白招得人家转了心思。你……"

程瑜还待再说,却突然从窗玻璃的倒影里看见了孟华姗,一惊转头:"小妹。"

孟华姗微微一笑:"说带我去兜风,却不见人,躲在这里做什么?"

程瑜吃不准孟华姗听到了多少,她原本只想先探准程瑞的态度,把对孟华姗的伤害降到最低来着,谁料被孟华姗撞破。她却还跟没事人似的走进来挽住了程瑞的手臂:"嫂嫂要一起吗?"

程瑜虽然糊涂着,却仍摇了摇头:"我还有事情做,你们去吧。"

但当程瑞经过她身边,她还是捉住他的手轻轻一拍,也不知道起没起到警示作用。

江边一派天朗气清,程瑞将画纸钉在画板上,定天地开始打草稿。那艘未建成的船像是被啃食的巨鲸骨架,静静伏在江面上。那上面忙碌着不少人,叮叮当当的很是热闹。孟华姗看着这风景,也看着程瑞的背影。风吹过草浪,一只小甲虫被吹进程瑞后面的毛衣领。它刚爬出来,风一吹,甲虫又被吹回领子里。那毛线的走势成为它艰难的沟壑,跌跌撞撞怪可怜的。程瑞觉得痒,下意识去抓,正赶上孟华姗伸手想要帮他把甲虫拈掉。两相触碰,程瑞拿炭条的手在孟华姗指上留下一层细腻的银灰,那虫子一个踉跄,不知道在谁的指缝间溜下去了。

程瑞回头看她,忽然发现孟华姗哭了。但他的视线仍然很平和,不感到惊异,也不打算多问。孟华姗忽然想起来那个在医院草丛里哭出开水声的年轻司机,和程瑞当时的奇怪言论,又忍不住笑,自顾自擦干净了眼泪。

程瑞回过头去,一边继续涂抹一边说:"下个月我要去法国修习画画了。"

"刚刚决定的吗?"

"一直想决定,只是在此之前觉得到时候大家自然告别就是了,不需特意说。"

"那现在你怎么又特意说了?"

程瑞抬起拇指,比对景物结构:"因为不想你到时候难过。"

一时万籁俱寂,只有程瑞的铅笔在纸张上的沙沙声。

孟华姗站起来,在身后轻轻地抱住了他。他停了画笔,有点为难:"我不想弄脏你的衣服。"

"不要紧。"

程瑞便放下画笔,回身也用黑黝黝的手回抱住她。孟华姗觉得一下子暖和起来了,她闭眼靠在程瑞的肩膀上:"程瑞,我敬佩你,敬佩何昀,敬佩配缨,我比不上你们,你对我失望了吧?"

"当然没有。"

"我不知道我会爱你多久,也许跟爱何昀一样,很肤浅的,一两年,两三年也就忘记了。但也许会记得你很久很久,就像你爱配缨一样地长久。"

程瑞放开了手,他的脸上浮上一种看上去十分温柔的笑意:"华姗,我是不会爱的人,一直以来我都只是在学习。"

孟华姗抬头,她不知道程瑞的意思。

"小的时候我便不知道,不知道父亲外宿的时候母亲为什么伤心哭泣,不知道兄弟们为什么因为父亲的一句训斥便努力做得更好,不知道瑜姐嫁人的时候,为什么哭了又笑了。我只知道什么是漂亮的东西,什么是丑陋的东西,并且把它们画下来。人们都说爱是漂亮的,爱是美的,我便也想将爱画下来,但爱究竟是什么,也从来没有人同我说清楚。"

"我遇到了配缨,我觉得她能让我明白,所以我便顺从安排娶了她。很抱歉这跟你想的不一样,但她是个很好的老师,我在她和何昀身上看到了很多。有一阵子我觉得我几乎就要明白了,但她离开了凌汉,我也不能强留。直到这个时候我又遇见了你……华姗,我怎么有资格去评判你呢？这天底下最没有资格去评判你的就是我了。就算你的爱短暂且会消失，但你真实地知道那是什么，感受过它的光辉和灿烂，这不是胜过我许多了吗？"

孟华姗不可置信地看着程瑞，她的眼泪大颗大颗地往下流，她从未想过自己会听到这样恍若天方夜谭一样残酷的话。她爱上的人竟然是个不会爱人也感受不到爱的人，他画的配缨的画，并不是源于对配缨的感情，而是试图捕捉陷入爱中的配缨的样子。那些曾经被她错认的温柔、宽容和深情，竟然只是他的冥顽。这打击来得太深沉，也太荒谬了，比她原本的误认还残酷。

程瑞皱着眉头，或许是觉得这泪痕和她美貌的脸并不相称。他伸手想要帮她擦掉脸上的眼泪，却忘记了自己的手上还沾着铅笔和炭条的灰，这样一抹，孟华姗的脸便脏了，白白的脸上有着违和的几道灰色。程瑞一下子手忙脚乱起来，他对肉眼可见的美的破坏显然要敏锐许多。他低头找寻东西想将孟华姗的脸擦干净，但孟华姗却突然捧起他的脸吻了上去。

她一边亲吻一边想，世界是多么荒谬啊，它打造了这样无情的一个人，却让他的一切举动显得柔情且温厚。所以爱究竟是什么？她在这一刻更不明白了。她曾以为她是因为何昀的英俊爱他，但何昀的英俊还在，她对他的爱却消失了；在此刻之前，她以为她是因为程瑞的深情而爱他，但现在得知真相，她的心却仍然烧灼在被爱煎熬的痛苦当中。也许这一切只是程瑞拙劣的谎言，这世界上怎么可能有这样铁石心肠的人存在呢？

她试图努力，用全部的热情将那个会爱的程瑞逼出来，甚至在某一刻她几乎觉得自己要成功了，她仿佛听到了对方更加剧烈的心跳和呼吸声。但是程瑞推开了她，他什么都没说，而是非常难过地看了她一眼。她不确定他会不会感到难过，也许这也是她的错觉。但她看着他松开她走到江边冷静，江风猎猎地卷着他的衣领和头发。

孟华姗忽然明白那个眼神的意思，她唤不出爱，唤出的只会是欲望。这让他们彼此都很失望。

她在原地蹲下来，把头深深地埋进了膝盖里。

八

程瑞在九月踏上了前往马赛的轮船，程家老爷子对他极其失望，早明说了不会赞助学费和生活费。程瑞便将早些年自己淘得的一些藏品变卖，加上以前给报纸供稿的稿费，置办了些简单的行装，简单得看不出来是个世家子弟。程瑜虽然一向看不懂这个弟弟，但觉得他比别的兄弟心思单纯，舍不得他就这么远赴海外，于是咬牙从自己的妆匣里取出一对猫眼石的耳坠，趁着送行时塞到他手里，让他好好保管，要真到了青黄不接万不得已的时候，好变卖来应急。

程瑞依言收下。程瑜抽了抽鼻子："父亲不让人来送你。要不是我嫁在外面，也不敢来送你。"

程瑜说得伤心，伸手抱住了弟弟。程瑞便展臂回抱："瑜姐，你好好的。"他的视线从程瑜的身后看去，密密匝匝的人海里看不见孟华姗。

这原本是意料之中的。

程瑞将一把钥匙递给程瑜："这是我画室的钥匙，有些东西来不及处理，姐姐帮我处理一下吧。"

"都是什么东西？"

"没什么值钱的，大多是我的一些画。房子其实还有一个月才到期，只是房东不肯退我租钱，你慢慢帮我出清，倒也不用着急。"

"全出清吗？要不要留下几幅？"

程瑞顿了顿，说道："确实有几幅不错的，你可以看看你的朋友要不要。"

程瑜不由得笑了："我天天就围着这一大家子人转，哪里还有什么朋友。"

汽笛一响,轮船启航。程瑜在岸上踮着脚尖招手,船上的程瑞脱帽挥了挥,做了最后的告别后就转身进了船舱,和一众在过道甲板冲下面依依惜别拼命挥手呐喊的人很不一样。

程瑜有些泄气,但她已经习惯了弟弟这种古怪的表现,明明事情都做到实处,偏偏给人的感觉这样冷漠。难怪从小到大旁人总觉得他有点不知好歹,老爷子也不喜欢他。

若说他远行前唯一做对的事情,就是和华姗保持距离。若自己的小姑子跟弟弟私奔了,自己在孟家一定是交代不了。想到华姗,她又叹了一口气,但这事也只能到此为止了。

程瑜拿了钥匙以后,一时半会儿也顾不上去给程瑞清理房子。一来很快要中秋,按照孟家的老规矩是要大摆家宴的,里外的操持都着落在程瑜这个大奶奶身上;二来老大在学校跑步淋了场雨,生生熬得发烧感冒了,在家休养却不小心传染了老二。只有个小毛头幸免一难,为避免传染送去了娘家。但程瑜放心不下小女儿,每日照顾完大的也要返回娘家照顾小的。如此日日忙得焦头烂额,一直耽误到了十月份。房东托人送来条子,说再不把东西搬走,自己就当垃圾扔了。

程瑜忙得脚不沾地,真想跟房东说扔了算了。但左右还是有点放不下,便给了房东一张钞票让他再宽几日。那日孟华姗正好在家,见她付钞给没见过的人,便问了两句。得知内情后,孟华姗便说如果嫂嫂真的没时间,自己就去帮忙清理一下。

程瑜起先还有些犹豫,但她实在是焦头烂额,料想孟华姗和程瑞那段着实不算什么,人走了也应该淡忘,便将钥匙给了孟华姗。

孟华姗办事一向妥帖,她通过同学找到了一个开画廊生意的,说动他随自己一起到画室看看,看有没有什么能看上眼的,总好过当垃圾处理掉。那个人三十上下,行事稳重,看上去很温厚的样子。

他们相约来到程瑞的画室,那其实是一个仓库顶上的阁楼,走起来"咯吱咯吱"的。门也不大好开,孟华姗用钥匙拧了半天才打开。

正逢夕阳西下,金色阳光沙砾一样扑了一室。房间里有不少画架堆放,用白布罩着摆放得很好。孟华姗将画廊老板让进去,帮着他一幅幅揭开来看,大多是风景画,也有一些人物肖像,大多是不认识的人,从商贾老板到卖报少年,从温莎阳台上倚着的贵妇到菜市场执刀宰鱼的少女,倒是不分阶级,地位一视同仁。画廊老板忽然问:"这人平时很严肃吗?"

孟华姗想了想,说:"不,是个挺温和的人。"

画廊老板笑了:"这画可都算不上温和。"

他一一看过,最后挑了三幅:"这画我放到画廊里,待有人买去再同你结算。"

"好,烦劳您。其实也不在乎多少,只是既然画了出来,有个去处,不那么可惜。"

"你这朋友天赋不错,只是硬邦邦的,总感觉缺了点感情。不然我挑出来的可能不止这三幅。不过也不一定,这年头风云变幻,说不定哪一天这样的便也流行起来。"

孟华姗忽然有了开玩笑的心思:"这个人倒是一直在寻找感情。"

"是吗?"画廊老板相当捧场,面前的小姐跟自己一起笑了起来,只是那笑容看上去有些落寞。

画廊老板忽地指向后面:"那幅画是什么?"

"哪一幅?"

"那幅遮起来的。"

那是一整块大布,钉在阁楼最高处的一面墙上,从天垂到地。

孟华姗够不到,画廊老板找了梯子上前把钉着布的图钉拔了,那画猛地跳入眼睛里。那是很大的一幅画,风吹着草,江边上卧着船骨。一名女子在远方站着,风猎猎的,席卷着她的裙摆,她望着那船骨,留下一个缠绵且忧伤的背影。

沉默,良久的沉默。

画廊老板突然说:"这幅也可以给我吗小姐?我一定出一个好价钱。"他又啧啧道,"这幅很不一样,这一定是画家自己爱着的人。"

他下了这样的定论,转头看向身边的小姐,想要寻求她对这个结论的认可,却看见孟华姗站在那里,一滴泪从她的眼角落了下来。

"不,这是爱着画家的人。"

她似乎明白了程瑞一直以来所追求的一切,他对美和对爱的理解,和他选择永存的方式。

她戴着精美手套的手快速抬起擦掉了那滴泪,转而浮上一个衷心的笑容来:"这幅不卖,这幅是留给我的。"

一

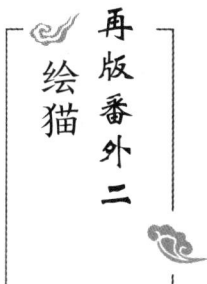

冬至那天，江夏飘了一场大雪，正赶上方家老爷方未艾出殡。院子里的下人哀哀切切跪了一院子，方家大奶奶越聆筝穿着一件素白的绸料夹袄，本来就清减的脸庞在风雪里冻得惨白。

兰意里绸缎庄的大小姐夏绯绯是越聆筝从小玩到大的手帕交，这种时候自然也陪在丧夫的好友身边，她握着越聆筝的胳膊："阿筝，你要不要紧？"

越聆筝咬牙强撑："没事儿，我只是这两天没睡好罢了。"

天气本来就冷，堂上的乌木棺材黑漆漆的十分瘆人。越聆筝盯着灵堂上随风晃动的灵幡觉得刻骨寒冷，她走向灵堂，慢慢在棺材前跪下。刚刚磕下去一个头，她就看见一个惨白的猫影从棺材后面掠过。

越聆筝吓得尖叫一声，整个人向身后软倒。夏绯绯连忙上前扶住她："怎么了？"

越聆筝话都说不囫囵了，定了定神才说："是府里养的白猫，把我吓着了。"

早有机灵的仆妇绕到棺材后面去看了,却是满脸迷惘地走出来:"夫人,棺材后面没有猫儿啊,阿枝怕还在东院睡觉,您莫不是看错了?"

越聆筝面露狐疑,但院子里上上下下的人都盯着她这个新寡的掌事太太,她不得不直起背脊,一个扎扎实实的头磕下去,丧事继续。府里请的道士着一身白袍,拎着一只来回扑腾的公鸡来到灵堂前。本是在鸡腹上开个小口祭祀,谁知道那公鸡挣扎的力气颇大,竟然淌着淋漓的血冲着越聆筝的头脸直扑过来。

越聆筝惊慌躲避,却被一人拽过去护在身后。那人伸手抓住公鸡的翅膀往地上狠狠一掼,公鸡哀啼一声,跌跌撞撞站起,原地兜了两圈,终于血尽不支,倒地而亡。下人连忙捡起公鸡放在灵前的祭盘里,夏阳的眼睛却只盯着面前的越聆筝,攥着越聆筝的手仿佛要嵌进人家的手腕子里去。

越聆筝从慌张中恢复过来,她挣了一下没挣脱,开口说话的声音分外冷淡:"放手。"

不知是没听见还是没反应过来,那唤作夏阳的年轻人没松手,视线上上下下打量着她看她有无受伤。虽是关切之举,却也不大妥当。

院子里一双双眼睛便若有若无地扫过来。

越聆筝看向旁观的夏绯绯:"夏小姐,让你们家奴才放手。"

夏绯绯反应过来,开口吩咐:"夏阳,不得无礼。"

夏阳一愣,放松了力道。越聆筝猛然甩开,转身悲切地跪在方家老爷灵前。

丧事结束,方家自己的马车要送几个亲戚回去。越聆筝自己也要赶着接手亡夫扔下的生意铺子。正赶上年终盘点,她这个大奶奶不能不去。夏绯绯便将自己的马车让给越聆筝,横竖夏府离得近,散个步也能走回去。

夏阳将车马赶来，抄到越聆筝面前，俯下了身子。

他穿了一身齐整干净的长衫，低着头半点看不清表情，属于年轻人的健壮背脊弯了下去，整个人看着沉默又坚决。夏绯绯正想开口说些什么，越聆筝已经抬脚踩上了夏阳的脊背踏上了马车。

马车走远，夏阳依旧僵直不动，一双麂皮小靴出现在视野中，夏绯绯的声音听不出来是否生气："给我起来。"

他站起身子，夏绯绯望着他的眼睛叹了口气，悠悠开口："她的心思早都已经变了，就算是你还跟以前一样，又有什么用呢？"

夏阳在地上发着抖，明明心里千头万绪，却偏偏一句话也说不出来。夏绯绯心软，忍不住还是开口补了一句："阿筝年少亡夫，听说近日也总是梦见她那死去的丈夫，还抓过好几服安神的药吃。连惊带吓的，心性有变，你不要太难过。"

夏阳什么都明白，亦觉得，这一切如果是为了越聆筝的话，都是应该的，他甘之如饴。

二

越聆筝和夏绯绯是从小一起长大的，她的母亲烟花出身，是越老爷养的外宅。越聆筝一直长到七八岁，越老爷觉得住在外面的私宅毕竟不是大家做派，于是不顾那外室的哭闹哀求，强行将越聆筝抱了回来。虽说如此，江夏名流的太太小姐仍然知晓越聆筝的身份，难免有些冷眼欺辱，只有从小对谁都不冷不热的夏绯绯，相较之下对她已经算是相当不错。

两人的身世说来也有几分相似，夏绯绯的父亲夏初玖是当年江夏有名的贵公子，行事荒唐，据说年轻时在赌桌上把祖上积攒的家业一举输给了大名鼎鼎的塞北王荣成，换来了人家的十四姨太，但这美人后来也跟人跑了。竹篮打水一场空，夏初玖这才算浪子回头。好在他这个人荒唐虽荒唐，倒有几分聪明能干，慢慢地又把家业挣了回来。开的兰意里绸缎庄遍布江南,比起他夏家祖产,也不遑多让。

夏绯绯便是那个时候寻到柜上认亲的,据说是娘死了,只能独自南下寻爹。想来也是夏初玖不知什么时候欠下的风流债,身世多少也有些不清不楚。旁人本还有非议,但奈何夏初玖当眼珠子一样疼爱这个女儿,打定主意不再娶妻生子。夏绯绯一根独苗,将来定是兰意里绸缎庄的当家主人,招婿不外嫁的。众人这才渐渐转了风向,不敢看轻。越聆筝身体弱,性子又软,有段时日便天天跟在夏绯绯的屁股后面,以免受旁人闲气。

不过这夏家大姑娘有个癖好,自小嗜赌,瞒着父亲动不动钻到赌坊。那里面多有人呼号叫嚷,越聆筝胆小不敢进,抱着小猫阿枝躲在回廊上等待,也就是在那个时候遇见了几乎被打得半死的夏阳。

夏阳那时还不叫夏阳,只是个无名无姓的流浪儿,被赌坊的打手用藤条抽得浑身是血。那目光似乎直愣愣地望着越聆筝,又似乎只是被打愣了神,跨越她凝在虚空的一点上。旁边的打手嬉笑着抓住他的右手:"哟,这小子是个稀罕物,六个爪儿,难怪老千出得那么顺溜。"

夏阳不哭不号,竟是个哑巴。这沉默冒犯了行凶的人,打手将他整个人提溜起来,将麻绳的一端绑到廊下的梁柱上,一端牢牢地系在他那根歧指上。夏阳的眼睛一下子充了血,浑身都打着哆嗦抽搐着,但这抽搐却让手指上的疼痛来得更加剧烈。打手不知道从哪里又搬了块石头要拴在夏阳的脚上,还笑说:"小爷这是积德行善,帮你断了这妖精指头。"

越聆筝哪里见过这样的场面,慌得连手上的阿枝都抱不住了,猫儿"喵呜"一身从她怀里溜走。越聆筝不知道哪里生出的勇气,鬼使神差地跑过去抱住了对方的胳膊:"使不得,他要痛死过去了。"

越聆筝虽然是个小姑娘,但身上的衣服、脖子上戴的锁都显是有身份的。打手笑嘻嘻地推开她:"这是谁家的小小姐,这样不晓事儿?赌坊的规矩,出千被抓着的由着我们怎么着都行。"

越聆筝推不动成年男人，眼瞅着夏阳整个身子在空中飘荡，疼得抽搐。她未及多想，冲过去扶住夏阳的脚，让他踩在自己的肩膀上。夏阳已经痛得迷糊了，猛然轻松，反而让他清醒过来。低头一看却怔住了，本能地不愿意蹭脏越聆筝的衣服。越聆筝身量尚未长成，顶得吃力，咬牙抬头想让他撑着点儿，却正看见夏阳低下来的通红眼眸，也是一愣。

夏绯绯抛着骰子从赌坊里出来正看见这一幕，先笑："喂，你们在玩什么？"随后很快明白过来这不是玩闹，黑着脸吼了句，"做什么！快给人解下来！"

赌坊的人很给夏大姑娘面子。夏阳被解救下来的时候，指头已经变了颜色。赶来的医生说若再晚上一小会儿，别说是这根歧指，连整个右手都要废掉了。

夏绯绯听了这话，偏过脑袋似笑非笑地看向赌坊老板："玩赢了就是出千儿？那我今儿在你们赌场赢的这些也是出千儿赢来的？你是不是也要砍了我的右手去找我爹算账呢？"

赌坊老板只能赔着笑脸："夏小姐哪里的话，您是……家学渊源……家学渊源。"

三

夏阳是那年逃饥荒来到江夏城的，为了给自己饿死在路上的姐姐讨一份棺材钱，这才进了赌坊。他虽然右手天生六指，却是机敏诡变，手速极快，出千儿藏牌易如反掌，天赋异禀的好材料。赌场的人抓他其实没逮着实据，只是觉得他赢得蹊跷，因他是一个没什么仰仗的孩子，才想着好杀一儆百。

有了夏绯绯撑腰，赌坊的人便自认倒霉，结算了筹码。人救了，他的姐姐也帮忙葬了，但这六指的小哑巴怎样安置，却让越聆筝犯了愁。

夏绯绯从来不按套路出牌:"反正救都救了,不然就让他绑起头发给你当个丫头吧,我看他也长得挺好看的,绝对不会被人认出来。"

越聆筝吓得两手连摆。夏绯绯被自己的鬼主意逗得乐不可支,却发现那不会说话的流浪儿正用极其诚挚和卑微的目光关注着越聆筝的一举一动。

越家家规甚严,何况越聆筝自己还立于危墙之下。夏绯绯便收下了他,留在身边当个使唤小子。说是下人,但夏绯绯喜他机敏沉默,有几分拿他当弟弟的意思。还给他取了名字叫夏阳,望他今后能像太阳一样过得暖和舒服些,扫一扫年少时颠沛的阴郁之气。

夏阳感念夏绯绯的收容救命之恩,也一直踏踏实实留在夏府,低眉敛目,安分守己。若说有例外,便是越聆筝过府来找夏绯绯的时候,夏阳才像是真正活了过来。他虽不能够说话,但越聆筝只消一个眼神,夏阳便知道她的所思所想。

越聆筝体弱畏寒,冬日跟夏绯绯出去听戏的时候怀里必定揣着一个铜手炉。但在暖和的戏园子里坐下又嫌揣着手酸,往往就信手交给夏阳。夏阳怕手炉凉得快,愣是揣到衣襟里,余烬沁出来把夏绯绯刚给他的一件夹袄燎出一个洞,他也不晓得喊痛。越聆筝逛绸缎庄的时候,掌柜的怕被猫儿抓乱了料子,也是夏阳抱着阿枝候在店外吹上一个多时辰的冷风。越聆筝喜欢吃栗子却不怎么耐烦剥,夏阳也能够用小小的竹篾使巧劲剥出栗子来,全程手指都不沾到栗子肉。夏绯绯跟越聆筝一边聊天也一边伸手去抓栗子吃,一抓却抓了空,回头才发现夏阳已经不声不响剥完了所有栗子,干干净净整整齐齐地码在越聆筝手边的白瓷碗里。夏绯绯忍不住笑:"小阳,明明我也是你的救命恩人,还是你的主子,偏心也好歹不要那么明显。"

夏阳自己也有些奇怪,明明夏绯绯也是对自己恩重如山,但自己眼里心里却始终只有当时扔下猫儿跑过来的小姑娘,穿着一件薄薄的春衫,让自己的脚踩在她羸弱的肩头上,她望着自己的眼神是那样痛惜。

夏阳想不明白,只能跑到门口用自己的月钱再买些糖炒栗子来剥给夏绯绯,但已经剥给越聆筝的却也没有半分要拿给夏绯绯的意思。夏绯绯其实一点都不在意,她的性格有点随她老子,万事都习惯拿来开玩笑,心里却什么也不落。但夏阳对越聆筝特殊的照拂落到旁人眼里,久而久之便生出了是非。

四

越聆筝和夏阳生分起来是在十七岁那年。越老爷忽然想起要给自己这个遗忘多时的女儿相一门亲,于是那年越聆筝的生日难得地大操大办。习惯被冷落的越聆筝非常高兴,特地请了好友来赴宴。但夏绯绯那阵子却正好得了伤寒,怕带着病气过去反而对主人失礼,于是让夏阳替自己带着帖子和贺生礼物到越宅。

那时的越聆筝其实还想不太明白一桩好亲事、一个好夫婿对自己人生的重要性,她只是单纯为父亲十七年来头一次的重视感到喜悦。她被父亲引荐到堂前见客,水葱一样的女孩赢得满堂夸赞。给这个姑姑敬一敬茶,再被那个婶子扯着女工夸一句手巧。越聆筝几乎没有闲下来的时候,甚至忘了平日里自己一直带在身边的猫儿阿枝,更别提不会说话无人理会的夏阳了。

忽然一声凄惨的猫叫响起,越聆筝听出是阿枝的声音,顾不得堂上众人,提起裙子就往内院奔去。只见两三个淘气的孩子,将爆竹绑在了阿枝的尾巴上点燃,平日陪着小姑娘们优哉游哉的阿枝,此刻吓得满院子乱窜,竟然慌不择路地跳向了水井。

越聆筝脑子里一片空白,尖叫的声音到了嗓子口堵着却喊不出来。阿枝是当年那烟花女子被迫与越聆筝分开时买给她的,从一个小小的毛团养大,陪她在无数个孤寒的夜晚入眠,并非一般的宠物。夏阳紧跟着越聆筝追进院子,在阿枝跳向水井的时候,飞身扑过去,半个身子探入井下,险之又险地抓住了阿枝,强行按着抓狂的猫儿,解下了还在噼里啪啦炸响的鞭炮串。

惹祸的孩子们面面相觑，随后一哄而散，只剩下惊魂未定的越聆筝和夏阳。夏阳的六指轻轻梳理安抚着阿枝的皮毛，直到那猫儿渐渐放松下来，"嗖"的一下钻回了越聆筝的怀里。越聆筝的眼泪都要掉下来了，抱着阿枝左一句右一句地教训，抬头时才发现夏阳的脸上胳膊上全是被猫儿抓的血痕，和鞭炮炸出来的小伤口。越聆筝的心一下子紧了，走近夏阳："小阳，你……要不要紧？若是让绯绯知道，一定要骂死我了，我真该死，没有看紧阿枝。"

她俯下身子，侧脸的皮肤在阳光下显得洁白通透，耳垂上的耳环叮叮当当煞是好听。夏阳说不出话来，却在痴痴地想，她今天擦了胭脂呀。

几乎是鬼使神差地，他凑近她，在她的侧脸上轻轻地亲了一下。那是个极其轻微几乎算不上一个吻的吻，甚至让越聆筝怀疑滑过自己脸颊的只是一阵再轻柔不过的风。但夏阳的整张脸都红透了，衬得脸上的猫儿抓痕越发可笑。越聆筝的心头瞬间掠过一种古怪的温柔，连她自己也说不清楚为什么，非但没有恼，还弯起嘴角轻轻地笑了一下。

但她本应该恼的，她本该像个正经大小姐一样，狠狠打他一巴掌，斥责他轻薄无状、狗胆包天、以下犯上，但她通通没有。来府里做客的几个太太小姐刚好逛至内院撞见了这一幕，越聆筝被亲吻时的那微微一笑，就成了祸端。

越家小姐的声誉，在十七岁那年生辰后被传得不成样子。越老爷十分气愤，自己一番苦心也算对得起这父女情分。谁知道这外室生的竟如此上不了台面，骨子里继承的轻浮气，连着自己的脸面一起丢了。越老爷心寒了，便不愿在这个女儿的婚事上再花心思。刚出年关，越聆筝就被嫁给年逾五十丧了夫人的茶行老板方未艾做填房。她这些年作为私生女在越家谨小慎微，行事周全，原本图的就是最后这终身圆满，却不想因为这没来头的一个微笑，一场流言，多年辛苦尽付流水,落得这样的下场。

夏绯绯那天送嫁,看着越聆筝轻轻将一片胭脂咬在唇间:"我不想见他,他也不用跟我贺喜。我那点儿不算恩情的恩情,也让他不用记挂在心上。"

夏阳立在门外窗棂下,咬唇听着这句话,紧紧攥着的拳头几乎能握出血来。阿枝从檐下一路溜过来,舔了舔爪子,歪头瞅瞅他,一跃跳上他的肩头,爪子上软软的肉垫蹭蹭他的眼角,再舔舔,被夏阳的眼泪苦得吐出了舌头。

夏阳握着猫儿的爪,有一瞬间的恍惚,若他能做这猫儿就好了,说不定还能一直陪着她。

又两年,方老板病逝,不过二十挂零的越聆筝做了新寡的太太,连她的猫儿阿枝也差点得了重病死去。方老板独门独户,本家远在凌汉,疏于联系。一朝撒手西去,偌大的茶庄家业都砸在了越聆筝头上,一个弱质女流苦苦支撑方家门楣。好在那叫作阿枝的猫儿挣扎了一番又活了过来,人们都说猫儿有九条命,比人能熬得过去困厄,也算给了越聆筝一丝慰藉。

然而有些事,外人觉得,终究是外人觉得。

五

越聆筝从兰意里绸缎庄回府的路上又看顾了一下方家的铺子,自从方未艾过世,越聆筝摇身一变成为了说一不二的大奶奶,日子和以往比是天上地下。除没了丈夫以外,也算熬出头了。越聆筝卖掉几家不怎么赢利的茶叶铺子,也开始做绸缎生意。纵然因为操劳,身体比以往差上许多,越聆筝也觉得如今的日子比过去要鲜活上许多,除了她总会梦见方未艾以外。

越聆筝在回府的马车上睡着做了梦,白色的老猫阿枝扭着身体轻飘飘地向自己走来,她欣喜地抱住阿枝,抚弄着它的背脊,老猫舒服得嗓子里发出"呼噜噜"的声音。然而下一秒老猫突然变成了满脸青黑的方未艾,他抓住她的臂膀,青黑的脸凑得极近,声音从嗓子里嘶哑地迸出来:"夫人,我好疼啊,夫人。"

越聆筝猛然惊醒,掀开车帘才发现马车已经到了府宅外面。从小把自己带大的仆妇声音响起,让人觉得温暖踏实:"夫人,您回来了,我给夫人熬好了粥,在火上热着呢。"

越聆筝努力平复了呼吸,擦干冷汗才迈出马车,却正好看见老仆妇怀里抱着老猫阿枝,在月下泛着惨白的光。仆妇抚摸着老猫的背脊:"夫人今天怎么回来得这样晚?阿枝都已经等得不耐烦了呢。"说着靠近越聆筝压低声音道,"今天方家本家那边又来人了,说是出殡时公鸡出现异象,其中有冤,要开棺验骨,咱们还要想办法瞒过去才是……"

越聆筝盯着阿枝整个人骇得动弹不得。但猫儿一看见越聆筝整个人就精神起来,一个纵身跳到她怀里,试探着看着越聆筝,伸出脑袋在越聆筝的胳膊上蹭了蹭。当年越聆筝很喜欢阿枝这样的动作,而如今却伸直了胳膊哆嗦着将阿枝递给仆妇:"怎么把它抱出来了?不是说养在厨房给口饭就行了,不要再抱出来了吗?"

这仆妇是当初跟着越聆筝从越府嫁过来的,从小看着越聆筝长大,很是疼惜她。此时她的表情便有些讪讪的:"阿枝今天看上去精神些了,我以为小姐看见它能高兴点儿。这猫儿还是你娘在世的时候买给你的,姑娘还记得吗?"

"我娘?"越聆筝苦笑,反而引起一阵咳嗽。阿枝被甩开却也不畏惧,反而又往前蹭了蹭,像是要抚慰越聆筝的病痛一样。但越聆筝却偏过了头:"死而复生,一看就是不吉利的东西,我不要它,不要它,快些抱走。"

仆妇还想再说话,越聆筝已经俯身抄起扫帚,回身重重地抽打在阿枝的身上。阿枝发出惨叫,后退几步却不愿意离开,眼神中流露出浓浓的恋主之意。越聆筝下手越发狠辣:"你为何不跑?"

眼看着扫帚上见了血,仆妇终究是不忍,哭着抱住越聆筝:"小姐,既然它已经捡回了一条性命,不妨就饶就它。"她一边拦着越聆筝一边回头冲那猫儿喊,"还不快跑,真要惹小姐打死你吗?"

那猫儿发出"喵呜"一声哀鸣,终究顺着墙角一跃而出。越聆筝呆呆愣愣的,仿佛被抽走了魂魄,兀自自言自语:"我饶过了它,谁来饶过我……谁来饶过我……"

仆妇看着越聆筝失魂落魄的样子,也不由得老泪纵横:"小姐别这样说,这罪孽要算都算在老奴身上吧。那姓方的不是个东西,是老奴看不过去,老奴找人买来的药。"

"可那药却是我投到他杯子里的,为了试这药性,还提前拿阿枝试药。"越聆筝瞳孔涣散,"它是从小跟着我长大的,我都能下得了手,不过就是个畜生罢了。可是人死了,它怎么还活了?正是这让我每每看见它都会想起来……我明明是最想忘了的。"

老猫阿枝站在墙头,听着主仆的对话,眼神哀戚……

六

受伤的老猫阿枝沿着一溜儿青砖白墙踏月而行,冷不丁纵身跃进夏府,跳进下人房间,梅花爪微一拨弄,微光闪烁间倏地褪下一张雪白皮毛,湛蓝的眼睛倏地变得黑亮。那猫皮下竟然拱出一个人来,脊背宽阔,容貌俊朗,右手上六根手指,正是夏阳。他的背脊上满满的都是血痕,疼得五官都拧皱在了一起。

夏阳哆嗦着拧了把手帕,正想去够背上的伤痕,冷不丁黑暗中一阵风袭来。他回身挡了对方一招,不惜将背后的命门卖给敌方也要冲进房内,捡起地上一样东西贴身护在心口——竟然是一件风干的白色毛皮。

"原来是为了这个。"对方停了手,沉沉黑夜里忽然响起女孩的说话声。对方擦亮火折子点上了灯,映出一张熟悉的芙蓉面。夏绯绯叹气:"真是没想到,这邪术竟然还真有传人。你掩藏得这样好,如今却不惜冒险重用此术,只为了讨阿筝欢心?怎么样,她可高兴了?"

夏阳咬着嘴唇,扑通一声跪在了夏绯绯的面前。夏绯绯一眼看见了夏阳背上的累累伤痕,道:"看来她并不如何高兴啊。"

夏绯绯知道这邪门术法,凡人将热烫的动物皮毛扒下,以生血为祭,披在身上,便能如同牲畜,活动如常。甚至江湖上的一些草台班子,拐来一些幼年稚童,施此邪术,变作猴儿狗儿,一个个便能听懂人的话,做出些机灵讨喜的动作来。但传说只是传说,夏绯绯亲眼见到这一幕,仍然不由得浑身寒毛倒竖,连空气里都透出一丝诡谲来。

夏阳毕竟是从小跟着夏绯绯长大的,纵然她心里有一千一万个疑问,看着鲜血淋漓的夏阳终究还是不忍,叹了口气:"你等着,我去拿药来。"

夏绯绯正要转身离开,却觉得衣袖被人轻轻牵住。她回头看见夏阳泪流满面,极痛苦的模样。夏绯绯蹲下身子,直视夏阳的眼睛:"你这是何苦?"

夏阳自小被叫花子拐走,卖给手握邪术的偷儿,眼睁睁看着姐姐被变作猴儿,吱吱乱叫,惊惶不安。这邪术说起来也古怪,一张皮通常只认一个血祭的主人,而夏阳年纪尚小,气血不足,任是什么皮都无法变化。偷儿性子焦躁,便将夏阳打得更加惨痛,便只能被逼潜行到富贵人家行窃。而被变作走兽的姐姐,白天的日子则过得更加悲惨,稍不合偷儿心意,就被动辄打骂。两人瘦骨嶙峋,吃不饱穿不暖,夏阳无奈之下只能带着姐姐逃了出来。临走之前,他一把火烧掉了偷儿藏的所有皮毛。

夏阳得窥秘术,竟然帮姐姐解开了邪术。然而此术有伤命寿,加之姐姐多年受折磨,在路上不堪旅途奔波,终究还是故去了。夏阳被夏绯绯所救,心中充满感恩。而那过去的惨痛记忆,夏阳只愿永远想不起记不起,那邪术更为他深恶痛绝,只愿忘得干干净净。

而人的心思总是会变的,夏阳心思的变化就是起于那年越聆筝新寡,他只希望她永远高兴。

七

夏绯绯其实略有耳闻,那姓方的脾气暴躁,心胸狭隘,刚过五十岁,已死了三任夫人。他在外行商,回家的时候便总疑神疑鬼,怀疑妻子对自己不忠,动辄打骂。外人都传言方未艾的那几任夫人都是不堪丈夫折辱死的。越聆筝嫁过去后,夏绯绯不放心,曾经去探望过几次,她虽然看上去憔悴不少,却也没见有什么伤痕,还一味说方未艾对自己不错,外间都是传言,让夏绯绯放心。

谁知道一年后,方未艾暴病而亡,越聆筝的爱猫阿枝也过了病气死掉了。越聆筝穿着一身孝服,在灵前哭晕过去好几回。她忙着出殡的事,自然顾不上一只猫儿,只嘱咐下人把猫儿送出宅子找块好地儿埋了。谁知道那下人并不经心,随随便便将猫儿的尸体丢在街角。彼时夏阳不够资格进方府祭奠,却因为心忧越聆筝一直守在左近,正撞见这一幕。他收回了阿枝的尸体打算好好安葬,这猫儿陪伴越聆筝如此多的时日,在他看来亦不能够被如此轻贱。但他捧着阿枝回来的时候,忽然有一个想法像闪电一样钻进他的脑海,也许……也许是行得通的!也许他能够陪在她身边,也许他能够让她不那么难过。

他纵然厌恶,却还是依照童年偷儿讲过的施术之法,一一施为。他没有成功的把握,更知晓会付出的代价,但他还是捧着阿枝干净柔软的皮毛,浑身战栗着披到自己身上。今时不同往日,他竟然能够纵身跃上脸盆架。他在水中发现了自己的倒影,洁白松软的皮毛和湛蓝的眼睛。他的心里却全然没有害怕,而是充满了期冀和喜悦。他沿着墙根一路跑到方府,在厅堂外轻轻地挠了挠门。

跟在越聆筝身旁的老仆妇闻声出来,先是一怔,然后试探着往前迈了两步,轻轻唤:"阿枝。"

他便极其聪明凑趣地将脑袋偏过去在仆妇伸过来的手上蹭了蹭，喉咙像昔日的阿枝一样发出"咕噜咕噜"的声音。老仆妇极其喜悦地将其抱起来走进厅堂："小姐，小姐，快看！阿枝回来了！它竟然活过来了！"

夏阳觉得自己的一颗心在小小的猫儿身躯里急剧地跳动，他已经幻想过无数次越聆筝看见他的表情。也许那一直烟雨含愁的眉眼在看见他的时候有瞬间的展颜，也许他能够再次在她的目光里找到温暖的东西。

但他万万没有想到越聆筝看见他的第一眼竟然充满了恐惧，她情不自禁地往后退了两步，撞到身后方未艾的棺木，惊得几乎要跳起来。她转身扶住棺木，十指恨不得嵌进木头里面，又像是要把什么死死地压下去："把它抱出去，莫再让我看见。"

夏阳原本不懂是为什么，却在今夜最终明白过来。是越聆筝下药杀了方未艾，而那被丢弃在街角的阿枝，自小陪伴她的阿枝，做了她试药的牺牲品。

她看见阿枝复活，就仿佛看见自己想要隐藏的罪孽。她更害怕自己毒杀的丈夫，会像阿枝一样重新回来，闯入她新的生活。

他不觉得害怕，只是内心涌上浓郁的痛苦和忧愁。他浑身发着抖跪在夏绯绯面前，乌青的嘴唇翕动，那是无声的一句话，救救她……救救她……

夏绯绯震惊地搭上他的手腕："你中毒了？"

那张浸淫了毒药的猫皮，他已披了太久。

八

夏绯绯赶到方府的时候，正赶上方未艾本家的人堵在大堂前，几个大汉正在起棺木上的钉子。夏绯绯绕到后堂，几个家丁也同样看守在越聆筝的门前，看见有人闯进来，刚想要拦，就觉得手腕内侧重重一麻,东倒西歪地跌倒一旁。夏绯绯推门而入,反手将门锁上。只见越聆筝一身艳装坐在妆台前,乌发瀑布一样垂在身后,即便是夏绯绯也没有见过她这样娇艳浓烈的样子。

她侧过脸微微一笑:"我早知道有这么一天,你也不用感到太讶异。"

她从妆凳上站起,微笑地冲着夏绯绯解下身上的衣服,红色绸缎水一样地流淌在地上。夏绯绯的眼睛瞬间瞪大。那曼妙的年轻躯体上居然能遍布如此密集的可怖的伤痕。越聆筝低着头,细长的手指拂过自己的每一寸皮肤,充满哀怜和喟叹:"若是我娘还活着,定会叫我忍着,我也告诉自己要忍,然而忍着忍着还是忍不了了……"

从嫁给方未艾的第一天起,方未艾就折辱她、痛骂她,因为她的青春年少而疑神疑鬼,针刺火烫更是无所不用。她听府里的下人讲述过上一个、上上一个、乃至上上上个方夫人的故事,她害怕得要命,亦不敢重蹈覆辙,只能重金托人秘密带来了据说是见血封喉的剧毒。

不过是小小的再普通不过的白瓷瓶,越聆筝从拿到手里的那一刻起就不禁怀疑,若是不管用怎么办,若是毒不死他反而被他识破怎么办?她那样怕,于是招来自己自小养大的阿枝,将那瓶儿微微倾斜,把药倒入了阿枝的食盆里。

其实想想,也不一定是要阿枝的,随便找只旁的猫儿狗儿的不行吗?她困惑了许久,终于想明白:在那一刻起她已经决定要变得狠心冷情,决定要把生命里所有跟懦弱过去相关联的通通抹去。

"自那一天起,我才开始有了好日子。我是方家的大奶奶,再也不会有人看不起我,欺负我,因为下人一两句捏造的流言就把我随随便便地毁掉。"她猛地抬起头看着夏绯绯,"我一直羡慕你,明明你娘也是烟花巷出身,但为什么你被众人捧在手掌上,我却要看所有人的脸色?我从小就告诉自己,只要有机会,我不会比你差。我果然证明了。"

"我知道。"夏绯绯平静地看着越聆筝。

越聆筝的眼瞳微微收缩:"十七岁生日那年你没来,我其实非常高兴。终于在大日子的时候,我不会被你比下去了。"

"我知道。"

越聆筝的胸膛剧烈起伏,终是忍不住笑起来:"是啊,你终究是什么都知道,只是不愿意和我计较罢了。不过还有什么用呢?最终生日那天我闹了那么大的笑话,现在这一切我也要失去了。我在第一次看见阿枝活着回来的时候,就隐隐觉得不吉利,果不其然,终于有人怀疑方未艾的死是跟我有关了。"

夏绯绯不禁觉得有些冷,她裹紧了披风:"阿筝,你有没有想过,这些年,最起码有过一个人,一直仰望你,陪着你……"

越聆筝俯身从地上捡起衣服,慢慢穿起来,回身露出一个碎裂的笑容:"我真是不明白,在你心里,我只能跟你的一个奴才配在一起吗?我嫁给方未艾,可也都是拜他所赐啊。"

她系好了衣襟的纽襻,微微顿了顿,回身一笑,"我知道你想说什么。你想说的,我自然知道,那可是我最后的一线生机了。"

门外突然响起敲门声,仆人的声音谦卑里透出一丝残余的惊怯:"大奶奶,那猫儿果真成了妖孽,必定是它害死了大爷,您快出来看看吧……"

夏绯绯一愣,转身向院子里跑去。

九

夏绯绯来方府之前,曾经嘱咐过夏阳不要出门,凡事她自会想办法。但她却低估了爱慕之心对世间男女的苦痛折磨,夏阳进不了方府,便在夏绯绯离开后再度披上了那张浸染剧毒的猫皮。他潜入方府,跳到起棺材钉的众人脸上,重重一爪子挠上去,竟是拼命不让人开棺。

方未艾是中剧毒而死的,只要开棺,泛黑的尸首必然瞒不过去,他只能用尽力气保护他的心上人。然而,他没有想到越聆筝请来了术士,带着符咒的网兜劈头压过来,桃木剑已经刺进了他柔软的肚腹。

夏绯绯冲过来的时候,夏阳已倒在庭院的血泊中,浑身冒着血,不住地抽搐。他旁边摊着那件被生生扒下来的猫皮,染满了鲜血。一向冷情的夏绯绯看见这一幕也不禁眼前一黑。他注定是活不了了,她自小看着长大的小阳,注定是活不了了。

旁边的方家人拿着一纸状子,冲着夏绯绯身后的越聆筝走过来:"那妖人已经画了押,果然是他裹着猫皮害了方家大爷。下一步想来还想害您,谋夺方家家产。还好被大奶奶及时看破,我们还差点误会了您。"

越聆筝站在夏绯绯身后,目光恍惚,似乎并未听见他说的什么。来人拿着状子讪讪地走掉了,众人也慢慢散了。

越聆筝自言自语:"我早知道的,哪有猫儿被打还不会叫的,即便是阿枝。可它偏偏不叫,它的那只爪,还有六个趾儿。我早知道的,只是……"

"这术士是你请来的,你知道这事儿方家本家不可能不疑心,你都算准了要换自己一条活路,现在如你所愿。"夏绯绯回头看着越聆筝,细长的眼睛里愤恨得几乎可以沁出血来,"你终于可以不再和他有任何联系了……"

越聆筝想要从人群里走开,却偏偏动弹不得,整个身体在大太阳底下一阵阵发冷。她不敢看夏阳的眼睛,却又莫名地移不开。

在夏阳染满血色的眼睛里,依然是那个无垢的下午,有个冲过来抱住他的小姑娘,她有着单薄的身躯,和并不胆怯的眼神。被吊着的流浪少年宁愿忍着指上的疼痛,也不愿让脚踏脏了她的肩膀。但她那样执拗,她抱着他,托着他,只是想救他。

血泊里的夏阳终究是闭上了眼睛,越聆筝恍惚抬起双眼,只见庭院里一片苍白,大雪飘飘而下,柔软地覆盖在夏阳的身上。她忽然糊涂了,在内院夏阳吻她的那一刻,那改变自己人生的那一刻,她究竟为何会温柔地冲他笑起来。

她一直恨的究竟是他的轻薄,还是她自己那一刻的温柔一笑。

越聆筝忽然想起夏绯绯说过的那句话:"这些年,最起码有过一个人,一直仰望你,陪着你……"

现在,再也没有这个人了。

庭院里听说妖人已死,纷纷赶来看热闹的下人,震惊地看见他们的大奶奶跪在雪地里,痛哭出声,像是失去了再重要不过的东西。